KB154454

진주 귀고리 소녀

일러두기

1. 인명과 지명을 비롯한 네덜란드어 표기는 주한 네덜란드 대사관의 도움을 받아 현지 발음에 가장 가깝게 표기했다.

2. 그림을 비롯한 이 책의 각종 자료는 Norbert Schneider, 『*Vermeer 1632~1675*』(Taschen Verlag, 2000); 기욤 카스그랭 외 지음, 이승신 옮김, 『베르메르』(창해ABC북, 2001); 팀 말로 외 지음, 이보경 옮김, 「베일의 화가 베르메르」, 『Great Artists 세기를 빛낸 위대한 화가들』(예담, 2003)을 참조하였다. 원문에는 없지만, 한국어판 독자들의 이해를 돕기 위해 편집해 넣었다.

3. tracychevalier.com과 pearlearring.com을 방문하면 작가와 작품에 대한 정보를 볼 수 있다.

진주 귀고리 소녀

트레이시 슈발리에 장편소설 | 양선아 옮김

   네덜란드 화가 요하네스 베르메르가 그린 「진주 귀고리 소녀」를
본 것은 내가 열아홉 살 때였다. 그 전에는 이 화가에 대해 들어본
적이 없었다. 나는 미술에 대해서는 거의 알지 못했지만, 이 그림에
즉시 빠져들고 말았다. 소녀의 머리를 감싼 푸르고 노란 아름다운
천, 도자기처럼 매끄러운 피부 위에 내려앉은 빛, 물기를 머금은 듯
한 눈동자와 귀에 매달린 촉촉한 진주에 매료됐다. 나는 밖으로 나
가 이 그림의 포스터를 사 가지고 들어왔고, 이 그림은 이후 20년
동안 내가 어디에 살든 벽의 한 곳을 차지해왔다.

   그림의 구도와 색, 빛은 여전히 멋지다. 하지만 나로 하여금 그
림을 계속 바라보며 고민하게 한 것은 소녀의 얼굴에 어린 표정이
었다. 소녀가 무슨 생각을 하는지 분명히 말할 수가 없었다. 행복한
가? 아니면 슬픈가? 믿고 마음을 놓은 것일까? 아니면 두려워하는

것일까? 순진한 여자일까? 아니면 닳고 닳은 여자일까? 베르메르는 수많은 감정들 사이에 소녀를 가둬두는 데 기적적으로 성공했다. 지난 세월 동안 소녀의 표정에 떠오른 모호함이 이 그림을 항상 새롭게 하고, 살아 있게 만들었다.

어느 날 그림을 다시 한번 보다가 갑자기 이런 생각이 들었다. '소녀를 저렇게 보이도록 하기 위해 베르메르는 그녀에게 무엇을 했을까?' 화가와 모델 사이에 어떤 유대가 있는 것이 분명했다. 소녀는 베르메르 때문에 이런 표정을 지었다는 느낌이 들었다. 난 이 두 사람 사이의 관계를 좀 더 알고 싶었다. 그래서 베르메르에 관한 모든 자료를 읽기 시작했다. 하지만 화가에 대해서 알려진 것은 거의 없었다. 더구나 그림에 나온 모델은 완벽하게 베일에 가려져 있었다. 소녀는 누구든지 될 수 있었다. 딸, 이웃, 하녀. 놀라운 일이긴 했지만, 아무도 이 소녀가 누구인지 모른다는 사실 때문에 난 즐거웠다. 그건 내가 상상하는 대로 글을 쓸 수 있다는 의미였던 것이다.

베르메르에 관해 알려진 몇 가지 사실은 다음과 같다. 그는 1632년 네덜란드 델프트에서 태어났고, 평생을 거기서 살았다. 1652년에 베르메르는 화가들의 길드에 들어갔는데, 이것은 그가 공식적인 그림 훈련을 마쳤음을 의미한다. 같은 해에 그는 부유한 가톨릭 집안의 여자인 카타리나 볼네스와 결혼했다. 베르메르 가족은 개신교였기 때문에, 베르메르가 가톨릭으로 개종한 이유는 카타리나와 결혼하기 위해서인 것으로 여겨졌다. 그는 한동안 장모의 집에서 함께 살았고, 열다섯 명의 아이들을 낳았다. 그중 넷은 어릴 때 죽었다.

베르메르의 작업 속도는 아주 느렸다. 오직 35점의 작품만이 남아 있을 뿐이다. 그는 또한 미술 거래상이었으며, 두 번이나 길드의 대표를 지냈다. 베르메르는 여러 차례 빚에 시달렸고, 1675년 43세의 나이로 갑자기 죽었다. 아마도 스트레스로 인한 심장발작이나 뇌일혈 때문일 것으로 짐작된다.

이런 몇 가지 사실들만으로는 소설의 밑바탕을 이루기에 충분치가 않았다. 하지만 대신에 베르메르의 작품들이 풍부한 영감의 원천이 되어주었다. 그 속에는 이야기와 인물들, 일상생활의 세세한 부분들이 담겨 있었다. 그중에서도 가장 중요한 것은 내 글에 반영하려고 노력했던 '간결하고 분명하게 세상을 보는' 베르메르의 방식이었다. 베르메르는 '적을수록 더 낫다'는 것을 내게 가르쳤다. 그리고 그 이후 나는 이 미학의 원리를 연습해오고 있다.

나는 베르메르 전문가가 되겠다고 생각해본 적도 없고, 또 예술사가도 아니다. 작가로서 나의 기본적인 목표는 독자들이 무슨 일이 일어났는가를 알아내기 위해 계속 책장을 넘기도록 늦게까지 잡아두는 그런 좋은 이야기를 쓰는 것이다. 하지만 이 책을 읽는 것은 또한 베르메르의 세계로 들어가는 길이기도 하다. 이 책을 읽은 후에 여러분이 베르메르의 작품들을 더 자세히 들여다보게 된다면 나는 만족스러울 것이다.

「진주 귀고리 소녀」는 내게 여전히 강력한 신비를 간직하고 있다. 소녀의 얼굴에 어린 표정에 사로잡혀 소설을 썼지만, 나는 아직도 그녀가 무슨 생각을 하는지 모른다. 그리고 결코 알지 못하게 되기를 바란다.

이 작품은 이미 여러 나라에서 번역되었는데, 이번에 한국에서도 출간된다는 이야기를 듣고 기뻤다. 내 소설과 「진주 귀고리 소녀」를 비롯한 베르메르의 작품들이 한국 독자들에게 많은 사랑을 받을 수 있기를 기원한다.

트레이시 슈발리에

차례

베르메르가 살았던 델프트

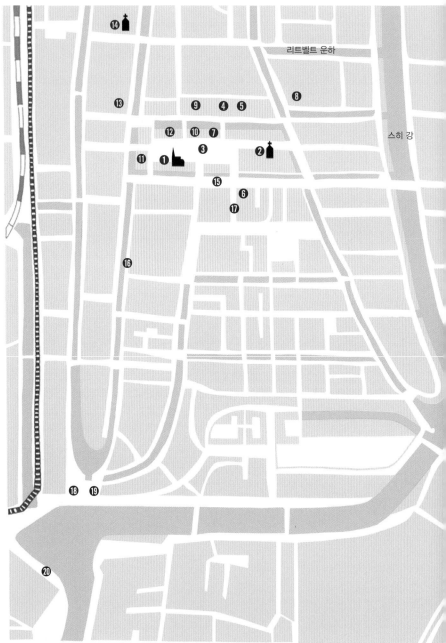

리트벨트 운하

스히 강

1 시청. 1960년대에 베르메르가 살던 17세기 모습 그대로 개보수되었다. 베르메르는 여기서 자신의 결혼 공증을 한다.

2 신교회. 1632년 신교도 가정에서 태어난 베르메르는 그해 10월 31일 이곳에서 세례를 받는다.

3 시장 광장.

4 세인트 루크 길드. 베르메르는 21세 때인 1653년 세인트 루크 길드의 장인으로 들어가서 1662년 길드의 대표로 선출된다. 1876년 길드 건물이 헐린 뒤 19세기 들어 그 자리에 요하네스 베르메르 학교가 세워졌다.

5 '나는 여우(Flying Fox)' 여관. 베르메르의 부모 레이니어 얀스 베르메르와 디흐나는 이곳에 세를 얻어 여관을 운영하며 살았다. 베르메르가 태어난 곳으로 여겨진다.

6 베르메르의 장모 마리아 틴스의 저택. 베르메르는 1660년부터 죽을 때까지 가족들과 함께 이 저택에서 산다.

7 메헬런 저택. 1641년 베르메르의 아버지가 구입하여 여관으로 운영한 집. 1670년 어머니가 죽자 이 여관을 상속받는다.

8·9 베르메르의 작품 「골목길」의 배경으로 추정되는 곳.

10 서적상 디시위스의 집. 야콥 아브라함스 디시위스는 베르메르의 가장 중요한 후원자인 반 라위번의 사위다. 반 라위번의 딸인 아내가 죽자 장인이 모았던 베르메르의 작품 20~21점을 1695년까지 소장한다.

11 화물 계량소.

12 푸줏간 시장과 생선 시장. 푸줏간 시장은 시청 바로 맞은편에 자리 잡고 있으며, 그 왼쪽에 생선 시장이 나란히 있다.

13 안토니 반 레이원후크의 집. 반 레이원후크는 베르메르의 그림 「천문학자」와 「지리학자」의 모델로 추정된다. 베르메르는 현미경을 발명한 과학자이자 미생물학자인 그에게 카메라 옵스큐라를 빌려 사용했다고 한다.

14 구교회. 델프트에서 가장 오래된 교회

15 아우더랑언데이크 가.

16 코른마크트 가.

17 몰런포트 가.

18·19 스히담 수문과 로테르담 수문. 「델프트 풍경」에서 가운데와 오른쪽에 각각 위치한 수문들로, 현재는 남아 있지 않다.

20 베르메르가 「델프트 풍경」을 그린 위치.

GIRL WITH A PEARL EARRING

1664

✛

엄마는 사람들이 집으로 찾아올 거라고 말하지 않았다. 내가 안절부절못할까 봐 그랬노라고 나중에 들려주었다. 엄마가 나에 대해 잘 알고 있다고 생각했기 때문에 그 얘기를 듣고 나는 좀 놀랐다. 처음 보는 사람들은 내가 차분한 아이라고 생각할 것이다. 나는 어릴 때도 잘 울지 않았다. 엄마만이 원래 커다란 내 두 눈이 더욱 커지고, 턱이 뻣뻣하게 긴장하는 것을 눈치채곤 했다.

부엌에서 야채를 썰고 있는데 현관 밖에서 목소리들이 들려왔다. 윤기 흐르는 놋쇠처럼 밝은 여자의 목소리와 내 앞에 놓인 나무 식탁처럼 어둡고 낮은 남자의 목소리. 우리 동네 같은 데서는 좀처럼 들을 수 없는 그런 부류의 목소리였다. 나는 그 목소리들에서 값비싼 카펫과 책, 진주와 모피의 소리를 들을 수 있었다.

아침 일찍 현관 계단을 열심히 닦아놓은 것이 꽤나 다행스러웠다.

냄비나 주전자 같은 엄마의 목소리가 응접실에서부터 가까워지고 있었다. 사람들이 부엌으로 오고 있는 것이다. 나는 썰고 있던 부추를 한 켠으로 밀어놓고 식탁 위에 칼을 놓았다. 앞치마에 두 손을 닦으면서 부드럽게 보이도록 입술을 지그시 눌렀다.

두 눈에 조심하라는 경고의 빛을 담고서 엄마가 부엌 문간에 모습을 드러냈다. 엄마 뒤의 여자는 키가 몹시 커서 부엌에 들어올 때 머리를 움츠려야만 했다. 심지어 뒤따라 들어오던 남자보다도 더 컸다.

아버지와 남동생까지 우리 가족은 모두 키가 작았다.

바람 한 점 없는 고요한 날이었지만 여자는 바람에 날려갈 것처럼 보였다.

비스듬히 기울여 쓴 여자의 모자 밖으로는 곱슬곱슬한 금발 머리카락 몇 올이 빠져나와, 조바심 내는 여자의 손에 서너 번 찰싹 얻어맞은 꿀벌들처럼 이마 위에 매달려 흔들리고 있었다. 칼라는 빳빳하지 않아 다림질이 필요해 보였다. 여자가 회색 망토를 어깨 너머로 젖혔을 때, 짙푸른 드레스 아래로 아기가 자라고 있다는 것을 알 수 있었다. 아마 올해 말, 아니면 그 전쯤에 나오지 않을까.

때론 환하게 빛나다가 때론 어둡게 가라앉곤 하는 여자의 얼굴은 달걀 모양의 접시 같았다. 눈은 금발의 머리를 가진 사람한테서는 거의 본 적이 없는 연한 갈색 단추 빛깔이었다. 여자는 나를 관찰하려고 열심히 애를 썼지만 눈길이 자꾸 부엌 이쪽저쪽으로 쏠리는 바람에 주의를 집중시키지 못하고 있었다.

"애가 바로 그 아이로군." 여자가 불쑥 말했다.

"제 딸 그리트랍니다." 엄마가 대답했다. 나는 여자와 남자에게 정중하게 고개를 숙였다.

"글쎄, 그리 커 보이진 않네. 튼튼하긴 할까 몰라?" 여자가 남자를 향해 돌아서는 순간 여자의 망토 자락이 내가 놓아둔 칼의 손잡이를 건드렸다. 칼은 식탁에서 바닥으로 떨어져 마루를 데굴데굴 굴러갔다.

여자가 비명을 질러 댔다.

"카타리나." 남자가 마치 입안에 계피를 머금은 듯한 목소리로 조용히 여자의 이름을 불렀다. 여자는 비명을 멈추고는 진정하려고 애를 썼다.

나는 칼을 들어 앞치마로 날을 닦은 후 식탁 위에 놓았다. 칼이 떨어지면서 내가 단정히 모아놓았던 야채들이 흩어졌다. 나는 흐트러진 당근 조각 몇 개를 다시 제자리에 갖다 놓았다.

남자는 이런 나의 행동을 지켜보고 있었다. 남자의 눈은 바다처럼 어두운 회색이었다. 촛불처럼 깜박거리는 자기 부인과는 달리 길고 각진 얼굴에 안정된 표정이었다. 턱수염이나 콧수염을 기르지 않았는데 그게 깔끔한 느낌을 주어 마음에 들었다. 남자는 정교한 레이스 칼라의 하얀 셔츠를 입고 어깨에는 검은 망토를 걸쳤다. 비에 씻긴 것 같은 붉은 벽돌색 머리카락을 모자가 누르고 있었다.

"여기서 뭘 하고 있었지, 그리트?" 남자가 물었다.

나는 질문에 당황했지만 그런 티를 드러내지는 않았다.

"야채를 썰고 있었습니다. 수프를 만들려고요."

나는 언제나 야채들을 여러 조각으로 나뉜 둥근 파이 모양으로 만들어놓곤 했는데, 조각들마다 각기 다른 야채로 채워 넣었다. 지금 식탁에는 다섯 개의 조각으로 이루어진 둥근 야채판이 만들어져 있었다. 붉은 양배추, 양파, 부추, 당근, 그리고 순무. 나는 칼날을 이용해 야채 조각들의 경계를 분명히 하고, 원 중앙에는 둥글게 썬 당근 조각들을 올려두었다.

남자는 손가락으로 식탁을 두드렸다. "수프에 들어갈 순서대로 야채를 늘어놓은 건가?" 원을 이루고 있는 야채들을 유심히 살피며 남자가 물었다.

"아닙니다." 나는 잠시 망설였다. 내가 왜 그렇게 야채들을 늘어놓았는지 그 이유를 설명할 수가 없었다. 그저 그래야 한다고 느낀 대로 했을 뿐이지만, 솔직히 말하기엔 너무 겁이 났다.

"흰색 야채들은 따로 떼어놓았군." 순무와 양파를 가리키며 남자가 말했다. "그리고 주홍색과 자주색. 이 둘은 나란히 있지 않군. 이건 왜 그렇지?" 남자는 붉은 양배추 한 조각과 당근 한 조각을 집어들고, 주사위인 양 손안에 넣고 흔들었다.

엄마를 쳐다보자 엄마는 살며시 고개를 끄덕였다.

"그 색깔들은 나란히 있으면 서로 싸우니까요."

그런 대답을 들으리라고는 예상치 못했다는 듯 남자의 눈썹이 활처럼 휘었다. "그럼 수프를 만들기 전에 야채를 이런 모양으로 만드느라 시간이 많이 들겠구나?"

"아, 아닙니다." 혼란스러웠다. 남자가 나를 게으르다고 생각할까 봐 겁이 났다.

눈 끝으로 누군가 움직이는 게 보였다. 문설주 근처에서 안을 들여다보던 여동생 아그네스가 내 대답에 머리를 흔들고 있었다. 난 좀처럼 거짓말을 하지 않는데…… 나는 시선을 떨구고 말았다.

남자가 고개를 살짝 돌리자 아그네스는 모습을 감췄다. 남자는 손에 쥐고 있던 당근과 양배추 조각들을 각각의 조각 안에 떨어뜨렸고, 붉은 양배추 일부가 양파 조각에 섞여 들었다. 나는 손을 뻗어 양배추 조각을 제자리에 놓고 싶었지만 그냥 가만히 있었다. 하지만 남자는 내가 양배추를 옮기고 싶어 한다는 걸 아는 눈치였다. 그는 나를 시험하고 있었던 것이다.

"자, 이걸로 쓸데없는 이야기는 충분해요." 여자가 선언하듯 말했다. 남자가 내게 보이는 관심 때문에 화가 난 모양이었지만, 정작 여자가 얼굴을 찌푸리고 쳐다본 대상은 바로 나였다. "그럼 내일?" 획하고 방을 나가기 전 여자는 뒤에 서 있는 엄마와 남자를 쳐다보며 말했다. 남자는 수프에 들어갈 야채들을 한 번 더 흘긋 훑어보더니 내게 고개를 끄덕여 보인 후 여자를 따라 나갔다.

엄마가 돌아왔을 때, 둥근 야채판 옆에 앉아 있던 나는 엄마가 먼저 말을 꺼내길 기다렸다. 여름인 데다 부엌 안은 더웠지만 엄마는 마치 겨울 한기를 느끼듯 어깨를 움츠렸다.

"그분들의 하녀로 내일부터 일하게 될 거다. 네가 잘해낸다면 하루에 8스타위버(stuiver, 네덜란드의 옛 화폐 단위—옮긴이)씩 받게 될 거야. 그리고 그분들과 함께 살아야 한다."

나는 입술을 꼭 다물었다.

"날 그렇게 보지 마라, 그리트. 네 아버지가 직업을 잃었으니 어쩔 수가 없다."

"집은 어디예요?"

"아우더랑언데이크 가. 몰런포트 가와 교차하는 곳이다."

"그럼 파펜후크(구교도들이 사는 곳을 다소 경멸적으로 부르는 말—옮긴이)? 그분들 가톨릭이에요?"

"일요일마다 집에 올 수 있어. 그분들도 그러라고 했거든." 엄마 는 손을 오므려 순무를 한 줌 집어 양배추, 양파와 함께 불 위에서 끓고 있던 솥에 집어 넣었다. 내가 그토록 정성 들여 만들어놓았던 둥근 파이 조각들이 한순간에 망가져버렸다.

아버지를 보려고 다락방으로 올라갔다. 아버지는 햇볕이 드는 다 락방 창가 쪽에 앉아 있었는데 햇살이 아버지의 얼굴을 어루만지고 있었다. 그나마 아버지가 느낄 수 있는 유일한 빛이었다.

아버지는 타일 도장공이었다. 하얀 타일 위에 큐피드라든가 꽃, 물고기, 아이들, 선박, 군인, 하녀들, 때로는 동물의 모습을 그려 넣 고, 그 위에 유약을 발라 구워서 내다 팔았던 아버지의 손가락에는 여전히 푸르스름한 얼룩이 남아 있었다. 어느 날 가마가 폭발했고, 그 사건은 아버지의 눈과 직업을 한꺼번에 앗아갔다. 그래도 아버지 는 운이 좋은 편이었다. 그때 함께 있던 다른 두 사람은 목숨을 잃었 으니까.

나는 곁에 앉아 아버지의 손을 쥐었다.

"들었다." 내가 입을 열기 전에 아버지는 말했다. "나도 다 들었 어." 아버지의 귀는 잃어버린 두 눈을 대신해 훨씬 예민해져 있었다.

무슨 말을 하더라도 아버지를 원망하는 것처럼 들릴까 싶어 어떤 말도 꺼낼 수가 없었다.

"미안하구나, 그리트. 네게 좀 더 잘해줬어야 했는데." 사고 후 의사가 꿰매버린, 아버지의 동공이 있었던 자리가 슬퍼 보였다. "하지만 그분은 훌륭하고 공명정대한 신사란다. 너한테 잘해주실 거야." 아버지는 함께 왔던 여자에 대해서는 아무런 말도 하지 않았다.

"어떻게 그렇게 잘 아세요, 아버지? 그분을 알고 계세요?"

"넌 그분이 누군지 모른다는 거냐?"

"예."

"몇 년 전 시청에서 보았던 그림을 기억하니? 반 라위번 씨가 그 그림을 사들인 후 전시했지. 로테르담 수문과 스히담 수문 쪽을 바라본 델프트의 풍경 말이다. 하늘이 그림의 엄청 많은 부분을 차지하고 몇몇 건물들 위로는 햇빛이 쏟아져 내리고 있었지."

"물감에 모래를 섞어 벽돌과 지붕이 거칠어 보이게 처리했죠. 그리고 강물에는 긴 그림자들이 드리워져 있고, 그림 아래쪽 물가엔 사람들이 조그맣게 그려져 있었고요."

"그래, 바로 그 그림이야." 여전히 눈이 그 자리에 있어서 그림을 다시 보고 있는 것처럼 움푹 팬 아버지의 눈자위가 커졌다.

그 그림은 똑똑히 기억하고 있었다. 그 위치에 가 서 있었던 적도 많았지만, 이 화가가 그린 식으로 델프트를 바라본 적은 한 번도 없다고 생각했던 것까지 기억에 남아 있었다.

"그 화가가 반 라위번 씨예요?"

"그 후원자?" 아버지는 웃음을 터뜨렸다. "아냐, 아냐. 얘야, 그 사람이 아니다. 화가는 베르메르 씨야. 아까 집에 온 손님들이 요하네스 베르메르 씨와 그분의 아내란다. 넌 그분의 화실을 청소하게 될 거다."

    몇 가지 소지품과 함께 엄마가 챙겨준 여벌의 모자와 칼라, 앞치마를 가져가기로 했다. 매일 하나를 빨더라도 여벌이 있으니 항상 깨끗해 보일 것이다. 엄마는 거북 껍질로 만들어진 가리비 모양의 장식용 빗을 내게 주었는데, 이 빗은 원래 할머니 것이었다. 하녀가 머리에 꽂고 다니기에는 너무 고급스러워 보이는 빗이었다. 그리고 그 집의 가톨릭 분위기에서 벗어나고 싶을 때 읽을 수 있게 기도서 한 권도 챙겨주었다.

    짐을 꾸리면서 엄마는 내가 베르메르 가에서 일하게 된 연유를 설명해주었다.

    "너도 네 주인이 세인트 루크 길드의 대표라는 걸 알고 있도록 해라. 작년에 네 아버지가 사고를 당했을 때도 그분이 대표였단다."

    나는 고개를 끄덕였지만, 좀체 충격이 가시지 않았다. 내가 그런 예술가를 위해 일하게 되다니.

    "길드는 할 수 있는 한 최선을 다해서 자기네 조합원들을 돌본다. 아버지가 수년 동안 매주 돈을 넣어두던 상자를 기억하니? 그 돈은 사정이 어려운 조합원들에게 가는 것인데, 그동안은 우리가 받아왔지. 하지만 이젠 그 혜택을 못 받게 됐어. 너도 알다시피 프랑스는 지금 도제살이 중이고, 더 이상 집에 들어올 돈이 없어. 우린 선택의 여지가 없단다. 구제 기금 외에 달리 살아갈 방도가 없다면 몰라도 아직 그런 덴 기대고 싶지 않구나. 베르메르 씨가 화실의 물건을 건드리지 않고 방을 청소할 하녀를 구한다고 했는데, 그 얘기를

「델프트 풍경」, 1660~1661년경

듣고 네 아버지가 널 추천했단다. 베르메르 씨는 길드 대표니까 우리 사정을 잘 아실 테고, 기꺼이 우리를 도우실 거라고 생각하면서 말이다."

나는 엄마의 얘기를 꼼꼼히 듣고 있었다. "어떻게 물건을 하나도 안 건드리고 방을 치울 수가 있어요?"

"물론 물건들을 옮겨야겠지. 하지만 전혀 건드리지 않은 것처럼 다시 제자리에 정확히 두는 방법을 찾아야지. 앞을 못 보는 아버지를 위해서 네가 지금 하고 있듯이 말이야."

사고 이후, 우리는 아버지가 언제든 찾을 수 있게 아버지가 아는 곳에 물건을 두는 습관을 들였다. 그런데 앞을 못 보는 아버지에겐 그 방법이 통하겠지만, 화가의 눈을 가진 사람에겐 전혀 다른 방법이 필요할 것이다.

아그네스는 손님들이 다녀간 후 아무 말도 하지 않았다. 그날 밤 침대로 가서 옆에 누웠을 때, 아그네스는 내게 등을 돌리지는 않았지만 여전히 입을 열지 않았다. 동생은 누워서 천장만 쳐다보고 있었다. 촛불을 불어 끄자 깜깜해져 아무것도 보이지 않았다. 나는 동생을 향해 돌아누웠다.

"나도 집을 떠나는 게 싫어. 하지만 그래야만 해."

침묵이 흘렀다.

"우린 돈이 필요해. 아빠가 일을 하실 수 없는 지금, 우리에겐 아무것도 없거든."

"하루에 8스타위버는 그리 많은 돈이 아니잖아." 목구멍에 거미

집이 덮이기라도 한 듯 동생의 목소리는 쉬어 있었다.

"그래도 그 돈이면 우리 식구가 먹을 빵은 살 수 있을 거야. 약간의 치즈도. 그렇게 작은 게 아니야."

"난 외톨이가 될 거야. 모두들 날 남겨두고 떠나니까. 처음엔 오빠, 그다음엔 언니."

작년에 남동생 프란스가 집을 떠났을 때 식구들 중에 가장 서운해했던 사람은 아그네스였다. 둘은 고양이처럼 항상 서로 으르렁거렸지만 프란스가 떠난 후 한동안 아그네스는 우울해했다. 우리 삼 남매 중에서 가장 어린 아그네스는 열 살이었다. 그리고 자기 곁에 프란스와 내가 없었던 적이 없다.

"엄마와 아빠가 여기 계시잖아. 나도 일요일마다 집에 올 거고. 그리고 프란스가 떠났을 때는 놀랄 일도 아니었잖아." 프란스가 열세 살이 되면 도제살이를 하러 집을 떠날 거라는 사실은 식구들 모두가 몇 년 전부터 알고 있었다. 아버지는 프란스의 도제살이 비용을 대기 위해 열심히 돈을 모았고, 프란스가 새로운 기술을 배워서 돌아오면 둘이서 함께 타일 공장을 차릴 거라고 입에 달고 다녔으니까.

이제 아버지는 창가에 앉아 미래에 대해선 입도 벙긋하지 않았다.

사고가 난 뒤 프란스는 이틀 동안 집에 와 있었는데, 그 이후론 집에 오지 않았다. 프란스를 마지막으로 본 것은 내가 마을을 가로질러 동생이 도제살이를 하고 있는 공장으로 찾아갔을 때다. 프란스는 지쳐 보였고, 가마에서 타일을 꺼내다 입은 화상 자국이 팔 여기저기에 나 있었다. 프란스는 이른 새벽부터 밤늦게까지 일한다며, 너무 피곤해서 밥 먹을 기운조차 없다고 했다. "이 일이 이렇게 힘들다고 얘기한 적이 한 번도 없으셔, 아빠 말이야." 동생은 원망하듯 중얼거렸다. "아빠는 항상 도제살이가 자신을 일군 밑받침이 되었다고 말했는데."

"아마도 그랬겠지. 그게 지금의 아빠 모습을 만들었을 거야." 그때 나는 이렇게 대꾸했다.

다음 날 아침, 내가 떠날 준비를 마쳤을 때 아버지는 벽을 더듬어 방향을 가늠해가며 현관 계단으로 조심조심 발을 끌면서 내려왔다. 나는 엄마와 동생을 껴안았다. "금방 일요일이 돌아올 거야." 엄마가 말했다.

아버지는 손수건에 싼 뭔가를 내게 건네주었다. "이걸 보며 집이랑 우릴 생각해라……"

아버지가 만든 타일들 중에서 내가 가장 좋아하는 것이었다. 집에 있는 아버지의 타일들은 대부분 어딘가 이가 나갔거나 일그러졌거나, 아니면 가마가 너무 뜨거워서 타일의 그림이 뭉개져 있는 경우가 많았다. 하지만 이것만은 아버지가 우리를 위해서 특별히 간직해둔 것이었다. 거기에는 소년과 누나로 보이는 소녀를 그린 단순한 그림이 담겨 있었다. 그 아이들은 보통의 타일 속에 등장하는 아이들과 달리 장난을 치고 있지 않았다. 프란스와 내가 함께 길을 걸을 때처럼 그냥 단지 걸어가고 있었다. 아버지는 이 그림을 그릴 때 분명히 프란스와 나를 생각했을 것이다. 소년은 소녀보다 조금 앞서 걷고 있었는데 뭔가를 말하려는 듯 뒤를 돌아보고 있었다. 소년의 얼굴에는 장난기가 가득했고 머리는 부스스했다. 소녀는 내가 쓰는 것과 같은 모자를 쓰고 있었는데, 목 뒤나 턱 밑에 끈을 매는 다른 소녀들의 모자와는 달랐다. 나는 얼굴 주위로 넓은 테가 달린 하얀 모자를 좋아했다. 머리카락을 모두 덮을 수 있는 데다 얼굴 양쪽으로 모자 끝이 내려와 있어 누군가 옆에서 보더라도 표정을 감출 수 있었다. 나는 감자 껍질과 함께 삶아 빳빳이 풀을 먹인 모자를 좋아했다.

앞치마에다 소지품들을 싸 들고 집을 나섰다. 이른 아침이었지만 이웃들은 자기네 집 앞과 계단에 물을 뿌리며 청소를 하고 있었다. 앞으로는 내가 하던 다른 일들과 함께 저 일도 아그네스가 하게 되겠지. 동생은 운하나 동네에서 놀 수 있는 시간이 줄어들 것이다. 동생의 생활 또한 변하고 있었다.

내가 지나가자 사람들은 고개를 끄덕이며 호기심 어린 눈길을 던졌다. 아무도 내게 어디를 가느냐고 묻지 않았고, 다정한 말을 건네는 사람도 없었다. 그들은 한 가장이 직업을 잃었을 때 그 가족에게 어떤 일이 생기는지 모두 잘 알고 있었다. 나중에 이런 얘기가 오고 가겠지. 어린 그리트가 하녀가 되었대. 애 아버지가 집안을 저 지경으로 만들었어. 하지만 그들은 우리 가족의 일을 고소해하지는 않을 것이다. 똑같은 상황이 자신들한테도 언제든지 일어날 수 있다는 사실을 잘 알고 있었으니까.

나는 태어나서부터 줄곧 이 길을 따라 걸어 다녔다. 하지만 등 뒤에 집이 있다는 사실을 이처럼 의식해본 적은 한 번도 없었다. 길 끝에 다다라 가족들의 시야에서 벗어나자, 그제야 조금 편안히 침착하게 걸을 수 있게 되었고 주위도 둘러볼 수 있었다. 아침이라 아직 선

선했고 델프트를 덮고 있는 회백색의 하늘이 이불처럼 마을 위로 내려와 있었다. 이런 하늘을 태워 날려버리려면 여름의 태양이 더 높이 솟아야 할 것이다. 길과 나란히 흐르는 운하는 초록색을 띤 하얀 거울 같았다. 해가 높이 떠오를수록 운하의 빛깔도 이끼처럼 더욱 짙어질 것이다.

동생들과 함께 운하 가에 앉아서 물 위로 조약돌이나 나무 막대를 던지며 놀곤 했다. 한번은 깨진 타일을 던진 적도 있었다. 과연 저 밑에는 무엇이 있을까를 상상하면서 말이다. 우리 상상 속의 창조물들은 물고기가 아니라 항상 많은 비늘과 지느러미, 여러 개의 눈동자와 손을 가진 괴물이었다. 프란스는 가장 흥미로운 괴물을 생각해 내곤 했다. 제일 놀라는 사람은 아그네스였고, 나는 그 괴물들이 너무 생생해 튀어나올 것 같은 생각이 들면 놀이를 중단시키곤 했다.

운하에는 시장 광장으로 향하는 배들이 두세 척 떠 있었다. 오늘은 장이 서는 날이 아니었지만, 장이 서는 날에는 배들로 가득 차서 운하의 물을 볼 수 없을 정도다. 배 한 척이 예로니머스 다리에 있는 생선 가게들로 민물고기를 운반하고 있었다. 벽돌을 가득 실은 또 다른 한 척은 벽돌의 무게로 배가 물속에 많이 잠겨 있었다. 장대로 배를 밀고 있던 남자가 내게 인사를 건넸다. 나는 그저 고개만 끄덕이고 머리를 숙여 모자 테로 얼굴을 가렸다.

운하 위의 다리를 건너자 푸줏간에서 고기를 사는 사람들, 빵집에서 빵을 사는 사람들, 화물 계량소에서 무게를 달 나무를 가져가는 사람들, 뭔가를 하느라 이리저리 지나다니는 사람들로 항상 붐비는 시장 광장이 나타났다. 아이들은 부모의 심부름을 위해, 도제살이를 사는 이들은 자기네 도장인(都匠人)을 위해, 하녀들은 상전을 위해 볼일을 보러 다녔다. 말들과 마차들이 소리를 내며 다리를 건너고 있었다. 내 오른쪽에는 금박을 입힌 정문과 흰 대리석으로 빛나는 시청이 주춧돌 아래를 내려다보고 있고, 왼쪽에는 16년 전에 내가 세례를 받은 신교 교회가 서 있었다. 신교 교회의 가늘고 긴 탑은 돌로 된 새장을 생각나게 했다. 언젠가 한번 아버지는 우리를 그 탑 위로 데려간 적이 있었다. 그때, 아래로 펼쳐지던 델프트의 풍경을 나는 결코 잊지 못할 것이다. 폭 좁은 벽돌집과 뾰족한 빨간 지붕, 초록빛 운하의 물길, 그리고 수문의 모습은 작지만 뚜렷하게 내 마음속에 각인되었다. 아버지에게 네덜란드의 모든 도시들이 이런 모습이냐고 물어보았지만 아버지는 알지 못했다. 다른 도시에 가본 적이 없었으니 말이다. 걸어서 두 시간 거리에 있는 헤이그조차 가본 적이 없었으니까.

나는 광장 한가운데로 걸어 들어갔다. 시장 광장의 중앙 바닥에는 팔각형의 별이 원 안에 그려져 있는데, 그 별의 모서리는 각각 델프트의 여덟 구역들을 가리키고 있었다. 나는 이 별이 마을의 정중앙이자 내 생활의 중심이라고 생각했다. 동생들과 나는 시장까지 뛰어다닐 수 있는 나이가 되었을 때부터 이 별 안에서 놀았다. 우리가 좋아하던 놀이는 우리 중 한 사람이 방향을 선택하면 다른 사람은 황새, 교회, 외발 손수레, 꽃 같은 한 가지 물건의 이름을 대고, 우리 모두는 그 방향으로 달려가 그 물건을 찾아보는 것이었다. 이런 식으로 우리는 델프트의 구석구석을 거의 안 가본 곳 없이 뒤지고 다녔다.

하지만 우리가 절대로 가지 않는 방향이 딱 한 곳 있었는데, 그곳이 가톨릭 신자들이 살고 있는 파펜후크였다. 내가 일해야 하는 베르메르 씨네 저택은 우리 집에서 겨우 10분 거리, 물 한 주전자를 끓이는 데 드는 시간밖에 걸리지 않았지만 한 번도 근처를 지나쳐본 적이 없었다.

나는 단 한 사람의 가톨릭 신자도 알지 못했다. 델프트에는 가톨릭 신자들이 그리 많지 않았고, 특히 우리 동네나 우리가 이용하던 가게들에서는 전혀 마주칠 일이 없었다. 우리가 가톨릭 신자들을 피한 게 아니라, 그들은 그들끼리 모여 살았다. 그 사람들은 곁에서 보기에는 교회 같지 않은 수수한 장소에서 따로 그들만의 예배를 드렸다.

아버지는 가톨릭 신자들과 함께 일한 적이 있는데, 그 사람들도 우리와 별반 다를 게 없다고 했다. 굳이 따진다면 좀 덜 엄숙하다고 했다. 그들은 먹고, 마시고, 노래하고, 게임하는 것을 좋아한다고 아버지는 부러운 듯 얘기했다.

내게 친숙한 지역을 벗어나는 게 영 내키지 않아서, 나는 어느 누구보다도 천천히 광장을 가로질러 파펜후크를 가리키는 별의 방향으로 향했다. 운하 위의 다리를 건너 아우더랑언데이크 가를 따라 왼쪽으로 돌았다. 이제 내 왼쪽에는 운하가 길과 시장 광장을 분리시키면서 길과 평행하게 달리고 있었다.

몰런포트 가와 만나는 곳에 한 저택의 문이 열려 있고, 문 옆의 벤치에 네 소녀가 앉아 있었다. 아이들은 키 순서대로 앉아 있었는데 가장 나이 들어 보이는 아이가 아그네스 또래로 보였다. 제일 어려

보이는 애는 네 살 정도 될까. 가운데 앉은 소녀들 중 하나는 아기를 무릎 위에 안고 있었는데, 아기는 꽤 자라서 한창 기어 다니거나 곧 걷게 될 것 같았다.

다섯 명의 아이들. 그리고 또 한 아이가 곧 태어날 터였다.

제일 큰 애는 조가비에 구멍을 뚫고 거기에 고정시킨 대롱으로 비눗방울을 불고 있었는데, 아버지가 우리를 위해 만들어주었던 것과 아주 비슷했다. 다른 애들은 팔짝팔짝 뛰어오르며 방울들을 터뜨렸다. 무릎에 아기를 안고 있는 아이는 몸을 제대로 움직일 수가 없어서, 비눗방울을 불어 대는 아이 바로 옆에 앉았는데도 방울들을 거의 잡지 못했다. 막내는 끝에 떨어져 앉아 있는 데다 키도 작아서인지 역시 방울들을 잡을 기회가 없었다. 두 번째로 어려 보이는 애가 가장 민첩해서, 쏜살같이 쫓아가서는 손바닥으로 방울들을 터트리고 있었다. 이 아이는 넷 중에서도 제일 밝은 머리카락을 가지고 있었는데, 뒤쪽 벽의 벽돌처럼 선명한 빨강이었다. 막내와 아기를 안고 있는 아이 둘은 자기 엄마처럼 곱슬곱슬한 금발인 반면, 제일 큰 애는 자기 아빠와 같은 검붉은 색이었다.

나는 빨강머리 아이가 비눗방울들을 쫓으며 손뼉을 치는 모습을 지켜보았다. 방울들은 축축한 물기를 남기며 흩어지기 직전에 집 앞에 대각선으로 가지런히 깔린 회색과 흰색의 타일들 위에서 팡팡 터져 올랐다. 이 아이는 왠지 꽤나 성가실 것 같았다. "비눗방울이 땅에 닿기 전에 좀 더 부지런히 터트려야지." 내가 말을 걸었다. "그러지 않으면 바닥의 타일들을 다시 깨끗이 문질러 닦아야 할걸."

제일 큰 애가 입에 문 대롱을 늘어뜨렸다. 한 자매라는 것을 의심할 여지 없게 만드는 네 쌍의 눈동자가 똑같은 눈빛으로 나를 응시했다. 나는 아이들에게서 부모의 여러 가지 모습을 찾을 수 있었다. 여기에 회색 눈동자, 저기에 담갈색 눈동자, 각진 얼굴들, 조바심 내는 몸놀림 등.

"당신이 새 하녀인가요?" 큰애가 물었다.

"당신이 오나 지켜보라는 얘기를 들었어요." 내가 미처 대답하기도 전에 빨강머리 아이가 끼어들었다.

"코넬리아, 가서 타네커를 데려와." 큰애가 빨강머리 아이에게 말했다.

"네가 가, 알레이디스." 커다란 회색 눈동자로 나를 바라보고 있는 가장 어린 소녀에게 코넬리아가 지시했지만, 이 꼬마 아가씨는 움직이지 않았다.

"내가 가야겠다." 결국 내가 도착한 게 중요한 일이라는 결정을 내렸는지 큰애가 말했다.

"아냐, 내가 갈게." 코넬리아가 벌떡 일어서더니 언니를 앞질러 달려나갔다. 얌전한 두 아이와 나를 남겨두고서.

나는 아이의 무릎에서 꼼지락거리고 있는 아기를 들여다보았다. "남동생이니? 아님 여동생?"

"남동생이요." 깃털 베개처럼 부드러운 목소리로 아이는 대답했다. "애 이름은 요하네스예요. 얀이라고 부르면 절대 안 돼요." 아이는 마지막 말이 익숙한 후렴구인 양 덧붙였다.

"그렇구나. 그럼 네 이름은?"

"리스벳. 그리고 얘는 알레이디스." 막내가 나를 보며 미소 지었다. 두 아이 모두 하얀 앞치마와 모자에 갈색 드레스로 단정하게 차려입었다.

"그럼 큰언니 이름은?"

"매지. 마리아라고 부르면 절대로 안 돼요. 우리 할머니 이름이 마리아거든요. 마리아 틴스. 이 집은 우리 할머니 집이에요."

아기가 칭얼대기 시작했다. 리스벳이 무릎에 안은 아기를 위아래로 흔들며 얼렀다.

나는 저택을 올려다보았다. 확실히 우리 집보다 웅장했지만 지레겁을 먹었던 만큼은 아니었다. 우리 집은 조그만 다락이 있는 단층이지만, 이 저택은 2층에다 큰 다락방이 딸려 있었다. 저택은 몰런포트 가의 맨 끝에 있었다. 그래서 그런지 이 거리에 있는 다른 집들보다 더 커 보였다. 델프트에 있는 다른 많은 집들은 운하를 따라 늘어선 폭이 좁은 벽들과 굴뚝들, 서로 겹친 지붕들 때문에 빽빽하게 마주 붙어 있는 느낌을 주었지만, 이 저택은 그런 답답한 느낌이 없었다. 저택 1층의 창문들은 매우 높았고, 이 거리의 다른 집들은 2층의 창이 두 개였지만 이 저택의 2층에는 세 개의 창이 나란히 가깝게 붙어 있었다.

저택의 정문에서는 운하 바로 건너 신교 교회의 탑이 보였다. 이집 가족들에겐 좀 야릇한 전망이라는 생각이 들었다. 이들 가톨릭 신자들이 저 신교 교회 안에 들어갈 일은 절대 없을 테니 말이다.

"네가 바로 그 하녀로구나, 그렇지?" 등 뒤에서 나는 소리였다.

현관에 서 있는 여자는 어렸을 때 앓은 듯한 마마 자국이 넓적한 얼굴에 퍼져 있었다. 코는 주먹코에다 울퉁불퉁했고, 작은 입에 붙은 두툼한 입술은 불쑥 밀려나와 있었다. 눈동자는 밝은 푸른색이었는데 마치 하늘을 그 눈동자에 담은 것 같았다. 흰 슈미즈 위에 회갈색 드레스를 입고, 모자를 단단히 묶어 쓰고 있었다. 여자가 두른 앞치마는 내 것만큼 깨끗하지 않았다. 현관에 떡 버티고 서 있어서 매지와 코넬리아는 여자를 비집고 나와야 했다. 여자는 무슨 도전을 기다리기라도 하듯 팔짱을 끼고 나를 쳐다보았다.

여자가 벌써 내게서 위협을 느끼고 있다는 생각이 들었다. 이대로 내버려두면 나를 계속 괴롭힐 것 같았다.

"제 이름은 그리트입니다." 나는 여자를 똑바로 바라보며 얘기했다. "이번에 새로 온 하녀예요."

여자는 엉덩이를 살짝 들썩거렸다. "그럼 들어오도록 해." 잠시 후 여자가 말했다. 여자가 어둑한 집 안으로 걸음을 옮겼고, 그러자 현관이 뻥 뚫렸다.

나는 문지방을 넘어섰다.

처음으로 저택 응접실에 들어섰을 때를 떠올리면 기억나는 것은 항상 그림들이다. 짐 보따리를 꽉 움켜쥐고 응접실 안으로 들어섰을 때 나는 걸음을 멈추고 가만히 응시했다. 예전에도 그림들을 본 적이 있지만, 방 하나에 그렇게 많은 그림들이 걸려 있는 건 처음이었다. 모두 열한 개. 가장 큰 그림은 거의 벌거벗은 두 남자가 씨름을 하는 모습을 그린 것이었다. 나는 그 그림이 성경 이야기에서 따온 것임을 미처 알지 못하고, 그게 가톨릭에서 다루는 주제인지 궁금해했다. 다른 그림들은 좀 더 친숙한 것들이었다. 과일을 쌓아둔 것, 풍경들, 바다 위의 배들, 초상화들. 그림들은 여러 화가가 그린 듯했

「골목길」, 1657~1658년경

다. 이들 중 어떤 것이 나의 주인 되는 이가 그린 것일까 궁금했다. 하지만 내가 그에게서 기대했던 그림은 하나도 없었다.

나중에야 알게 됐지만, 응접실에 있는 그림들은 모두 다른 화가들의 작품이었다. 그는 저택 안에 좀처럼 자신의 완성된 작품을 두지 않았다. 그는 화가일 뿐만 아니라 미술상이기도 했다. 그래서 거의 모든 방, 심지어는 내가 자는 방에까지 그림이 걸려 있었다. 그림들은 팔리거나 새로 들어오곤 했기 때문에 숫자는 항상 바뀌었지만, 대략 50점이 넘는 그림들이 저택에 있었다.

"빨리 와. 게으름 피우거나 딴전 부릴 시간 없어!" 여자는 저택 한 켠을 따라 뒤쪽으로 이어진 긴 복도를 서둘러 걸어갔다. 여자가 왼쪽에 있는 방으로 불쑥 들어가고 나도 따라 들어갔다. 그 방의 맞은편 벽에는 내 키보다도 훨씬 큰 그림이 걸려 있었다. 성모 마리아와 막달레나 마리아, 그리고 사도 요한에게 둘러싸여 십자가에 매달린 예수님의 그림이었다. 나는 쳐다보지 않으려고 애썼지만, 그 그림의 주제와 크기에 압도당하고 말았다. 가톨릭이라고 우리와 별반 다를 것은 없다고 아버지는 말했다. 그러나 우리 같은 신교도들은 집 안이나 교회, 어느 곳에도 이런 그림들을 걸지 않았다. 이제 나는 매일 이 그림을 보며 지내야 했다.

십자가에 매달린 예수님 그림이 있던 방을 나는 십자가 방이라 불렀는데, 이 그림에는 도무지 익숙해질 수가 없었다.

그림에 너무 놀란 나는 방 한쪽 구석에서 누군가 말을 걸 때까지 주위에 사람이 있는지도 몰랐다. "그래, 얘야. 저 그림이 네가 보기엔 꽤 신기한 모양이구나." 나이 지긋한 한 여인이 파이프 담배를 피우며 푹신한 의자에 앉아 있었다. 물부리를 물고 있는 여인의 이는 갈색으로 변색되어 있었고, 손가락은 잉크로 얼룩져 있었다. 하지만 나머지 다른 부분은 티끌 하나 없이 깨끗했다. 검정 드레스, 레이스 칼라, 빳빳한 하얀 모자. 여인의 주름진 얼굴은 완고해 보였지만 밝은 갈색 눈동자는 즐거운 듯이 보였다.

누구보다도 오래 살 것 같은, 그런 모습의 노인네였다.

이 여인이 카타리나의 어머니구나, 하는 생각이 불쑥 들었다. 내가 그렇게 생각한 것은 딸과 같은 눈동자 색깔이나, 카타리나와 마찬가지로 모자 아래로 삐져나온 회색 곱슬머리 때문만은 아니었다. 이 여인에게는 자기 딸을 돌보듯 자신보다 못한 사람들을 돌보는 데 익숙한 사람의 태도가 있었다. 내가 왜 카타리나가 아닌 이 여인에게 불려왔는지 이해할 수 있을 것 같았다.

아무 생각 없이 보는 듯했지만, 여인의 시선은 찬찬히 나를 훑고 있었다. 여인이 눈을 가늘게 떴을 때, 나는 내 생각 모두를 이 여인에게 들켰다는 생각이 들었다. 나는 머리를 돌려 모자 아래로 얼굴을 숨겼다.

마리아 틴스는 파이프를 채우면서 킬킬거렸다. "바로 그거다, 얘야. 여기서는 네 생각을 밖으로 드러내지 않도록 해라. 그래야 내 딸 밑에서 일할 수 있을 게다. 그 앤 지금 가게에 가고 없어. 여기 타네커가 집 안을 보여주고 네가 해야 할 일들을 알려줄 게다."

나는 고개를 숙였다. "예, 마님."

노부인 곁에 서 있던 타네커가 지나가며 나를 슬쩍 밀었고, 등을 따라오는 마리아 틴스의 시선을 느끼며 나는 타네커를 따라 나갔다.

다시 한번 마리아 틴스의 킬킬거리는 웃음소리가 들려왔다.

먼저 타네커는 부엌과 세탁실, 두 개의 창고 방이 있는 저택의 안쪽으로 나를 데려갔다. 세탁실은 하얀 빨래들이 가득 널린 자그마한 뒷마당과 연결되어 있었다.

"우선 이것들부터 다림질하도록 해." 마당에서 타네커가 말했다. 세탁물들이 아직 한낮의 햇볕에 완전히 마르지 않은 듯 보였지만, 나는 아무 말도 하지 않았다.

타네커는 나를 다시 안으로 데려가더니 한 창고 방의 바닥에 나 있는 구멍을 가리켰다. 그곳에는 아래로 내려갈 수 있도록 사다리가 걸쳐져 있었다. "넌 저기서 자게 될 거야. 네 짐은 거기 떨어뜨려놓고, 정리는 나중에 하도록 해."

운하에 살고 있는 괴물들을 찾아내려고 동생들과 함께 운하 바닥에 던지던 돌을 떠올리며, 침침한 구멍 속으로 마지못해 짐을 떨어뜨렸다. 털썩 하고 진흙 바닥으로 짐이 떨어지는 소리가 들려왔다. 내가 열매를 떨어뜨리고 있는 사과나무 같다는 생각이 들었다.

다시 타네커를 따라 복도로 나갔다. 우리 집보다 훨씬 많은 방들이 있었고, 방문들은 모두 열려 있었다. 마리아 틴스가 앉아 있던 십자가 방의 옆방은 조금 작았는데 저택의 정면을 향하고 있었다. 거기에는 아이들의 침대며 침실용 변기, 작은 의자들과 탁자, 그 위에 자질구레한 질그릇들, 촛대들, 양초 심지를 자르는 가위, 옷들이 엉켜 있었다.

"아이들은 여기서 자." 난장판으로 어질러진 모습에 당황했는지 타네커가 분명치 않은 목소리로 웅얼거렸다.

타네커는 다시 복도로 나가서 붉은색과 회색 타일이 깔린 아주 커다란 방의 문을 열었다. 창으로 들어오는 밝은 햇살이 바닥을 가로지르고 있었다. "엄청난 방이지." 타네커가 뚱한 목소리로 중얼거렸다. "주인 내외분이 여기서 주무셔."

침대는 초록색 비단 커튼으로 둘러져 있었다. 다른 가구로는 흑단으로 상감된 커다란 장식장이 있고, 창가 쪽에는 스페인산 가죽 의자들로 둘러싸인 백양나무 탁자가 자리 잡고 있었다. 그러나 여기서도 나를 놀라게 한 것은 그림이었다. 이 방에는 다른 방들보다 더 많은 그림이 걸려 있었다. 가만히 열아홉까지 세었다. 대부분 초상화였는데, 양쪽 집안 식구들을 그린 것인 듯했다. 성모 마리아의 그림과 아기 예수에게 경배를 드리는 세 명의 동방박사를 그린 그림도 있었다. 나는 두 그림을 불편한 마음으로 바라보았다.

"이젠 2층으로." 타네커가 먼저 가파른 층계를 오르면서 손가락을 자기 입술에 갖다 댔다. 나는 최대한 조용히 올라가려고 애썼다. 계단 꼭대기에서 주위를 둘러보자 한쪽에 굳게 닫힌 문이 보였다. 저 문 뒤편의 고요함 속에 그가 있었다.

나는 두 눈을 문에 고정시킨 채 꼼짝 않고 서 있었다. 문이 열리면서 그가 나올까 봐 감히 움직일 수가 없었다.

타네커가 내 쪽으로 몸을 기울이며 속삭였다. "넌 저 방을 청소해야 해. 나중에 작은 마님이 설명해주실 거야. 그리고 이쪽 방들은 내가 모시고 있는 큰 마님의 방들이야. 거긴 나만 청소하러 들어갈 수 있지." 타네커는 뒤쪽으로 나 있는 문들을 가리켰다.

우리는 다시 조심조심 계단을 내려왔다. 세탁실로 돌아왔을 때 타네커가 말했다. "네가 집의 모든 빨래를 도맡아야 해." 타네커는 한 무더기의 옷들을 가리켰다. 옷들은 물에 잠긴 채 멀찍이 뒤쪽에 널 브러져 있었다. 나는 타네커가 하는 말을 놓치지 않으려고 애썼다. "부엌에 수조가 있긴 하지만 빨래할 물은 네가 직접 운하에서 길어 와 쓰도록 해. 이곳 운하의 물은 꽤 깨끗하거든."

"타네커." 나는 나지막한 목소리로 말했다. "이 모든 일을 지금까지 혼자 다 했어요? 요리며 청소에 빨래까지?"

제대로 말을 고른 셈이었다. "게다가 가끔 장 보는 일도 하지." 타네커는 자신의 부지런함에 우쭐하여 자랑스럽게 말했다. "물론 대부분은 작은 마님이 장을 보긴 해. 하지만 아이를 가졌을 땐 고기나 생선이라면 딱 질색을 하거든. 그리고 이 댁에는 그런 경우가 잦은 편이지." 타네커가 속삭이며 덧붙였다. "넌 이제 푸줏간과 생선 가게에도 가야 해. 그게 또 네 일이야."

그 말을 끝으로 타네커는 나를 빨랫감과 함께 남겨두고 나가버렸다. 이 저택의 식구는 나를 포함하면 모두 열 명이었다. 그리고 머지않아 태어날 아기는 다른 누구보다도 더 많은 빨랫감을 만들어낼 것이다. 매일같이 빨래를 해야 할 것이고, 손은 비누와 물 때문에 트고 갈라질 것이다. 얼굴은 뜨거운 수증기에 쐬어 빨갛게 익고, 등은 젖은 빨래를 들어 올려 너느라 쑤실 것이다. 그리고 다림질하다가 팔을 데기도 하겠지. 그러나 나는 새로 들어온 하녀고, 또 젊었다. 이 점이 내가 집 안에서 가장 힘든 일을 떠맡게 된 이유일 것이다.

빨랫감은 빨기 전에 하루 정도 물에 푹 담가둬야 했다. 지하실로 내려가는 통로가 있는 창고에서 양은 물 항아리 두 개와 구리 솥 하나를 찾아냈다. 나는 항아리들을 끼고 긴 복도를 지나 정문으로 향했다.

아이들은 여전히 벤치에 앉아 있었다. 매지가 우유에 적신 부드러운 빵을 요하네스에게 먹이고 있는 동안, 리스벳이 비눗방울을 불어대고 있었다. 코넬리아와 알레이디스는 방울들을 쫓아다녔다. 내가 나타나자 아이들은 하던 짓을 멈추고 뭔가를 기대하는 표정으로 나를 바라봤다.

"당신이 새 하녀지요." 빨강머리 아이가 선언하듯 말했다.

"그래, 코넬리아."

코넬리아는 조약돌을 하나 집어서 길 건너 운하 속으로 던졌다. 아이의 팔에는 긁힌 상처가 여러 군데 나 있었는데, 틀림없이 고양이를 괴롭히다가 그랬을 것이다.

"어디서 잘 거예요?" 끈적거리는 손가락을 앞치마에 닦으며 매지가 물었다.

"지하실에서."

"우리 거기 내려가는 거 좋아하는데." 코넬리아가 소리쳤다. "지금 거기 가서 놀자!"

코넬리아는 집 안으로 돌진했지만 얼마 가지 못했다. 아무도 자기를 뒤따르지 않았기 때문에 시무룩한 얼굴로 되돌아오고 말았다.

"알레이디스." 제일 어린 아이에게 손을 뻗으며 나는 말했다. "운하 어디쯤에서 물을 긷는지 가르쳐주겠니?"

아이는 내 손을 잡으며 나를 올려다봤다. 아이의 눈동자는 두 개의 반짝이는 잿빛 동전 같았다. 우리는 길을 건넜고 코넬리아와 리스벳이 뒤를 따라왔다. 알레이디스는 물가로 내려가는 층계로 나를 이끌고 갔다. 물이 내려다보이는 곳에 이르자, 예전에 동생들과 물가에서 있을 때면 그랬던 것처럼 나는 알레이디스의 손을 꼭 잡았다.

"넌 뒤로 물러서 있어." 알레이디스는 내 말에 고분고분 한 걸음 뒤로 물러섰다. 하지만 코넬리아는 층계 아래로 항아리를 옮기는 내 뒤를 바싹 따라왔다.

"코넬리아, 너 내가 물 긷는 걸 도와줄 거니? 안 그럴 거면 다른 애들한테 가 있어."

코넬리아가 나를 빤히 쳐다보았다. 그러더니 가장 고약한 행동을 저지르고 말았다. 토라졌거나 소리를 질렀다면 나는 이 애를 제압했다고 생각했을 것이다. 하지만 코넬리아는 웃음을 터뜨렸다.

나는 손을 들어 찰싹 뺨을 때렸다. 얼굴이 빨개졌지만 아이는 울지 않았다. 코넬리아는 계단을 뛰어 올라갔고, 알레이디스와 리스벳은 굳은 얼굴로 흘끔흘끔 나를 내려다보았다.

그 순간 어떤 예감이 스쳤다. 자기 엄마랑 함께 있을 때도 애는 이러지 않을까. 내가 뺨을 때릴 수 없을 거란 점만 빼고는 말이다.

나는 항아리들에 물을 채워 계단 위로 날랐다. 코넬리아는 보이지 않았다. 매지는 그대로 요하네스를 안고 있었다. 나는 항아리 하나를 부엌으로 가지고 가서 구리 솥에 물을 채우고 불을 지폈다.

내가 물가로 돌아왔을 때 코넬리아는 여전히 빨갛게 부은 얼굴로 다시 거기 와 있었다. 아이들은 회색과 흰색의 타일 위에서 팽이를 돌리며 놀고 있었다. 아무도 나를 쳐다보지 않았다.

내가 남겨두고 간 항아리 하나가 사라지고 없었다. 운하를 살펴보니, 손이 닿지 않는 거리에 항아리가 주둥이 쪽을 물에 박은 채 둥둥 떠다니고 있었다.

"그래, 너 앞으로 참 성가시겠구나." 나는 중얼거리며 항아리를 건져내기 위해 주위에서 막대기를 찾아보았지만 허사였다. 아이들이 내 얼굴을 볼 수 없게 고개를 돌려 외면한 채 나는 들고 있던 항아리에 다시 물을 채워 저택으로 가져갔다. 항아리를 솥 옆에 놓아두고 이번에는 빗자루를 들고 다시 밖으로 나갔다.

가라앉히려고 그러는지 운하 계단에서는 코넬리아가 항아리를 향해 돌을 던지고 있었다.

"그만두지 않으면 다시 뺨을 때려줄 거야."

"엄마한테 이를 거야. 하녀는 우릴 때릴 수 없어." 코넬리아가 다시 돌 하나를 던졌다.

"네가 무슨 짓을 했는지 할머니에게 말해버릴까?"

겁먹은 표정이 코넬리아의 얼굴에 떠올랐다. 아이는 들고 있던 돌을 떨어뜨렸다.

시장 광장 방향에서 배 한 척이 운하를 따라오고 있었다. 오늘 아침 일찍 보았던 그 사람이었다. 가득 싣고 있던 벽돌을 모두 내려놓고 돌아오는 배는 훨씬 가볍게 물 위에 떠 있었다. 남자는 나를 보자 이를 드러내며 히죽 웃었다.

나는 얼굴을 붉히며 말했다. "저기요. 저 항아리 좀 집어주시겠어요?"

"아하, 뭔가 바라는 게 있어서 날 쳐다보고 있었군. 안 그래요, 아가씨? 아까랑 다른걸!"

코넬리아가 호기심에 가득 차서 나를 보고 있었다.

나는 침을 삼켰다. "여기선 항아리에 손이 닿지 않아서요. 당신이라면 어떻게……"

남자는 몸을 기울여 항아리를 건져내서 안에 들어 있던 물을 쏟아버리고 내 쪽으로 내밀었다. 나는 계단을 달려 내려가 항아리를 건네받으려 했다. "고맙습니다. 정말 고마워요."

하지만 남자는 항아리를 그냥 주려 하지 않았다. "고맙다는 인사가 단가? 입맞춤도 없이?" 남자가 팔을 뻗어 내 소매를 끌었다. 나는 팔을 뿌리치며 남자에게서 항아리를 빼내려고 애를 썼다.

"이번엔 안 돼요." 나는 최대한 부드럽게 말했다. 이런 유의 대화에 나는 도통 익숙하지 않았다.

남자는 웃음을 터뜨렸다. "이제 여기를 지날 때마다 매번 어디 떠다니는 항아리가 없나 찾게 되겠군. 안 그래, 어린 아가씨?" 남자는 코넬리아에게 윙크를 했다. "항아리와 입맞춤이라." 남자는 장대를 잡고 운하로 나아갔다.

계단을 올라와 길 위로 나왔을 때, 그가 있는 2층 가운데 창가에서 움직임을 본 것 같았다. 그러나 다시 바라보자 창에 되비친 하늘 외에는 아무것도 보이지 않았다.

마당에서 빨래를 걷고 있는데 카타리나가 돌아왔다. 복도에서 울리는 짤랑거리는 열쇠 소리가 카타리나의 귀가를 먼저 알렸다. 커다란 열쇠 꾸러미가 카타리나의 허리춤에 매달려, 엉덩이 위에서 서로 부딪치며 소리를 내고 있었다. 내 눈에는 불편해 보였지만, 카타리나는 아주 자랑스럽게 열쇠 뭉치를 차고 다녔다. 카타리나는 부엌에서 타네커와 가게에서 물건을 운반해 온 소년에게 뭔가 지시를 하는 모양으로, 퉁명스런 목소리로 두 사람에게 말하고 있었다.

나는 하던 일을 계속했다. 침대보와 냅킨, 베갯잇, 식탁보와 셔츠, 슈미즈, 앞치마, 손수건, 칼라와 모자들을 걷어 차곡차곡 갰다. 빨래들은 부주의하게 대충 뭉쳐서 널려 있었던 탓에 겹쳐 있던 부분은 아직도 눅눅했다. 처음부터 잘 펴서 널지 않아 여기저기 주름이 잡힌 곳도 많았다. 이 빨래들을 웬만큼 괜찮게 보이도록 하려면 한참을 다림질하며 보내야 할 것 같았다.

카타리나가 뒷마당으로 통하는 문에 모습을 나타냈다. 해가 아직 높게 뜨지 않았는데도 덥고 지쳐 보였다. 슈미즈는 푸른색 드레스 위로 덥수룩하게 나와 있고, 그 위에 걸친 녹색 외투는 벌써 구깃구깃해져 있었다. 특히 오늘따라 머리를 반드럽게 눌러주는 모자를 쓰지 않아, 금발의 머리카락이 그 어느 때보다 더욱 곱슬거렸다. 곱슬거리는 머리카락들은 머리를 한 타래로 묶고 있는 머리핀들과 싸우고 있는 것처럼 보였다.

카타리나는 운하 가에 앉아 잠시 쉴 필요가 있어 보였다. 물을 보고 있노라면 마음이 차분하게 가라앉고 더위도 식힐 수 있을 텐데.

카타리나 앞에서 어떻게 처신해야 할지 잘 알 수가 없었다. 나는 한 번도 하녀로 일한 적이 없었고, 우리 집에서 하녀를 부려본 적도 없었으니까. 내가 사는 동네에서 하인을 부리는 집은 한 집도 없었다. 누구도 그럴 여유가 없었다. 나는 개고 있던 빨래들을 바구니 안에 놓으면서 카타리나에게 고개를 숙였다. "안녕하세요, 마님."

카타리나가 눈살을 찌푸렸다. 그 순간 나는 카타리나가 먼저 말을 건네도록 해야 했다는 것을 깨달았다. 앞으로 좀 더 조심해야 될 것이다.

"타네커가 집을 구경시켜주었지?"

"네, 마님."

"그럼, 네가 할 일이 뭔지는 알았을 테고. 그래, 그 일들을 네가 하게 될 거야." 카타리나는 이야기를 하다 할 말을 못 찾아서 당황한 듯 머뭇거렸는데, 그 모습은 나도 하녀들이 지켜야 할 법도에 대해 잘 모르지만, 그보다 카타리나가 안주인 역할에 대해 더 모른다는 인상을 주었다. 타네커는 아마 큰 마님에게서 일을 배웠을 것이고, 카타리나가 뭐라고 말하든 여전히 큰 마님의 지시를 따르고 있을 터였다.

나는 그런 티를 내지 않고 카타리나를 도와야 했다.

"빨래 말고도 제가 푸줏간이나 생선 가게에 다녀오길 마님께서 원하신다고 타네커가 얘기했습니다." 나는 다소곳한 목소리로 말했다.

카타리나의 표정이 밝아졌다. "그래, 네가 빨래를 끝내면 타네커가 널 거기로 데려갈 게다. 다음부터는 너 혼자 매일 거기에 가야 해. 그리고 내가 필요할 때 다른 심부름도 해야 하고."

"예, 마님." 카타리나에게서 아무 말이 없자 나는 빨랫줄에서 남자용 마직 셔츠를 걷으려고 팔을 뻗었다.

카타리나는 그 셔츠를 물끄러미 바라보다가 셔츠를 개고 있는 내게 말했다. "내일 네가 청소해야 할 2층을 보여주겠다. 일찍, 아침에 제일 먼저 해야 될 일이야." 내가 미처 대답하기도 전에 카타리나는 안으로 사라졌다.

빨래들을 안으로 들인 뒤 나는 다리미를 찾아 깨끗이 닦은 다음 불 위에 올려놓고 달궜다. 타네커가 들어와 장바구니를 건넸을 때는 다림질을 막 시작하려던 참이었다. "지금 푸줏간에 갈 거야. 당장 고기가 필요하거든." 좀 전까지 부엌에서는 달가닥거리는 소리와 함께 타네커가 방풍나물을 볶는 냄새가 나고 있었다.

앞쪽으로 나와보니 카타리나가 리스벳과 요하네스를 데리고 벤치에 앉아 있었다. 요하네스는 요람에서 잠이 들었고 리스벳은 엄마의 발치에 앉았는데, 카타리나는 리스벳의 머리를 빗겨주며 이를 찾고 있었다. 그 옆에서는 코넬리아와 알레이디스가 바느질을 하고 있었고, 카타리나는 아이들의 솜씨를 보며 잔소리를 하는 중이었다. "아냐, 알레이디스. 실을 더 꽉 잡아당겨야지. 너무 느슨하잖니. 코넬리아, 어떻게 하는지 네가 좀 보여줘라."

나는 이 식구들이 이렇듯 조용하게 함께 지낼 수 있으리라곤 상상도 못했다.

매지가 운하에서 달려왔다. "푸줏간에 가는 거예요? 나도 따라가도 돼요, 엄마?"

"타네커 옆에 가만히 붙어서 말을 잘 듣는다면."

나는 매지와 함께 가게 되어 기뻤다. 타네커는 여전히 나를 경계하고 있었지만, 매지는 명랑하고 활발한 성격이어서 쉽게 친해질 수 있을 것 같았다.

길을 가면서 타네커에게 얼마나 오랫동안 마리아 틴스 밑에서 일했는지 물어보았다.

"아, 꽤 오래됐지. 지금의 주인님과 작은 마님이 결혼해서 여기와 살기 몇 해 전부터니까. 내가 일을 시작한 건 너보다도 어렸을 때야. 그런데 너 몇 살이지?"

"열여섯."

"나는 열네 살에 시작했어." 타네커는 의기양양하게 되받았다. "내 인생의 반을 여기서 일하며 보낸 셈이지."

나라면 그런 일을 이렇게 자랑스럽게 말하진 못했을 것이다. 어린 나이부터 떠맡아야 했던 과중한 집안일이 사람을 닳게 해서, 실제 나이인 스물여덟보다도 타네커는 더 나이 들어 보였다.

푸줏간들이 모여 있는 시장은 시청 바로 맞은편, 광장의 남서쪽에 있었다. 그 안에는 서른두 개의 가게가 있었는데, 델프트에는 대대로 서른두 명의 업자들이 각자의 푸줏간을 운영해오고 있었다. 그곳은 고기를 이리저리 옮기는 남자들과 가족을 위해 고기를 고르거나 사려는 주부와 하녀들로 붐볐다. 바닥에 깔린 톱밥은 피에 젖어서 신발이나 옷자락에 들러붙었다. 한때는 매주 이곳에 와봤기 때문에 푸줏간 냄새에 꽤 익숙했지만, 허공을 떠도는 피 냄새는 항상 나를 떨게 했다. 하지만 오늘은 내가 잘 아는 낯익은 곳에 다시 왔다는 사실이 즐거웠다. 아버지가 사고를 당하기 전 우리 집 단골 가게였던 푸줏간을 지나칠 때, 가게 주인이 내 이름을 불렀다. 나는 미소로 답했고, 아는 얼굴을 보자 적이 안심이 되었다. 새 저택으로 일하러 간 첫날, 내가 웃은 건 이때가 처음이었다.

내 삶을 이루고 있던 익숙한 것들로부터 철저히 떨어져서, 한나절 동안 그렇게 많은 새로운 사람들과 새로운 것들을 만나야 하는 일은 불편했다. 전에는 새로운 사람을 만날 때면 늘 가족이나 이웃들이 내 주위에 있었다. 낯선 곳을 가더라도 프란스나 엄마, 아니면 아버지와 함께였기 때문에 조금도 두렵지 않았다. 인생의 새로운 일들은 마치 구멍 난 양말을 감침질하는 것처럼 오래된 것들에 함께 짜여 들어갔다.

프란스는 도제살이를 시작하고 얼마 지나지 않아, 공장에서 거의 도망칠 뻔했다는 얘기를 한 적이 있다. 일이 힘들어서 도망치려고 했던 것이 아니라, 매일매일 부딪히는 생소함을 견디기 어려웠기 때문이라고 했다. 하지만 프란스를 공장에 그대로 잡아둔 것은 아버지가 모든 저축을 자신의 도제살이 비용으로 쏟아부었으며, 자신이 집으로 오더라도 다시 돌려보낼 것임을 동생이 잘 알고 있었기 때문이다. 게다가 어딜 가더라도 세상 밖에서는 더 많은 낯섦과 생소함에 부딪혀야만 했을 터였다.

"나중에 한번 들를게요. 혼자서 시장에 나오게 되면요." 타네커와 매지를 따라잡으려고 서두르며 나는 푸줏간 주인에게 속삭였다.

타네커와 매지는 저쪽에 보이는 한 푸줏간으로 막 들어가려던 참이었다. 거기 주인은 곱슬거리는 금발에 밝은 파란색 눈동자를 가진 잘생긴 아저씨였다.

"피터, 이쪽은 그리트예요. 앞으로는 얘가 고기를 사러 올 거예요. 다른 건 그대로니까 하던 대로 하면 되고요." 타네커가 말했다.

가게 주인의 얼굴에 신경을 집중시키려고 했지만, 눈이 자꾸만 주인이 입고 있는 피 묻은 앞치마로 내려가는 걸 어쩔 수가 없었다. 우리 집 단골 가게 주인은 앞치마에 피가 묻으면 항상 깨끗한 것으로 갈아입고 고기를 팔았는데.

"아하 그래, 오늘은 뭘로 드릴까, 그리트?" 내가 무슨 포동포동한 통닭으로 보이는지, 이걸 구워서 먹어버릴까 하는 표정으로 피터 아저씨는 말했다.

내가 타네커를 돌아보자 "갈빗살 4파운드랑 혓바닥살 1파운드" 하고 타네커가 주문했다.

피터 아저씨가 미소를 지으며 매지에게 말을 걸었다. "어떻게 생각해요, 아가씨? 델프트에서 우리 가게가 제일 좋은 혀를 팔지 않던가요?"

진열되어 있는 다릿고기와 갈빗살, 혓바닥살, 돼지 족발, 소시지를 구경하던 매지는 고개를 끄덕이며 킬킬거렸다.

"그리트, 여기 푸줏간들 중에서 우리 가게가 가장 정직한 저울과 질 좋은 고기를 가졌다는 걸 너도 알게 될 거다. 나한테 불평할 일은 절대 없을 거라구." 우리가 주문한 혓바닥살의 무게를 달면서 피터 아저씨는 말했다.

나는 아저씨의 앞치마를 응시하다가 마른침을 삼켰다. 아저씨는 내가 가져간 바구니에 갈빗살과 혓바닥살을 담고 윙크를 하더니 다음 손님을 향해 돌아섰다.

푸줏간을 나온 우리는 푸줏간 시장 바로 옆에 있는 생선 가게로 갔다. 생선 가게들 위로는 생선 장수들이 운하로 내던지는 물고기의 머리나 내장을 기다리며 갈매기들이 배회하고 있었다. 타네커가 단골 생선 장수를 내게 소개했다. 역시 우리 집이 드나들던 가게와는 다른 곳이었다. 나는 하루씩 번갈아서 한 번은 생선을, 한 번은 고기를 사야 했다.

시장에서 나오자, 나는 카타리나와 아이들이 벤치에 앉아 있는 그 저택으로 돌아가고 싶지 않았다. 이 길로 집으로 가고 싶었다. 우리 집 부엌으로 들어가서 엄마에게 바구니에 가득한 갈빗살을 건네주고 싶었다. 우리 집은 여러 달째 고기를 입에 대지 못하고 있었다.

우리가 돌아왔을 때 카타리나는 코넬리아의 머리를 빗겨주고 있었다. 두 사람 모두 내게 아무런 관심을 보이지 않았다. 나는 타네커가 저녁 식사를 준비하는 걸 도왔다. 석쇠 위의 고기를 뒤집고 큰 방에 놓인 식탁에 음식을 내고 빵을 잘랐다.

식사 준비가 끝나자 아이들이 들어왔다. 매지가 부엌에서 타네커를 거드는 동안 다른 아이들은 자리에 앉았다. 나는 낮에 푸줏간에서 가져온 혓바닥살을 타네커가 밖에 그냥 두는 바람에 고양이가 거의 채 갈 뻔한 것을 보고, 창고 안에 있는 고기 저장통에 집어넣고 나오던 참이었다. 그때 그가 저택으로 돌아왔다. 모자와 망토를 입은 채 긴 복도의 끝에 서 있었다. 나는 가만히 있었고, 그는 잠시 멈춰 섰다. 역광 때문에 그의 얼굴을 볼 수는 없었다. 그가 복도 아래쪽에 있던 나를 보았는지는 모르겠다. 잠시 후 그는 큰 방으로 사라졌다.

내가 십자가 방에서 아기를 돌보는 동안 타네커와 매지가 저녁 시중을 들었다. 저녁 시중이 끝나고 우리는 함께 식사를 했다. 음식은 이 집 식구들이 먹고 마셨던 것과 같았다. 갈빗살, 나물, 그리고 빵과 맥주. 피터 아저씨네 고기가 우리 집 단골 푸줏간의 고기보다 더

낮지는 않았지만, 오랜만에 맛보는 고기 맛은 참 황홀했다. 빵도 집에서 먹던 값싼 갈색 빵이 아닌 호밀빵이었고, 맥주도 물처럼 밍밍하지 않았다.

나는 저녁 식탁에 있지 않았기 때문에 그를 볼 수는 없었다. 가끔 마리아 틴스와 주고받는 그의 목소리를 들었을 뿐이다. 오가는 목소리로 보아 두 사람은 서로 잘 지내고 있는 듯했다.

저녁 식사 후 설거지를 끝내고 타네커와 나는 부엌과 창고의 바닥을 걸레질했다. 부엌 벽은 흰 타일로 꾸며져 있었는데, 푸른색과 흰색의 델프트 타일을 바른 난로의 한쪽 면에는 새, 다른 면에는 배, 또 다른 면에는 군인들이 그려져 있었다. 주의 깊게 살펴보았지만 아버지가 그린 것은 어디에도 없었다.

이날의 나머지 시간 대부분은 세탁실에서 다림질을 하며 보냈다. 가끔 불을 피우기 위해 다림질을 멈추고 나무를 가져오기도 하고, 더운 열기를 피해 마당으로 나가기도 했다. 아이들은 나를 보러 들어오기도 하고, 불을 쑤셔보기도 하고, 부엌문에 기대어 잠이 든 타네커를 간지럼 태우기도 하면서 집 안팎에서 놀았다. 요하네스는 타네커의 발밑에서 기어 다니고 있었다. 아이들은 나를 약간 불편해하는 것 같았다. 아마 내가 또 때릴지도 모른다고 생각하는 모양이었다. 코넬리아는 나를 노려보긴 했지만 세탁실에 오래 있지는 않았고, 매지와 리스벳은 내가 다려놓은 옷들을 큰 방에 있는 장으로 날라주었다. 아이들의 엄마는 거기서 자고 있었다. 타네커는 비밀을 털어놓듯 말했었다. "산달이 되면 작은 마님은 하루 온종일 침대에서 지낼 거야. 온 사방에 기댈 수 있는 베개들을 잔뜩 갖다 놓고서 말이야."

저녁 식사 후 마리아 틴스는 2층의 자기 방으로 올라갔다. 하지만 한 번, 복도에서 마리아 틴스의 목소리가 들렸다. 고개를 들자 세탁실 문가에 마리아 틴스가 나를 보고 서 있었다. 아무런 말도 하지 않기에 그냥 돌아서서 그녀가 거기 없는 것처럼 계속 다림질을 했다. 잠시 후 마리아 틴스가 고개를 끄덕이더니 발을 끌며 사라지는 것이 눈 끝에 잡혔다.

2층 그의 화실에는 손님이 와 있었다. 층계를 오르는 두 남자의 목소리를 들었던 것이다. 한참 후 손님이 내려오는 소리가 들리고, 문틈으로 그가 손님과 함께 외출하는 것이 보였다. 손님은 통통한 몸매에 하얀 깃털이 달린 모자를 쓰고 있었다.

날이 어두워지자 우리는 촛불을 켰다. 주인 내외와 큰 마님이 큰 방에서 혓바닥살 요리를 먹는 동안, 타네커와 나는 아이들과 함께 십자가 방에서 빵과 치즈, 맥주를 먹었다. 십자가 방에서 나는 그림을 등지고 앉느라 신경을 썼다. 너무 피곤해서 아무런 생각도 나지 않았다. 집에 있을 때도 일을 많이 하긴 했지만 이렇게 피곤해보긴 처음이었다. 이 저택에 있는 모든 것이 새로웠고 하루 온종일을 심각하게 긴장하고 있었으니 말이다. 집에서는 엄마나 동생들과 함께 웃을 수 있었지만 여기서는 함께 웃을 수 있는 사람도 없었다.

숙소인 지하실에는 아직 내려가보질 못했다. 드디어 잘 시간이 되어 초를 들고 내려간 나는 침대와 베개, 담요를 찾았다. 너무 피곤해서 다른 것들은 돌아볼 엄두가 나지 않았다. 차고 시원한 바람이 방으로 들어올 수 있도록 위로 통하는 문은 그대로 열어둔 채였다. 신발과 모자, 앞치마, 드레스를 벗고 짧게 기도를 올린 후 자리에 누웠다. 막 초를 끄려는 순간, 침대 발치에 그림 하나가 걸려 있는 것이 보였다. 나는 일어나 앉았고, 잠은 달아나버렸다. 십자가에 매달린 예수님을 그린 또 다른 그림이었다. 위층 십자가 방에 있는 그림보다 크기는 작았지만, 어딘지 모르게 마음을 더 심란하게 만드는 그림이었다. 예수님은 고통에 가득 찬 얼굴을 아래로 떨구고 있었고 마리아 막달레나의 눈동자는 흔들리고 있었다. 조심스럽게 다시 누웠지만, 그림에서 눈을 뗄 수가 없었다. 이런 그림이 있는 방에서 잔다는 것은 상상도 할 수 없는 일이었다. 벽에서 그림을 떼어버리고 싶었지만 감히 그럴 수는 없었다. 결국 촛불을 불어 껐다. 새집에서 보내는 첫날부터 아까운 초를 낭비할 여유는 없었으니까. 다시 자리에 누웠지만, 눈만은 그림이 걸려 있는 곳을 향하고 있었다.

그날 밤, 나는 잠을 잘 이루지 못했다. 몹시 피곤했지만 자다가도 자주 깨서 그림을 바라보곤 했다. 어두워서 아무것도 보이지 않았지만, 그림의 모든 부분이 마음에 세세하게 각인되어 있었다. 마침내 그림이 점점 빛을 내는가 싶더니 다시 눈앞에 나타났다. 성모 마리아가 나를 굽어보고 있다고 확신했다.

아침에 일어났을 때 일부러 그림 쪽은 보지 않았다. 대신 지하실 위 창고의 창문으로 들어오는 희미한 빛에 의지해서 지하실에 뭐가 있는지를 둘러보았다. 물건이 많지는 않았다. 한쪽에 네댓 개의 융단 의자들이 쌓여 있고, 두세 개의 부서진 의자들, 거울 하나에다 두 점의 정물화가 벽에 기대어 서 있었다. 만일 벽에 걸려 있는 예수님의 그림을 저 정물화 중 하나로 바꿔 건다면 누군가 알아차릴까?

코넬리아라면 그럴 것이다. 그리고 자기 엄마에게 일러바치겠지.

카타리나든 누구든 이 집 식구들이 내가 개신교 신자임을 알고 있는지 궁금했다. 이 집에서 나 혼자 신교도라는 것을 의식해야 한다고 생각하자 이상한 기분이 들었다. 내 주위에 가톨릭 교인들이 더 많았던 적은 한 번도 없었으니까.

그림에 등을 돌리고 사다리를 올라갔다. 현관 쪽에서 카타리나의 열쇠 다발이 짤랑거리는 소리가 들렸다. 나는 그 소리를 좇아 카타리나를 찾아 다가갔다. 카타리나는 반쯤 잠이 든 사람처럼 느릿느릿 움직이고 있었는데, 나를 보자 자세를 꼿꼿이 하려고 애썼다. 그리고 2층으로 가는 계단의 난간을 단단히 붙잡고서 몸을 천천히 끌어올렸다. 나는 뒤를 따랐다.

화실 앞에서 카타리나는 열쇠를 찾아 자물쇠를 풀고 문을 열었다. 덧문들이 닫혀 있어 방은 어두웠다. 덧문들 사이로 흘러드는 가는 빛줄기 덕분에 그나마 약간이라도 방 안을 볼 수 있었다. 방에서는 깨끗하면서도 날카로운 아마인유(亞麻仁油) 냄새가 났다. 그 냄새는 타일 공장에서 일을 마치고 돌아오던 밤이면 아버지의 옷에서 나던 냄새를 떠올리게 했다. 갓 벤 신선한 건초와 나무가 뒤섞인 듯한 그 냄새.

카타리나는 문지방에 그대로 서 있었다. 감히 카타리나보다 먼저 들어갈 수는 없는 일이었다. 어색한 순간이 지나고 카타리나가 입을 열었다. "들어가 덧문들을 열어. 왼쪽 창문은 그대로 두고, 가운데랑 저쪽 창문만. 그리고 가운데 창문은 아래쪽만 열고."

나는 이젤과 의자를 피해 방을 가로질러 가서 가운데 창문의 아랫부분을 당겨 열고 덧문을 젖혔다. 딱히 문가에서 카타리나가 나를 지켜보고 있어서가 아니라, 이젤 위의 그림에는 눈길을 주지 않았다.

오른쪽에는 창가에 맞대어 탁자가 하나 붙여져 있었고, 구석에는 의자가 놓여 있었다. 의자 등받이와 시트는 노란 꽃들과 잎들이 새겨진 가죽이었다.

"그쪽에 있는 건 아무것도 움직이지 마라. 남편이 지금 그리고 있는 중이니까." 카타리나가 환기시켰다.

발끝으로 섰는데도 내 키로는 위쪽 창문과 덧문에 손이 닿지 않았다. 의자 위에 올라서야 했지만, 카타리나 앞에서 그러고 싶지는 않았다. 내가 실수하기만을 기다리는 것처럼 문가에 서서 지켜보고 있는 카타리나의 존재가 나를 계속 불안하게 만들었다.

나는 어떻게 해야 할지 고민했다.

이때 나를 구한 것이 바로 아기였다. 아래층에서 요하네스가 울어대기 시작한 것이다. 카타리나가 엉덩이를 들썩였다. 내가 머뭇거리고 있는 동안 카타리나는 점점 더 조바심을 치더니 마침내 아래층으로 아기를 살펴보러 내려갔다.

나는 재빨리 의자 위로 올라가 조심스럽게 나무 틀에 발을 딛고 서서 위쪽 창문을 당겨 열고, 몸을 앞으로 기울여 덧문들을 밀어젖혔다. 창 아래로 거리를 내려다보니 타네커가 저택 앞의 타일들을 청소하는 게 보였다. 타네커는 나를 보지 못했지만, 타네커 뒤쪽으로 젖은 타일들 위를 소리도 없이 지나가던 고양이 한 마리가 발을 멈추고 나를 올려다보았다.

아래쪽 창문과 덧문들을 마저 연 후 의자에서 내려왔다. 순간 뭔가 내 앞에서 움직였고 나는 그 자리에 얼어붙어버렸다. 움직임이 멈췄다. 그것은 나였다. 두 창문 사이의 벽에 걸린 거울에 비친 내 모습이었던 것이다. 나는 나를 뚫어지게 쳐다보았다. 죄를 지은 듯한 걱정스런 표정을 하고 있었지만, 거울 속의 얼굴은 쏟아지는 햇살에 곱게 씻겨 빛나고 있었다. 나는 물끄러미 바라보다, 놀라며 거울로부터 비켜섰다.

이제 방을 둘러볼 수 있는 여유가 생겼다. 화실은 아래층의 큰 방만큼 길지는 않았지만, 그래도 제법 큰 정방형의 공간이었다. 바닥에는 잿빛이 감도는 흰색 타일과 어두운 색의 타일이 대각선으로 교차하며 깔려 있었다. 흰 벽과 열린 창문 때문에 방은 밝고 쾌적해 보였다. 바닥을 자루걸레로 닦을 때 흰색 도료가 떨어져 나가지 않도록 벽의 아래쪽은 큐피드가 그려진 델프트 타일들을 한 줄로 붙여 마감되어 있었는데, 그 타일들 역시 아버지의 작품이 아니었다.

방은 크긴 했지만 가구는 별로 없었다. 처음에 본 대로 가운데 창문을 마주 보고 이젤과 의자가 놓여 있고, 오른쪽 구석 창가에는 탁자가 붙여져 있었다. 내가 딛고 섰던 의자 말고, 가죽을 씌워 황동 장식못으로 고정시키고 등받이 양 기둥 끝에 사자머리를 장식해놓은 또 다른 의자가 탁자 옆에 놓여 있었다. 의자와 이젤 뒤쪽 저편 벽에는 작은 장이 하나 있었는데, 서랍들은 닫혀 있었고 깨끗한 팔레트들과 다이아몬드 형의 날을 가진 나이프와 몇 자루의 붓이 장 위에 가지런히 놓여 있었다. 그 옆의 책상 위에는 종이와 책, 인쇄물 등이 있었다. 그리고 문 쪽 벽에는 사자머리로 장식된 의자가 두 개

더 있었다.

일상생활의 자질구레하게 어질러진 물건들을 찾아볼 수 없는 잘 정돈된 방이었다. 마치 전혀 다른 집에 속한 것처럼 저택의 딴 방들과는 느낌이 달랐다. 문을 닫으면 아이들이 떠드는 소리, 카타리나의 짤랑거리는 열쇠 꾸러미 소리, 우리가 비질하는 소리도 들리지 않을 것이다.

빗자루와 물통, 걸레를 들고 와 청소를 시작했다. 이젤에 놓인 그림의 배경이 되는 구석 쪽부터 시작하기로 했다. 여기 있는 것은 어느 하나도 움직여서는 안 된다는 사실을 알고 있었다. 의자 위에 무릎을 꿇고 창문의 먼지를 털었다. 조금 전에 열려고 애썼던 그 창문이었다. 창문 한쪽 구석에 달린 노란 커튼은 주름이 변하지 않도록 주의하며 젖은 걸레로 가볍게 먼지를 찍어냈다. 유리창은 더러워서 따뜻한 물로 닦아야 할 것처럼 보였지만, 그가 깨끗한 창문을 원하는지 확신할 수가 없었다. 먼저 카타리나에게 물어봐야 할 것이다.

의자의 먼지를 털고 황동 장식못과 사자머리를 윤기 나게 닦았다. 탁자는 한동안 제대로 청소하지 않은 듯했다. 탁자 위에는 파우더붓, 양은그릇, 편지, 검은 도기 항아리가 놓여 있었고, 모서리 한쪽에는 푸른 천이 뭉친 채 늘어트려져 있었다. 누군가 이 물건들 주위를 대충 닦긴 했지만, 제대로 청소하려면 이것들을 모두 치우고 닦아야 할 것이다. 엄마가 말한 대로, 물건을 옮겼다가 전혀 손대지 않은 것처럼 정확하게 그 자리에 돌려놓는 방법을 찾아야 했다.

탁자 구석에는 편지가 놓여 있었다. 엄지손가락을 편지의 한쪽 가장자리에 대고, 검지를 또 다른 쪽에 대고, 새끼손가락을 탁자 모서

「신앙의 알레고리」, 1671~1674년경

리에 걸어 손이 움직이지 않게 고정시킨다면, 편지를 움직여도 될 듯했다. 나는 편지를 집어 들고 재빨리 그 자리를 청소한 후, 손가락들이 놓인 자리에 다시 편지를 맞춰놓았다. 왜 재빨리 하려고 했는지는 모르겠다. 탁자에서 물러나 살펴보니 편지는 원래 있던 자리에 그대로 있는 것 같았다. 하지만 이 방의 주인만이 편지가 움직였는지 아닌지 알 수 있을 것이다.

어쨌든 이게 내가 치러야 할 시험이라면, 나는 최선을 다해 해낸 셈이었다.

편지와 파우더 붓 사이의 간격을 손으로 잰 후, 붓의 한쪽 둘레를 따라 손가락들을 짚고 붓을 들어냈다. 얼른 먼지를 닦고 그 자리에 붓을 놓았다. 그리고 다시 편지와 붓 사이의 간격을 쟀다. 그릇도 똑같이 했다.

아무것도 움직이지 않은 것처럼 보이게끔 이런 식으로 나는 청소를 해나갔다. 물건들 사이의 공간을 재고, 그 주위에 무엇이 있는지 기억하면서 말이다. 작은 물건들은 쉬웠지만 가구같이 덩치가 큰 것들은 힘들었다. 의자와 함께 발과 무릎, 때론 어깨와 턱을 이용하기도 했다.

탁자 위에 어지럽게 뭉쳐 있는 푸른 천은 어찌해볼 도리가 없었다. 천을 들어서 움직이고 나면 정확하게 똑같은 주름이 생기도록 다시 놓을 수 있을까 걱정스러웠다. 그냥 내버려두고 말았다. 하루나 이틀 동안 내가 방법을 찾아낼 때까지 제발 그가 알아차리지 못하기를 바라면서.

방의 다른 부분들은 훨씬 수월했다. 손길이 필요한 방을 돌본다는 만족감에 젖어 바닥과 벽, 창문, 가구들의 먼지를 털고 걸레로 닦았다. 탁자와 창문의 반대편 저쪽 구석으로 문이 달린 광이 하나 있었는데, 그 안에는 그림과 캔버스, 의자, 상자, 접시, 요강, 옷걸이, 한 줄로 정렬된 책들이 여기저기 널려 있었다. 나는 널린 물건들을 정리하면서 그곳도 청소했다. 광 안은 이제 훨씬 깔끔해 보였다.

그 와중에도 나는 이젤 주위를 청소하는 걸 피하고 있었다. 이유는 알 수 없었지만, 이젤 위의 그림을 본다는 게 신경에 거슬렸다. 마침내 이젤 부근 말고는 청소할 곳이 남아 있지 않았다. 이젤 앞에 놓인 의자의 먼지를 턴 후 그림을 보지 않도록 주의하면서 이젤을 청소했다.

하지만 그림 속에서 얼핏 노란 공단을 보았을 때 나는 손을 멈추고 말았다.

그리고 마리아 틴스가 말을 걸어올 때까지 넋을 놓고 그림을 바라보고 있었다.

"흔히 볼 수 있는 그림은 아니야, 그렇지?"

나는 마리아 틴스가 들어오는 소리를 듣지 못했다. 큰 마님은 레이스 칼라가 달린 고운 검정 드레스를 입고 약간 구부정한 자세로 문 안쪽에 서 있었다.

무슨 말을 해야 할지 알 수가 없어서 나는 다시 그림 쪽으로 돌아서고 말았다.

마리아 틴스가 웃었다. "사위의 그림 앞에서 예의범절을 잊어버리는 건 너뿐만이 아니란다, 애야." 마리아 틴스가 내 곁으로 다가와 섰다. "그래, 이 그림은 거의 다 됐지. 이 여인은 반 라위번의 안 사람이다." 아빠가 한 번 언급한 적이 있는 무슨 후원자라는 그 이름을 나는 기억하고 있었다. "이 여자는 별로 아름답지 않지만, 사위가 그렇게 보이도록 그렸지. 이 그림은 좋은 값을 받을 게다."

이 그림은 내가 처음 본 그의 작품이었기 때문에 훗날 본 그의 다른 작품들, 심지어 밑그림부터 시작해 마지막 완성까지 지켜보았던 다른 그림들보다도 기억에 더 또렷이 남아 있다.

한 여자가 탁자 앞에서 옆모습을 보인 채 벽에 걸린 거울을 보고 있었다. 여자는 흰담비 모피로 가장자리를 댄 아주 고급스러워 보이는 노란 공단 망토를 입고, 머리에는 요새 유행하는 다섯 가닥의 빨간 리본을 맸다. 왼쪽 창에서 들어오는 빛이 여자의 이마와 코에 섬세한 곡선을 그리며 얼굴을 거쳐 아래로 떨어지고 있었다. 여자는 목에 건 진주 목걸이에 리본을 묶고 있었는데, 리본을 잡은 두 손은 허공에 정지해 있었다. 거울 속 자신의 모습에 넋을 잃은 듯, 여자는 누군가 자신을 보고 있다는 사실을 의식하지 못하는 것 같았다. 배경이 되는 밝고 하얀 벽에는 낡은 지도가 한 장 걸려 있었고, 그림 앞쪽 어두운 부분에는 내가 청소했던 편지며 파우더 붓, 그리고 그 밖의 물건들이 놓인 탁자가 보였다.

나는 그림 속의 망토며 진주 목걸이를 걸쳐보고 싶었다. 이런 식으로 여자를 그린 그 남자가 어떤 사람인지 알고 싶었다.

순간, 아까 청소할 때 거울 속에 비친 내 모습을 바라보던 일이 떠올랐고, 부끄러워졌다.

마리아 틴스는 나와 함께 서 있는 게 아무렇지도 않은 듯 편안하게 그림을 들여다보고 있었다. 바로 뒤에 있는 배경 그대로를 그림

「진주 목걸이를 한 여인」, 1664년경

속에서 보고 있자니 기분이 이상했다. 청소를 하면서 탁자 위의 물건들을 훤히 알게 되었고, 그것들이 어디에 어떻게 놓여 있는지도 기억하게 되었다. 탁자 한 귀퉁이에는 편지가, 양은그릇 옆에는 아무렇게나 내려놓은 듯한 파우더 붓이, 검은 도기 항아리 주위에는 푸른 천이 쌓여 있다. 모든 것이 실물과 똑같아 보였다. 다른 것이 있다면 그림 속의 사물들이 더 깨끗하고 맑아 보인다는 것 정도일까. 그림은 내가 한 청소를 조롱하고 있는 것 같았다.

그러다가 나는 한 가지 차이를 발견하고 숨을 들이켰다.

"왜 그러니, 애야?"

"저기, 그림 속 여자분 옆에 있는 의자에 사자머리 장식이 없어요."

"그래, 의자 위에는 한때 류트가 놓였던 적도 있단다. 사위는 많은 것을 바꾸지. 자기가 본 것을 항상 그대로 그리지는 않는단다. 어울리는 것을 찾아 그릴 뿐이지. 말해봐라, 애야. 네 생각엔 이 그림이 다 된 것 같으냐?"

나는 마리아 틴스를 쳐다보았다. 큰 마님의 질문은 함정임에 분명했지만 어떤 변화를 줘도 그림을 더 멋있게 만들 수 있을 것 같지는 않았다.

"다 된 것 아닌가요?" 나는 머뭇거리며 말했다.

마리아 틴스는 코웃음을 쳤다. "사위는 석 달 동안이나 이 그림에 매달려 있었어. 끝내려면 아마 두어 달 더 걸릴 거야. 또 뭔가를 바꾸겠지. 너도 보게 될 게다." 마리아 틴스는 주위를 둘러보았다. "여기 청소는 다 했니? 그럼 가보려무나. 가서 다른 일을 해야지. 사위가 올라와서 네가 어떻게 청소했는지 곧 보게 되겠지."

나는 마지막으로 한 번 더 그림을 응시했다. 자세히 보면 볼수록 뭔가가 스르르 빠져나가고 있다는 느낌이 들었다. 그것은 마치 밤하늘의 별을 바라보는 것과 같았다. 똑바로 바라보고 있으면 좀처럼 찾을 수 없는 밤하늘의 별 말이다. 하지만 고개를 돌리며 눈 끝으로 살짝 보았을 때 별은 더 밝게 다가온다.

나는 빗자루와 걸레, 물통을 챙겨 방을 나왔다. 내가 나올 때도 마리아 틴스는 여전히 그림 앞에 서 있었다.

운하에서 항아리에 물을 길어 와 불 위에 올려놓은 후 타네커를 찾으러 나섰다. 타네커는 아이들의 침실에 있었는데 코넬리아가 옷 입는 것을 도와주고 있었다. 매지는 알레이디스가 옷 입는 걸 돕고 있었고, 리스벳은 혼자 알아서 입었다. 타네커는 기분이 안 좋아 보였다. 내가 말을 걸자 무시하기라도 하듯 흘끗 한 번 보았을 뿐이다. 나는 참고 있다가 타네커 앞으로 다가가 나를 쳐다보게 만들었다.

"타네커, 지금 생선 가게에 가려고 해요. 오늘은 뭘로 달라고 할까요?"

"이렇게 일찍? 우린 항상 늦게 다녔는데." 타네커는 여전히 내게 눈길을 주지 않은 채 말했다. 이제 타네커는 코넬리아의 머리에 다섯 가닥의 하얀 리본을 별 모양으로 매주고 있었다.

"물이 끓는 동안은 시간이 나니까, 얼른 다녀올 수 있을 거라 생각했어요." 나는 간단히 대답했다. 생선 가게 주인이나 푸줏간 주인이 이 집 식구들을 위해 좋은 생선이나 고기를 따로 빼놓겠다는 약속을 했다지만, 물 좋은 생선이나 질 좋은 고기는 항상 일찍 가야 구할 수 있다는 말은 덧붙이지 않았다. 타네커도 아마 잘 알고 있을 것이다. "어떤 걸로 달라고 할까요?"

"오늘은 생선은 꿈도 꾸지 마. 푸줏간에 가서 양고기를 달라고 해." 타네커가 리본을 다 묶자, 코넬리아가 펄쩍 뛰어오르더니 나를 밀치고 지나갔다. 타네커가 몸을 돌려 상자를 열어 뭔가를 찾기 시작했다. 나는 잠시 회갈색 드레스를 꼭 껴입은 타네커의 넓은 등을 쳐다보았다.

타네커는 질투하고 있는 것이다. 자신에게는 허락되지 않았던 화실 청소를 내가 하고 있기 때문이다. 화실은 마리아 틴스와 나를 제외하고는 누구에게도 출입이 허락되지 않는 듯했다.

일어서는 타네커의 손에는 여자애들이 쓰는 보닛 모자가 들려 있었다. "네가 아는지 모르겠는데 말이야, 주인님께서는 나를 그리신 적이 있어. 내가 우유를 따르고 있는 모습을 그리셨지. 모두가 그러는데, 그 그림이 주인님의 최고래."

"나도 꼭 보고 싶어요. 그림이 아직도 여기 있어요?" 나는 재빨리 응답했다.

"아냐, 반 라위번 어르신이 사 갔어."

나는 잠시 생각을 가다듬었다. "그럼 델프트 제일의 부자가 매일 당신을 보는 즐거움을 차지하고 있는 셈이네요."

타네커가 싱긋 웃자 얼굴의 마마 자국이 더 넓어 보였다. 적절한 말 한마디가 타네커의 기분을 확 바꾼 것이다. 그런 말을 찾아내는 일은 순전히 내 몫이었다.

「우유 따르는 여인」, 1658~1660년경

나는 타네커의 기분이 바뀌기 전에 나가려고 돌아섰다. "같이 가도 돼요?" 매지가 내게 물었다.

"나두요?" 리스벳이 합세했다.

"오늘은 안 돼." 나는 단호하게 말했다. "너흰 뭘 좀 먹고 타네커 언니를 도와드려." 으레 함께 시장에 가는 줄로 여기게 하고 싶지 않았다. 아이들이 뭔가 잘했을 때, 그 상으로 함께 장 보러 가는 일을 허락할 생각이었다.

그리고 익숙한 거리를 혼자 걷고 싶었다. 옆에서 아이들이 재잘거리고 있으면 변해버린 내 삶을 끊임없이 생각나게 할 테니 말이다. 파펜후크를 벗어나 시장 광장으로 들어서며 나는 깊이 숨을 들이쉬었다. 저택의 가족들과 함께 있는 내내 얼마나 스스로를 단단히 억누르고 있었는지 나는 아직 깨닫지 못하고 있었다.

피터 아저씨네 푸줏간으로 가기 전, 예전에 다니던 단골 푸줏간에 먼저 들렀다. 주인은 나를 보자 얼굴이 환해졌다. "야, 드디어 인사하러 들르기로 결심했구나. 너 말이야, 어제는 우리 같은 사람한테 너무 고상한 척했어. 안 그랬냐?" 주인은 짓궂게 놀려 댔다.

바뀐 처지를 설명하기 시작하는데 가게 주인이 불쑥 말을 막았다. "물론 나도 알아. 모두들 얘기하니까. 타일 도장공 얀의 딸이 화가 베르메르 씨 댁으로 일하러 갔다고 말이다. 그리고 얼마 안 돼서 나 같은 옛날 친구들에게는 말도 안 걸 정도로 너무 고귀해져 있더구나!"

"저는 하녀가 된 게 조금도 자랑스럽지 않아요. 아빠도 부끄러워하고 계세요."

"네 아버진 단순히 운이 나빴을 뿐이야. 아무도 네 아버지를 비난하지 않아. 우리 귀염둥이, 네가 부끄러워할 일은 전혀 없단다. 네가 더 이상 우리 가게에서 고기를 사지 않는 것만 빼고 말이다."

"저는 선택권이 없어요. 그건 주인 마님이 결정하신 거예요."

"오, 그래, 그랬어? 그래서 네가 피터네 가게에서 고기를 사는 게 그 친구의 잘생긴 아들놈과는 아무 상관이 없다 이거지?"

나는 눈살을 찌푸렸다. "나는 그 사람 아들을 본 적도 없어요."

주인은 웃음을 터뜨렸다. "그래, 그래. 이제 그만 가봐야지. 엄마를 만나면 우리 푸줏간에 들르시라고 해라. 내 따로 고기를 좀 챙겨둘 테니."

나는 고맙다는 인사를 하고 피터 아저씨네 푸줏간으로 갔다. 아저씨는 나를 보자 놀라는 눈치였다. "아니, 벌써 왔냐? 혓바닥살이 더 필요해 기다릴 수가 없었던 거야?"

"오늘은 양고기를 좀 주세요."

"그래 한번 말해봐라, 그리트. 혓바닥살 맛이 끝내주지 않든?"

나는 피터 아저씨가 고대해 마지않는 찬사를 거부했다. "그건 주인님과 마님들께서 드셨어요. 고기에 대해서는 아무런 말씀도 없으셨고요."

아저씨 뒤에 있던 한 청년이 돌아섰다. 청년은 가게 뒤 탁자에서 소의 옆구리살을 자르고 있었다. 피터 아저씨보다 키가 훌쩍 컸지만, 아저씨와 같은 밝은 푸른색 눈을 하고 있는 것으로 보아 아들이 틀림없었다. 살구를 연상시키는 얼굴에다, 짙고 곱슬거리는 금발을 치렁치렁 늘어뜨리고 있었다. 피 묻은 앞치마만이 눈에 거슬렸다.

청년의 눈동자가 꽃에 내려앉은 나비처럼 내게로 와 머물렀다. 얼굴이 달아오르는 걸 어쩔 수가 없었다. 나는 아저씨에게 시선을 고정시킨 채 양고기를 달라고 다시 말했다. 아저씨는 고기 더미를 뒤져 한 덩이를 계산대 위에 놓았다. 두 쌍의 눈이 나를 지켜보고 있었다.

고기의 가장자리가 거무스름하게 변해 있었다. 고기 냄새를 맡아 보고 나는 퉁명스럽게 말했다. "이 고긴 신선하지 않은 것 같네요. 가족들이 이런 고기를 먹도록 아저씨가 내준 걸 알면 마님이 절대 좋아하시지 않을걸요." 내 목소리는 의도했던 것보다 더 날카로웠던 것 같다. 그럴 필요가 있긴 했어도 말이다.

아버지와 아들이 동시에 나를 쳐다보았다. 나는 아들의 시선을 무시하면서 피터 아저씨의 눈길만 붙들고 있었다.

마침내 아저씨가 아들 쪽으로 돌아섰다. "피터, 수레 위에 놓아둔 고기를 가져오너라."

"하지만 그건……" 청년은 말을 멈추더니 어디론가 사라졌다가 다른 고깃덩이를 가지고 나타났다. 새로 가지고 온 고기가 훨씬 질이 좋다는 걸 한눈에 알 수 있었다. 나는 고개를 끄덕이며 말했다. "그게 더 낫군요."

청년이 고기를 싸서 내가 가져온 바구니에 넣어주었다. 고맙다는 인사를 하고 돌아 나오다 부자간에 은밀한 눈짓이 오가는 걸 보았다. 나는 그 눈짓이 무엇을 뜻하는지, 또 장차 내게 어떤 의미가 될는지 그냥 알 수 있을 것 같았다.

푸줏간에서 돌아왔을 때 카타리나는 벤치에 앉아 요하네스에게 젖을 먹이고 있었다. 고기를 보여주자 카타리나는 고개를 끄덕였다. 저택 안으로 막 들어서려고 하는데 카타리나가 낮은 목소리로 말했다. "남편이 화실을 살펴보고 나서 마음에 든다고 하더라." 카타리나는 내 얼굴을 보고 있지 않았다.

"고맙습니다, 마님." 나는 과일과 바닷가재를 그린 정물화를 흘긋 보면서 안으로 들어갔다. 그리고 생각했다. 이제 정말로 이곳에서 살게 되었구나.

둘째 날도 첫날과 마찬가지로 빠르게 지나갔다. 내일도 또 내일도 그럴 것이다. 제일 먼저 화실을 청소하고, 그다음에 생선 가게든 푸줏간이든 다녀오고, 다시 빨래를 하겠지. 하루는 빨랫감을 분류해서 물에 푹 담그고 얼룩을 손질하면, 다음 하루는 그것들을 빨고 헹구고, 삶고, 꽉 짜서 한낮의 태양에 하얗게 마르도록 널 것이다. 그다음 날엔 다리미질과 옷감 수선, 빨랫감을 개는 일이 기다리고 있을 테고. 때가 되면 손을 잠깐 멈추고 점심 준비를 하는 타네커를 도와야 할 것이고, 설거지를 끝내고 나면 집 앞 벤치나 뒷마당에서 바느질을 하며 쉴 수 있는 약간의 시간을 갖게 되겠지. 그 후에는 아침에 하던 일을 마저 마치고, 타네커를 도와 저녁을 준비해야 할 것이다. 마지막으로 다음 날 아침의 상쾌하고 깨끗한 마룻바닥을 위해 다시 한번 바닥을 걸레질하는 것으로 하루가 끝날 것이다.

밤이 되자 오늘 입었던 앞치마를 침대 발치에 걸려 있는 십자가에 매달린 예수님 그림에 씌워버렸다. 그러고 나니 한결 편히 잘 수 있었다. 다음 날 빨랫감 속에는 내 앞치마도 끼어 있었다.

셋째 날 아침, 카타리나가 화실 문을 열어줄 때 창문을 닦아도 되는지 물어보았다.

"안 될 게 뭐야? 그런 사소한 일은 내게 일일이 물을 필요가 없어." 카타리나는 날카롭게 대꾸했다.

"빛 때문이에요, 마님. 만일 창문을 닦게 되면 빛이 달라져 그림에 영향을 줄 수도 있을 것 같아서요. 보실래요?" 나는 설명했다.

하지만 카타리나는 보려고 하지 않았다. 화실 안으로 들어오기 싫은 건지 들어올 수 없는 건지 알 수 없었지만, 한 번도 이 방에 들어와본 적이 없는 사람처럼 보였다. 타네커의 기분이 좋을 때 왜 그런지 이유를 물어봐야겠다. 아래층으로 내려간 카타리나가 남편에게 물어본 모양인지 창문은 그냥 두라고 외치는 소리가 들려왔다.

화실 청소를 끝냈을 때 이 방에 그가 있었다는 것을 알려주는 어떤 흔적도 찾을 수가 없었다. 움직인 물건은 아무것도 없었고 팔레트도 깨끗했다. 그림도 달라진 것은 없어 보였다. 그러나 나는 그가 여기 있었다는 걸 느낄 수 있었다.

아우더랑언데이크 가의 저택에 있던 이틀 동안 그의 모습을 거의 보지 못했다. 가끔 계단에서, 혹은 거실에서 아이들과 함께 웃는 소리나 카타리나에게 부드럽게 얘기하는 소리를 들었을 뿐이다. 그의 목소리를 듣는 것은 자신 없는 걸음으로 운하의 가장자리를 따라 걷고 있는 듯한 아슬아슬한 느낌을 주었다. 이 저택에서 그가 나를 어떻게 대할지, 자기네 집 부엌에서 내가 썬 야채에도 관심을 가질지 알 도리가 없었다.

일찍이 내게 그런 관심을 보인 신사분은 없었다.

셋째 날, 그와 얼굴을 마주치게 되었다. 저녁 식사 바로 전이었다. 나는 리스벳이 밖에 두고 온 접시를 찾으러 나갔다가, 알레이디스를 안고 들어오는 그와 복도에서 거의 부딪칠 뻔했다.

나는 한 걸음 물러섰다. 그와 알레이디스는 똑같은 잿빛 눈으로 나를 바라보았다. 그는 나를 향해 미소를 짓지도, 그렇다고 찡그리지도 않았다. 그의 눈과 마주치는 것이 두려웠다. 나는 2층 화실에 있는 그림 속 여인을 떠올렸다. 노란 공단 옷에 진주 목걸이를 두르고 자기 자신을 바라보던 여인. 그 여인은 신사의 눈과 마주치는 데 아무런 어려움이 없었나 보다. 내가 가까스로 눈을 들어 그의 눈을 찾았을 때 그는 더 이상 나를 보고 있지 않았다.

다음 날, 나는 그림 속의 여인을 실제로 보게 되었다. 푸줏간에서 돌아오는 길이었는데, 아우더랑언데이크 가 쪽으로 한 남자와 여자가 앞서서 걸어가고 있었다. 저택 문 앞에 이르러 남자는 여자를 돌아보고 인사를 하더니 그대로 걸어가버렸다. 남자의 모자에는 길고 하얀 깃털이 꽂혀 있었는데 며칠 전에 저택을 방문한 손님이 틀림없었다. 짧은 순간이긴 했지만 대충 남자의 모습을 그릴 수 있었다. 뚱뚱한 몸집에 걸맞게 콧수염에 통통하게 살찐 얼굴을 한 남자였다. 남자는 여자에게 아양을 떨듯 미소를 지었지만, 가식이라는 것이 한 눈에 보였다. 여자가 저택 안으로 들어가는 바람에 여자의 머리에 달린 다섯 가닥의 빨간 리본 외에 얼굴을 볼 수는 없었다. 여자가 2층으로 올라가는 소리가 들릴 때까지 나는 걸음을 멈추고 현관에서 기다렸다.

나중에 여자가 아래층으로 내려왔을 때, 나는 큰 방의 장에 옷가지들을 집어넣고 있었다. 여자가 들어서자 나는 일어섰다. 여자는 팔에 노란 공단 망토를 걸치고 있었고 리본은 여전히 머리에 묶인 채였다.

"아니! 카타리나는 어디에 있지?" 여자가 물었다.

"작은 마님은 큰 마님과 함께 시청에 가셨어요. 집안일로요."

"그래, 신경 쓰지 마라. 다음에 보면 되지. 이걸 여기에 두고 가마." 여자는 망토를 침대 위에 걸쳐놓더니 그 위에 진주 목걸이를 내려놓았다.

"알겠습니다, 부인."

나는 여자에게서 눈을 뗄 수가 없었다. 여자를 보고 있는데도 보고 있지 않은 것처럼 느껴졌다. 그것은 이상한 느낌이었다. 마리아 틴스가 얘기한 대로 여자는 빛을 받고 있던 그림 속에서처럼 아름답지 않았다. 하지만 내가 여자를 그렇게 기억하고 있다는 사실 하나만으로 충분히 여자는 아름다워 보였다. 내가 너무도 친숙한 눈길로 바라보자 여자는 혹시 자기도 아는 사람이 아닌가 하는 당황스런 표정으로 나를 응시했다. 나는 가까스로 눈을 내리깔고서 말했다. "다녀가셨다고 전하겠습니다, 부인."

여자는 고개를 끄덕였지만 뭔가 걱정스런 눈치였다. 망토 위에 놓아둔 진주 목걸이를 흘긋 보더니 다시 집어 들며 말했다. "이건 베르메르 씨의 화실에 두는 게 좋겠어." 여자는 나를 쳐다보지 않았다. 하지만 진주 같은 귀중품을 하녀에게 맡겨서는 안 된다고 생각하고 있다는 걸 알 수 있었다. 여자가 가고 난 뒤에도 여자의 얼굴이 향수처럼 아른거렸다.

토요일이 되자 카타리나와 마리아 틴스는 타네커와 매지를 데리고 시장에 갔다. 다음 한 주 동안 쓰게 될 야채며 식료품, 그 밖의 필요한 것들을 사 올 것이다. 엄마와 동생을 우연히 마주칠 수도 있겠다는 생각에 함께 가고 싶은 마음이 굴뚝같았지만, 아이들과 집에 남아 있으라고 했다. 시장에 가고 싶어 하는 아이들을 달래기는 힘들었다. 혼자서라도 아이들을 시장에 데려갈 수 있었지만 감히 집을 비울 수는 없었다. 대신에 우리는 양배추며 돼지, 화초, 목재, 밀가루, 딸기, 말편자들을 가득 싣고 운하를 오르내리는 배들을 구경했다. 시장에서 나오는 배들은 텅 비어 있게 마련이었고, 배 주인은 돈을 세거나 술을 마시고 있었다. 나는 예전에 동생들과 하던 놀이를 아이들에게 가르쳐주었고, 아이들은 자기들이 만들어낸 놀이를 내게 가르쳐주었다. 무릎 위에 요하네스를 앉히고 벤치에 앉아 있는 동안 아이들은 비눗방울을 불거나 인형 놀이를 하거나 굴렁쇠를 굴리며 놀았다.

코넬리아는 뺨 맞은 일을 잊은 것처럼 보였다. 명랑하고 다정스레 굴면서 요하네스 돌보는 걸 거들었고 내게도 고분고분했다. "나 좀 도와줄래요?" 이웃집에서 길에 내다 놓은 상자 위로 올라가려고 애쓰며 코넬리아가 부탁했다. 아이의 밝은 갈색 눈동자는 크고 천진난만했다. 아직 온전히 마음을 열기에는 이르다는 것을 알면서도 사랑스런 그 모습에 마음이 따뜻해지는 것을 느꼈다. 코넬리아는 아이들 가운데 가장 흥미로웠지만 가장 변덕스럽기도 했다. 최상과 최악은 항상 공존하는 법이니까.

아이들이 밖에서 주워 온 조개껍질을 색깔별로 분류하고 있을 때, 그가 저택 밖으로 나왔다. 나는 아기의 허리께를 꽉 끌어안았다. 손 아래로 요하네스의 갈비뼈가 느껴졌다. 아기는 낑낑거렸고 나는 얼굴을 감추려고 아기의 귓가에 코를 묻었다.

"아빠, 나도 같이 가도 돼요?" 코넬리아가 펄쩍 뛰어 그의 손에 매달리며 소리쳤다. 그의 표정을 볼 수는 없었다. 비스듬히 머리를 기울인 데다 모자챙이 그의 얼굴을 가리고 있었기 때문이다.

리스벳과 알레이디스도 조개껍질을 팽개치고 그의 다른 손을 잡으며 한목소리로 외쳤다. "나도요!"

그가 고개를 저었다. 어리벙벙해진 그의 표정을 비로소 볼 수 있었다. "오늘은 안 돼. 지금은 약제사한테 가는 길이란다."

"그림 물감들을 살 거예요, 아빠?" 여전히 그의 손을 잡은 채 코넬리아가 물었다.

"다른 것들도."

요하네스가 울기 시작하자 그가 나를 내려다보았다. 어색해진 기분으로 나는 아기를 얼러 댔다.

그는 뭔가 할 말이 있는 것처럼 보였지만 그저 아이들의 손을 뿌리치더니 아우더랑언데이크 가를 따라 아래쪽으로 성큼성큼 걸어가 버렸다.

우리 집 부엌에서 야채의 색깔과 모양에 대해 서로 얘기를 나눈 이래, 그는 내게 한마디도 건네지 않고 있었다.

일요일, 집에 간다는 생각에 들떠 새벽같이 일어났다. 하지만 카타리나가 현관문을 열어줄 때까지는 기다려야 했다. 문 열리는 소리가 들려 나와보니 카타리나가 아니라 마리아 틴스가 열쇠를 들고 서 있었다.

"내 딸이 피곤하다는구나. 걔는 며칠 쉬어야 할 게다. 내 딸 없이도 집안일을 잘 꾸려갈 수 있겠니?" 내가 나갈 수 있도록 길을 비켜주며 마리아 틴스가 말했다. "물론입니다, 큰 마님." 나는 공손하게 대답하고 얼른 덧붙였다. "모르는 게 있으면 항상 큰 마님께 여쭤보겠습니다."

마리아 틴스가 싱그레 웃었다. "그래, 영리한 아이로구나. 누구 단지에 숟가락을 넣어야 하는지 알고 있으니 말이야. 걱정하지 마라. 약간의 재치만 있으면 여기서 잘 지낼 수 있을 게다." 마리아 틴스는 동전 몇 닢을 내 손에 쥐어주었다. 그동안 일한 급여였다. "이제 가보도록 해라. 내 장담하건대, 네 엄마한테 우리 집 이야기를 하루 온종일 해대겠구나."

마리아 틴스가 무슨 말을 더 하기 전에 저택을 빠져나왔다. 신교회로 이른 예배를 보러 가는 사람들을 지나서 시장 광장을 가로질러 집으로 이르는 거리와 운하를 서둘러 걸어갔다. 익숙한 동네 거리로 들어섰을 때, 일주일도 채 되지 않았지만 벌써 이 거리가 얼마나 다르게 느껴지는지 몰랐다. 햇볕은 더 밝고 따스한 것 같았고, 운하도 더 넓어 보였다. 운하를 따라 줄지어 늘어선 플라타너스 나무들은 마중 나온 보초들처럼 미동도 않고 서 있었다.

아그네스는 집 앞 벤치에 앉아 있었다. 동생은 나를 보자마자 안에다 대고 소리쳤다. "언니가 왔어!" 그리고 내게로 달려와 팔을 붙들었다. "어땠어?" 동생은 인사말도 잊은 채 묻기 시작했다. "사람들은 좋아? 일은 안 힘들어? 그 집에도 나 같은 여자애들이 있어? 집은 엄청 크지? 언니는 어디서 자? 음식은 으리으리한 접시에다 먹어?"

나는 웃고 말았다. 엄마와 아버지를 만나 포옹하고 인사를 드리고 나서야 동생의 질문에 제대로 대답할 수 있을 것이다. 내가 가져온 돈은 얼마 안 되었지만 엄마에게 건넬 때는 뿌듯함을 느꼈다. 어쨌든 이 돈이 내가 일하는 이유였으니까.

아버지가 내 이야기를 들으러 밖으로 나왔다. 나는 손을 내밀어 현관 계단에서 아버지를 부축했다. 벤치에 앉자 아버지는 내 손을 쥐고 엄지손가락으로 내 손바닥을 문질렀다. "손이 많이 텄구나. 거칠어지고 갈라졌어. 얼마나 힘들면 벌써 이렇게 상처 자국이 생긴 거냐."

"걱정 마세요. 그동안 그 집에 일손이 부족해서 빨랫감이 잔뜩 쌓여 있었어요. 하지만 곧 나아질 거예요." 나는 밝게 대답했다.

엄마가 내 손을 유심히 들여다보았다. "기름에다 베르가못 열매를 담가두마. 그걸 바르면 손이 부드러워질 게다. 시간이 나면 아그네스와 함께 들로 나가서 좀 더 따올 생각이란다."

"말해봐! 그 집 식구들 얘기 좀 해줘." 아그네스가 소리쳤다.

나는 이야기를 들려줬다. 그러나 밤이면 얼마나 피곤한지, 침대 발치에 걸려 있는 십자가에 매달린 예수님 그림이 어떤지, 어쩌다 코넬리아의 뺨을 때리게 됐는지, 아그네스와 같은 또래의 매지라는 소녀가 있다든지 하는 얘기는 하지 않았다. 다른 이야기는 모두 해줬다.

우리 집 단골 푸줏간 주인의 말을 전하자 엄마는 조용히 말했다. "정말 친절한 사람이구나. 하지만 그 사람 우리한테 고기 살 돈이 없다는 것쯤은 이미 알고 있을 테고, 이런 상황에서 동정을 받을 수는 없다."

"동정심에서 그런 말을 했다고는 생각하지 않아요. 그동안 지내 온 정으로 한 말이지."

엄마는 내 말에 대답하지 않았지만, 엄마가 그 푸줏간 주인에게 다시 찾아가는 일은 없으리라는 걸 나는 느낄 수 있었다.

주인집에서 이용하는 푸줏간 사람들, 그러니까 피터 아저씨와 그 아들에 대해 얘기하기 시작하자 엄마는 눈썹을 치켜 올렸지만 아무런 말도 하지 않았다.

얼마 있다가 우리는 교회로 예배를 드리러 갔다. 낯익은 얼굴들과 익숙한 말들에 둘러싸이고, 엄마와 아그네스 사이에 앉아 있으니 긴장으로 굳어 있던 등이 편안해지는 것 같았다. 지난주 내내 탈을 쓴 모양 딱딱했던 얼굴도 덩달아 부드러워지는 듯했다. 나는 울고 싶었는지도 모르겠다.

집으로 돌아오자 엄마와 동생은 저녁 준비를 못 거들게 했다. 할 수 없이 볕 잘 드는 벤치에 아버지와 함께 앉아 식사를 기다렸다. 아버지는 이야기를 나누는 동안 줄곧 머리를 뒤로 젖힌 채 따뜻한 햇볕에 얼굴을 맡기고 있었다.

"자, 그리트. 네 새 주인님 얘기를 해보렴. 그분에 관해서는 별말이 없더구나."

"저택에서 그분을 보기란 힘들어요. 저택에 계셔도 아무도 방해해선 안 되는 화실에 있거나, 그렇지 않으면 출타 중이거든요." 나는 있는 그대로 대답했다.

"길드 일 때문에 그럴 거다. 그런데 넌 그분의 화실에 들어가봤다면서. 방 청소는 어떻게 하는지 자세하게 얘기하더니, 그분이 그리고 있는 그림에 대해서는 아무 말도 하지 않더구나. 내게 한번 설명해주겠니?"

"아빠가 그려볼 수 있게 잘할 수 있을지 모르겠네요."

"괜찮으니 해보아라. 이제 추억 외에는 생각할 거리도 거의 없으니 말이다. 비록 마음속으로나마 어쭙잖게 그려보는 것이지만, 대가의 그림을 상상한다는 것 자체가 큰 즐거움이 될 거야."

그래서 목에 진주 목걸이를 두르고 손을 허공에 들어 올린 채 거울 속 자신의 모습을 응시하고 있는 여인의 그림에 대해 말하기 시작했다. 창문에서 흘러 들어오는 빛이 여인의 노란 망토와 얼굴을 부드럽게 감싸고, 어두운 전경이 여인을 관객과 분리시키고 있는 걸 묘사하려고 나름대로 애를 썼다.

아버지는 열심히 귀를 기울이고 있었지만, 머릿속에 그림이 잘 그려지지 않는 눈치였다. 그러다 "뒤쪽 벽에 펼쳐진 빛은 아빠가 지금 얼굴에 느끼고 있는 햇살처럼 참 따뜻해 보였어요"하고 내가 덧붙이자 비로소 얼굴이 환해졌다.

아버지는 고개를 끄덕이고 미소를 지으며 이제야 이해된다는 표정으로 즐거워했다.

"이게 네 새로운 생활 중에서 가장 좋은 점이겠구나." 조금 있다가 아버지는 덧붙였다. "화실에 들어가서 그림을 볼 수 있는 것 말이다."

유일한 즐거움이죠, 하고 생각했지만 차마 입 밖에 내지는 않았다.

저녁을 먹으면서 나는 파펜후크의 저택에서 먹는 음식과 비교하지 않으려고 애썼다. 하지만 내 입은 이미 고기와 질 좋은 호밀빵에 익숙해져 있었다. 음식 솜씨야 엄마가 타네커보다 훨씬 나았지만 검은 빵은 말라 딱딱했고, 기름기라고는 하나도 없는 야채 스튜는 아무래도 밍밍했다. 방 역시 달랐다. 대리석 타일도, 두꺼운 비단 커튼도, 멋진 가죽 의자도 없었다. 장식이라고는 없이 그저 단순하고 깨끗한 방이었다. 나는 우리 집을 사랑했지만 이제는 이 방이 주는 단조로움을 알아챌 수 있었다.

시간이 다 되어 부모님께 작별 인사를 하려는데 입이 떨어지질 않았다. 처음 떠날 때보다 더 힘들었다. 이제는 내가 어떤 생활로 돌아가야 하는지 분명히 알고 있었던 것이다. 아그네스는 시장 광장까지 나를 배웅했다. 둘만 있게 되자 동생에게 어떻게 지내냐고 물어보았다.

"외로워." 아직 어린아이인 동생의 입에서 슬픈 단어가 튀어나왔다. 오늘 하루 종일 활기에 넘쳤는데 점점 말수가 줄어들고 있었다.

"일요일마다 집에 꼭 올 거야. 주중에라도 시장에 고기나 생선을 사러 나왔다가 집에 잠깐 들러 얼굴을 볼 수 있을지도 몰라." 나는 약속했다.

"아니면 언니가 시장 보러 나올 때 내가 만나러 나갈 수도 있지." 동생이 밝아진 얼굴로 제안했다.

그 후 우리는 몇 번 시장에서 만날 수 있었다. 나 혼자 시장에 나올 때만 기회가 생겼지만, 동생의 얼굴을 보는 일은 항상 즐거웠다.

아우더랑언데이크 가의 저택에서 나는 차츰 자리를 찾아가고 있었다. 카타리나나 타네커, 코넬리아는 이따금 몹시 까탈을 부렸지만, 대체로 일거리와 함께 나를 혼자 내버려두었다. 이렇게 된 데는 마리아 틴스의 영향력이 커 보였다. 큰 마님은 어쨌든 내가 이 집에 도움이 되는 존재라는 걸 인정했고, 이 결정을 다른 식구들, 심지어 아이들까지 따라서 받아들였다.

아마 큰 마님은 내가 빨래를 맡으면서부터 옷가지들이 예전보다 훨씬 하얗고 깨끗해졌다는 점을 눈치챘을 것이다. 아니면 내가 시장에서 가져오는 고기들이 훨씬 더 연하다고 느꼈는지도 모른다. 아니면 사위가 말끔해진 화실에 만족해하는 걸 알게 되었는지도 모르고. 앞서 말한 두 가지는 분명 진실이다. 마지막, 그것은 잘 모르겠다. 그와 내가 딱 한 번 얘기를 나눴을 때도 청소에 관한 얘기는 없었으니까.

나는 일과 관련해 어떤 칭찬의 말도 듣지 않도록 조심했다. 적을 만들고 싶지 않았기 때문이다. 큰 마님이 고기가 좋다고 칭찬하면 타네커의 요리 솜씨 덕분이라고 말했다. 매지가 예전보다 앞치마가 더 하얗다고 얘기하면 지금은 한여름의 햇볕이 유난히 강하게 내리쬐는 때여서 그렇다고 대답하곤 했다.

그리고 가능한 한 카타리나를 피해 다녔다. 우리 집 부엌에서 내가 야채 써는 것을 본 순간부터 카타리나가 나를 싫어하게 된 건 분명했다. 배 속의 아기도 카타리나의 기분을 낮게 하진 못했다. 오히려 임신이 저택의 우아한 귀부인이고 싶어 하는 자신의 모습을 보기 흉하게 만든다고 여기는 것 같았다. 더구나 지금은 무더운 여름이었고 배 속의 아기가 한창 뛰놀 때이기도 했다. 카타리나가 걸음을 옮기거나 말을 할 때마다 배 속의 아기가 발로 차는 모양이었다. 배가 점점 더 불러오자 카타리나는 지친 표정으로 집 안을 돌아다녔다. 침대에 누워 있는 시간이 점점 늘어나자 마리아 틴스가 카타리나의 열쇠들을 넘겨받았다. 매일 아침 화실의 문을 열어주는 것도 큰 마님이었다. 타네커와 나는 카타리나 몫까지 더 많은 일을 해야만 했다. 아이들을 돌보고, 저택에 필요한 물건들을 사고, 요하네스의 기저귀를 갈아주고⋯⋯

　어느 날, 타네커가 기분이 좋아 보일 때 왜 저택에서 하인을 더 고용하지 않는지 물어보았다. "이런 대저택과 큰 마님의 재산, 주인님의 그림들이 있는데 왜 하녀나 요리사를 더 들이지 않나요?"

　"흥." 타네커는 코웃음을 쳤다. "너한테 나가는 돈도 지금 간신히 마련하고 있는 거라구."

　나는 깜짝 놀랐다. 매주 내 손에 쥐여주는 동전은 사실 얼마 되지 않았다. 카타리나가 장롱에 아무렇게나 접어 던져두는 노란 망토와 같은 값진 물건을 사려면 몇 년은 더 일해야 할 것이다. 이 저택이 돈에 쪼들릴 수 있다는 게 믿기지 않았다.

　"물론 아기가 태어나면 몇 달쯤 유모에게 들어갈 돈이야 어떻든 마련하겠지." 타네커가 말을 이었지만 어딘가 못마땅하다는 말투였다.

"유모는 왜요?"

"그야 애기 젖을 먹여야 되니까."

"작은 마님이 직접 젖을 먹이지 않고요?" 나는 바보같이 물었다.

"만일 작은 마님이 직접 젖을 물려 키웠다면 이렇게 애들을 많이 낳았을 것 같냐? 너도 알겠지만, 아기에게 젖을 물리면 곧바로 임신하기는 어렵지."

"아······" 나는 이런 일에는 참 무지했다. "작은 마님은 아기를 더 낳을 작정인가요?"

타네커가 킬킬거렸다. "가끔은 작은 마님이 이 집을 애들로 꽉 채우고 싶어 하는 게 아닌가 하는 생각이 들어. 부리고 싶은 하인들로는 집을 채울 수 없으니까 말이야." 그리고 목소리를 낮추어 말했다. "보시다시피, 주인님은 하인들을 더 많이 고용할 만큼 그림을 넉넉히 그리지 않거든. 고작해야 1년에 석 점 정도니. 어떨 때는 두 점이 다고. 그렇게 그려서 부자 되기는 글렀지."

"좀 더 빨리 그릴 수는 없나요?" 말은 그렇게 했지만 나는 그가 그러지 않을 것임을 알 수 있었다. 아마도 그는 늘 자신의 페이스대로 그림을 그릴 것이다.

"그런 면에서 큰 마님과 작은 마님은 서로 의견이 맞지 않아. 작은 마님은 주인님이 더 많은 그림을 그리기를 원하지만, 큰 마님은 그렇게 그리다간 주인님을 망쳐놓고 말 거라고 말씀하시니까."

"큰 마님은 정말 현명하신 분 같아요." 마리아 틴스를 칭찬하는 일이라면 타네커 앞에서 내 의견을 말해도 괜찮았다. 타네커는 자기 주인인 큰 마님께 절대 충성이었기 때문이다. 하지만 카타리나에게는 거의 인내심을 발휘하지 않았다. 기분이 좋을 때는 어떻게 작은 마님을 다뤄야 하는지 내게 조언을 해주기도 했다. "작은 마님이 하는 말에 일일이 신경 쓸 필요는 없어. 작은 마님이 뭐라고 하면 멍하니 그냥 듣기만 해. 그다음에는 네 마음대로 하거나, 큰 마님이나 내가 일러준 대로 하면 돼. 작은 마님은 절대 확인도 하지 않을뿐더러 알아보지도 못해. 단지 우리에게 뭔가를 지시해야 한다고 생각해서 그러는 것뿐이야. 하지만 우리는 이 집의 진짜 주인마님이 누군지 잘 알고 있고, 그건 작은 마님도 마찬가지거든."

타네커는 내게 곧잘 성질을 부렸지만 그리 오래가지는 않았기 때문에 타네커의 짜증을 마음에 담아두지 않는 법을 배웠다. 오랜 세월 동안 마리아 틴스와 카타리나 사이에서 눈치를 보며 살아온 타네커이니만큼 성격이 변덕스러운 것도 이해가 갔다. 카타리나가 하는 말을 무시하라는 충고를 자기 입으로 했으면서도 정작 타네커 자신이 그렇게 하지 못할 때도 있었다. 카타리나의 거친 어조는 타네커의 속을 뒤집어놓을 때가 많았다. 그리고 타네커가 수호천사처럼 믿고 의지하는 마리아 틴스는 타네커를 위해 카타리나에게 변명해주는 일 따위는 하지 않았다. 카타리나는 가끔 잔소리를 들을 만한 일을 했지만, 나는 단 한 번도 마리아 틴스가 자기 딸을 나무라는 걸 본 적이 없다.

타네커의 살림 솜씨도 문제이긴 했다. 제대로 씻지 않은 항아리들, 청소가 안 된 구석진 곳들, 속은 설익고 겉은 태워먹기 일쑤인 고기 등등, 타네커의 얼렁뚱땅 해치우는 살림살이를 만회시켜주는 건 아마 충성심이었을 것이다. 타네커가 화실을 청소한다면 과연 어떻게 했을지 상상이 가지 않았다. 드물게 마리아 틴스가 타네커를 꾸짖는 일도 있었지만 두 사람 모두 주인 입장에서 마리아 틴스가 그냥 해보는 소리라는 것을 알고 있었고, 이 점이 항상 타네커를 변덕스럽고 변명에 능하게 만들어주었다.

빈틈없어 보이는 마리아 틴스라 할지라도 자기와 가까운 사람들에게는 한없이 부드러워지는 것이 분명했다. 마리아 틴스의 분별력도 겉으로 보이는 것처럼 그리 온전하지는 않은 듯했다.

네 딸아이들 중에서는 첫날 아침에 보여줬듯이 코넬리아가 가장 예측 불허였다. 리스벳과 알레이디스는 착하고 얌전했다. 매지는 가끔 내게 소리를 질러 대는 등 자기 엄마처럼 불같은 성격이 있긴 했어도, 집안일이 어떻게 돌아가는지 파악할 수 있을 정도의 나이여서 나름대로 침착했다. 코넬리아는 소리를 질러 대지는 않지만 때때로 통제 불능일 때가 많았다. 할머니가 화를 낼 거라는, 첫날 내가 써먹었던 위협조차 먹혀 들지 않는 때가 있었으니까. 토닥거리는 주인의 손을 그르릉거리며 할퀴는 고양이처럼 한 순간은 즐겁고 명랑했다가 다음 순간에는 기분이 싹 변하는 아이였다. 동생들을 잘 챙기기도 했지만 꼬집어서 울게 만드는 일도 서슴지 않았다. 나는 코넬리아를 경계했다. 웬일인지 다른 애들처럼 코넬리아가 좋아지지 않았다.

화실 청소를 하는 동안은 이 모든 이들로부터 벗어났다. 화실 문을 열어주는 마리아 틴스가 가끔은 아픈 아이를 보살피듯 그림을 살피느라 몇 분 정도 머물 때도 있었지만, 일단 큰 마님마저 나가고 나면 화실은 내 차지였다. 먼저 뭔가 변한 것이 있나 둘러본다. 처음엔 모든 것이 그대로인 것처럼 보였지만, 하루하루가 지나고 눈이 방 안의 사소한 데까지 익숙해지자 미세한 변화를 알아챌 수 있었다. 선반 위에 다시 정리된 붓들하며 약간 열린 채로 있는 서랍, 이젤 위에서 균형을 잡고 있는 팔레트용 나이프, 문가에서 조금 움직인 의자.

하지만 그가 그리고 있는 화실 구석의 탁자만큼은 하나도 달라진 게 없었다. 나 역시 탁자를 청소할 때는 모든 게 제자리에 놓일 수 있도록 조심하면서 잽싸게 내 방식대로 거리를 쟀고, 그래서 방의 다른 부분을 청소하는 것과 마찬가지로 빠르고 자신 있게 탁자를 청소할 수 있었다. 그리고 다른 천에 대고 실험을 해본 후, 탁자 한 귀퉁이 위에 늘어진 푸른 천과 노란 커튼을 청소했다. 젖은 걸레로 천을 조심스럽게 눌러 먼지만 묻혀내고, 천에 잡힌 주름들이 흐트러지지 않도록 했다.

그림 역시 처음에는 변한 게 없어 보였다. 사실 바뀐 부분을 찾아내기가 힘들기도 했다. 그런데 어느 날 여자의 목걸이에 다른 진주가 추가된 것을 발견했다. 또 다른 날에는 노란 커튼의 그림자가 더욱 커져 있었다. 여자의 오른손 손가락 몇 개가 움직인 것처럼 보이기도 했다.

공단 망토는 더욱 진짜 같아져서 손을 뻗어서 만져보고 싶을 정도였다.

반 라위번의 아내가 침대 위에 망토를 두고 갔던 그날, 실물을 거의 만져볼 뻔했다. 손을 뻗어 망토의 모피 칼라를 쓰다듬어보려는 순간, 코넬리아가 문가에 서서 나를 지켜보고 있는 걸 알아챘다. 다른 아이들이라면 뭐 하고 있는 거냐고 물었을 테지만 코넬리아는 그저 쳐다보고만 있었다. 그게 어떤 질문보다 더 기분이 나빴다. 나는 손을 거두었고 코넬리아는 미소를 지었다.

저택에서 일한 지 몇 주가 흐른 어느 날 아침, 매지가 생선 가게에 같이 가겠다고 고집을 피웠다. 매지는 이것저것 구경하고, 말들을 쓰다듬고, 다른 아이들과 장난치고, 여러 가게의 훈제 생선들을 먹어보고 하면서 시장 광장을 돌아다니는 걸 좋아했다. 청어를 고르고 있는데 매지가 내 옆구리를 쿡 찌르면서 소리쳤다. "봐요, 그리트. 저 연 좀 봐요!"

긴 꼬리를 매단 물고기 모양의 연이 머리 위에 떠 있었다. 갈매기들이 연 주위를 날아다니고 있었고, 바람을 탄 연은 창공에서 헤엄치고 있는 것처럼 보였다. 미소를 지으며 돌아서는데 우리 곁에서 맴돌고 있던 아그네스를 보고 말았다. 동생의 눈은 매지에게 고정되어 있었다. 나는 이때까지 내가 일하고 있는 저택에 같은 또래의 소녀가 있다는 얘기를 아그네스에게 하지 않았다. 이 사실이 동생의 마음을 상하게 할지도 모른다고 생각했기 때문이다. 어쩌면 아그네스는 매지가 자기를 대신할 거라고 느낄지도 모른다.

이따금 집에 다녀갈 때면 가족들에게 무슨 말을 하기가 불편했다. 새로운 생활이 내가 알던 옛날의 생활을 점점 대신해가고 있었던 것이다.

아그네스와 눈이 마주치자 나는 매지가 눈치채지 못하게 가만히 고개를 저었다. 그리고 외면한 채 바구니에 생선을 담았다. 나는 되도록 천천히 그 일을 했다. 차마 동생의 얼굴에 떠오른 상처 입은 표정을 쳐다볼 용기가 나지 않았다. 만일 아그네스가 내게 말을 걸었다면 매지는 어떻게 나왔을까.

내가 다시 돌아보았을 때 동생은 이미 사라지고 없었다.

오는 일요일, 아그네스를 만나면 오늘의 일을 잘 설명해야겠다고 생각했다. 이제 나는 가족이 둘이고, 이 두 가족은 결코 서로 섞일 수 없었다.

하지만 나는 동생에게 등을 돌린 이 일이 두고두고 부끄러웠다.

마당에서 빨래를 털어 널고 있는데 무겁게 숨을 몰아쉬며 카타리나가 나타났다. 문가에 놓인 의자에 앉더니 눈을 감으며 한숨을 내쉬었다. 카타리나가 곁에 앉아 있는 게 자연스런 일인 양 나는 하던 일을 계속했지만, 턱은 딱딱하게 굳어왔다.

"그 사람들 아직 안 갔니?" 카타리나가 불쑥 물었다.

"누구 말입니까, 마님?"

"그 사람들 말이야, 멍청하기는. 남편이랑…… 가서 사람들이 아직 2층에 있는지 보고 와라."

조심스럽게 복도로 들어섰을 때 두 쌍의 다리가 계단을 오르는 것이 보였다.

"들 수 있겠나?" 그의 목소리가 들렸다.

"그럼, 그럼. 물론이지. 알다시피 별로 안 무거워. 좀 성가시긴 해도 말이야." 우물처럼 깊은 목소리를 가진 다른 남자가 대답했다.

두 사람은 계단을 올라 화실로 들어갔고, 문이 닫히는 소리가 들렸다.

"갔니?" 카타리나가 볼멘소리로 물었다.

"화실에 계세요, 마님."

"잘됐군. 자, 손 좀 잡아줘." 카타리나가 손을 뻗자 나는 그녀를
일으켜 세웠다. 카타리나의 몸은 더 이상 뚱뚱해질 수 없을 정도로
불어나 있어서 계속 걸어 다닐 수 있을까 의심스러울 지경이었다.
카타리나는 짤랑거리는 소리가 나지 않게 열쇠 뭉치를 움켜쥐고 잔
뜩 부풀어 오른 돛을 단 배처럼 복도를 따라 걸어가더니 이윽고 큰
방으로 사라졌다.

나중에 타네커에게 왜 카타리나가 남자들 눈에 띄지 않으려고 했
는지 물어보았다.

"아, 그건 반 레이원후크 어르신이 집에 오셨기 때문이야. 그분은
주인님의 친구인데 작은 마님은 그분을 무서워하거든." 타네커는
낄낄거리면서 대답해주었다.

"왜요?"

타네커는 더 크게 웃어 댔다. "작은 마님이 그분의 상자를 부순
적이 있거든. 상자 안을 들여다보려다가 그만 상자를 넘어뜨렸지.
너도 알지? 작은 마님이 얼마나 산만한지 말이야."

순간 우리 집 부엌 마룻바닥을 구르던 칼이 떠올랐다. "무슨 상잔
데요?"

"들여다보면 그 안으로 물건들이 보이는 나무 상자를 가지고 계
신대."

"어떤 물건들이요?"

"온갖 것들이지, 뭐!" 타네커가 성가시다는 듯 내질렀다. 분명히 그 상자에 대해 더 이상 얘기하고 싶지 않은 것이다. "그걸 망가뜨려놓았으니 반 레이원후크 어르신은 이제 작은 마님 얼굴도 보기 싫을 거야. 주인님이 자기가 없을 때 작은 마님을 화실에 들어가지 못하게 하는 이유도 바로 그 때문이야. 아마 작은 마님이 그림을 쳐서 넘어뜨릴지도 모른다고 생각하시는 거겠지."

다음 날 아침, 그 상자가 무엇인지 알게 되었다. 이날 그는 내가 이해하는 데 몇 달이 걸릴 수도 있는 이야기들을 해줬다.

화실을 청소하러 갔을 때 이젤과 의자가 한쪽으로 옮겨져 있었다. 책상 위에 있던 종이들과 인쇄물 역시 깨끗하게 치워져 있었는데, 그 자리에 나무로 만든 상자가 놓여 있었다. 상자는 옷을 넣어 보관하는 궤짝 정도의 크기였다. 상자의 한 면에는 더 작은 상자가 붙어 있었고, 거기에 다시 원통형의 어떤 물체가 삐죽 튀어나와 있었다.

도무지 어떤 물건인지 알 수 없었지만, 감히 만져볼 엄두를 내지는 못했다. 청소를 하면서 흘끔흘끔 상자를 훔쳐보았다. 상자의 용도가 불쑥 떠오르기라도 할 것처럼 말이다. 나는 구석 자리를 먼저 청소한 다음 방의 나머지 부분들을 청소했는데, 상자의 먼지를 털 때는 옷자락이 닿지 않도록 조심했다. 광까지 모두 청소하고 마루에 걸레질까지 끝낸 뒤 나는 팔짱을 낀 채 상자 앞에 서서 이리저리 둘러보며 상자를 살폈다.

문을 등지고 있었지만 문득 그가 거기 서 있다는 느낌이 들었다. 몸을 돌려야 할지, 그가 먼저 말하기를 기다려야 할지, 어떻게 해야 할지 알 수가 없었다.

그가 삐걱 문소리를 냈고, 그제야 나는 그를 향해서 돌아설 수 있었다.

그는 평상복에다 길고 까만 겉옷을 걸치고 문간에 기대서 있었다. 호기심 어린 눈길로 나를 보고 있었는데, 내가 상자를 못 쓰게 만들까 봐 걱정하는 표정은 아니었다.

"그 안을 들여다보고 싶니?" 그가 물었다. 수주 전 야채에 대해 물어본 뒤로 그가 내게 직접 말을 걸기는 이번이 처음이었다.

"예, 그러고 싶습니다." 나는 무엇을 해보겠다는 건지 알지도 못한 채 대답하고 있었다. "이게 뭔가요?"

"카메라 옵스큐라라는 거다."

그 단어들은 내게 아무런 의미가 없었다. 나는 옆으로 비켜서서 그가 걸쇠를 풀고 상자 윗부분을 들어 올리는 것을 지켜보았다. 원래 둘로 분리되는 것인데 경첩을 달아 연결시켜놓은 것이었다. 그가 덮개를 열어 비스듬히 받치자 상자는 살짝 열린 상태가 되었다. 상자 아래에는 조그만 유리가 끼워져 있었다. 몸을 숙이고 상자와 덮개 사이의 공간을 들여다보던 그는 옆에 달린 작은 상자의 끝에 튀어나와 있는 둥근 물체를 만졌다. 뭔가를 보고 있는 듯했지만 상자 안에 그렇게 흥미로운 무언가가 들어 있을 것이라고는 생각되지 않았다.

그가 몸을 일으키더니 내가 조금 전에 신경 써서 청소해둔 구석 자리를 응시했다. 그러곤 창가로 가서 손을 뻗어 가운데 창문의 덧문을 닫았다. 이제 방에는 오로지 구석 쪽 창문에서 들어오는 빛뿐이었다.

그가 겉옷을 벗었다.

나는 발을 이리저리 바꾸며 불안한 마음으로 서 있었다.

그는 모자를 벗어 이젤 옆의 의자 위에 놓더니 머리 위로 겉옷을 뒤집어쓰고 다시 상자 위로 몸을 숙였다.

나는 한 걸음 물러서며 뒤쪽 문간을 흘끗 보았다. 요즘 들어 카타리나가 계단을 올라오는 일은 거의 없었지만 마리아 틴스나 코넬리아, 혹은 다른 누군가가 우리를 보면 어쩌나 걱정이 되었다. 다시 고개를 돌리는데 내 시선이 그의 구두에 가서 멎었다. 내가 전날 닦아둔 구두는 윤기가 흐르고 있었다.

마침내 그가 몸을 세우더니 머리에서 겉옷을 벗어 내렸다. 그의 머리카락이 헝클어져 있었다. "자, 그리트, 준비됐다. 이제 와서 보아라." 한 걸음 비켜서며 그는 상자를 가리켰다. 나는 서 있던 자리에 뿌리를 박은 듯 몸을 움직일 수가 없었다.

"주인님……"

"내가 한 것처럼 겉옷을 머리에 뒤집어써라. 그럼 상이 더 분명하게 보일 거다. 그리고 이 각도에서 봐. 그래야 상이 뒤집어지지 않아."

나는 어떻게 해야 할지 알 수가 없었다. 그의 겉옷을 뒤집어쓴 채 아무것도 볼 수 없는 나를 그가 계속해서 지켜볼 거란 생각에 기분이 아득해졌다.

하지만 그는 나의 주인이었고, 나는 그가 말한 대로 해야만 하는 것이다.

나는 입술을 꼭 다물고 덮개가 비스듬히 열려 있는 상자로 다가갔다. 몸을 숙여 들여다보자 안에 우윳빛 사각 유리가 끼워져 있었다. 그 유리 위에 희미한 그림 같은 게 보였다.

그가 가만히 내 머리 위로 겉옷을 씌우자 모든 빛이 차단되었다. 겉옷에는 아직 그의 온기가 남아 있었고, 햇볕 아래 잘 구워진 벽돌 냄새가 났다. 몸을 가누기 위해 손으로 책상을 짚고 잠시 눈을 감았다. 저녁 식사 때 곁들이는 맥주를 너무 급하게 마셔 취한 듯한 기분이었다.

"뭐가 보이니?" 그의 말소리가 들렸다.

나는 눈을 떴고, 그 그림을 보았다. 그런데 그림 안에 여자가 없었다.

"아!" 갑자기 몸을 일으키는 바람에 바닥으로 겉옷이 떨어졌다. 나는 옷을 밟으며 상자에서 뒷걸음질쳤다.

얼른 발을 비켰다. "죄송합니다, 주인님. 오늘 아침까지 세탁해놓겠습니다."

"옷은 걱정 마라, 그리트. 무엇을 보았지?"

침을 삼켰다. 무척 혼란스러웠고 조금은 겁이 나기도 했다. 상자 안에 있던 것은 악마의 장난질이거나, 내가 이해할 수 없는 가톨릭스런 무엇인 것 같았다. "그림을 보았습니다, 주인님. 여자분이 그림 안에 없다는 것만 빼고요. 그림 크기도 작아졌습니다. 그리고 물건들 위치가 뒤바뀌어 있고요."

"그래, 상이 거꾸로 비친 거지. 왼쪽과 오른쪽도 반대. 그렇게 만들 수 있는 거울들이 있어."

나는 그가 말하는 것을 이해하지 못했다.

"하지만……"

"뭐지?"

"저는 이해를 못하겠습니다. 그림이 어떻게 저 안에 들어가 있는 거죠?"

그가 겉옷을 집어 들어 손으로 먼지를 쓸었다. 그는 웃고 있었다. 그의 웃는 얼굴은 활짝 열린 창문 같았다.

"이게 보이지?" 작은 상자 앞에 붙은 둥근 물체를 가리키며 그가 말했다. "렌즈라는 것이다. 유리를 깎아서 만든 거야. 외부에서 들어오는 빛이……" 그가 구석 쪽을 가리켰다. "이 렌즈와 상자를 통과하면서 우리가 볼 수 있는 상을 여기에 비춰낸다." 그가 흐릿한 유리를 톡톡 두드렸다.

이해하려고 애를 쓰며 그를 뚫어지게 바라보느라 눈에 눈물이 맺히기 시작했다.

"상이란 게 뭐죠? 전 모르는 말입니다."

그의 표정이 살짝 변했다. 내내 내 어깨 너머를 쳐다보고 있다가 이제야 나를 처음 본다는 듯이. "그건 일종의 영상이야. 그림과 비슷한 거지."

나는 고개를 끄덕였다. 무엇보다도 내가 그의 말을 잘 따라가고 있다고 생각해주길 바라면서.

"눈이 참 크구나."

나는 얼굴이 붉어지는 걸 느꼈다. "그런 말을 들은 적이 있습니다."

"다시 한번 보고 싶니?"

나는 그리고 싶지 않았지만 그렇게 말할 수가 없었다. 잠시 생각을 가다듬고 대답했다. "네, 다시 보겠습니다. 하지만 저 혼자 있을 때요."

그는 놀란 듯하더니 이내 즐거운 표정으로 바뀌었다. "좋아." 그는 내게 자신의 겉옷을 건넸다. "몇 분 후에 돌아오마. 그리고 들어오기 전에 노크를 하도록 하지."

그가 문을 닫고 나갔다. 나는 떨리는 손으로 그의 옷을 움켜쥐었다.

보는 시늉만 내고 보았다고 말해버릴까 하는 생각이 잠깐 스치고 지나갔다. 하지만 그는 내가 거짓말한다는 걸 알아챌 것이다.

게다가 나는 궁금하기도 했다. 그가 나를 지켜보고 있지 않으니 한결 편안히 상자 안을 살펴볼 수 있게 된 셈이었다. 나는 숨을 깊이 들이쉬고 상자를 들여다보았다. 구석 자리의 장면이 희미하긴 하지만 유리 위에 그대로 있었다. 겉옷을 머리에 덮어쓰자 그가 상이라고 부르던 것이 더욱 선명해졌다. 탁자, 의자들, 구석의 노란 커튼, 지도가 걸려 있는 뒤쪽 벽, 탁자 위에서 반짝거리는 도기 항아리, 양은그릇, 파우더 붓, 그리고 편지. 이 모두가 평평한 유리 위에, 그리고 바로 내 눈앞에 있었다. 그림 아닌 그림으로. 나는 조심스럽게 유리를 만졌다. 유리는 매끄럽고 차가웠다. 그 위에 그림을 그린 흔적이라고는 없었다. 겉옷을 걷자 상은 다시 흐릿해졌지만 여전히 거기 있었다. 또다시 겉옷을 뒤집어쓰고 빛을 차단하자 보석 같은 색들이 다시 나타났다. 그냥 맨눈으로 본 것보다 유리를 통해 본 구석 자리의 사물들은 더 밝고 색감도 더욱 풍부해 보였다.

진주 목걸이를 두른 여자의 그림을 처음 보았을 때처럼 상자에서

「천문학자」, 1668년

눈을 떼기가 힘들었다. 문 두드리는 소리가 들리자 나는 얼른 몸을 일으켰고 겉옷이 어깨로 미끄러졌다.

"다시 보았니, 그리트? 제대로 보았어?"

"봤습니다만, 제가 본 것을 도저히 못 믿겠어요." 나는 모자를 가다듬었다.

"놀라운 물건이야. 그렇지 않니? 내 친구가 이걸 처음 보여줬을 때 나 역시 너처럼 무척 놀라워했지."

"하지만 그림을 직접 보시면 되는데 왜 이 상자로 보시는 건가요?"

"이해하질 못했구나." 그가 상자를 톡톡 두드리며 말했다. "이건 하나의 도구야. 이걸 이용하면 보는 데 도움이 되고, 그래서 내가 그림을 그릴 수 있단다."

"하지만…… 보기 위해서라면 그냥 눈으로 보시면 되잖아요."

"그렇지. 하지만 내 눈이 항상 모든 걸 보지는 못하거든."

내 눈이 구석 자리로 날아가 꽂혔다. 전에는 미처 알지 못했던, 예기치 않은 뭔가가 파우더 붓 뒤에서 혹은 푸른 천의 그림자 속에서 불쑥 튀어나오기를 바라면서 말이다.

"얘기해봐라, 그리트. 내가 단순히 저기 있는 것들을 그렸다고 생각하니?" 그가 말을 이어갔다.

나는 대답을 하지 못한 채 그림을 바라보았다. 마치 속임수에 걸려든 기분이었다. 무슨 대답을 하든 틀릴 것이다.

"저 카메라 옵스큐라는 내가 다르게 볼 수 있도록 도와준단다. 저기 있는 것보다 더 많은 것을 보게 해주지." 그가 설명했다.

그러나 내 얼굴에 떠오른 혼란스런 표정을 보자 나 같은 사람에게 그렇게 많은 얘기를 건넨 걸 후회하는 눈치가 역력했다. 그는 돌아서서 상자를 닫았다. 나는 겉옷을 벗어 그에게 건넸다.

"주인님, 여기······"

"그래, 고맙다." 겉옷을 받으며 그가 말했다. "여기 청소는 다 끝낸 건가?"

"예."

"그럼 이제 그만 가봐라."

"알겠습니다." 나는 재빨리 청소 도구들을 챙겨 그 방을 빠져나왔다. 뒤에서 문이 닫히는 소리가 났다.

그 상자가 어떻게 더 많은 것을 볼 수 있도록 해주는지, 그의 말에 대해 계속 되새겨봤다. 왜 그런지는 이해하지 못했지만, 나는 그가 옳다고 느끼고 있었다. 델프트를 그린 그림이나 노란 망토를 입은 여자의 그림에서 알 수 있었다. 그는 다른 사람들과는 다른 방식으로 사물을 보는 것이다. 그래서 내가 지금껏 살아온 도시가 그의 그림 속에서는 전혀 낯선 장소 같았던 것이다. 그림 속의 여인 또한 얼굴에 흐르는 빛 때문에 무척 아름다워 보였으니까.

다음 날 화실에서 상자는 사라지고 없었다. 이젤은 원래의 자리로 돌아와 있었다. 나는 그림을 바라보았다. 전에는 아주 작은 변화들만 찾아낼 수 있었는데, 이제는 금방 알아볼 수 있는 변화가 눈에 들어왔다. 여인의 뒷벽에 걸려 있던 지도가 그림에서뿐만 아니라 실제 방에서도 치워지고 없었다. 벽은 이제 텅 비어 있었다. 그림은 한결 간결해져 더 나아 보였다. 연한 베이지색 벽을 배경으로 여인의 자태도 더욱 분명하게 드러나고 있었다. 하지만 이 갑작스런 변화는 나를 당혹스럽게 했다. 그가 이렇게 하리라곤 생각도 못했던 것이다.

화실을 나선 후 줄곧 마음이 편치 않았다. 푸줏간으로 가면서도 늘 그랬듯이 주위를 둘러보며 구경할 마음이 생기지 않았다. 옛 단골 푸줏간 주인이 나를 불러 세웠지만 손을 흔들어 인사만 하고 그냥 지나쳐버렸다.

푸줏간에는 아들인 피터가 혼자 가게를 지키고 있었다. 첫날 이후 나는 이 청년을 몇 번인가 더 본 적이 있었지만, 항상 피터 아저씨와 함께였거나, 아저씨가 손님들을 상대할 때 뒤에 서 있던 게 고작이었다. 그런 피터가 말을 걸어왔다. "안녕, 그리트. 네가 언제쯤 올지 궁금했어."

바보 같은 인사라는 생각이 들었다. 왜냐하면 나는 이틀에 한 번, 항상 같은 시간에 고기를 사러 왔으니 말이다.

피터는 나와 눈길을 마주치려고 하지 않았다.

나는 피터의 인사에 아무 대꾸도 하지 않기로 작정했다. "스튜용 쇠고기로 3파운드만 줘요. 그리고 요전날 아저씨가 저한테 팔았던 소시지 더 있어요? 아이들이 좋아해서요."

"미안하게도 남은 게 없는데."

한 여자가 다가와 순서를 기다리며 내 뒤에 섰다. 피터가 그 여자를 흘끗 보더니 목소리를 낮춰 말했다. "잠깐 기다려줄 수 있겠어?"

"기다려요?"

"너한테 물어보고 싶은 게 있어서."

피터가 여자 손님을 맞을 수 있도록 나는 한쪽으로 비켜섰다. 마음이 뒤숭숭한 상태에서 거기 그렇게 서 있는 건 싫었지만 달리 어쩔 도리가 없었다.

손님을 보내고 다시 우리 둘만 남자 피터가 물었다. "가족들은 어디에 살지?"

"파펜후크의 아우더랑언데이크."

"아니, 그 댁 말고. 네 진짜 가족 말이야."

나는 실수에 그만 얼굴이 달아올랐다. "리트벨트 운하 저쪽, 쿠수문에서 그리 멀지 않은 곳이에요. 그런데 그걸 왜 묻죠?"

마침내 피터의 눈이 내 눈과 딱 마주쳤다. "그 구역에 전염병이 돈다는 얘기가 있어."

눈이 휘둥그레지면서 나는 한 걸음 뒤로 물러섰다. "격리됐나요?"

"아직. 하지만 오늘 중에 그럴 거라던데."

나중에야 나는 피터가 다른 사람들에게 나에 대해 물어본 게 틀림없다는 걸 깨달았다. 만일 우리 가족이 어디 사는지 미리 알고 있지 않았다면, 내게 전염병 이야기를 할 일은 없었을 테니까.

푸줏간에서 저택으로 어떻게 돌아왔는지 기억이 나지 않았다. 피터가 고기를 바구니에 담아주었겠지만, 내가 아는 거라곤 저택에 도착해서 타네커의 발치에 바구니를 내려놓자마자 이렇게 말했다는 것이다. "지금 당장 작은 마님을 뵈어야겠어요."

타네커가 바구니를 뒤지더니 말했다. "소시지가 없잖아! 그렇다고 소시지를 대신할 만한 것도 없고! 대체 어떻게 된 거야? 푸줏간에 다시 갔다 와!"

"작은 마님을 뵈어야 해요." 나는 똑같은 말을 되풀이했다.

"뭐라구?" 타네커의 의혹이 커졌다. "너, 뭐 잘못했어?"

"전염병 때문에 우리 가족들이 격리될지도 몰라요. 빨리 가봐야 해요."

"이런. 그런 일이라면 나야 알 수가 없지. 가서 물어봐야 할걸. 작은 마님은 지금 큰 마님과 함께 있어." 타네커는 이제 불안한 표정으로 바뀌어 있었다.

카타리나와 마리아 틴스는 십자가 방에 있었다. 마리아 틴스는 파이프 담배를 피우고 있었다. 내가 들어서자 그들은 대화를 멈췄다.

"무슨 일이냐, 얘야?" 마리아 틴스가 가르랑거리는 목소리로 물었다.

"마님, 제발……" 나는 카타리나에게 사정했다. "저희 식구들이 사는 거리가 전염병 때문에 격리될 거라는 얘기를 들었어요. 가족들에게 가보고 싶습니다."

"뭐? 거기 가서 전염병을 묻혀 돌아오려고?" 카타리나가 재빨리 말을 잡아챘다. "분명히 말하는데, 안 돼. 너 미친 거 아니냐?"

나는 마리아 틴스를 쳐다보았고, 이런 행동은 카타리나를 더욱 화나게 만들었다. "내가 안 된다고 얘기했지. 네가 무엇을 할 수 있고, 무엇을 해서는 안 되는지는 바로 내가 결정해. 그걸 잊었다는 게냐?" 카타리나가 선언하듯 말했다.

"아닙니다, 마님." 나는 눈을 내리깔았다.

"안전해질 때까지는 일요일에도 집에 갈 수 없다. 이제 나가거라.

징징거리며 들러붙는 너 때문에 지금 해야 할 의논도 못하고 있잖아."

나는 빨랫감을 뒷마당으로 가지고 가서 문을 등진 채 앉았다. 어느 누구도 보고 싶지 않았다.

매지의 드레스를 빨며 울었다. 마리아 틴스의 파이프 담배 냄새가 흘러 들어오자 나는 눈물을 닦았다. 하지만 돌아보지는 않았다.

"어리석게 굴지 마라, 얘야." 내 등에 대고 마리아 틴스가 조용히 말했다. "식구들을 위해 지금 네가 할 수 있는 일은 없어. 네 자신이라도 구해야지. 넌 영리한 아이니 무슨 말인지 알 거야."

나는 대답하지 않았다. 잠시 후 더 이상 담배 냄새가 풍겨 오지 않았다.

다음 날 아침, 화실을 쓸고 있는데 그가 들어왔다.

"그리트, 네 가족들 얘기를 들었다. 정말 유감이구나."

빗자루 위로 그를 쳐다보았다. 그의 눈동자에는 따스함이 깃들어 있었다. 나는 그에게 물어볼 수 있겠다는 생각이 들었다. "저, 여쭤봐도 될는지요. 격리가 시작됐나요?"

"이미 시작됐단다, 어제 아침에."

"말씀해주셔서 고맙습니다."

고개를 끄덕이고 막 문을 나서려는 그에게 다시 질문을 던졌다. "하나 더 여쭤봐도 괜찮을까요? 그림에 관한 건데요."

그가 문간에서 발을 멈췄다. "뭐지?"

"주인님이 상자를 들여다보실 때, 상자가 그림에서 지도를 빼라고 얘기했나요?"

"그래, 그랬다. 지도가 없어진 게 널 기쁘게 한 모양이로구나." 그의 표정이 물고기를 노려보는 황새처럼 골똘해졌다.

"지금이 더 좋아 보여요." 다른 때 같으면 감히 이런 말을 못했겠지만, 가족에게 닥친 위험이 나를 앞뒤 가리지 않게 만든 듯했다.

그의 미소에 나는 빗자루를 더 단단히 움켜쥐었다.

그 이후 제대로 일을 할 수가 없었다. 식구들에 대한 걱정으로 집안 청소며 빨랫감에 대해서는 신경이 가지 않았다. 전에는 내 야무진 일솜씨에 이러쿵저러쿵하는 사람이 아무도 없었지만, 이제는 저택 사람들 모두 내가 얼마나 정신이 없는지 알아채게 되었다. 리스벳은 얼룩진 앞치마에 불평을 해댔다. 타네커는 음식 자국이 남아 있는 식기들을 보고 툴툴거렸다. 카타리나는 나에게 여러 번 고함을 질렀다. 슈미즈 소매 다리는 것을 깜빡했거나, 청어를 사 오랬는데 대구를 사 간다거나, 화롯불이 꺼지도록 내버려두곤 했기 때문이다.

마리아 틴스마저 복도에서 곁을 지나치며 퉁명스럽게 말했다. "침착해져야지, 애야."

오직 화실 청소를 할 때만 그가 요구하는 정확성을 유지한 채 이전처럼 할 수 있었다.

일요일이 돌아왔지만 집에 갈 수 없게 된 나는 무엇을 해야 할지 알 수가 없었다. 내가 다니던 교회 역시 격리 구역에 있었기 때문에 갈 수 없었다. 하지만 저택에 남아 있고 싶지는 않았다. 가톨릭을 믿는 사람들이 일요일에 무엇을 하든, 그들 사이에 있고 싶지 않았다.

다른 사람들은 모두 몰런포트 가의 모퉁이에 있는 예수회 교회로 갔다. 아이들은 좋은 옷을 차려입었고, 심지어 타네커도 황갈색 모직 드레스로 갈아입고 요하네스를 안고 있었다. 카타리나는 남편의 팔을 잡고 천천히 걸어갔다. 마리아 틴스가 문을 잠갔다. 나는 저택 앞 타일 바닥 위에 서 있다가 사람들이 사라지자 무엇을 할 것인지 곰곰이 생각했다. 정면으로 보이는 신교회의 탑에서 예배 시각을 알리는 종소리가 들려오기 시작했다.

저 교회에서 세례를 받았더랬지. 분명히 저곳에선 내가 예배를 볼 수 있도록 허락해줄 거야.

부잣집 안으로 숨어든 생쥐 같다는 생각을 하며 웅장한 건물 안으로 살금살금 걸어 들어갔다. 교회 안은 서늘하고 침침했다. 매끈하고 둥근 기둥들이 천장을 향해 솟아 있었고 천장은 하늘에 닿을 듯 까마득히 높았다. 목사님의 설교단 뒤에는 오라네 공(公) 빌렘 1세의 거대한 대리석 무덤이 있었다.

내가 아는 사람은 아무도 없었다. 사람들은 수수하긴 해도 평소보다 훨씬 잘 차려입고 있었는데 나와는 비교가 안 되게 다들 단정했다. 숨듯 기둥 뒤로 가서 앉았다. 누군가 다가와 여기서 무얼 하고 있느냐고 물어볼까 신경이 쓰여 설교 말씀이 거의 귀에 들어오지 않았다. 예배가 끝나갈 무렵 사람들과 마주치기 전에 재빨리 교회를 빠져나왔다. 교회 주변을 돌아다니다 운하 건너편의 저택을 바라보았다. 저택의 문은 여전히 닫힌 채 잠겨 있었다. 가톨릭 교회의 예배는 우리 개신교보다 더 긴 게 틀림없지 싶었다.

나는 갈 수 있는 데까지 우리 집 쪽으로 걸어갔다. 한 병사가 격리구역의 길목에 방책을 치고 사람들의 출입을 막고 있었다. 방책 너머로 보이는 거리는 몹시 괴괴했다.

"좀 어떤가요, 저 뒤쪽이요?" 병사에게 물었다.

병사는 어깨를 으쓱했을 뿐 아무런 대꾸도 하지 않았다. 병사는 모자에다 망토까지 걸치고 있어서 무척 더워 보였다. 햇살이 내리쬐지는 않았지만 공기는 후텁지근했다.

"혹시 명단이 나왔나요? 사망자들 말이에요." 나는 가까스로 이 말을 꺼냈다.

"아직."

그다지 놀랍지는 않았다. 명단이라는 것은 항상 늦는 법이고 대개 완벽하지도 않다. 입으로 전해지는 소식이 어떤 때는 더 정확했다. "저 혹시, 타일공 안네 집은……"

"저쪽에 사는 사람들에 대해서는 아무것도 몰라. 기다려봐야 할 거야." 다른 사람들한테서도 비슷한 질문을 여러 차례 받은 듯 병사는 몸을 홱 돌려버렸다.

다른 길목의 울타리를 지키고 있는 병사에게도 물어보았다. 이쪽 병사는 좀 더 친절하긴 했지만 역시나 우리 가족에 대해 알고 있는 것은 없었다. "주변에 물어보고 다닐 수는 있어. 하지만 빈손으론 안 되지." 병사는 싱글싱글 웃으면서 나를 위아래로 훑어보았다. 바라는 게 돈이 아니라는 것쯤은 알 수 있었다.

"부끄러운 줄 아세요. 다른 사람의 불행을 이용해 먹으려 들다니." 나는 쏘아붙였다.

그러나 병사는 별로 부끄러워하는 기색이 아니었다. 젊은 여자를 보면 병사들은 오직 한 가지 생각뿐이라는 사실을 잊고 있었던 것이다.

아우더랑언데이크로 돌아왔을 때 저택의 문이 열려 있는 걸 보자 마음이 놓였다. 나는 살그머니 안으로 들어가 뒷마당에 숨어 기도서를 보며 오후 나절을 보냈다. 그날 밤 타네커에게는 배가 아프다고 얘기하고 저녁도 거른 채 침대로 기어들었다.

푸줏간에서 아저씨가 손님을 맞느라 바쁜 와중에 피터가 나를 한쪽으로 잡아끌었다. "식구들 소식은 좀 들었니?"

나는 고개를 저었다. "아무도 아는 사람이 없어요." 피터의 눈을 마주 볼 수가 없었다. 피터의 관심에 나는 배에서 막 내렸을 때처럼 발밑에서 땅이 흔들리는 것 같은 기분이 들었다.

"내가 알아봐줄게." 피터의 어조는 매우 단호해서, 해라 마라 참견할 수가 없었다.

"고마워요." 한참을 망설인 끝에 겨우 대답할 수 있었다. 만일 피터가 뭔가를 알아내게 되면 그때는 어떻게 해야 하나. 병사와는 달리 피터는 내게 어떤 것도 요구하지 않았지만, 나는 빚을 진 셈이 되는 것이다. 하지만 나는 어느 누구에게도 이렇게 빚을 지고 싶지는 않았다.

"그러려면 며칠은 걸릴 거야." 자기 아버지에게 소 간을 건네려고 돌아서면서 피터가 중얼거렸다. 그러곤 앞치마에다 손을 닦았다. 시선을 피터의 손에 둔 채 나는 고개를 끄덕였다. 피터의 손톱과 손가락 주름들에는 핏물이 잔뜩 끼어 있었다.

앞으로는 저런 모습에 익숙해져야 하리라는 생각이 들었다.

이제 화실 청소보다 매일매일의 심부름이 훨씬 더 기다려졌다. 피터가 일을 하다 고개를 들어 나를 쳐다보는 순간이 두렵기도 했지만, 피터의 눈에서 뭔가 단서를 찾으려고 애를 썼다. 알고 싶은 마음만큼 알고 싶지 않은 마음도 있었다. 아직은 식구들 모두가 무사할 거라는 희망만으로도 견딜 수 있으니까.

시장에 나가 고기나 생선을 사면서 피터의 푸줏간 앞을 지나다닌 지 여러 날이 흘렀다. 그동안 피터는 그저 고개를 가로젓기만 했다. 그러던 어느 날, 피터가 고개를 들더니 시선을 돌렸다. 뭔가 할 말이 있는 눈치였다. 누군가에게 일이 생긴 것이다. 그저 식구들 중 누구인지를 아직 모르고 있을 뿐이었다.

피터가 손님들을 다 상대할 때까지 기다려야만 했다. 어지러워서 주저앉고 싶었지만 가게 바닥은 피범벅이었다.

드디어 피터가 앞치마를 벗고 다가왔다. "네 여동생 아그네스야. 그애가 많이 아프대." 피터가 조용히 말했다.

"부모님은?"

"잘 계신대, 아직까지는."

피터가 나를 위해 어떤 위험을 감수하고 이 소식을 알아냈는지 나는 묻지 않았다. "고마워요, 피터." 나는 속삭이듯 말했다. 피터의 이름을 부른 건 이때가 처음이었다.

피터의 눈동자에는 친절함이 담겨 있었다. 그리고 나는 그 눈 속에서 내가 두려워하고 있던 것 또한 보았다. 그것은 나에 대한 기대였다.

다시 일요일이 되자 프란스를 찾아가기로 마음먹었다. 동생이 격리 조치나 아그네스에 대해 얼마나 알고 있는지 알 수는 없었지만, 여하튼 이른 아침 저택을 나서 프란스의 공장으로 향했다. 공장은 로테르담 수문에서 그리 멀지 않은 시의 외곽에 있었다. 도착했을 때 동생은 아직 자고 있었다. 공장 문 앞에서 나를 맞이한 사람은 어떤 여자였는데 프란스를 찾는다고 하자 웃으며 말했다. "걘 아직 몇 시간은 더 잘걸. 일요일이면 여기 도제 일 하는 녀석들은 하루 종일 잠만 자니까 말이야. 유일하게 쉬는 날이거든."

여자가 하는 말도, 여자의 목소리도 모두 마음에 들지 않았다. "프란스를 깨워서 누나가 왔다고 전해줄래요?" 내 목소리는 카타리나와 약간 닮아 있었다.

여자가 눈썹을 치켜 올렸다. "프란스가 이런 고귀한 가문 출신인 줄은 내 미처 몰랐는걸." 안으로 사라지는 여자를 보며, 과연 프란스를 깨우는 수고를 해줄지 걱정이 되기 시작했다. 교회로 가는 듯한 한 가족이 나를 스쳐 지나갔다. 우리 가족이 그랬던 것처럼 사내아이 둘과 여자아이 둘이 부모를 앞질러 달려가고 있었다. 나는 그 가족이 시야에서 사라질 때까지 지켜보았다.

마침내 잠에 취한 얼굴을 비비며 프란스가 나타났다. "어, 누나였구나. 누가 왔다길래 누나인지 아그네스인지 몰랐는데. 하긴 아그네스 혼자서 여기까지 올 수는 없겠지."

프란스는 모르고 있었다. 그렇다고 동생에게 소식을 숨길 수는 없었다. 더구나 조용조용히 이야기할 거리도 아니었다.

"아그네스가 전염병에 걸렸어." 나는 불쑥 내뱉었다. "하나님, 아그네스와 부모님을 지켜주세요."

프란스가 얼굴을 문지르던 손을 멈췄다. 동생 눈이 붉게 충혈되어 있었다.

"아그네스가?" 당황한 동생이 되물었다. "그걸 어떻게 알았어?"

"아는 사람이 말해줬어."

"누나도 식구들을 못 만나본 거야?"

"거긴 격리 구역이야."

"격리 구역? 얼마나 됐는데?"

"열흘쯤."

프란스는 화가 나 머리를 흔들어 댔다. "전염병이 돈 줄 까맣게 모르고 있었다구! 허구한 날 이놈의 공장에 처박혀 있으니 보는 거라곤 허연 타일들뿐이야. 미쳐버릴 것 같아."

"지금 네가 걱정해야 할 사람은 아그네스야."

비참해진 프란스는 고개를 떨구었다. 몇 달 전 보았을 때보다 동생은 부쩍 키가 자랐고, 목소리도 더 굵어져 있었다.

"너, 교회에는 나가고 있어?"

프란스는 어깨를 으쓱했다. 더 이상 묻기가 그랬다. 대신 이렇게 말했다.

"지금 가족들을 위해 기도하러 갈 건데, 너도 같이 갈래?"

내켜 하지 않는 프란스를 가까스로 설득할 수 있었다. 다시는 낯선 교회에 혼자 가고 싶지 않다는 게 솔직한 내 마음이기도 했다. 그리 멀지 않은 곳에 교회가 하나 있었다. 예배를 올린다고 마음이 편해질 리는 없었지만 나는 가족들을 위해 열심히 기도했다.

교회에서 나온 프란스와 나는 스히 강을 따라 걸었다. 우리는 거의 얘기를 나누지 않았지만 서로 무슨 생각을 하는지 잘 알고 있었다. 우리 중 누구도 전염병에 걸렸다 살아난 사람이 있다는 말을 들어보지 못했다.

어느 날 아침, 마리아 틴스가 화실 문을 열어주면서 말했다. "얘야, 오늘은 저 구석을 정리해라." 마리아 틴스는 그림의 배경이 된 구석을 가리켰다. 처음에는 무슨 얘기를 하는지 알아듣지 못했다. "탁자 위에 있는 물건을 모두 광 속의 상자에 넣도록 해라. 저 그릇과 카타리나의 파우더 붓만 빼고. 그것들은 내가 가져갈 거야." 마리아 틴스는 탁자로 가서 그릇과 파우더 붓을 집었다. 탁자 위의 물건들을 정확히 제자리에 두기 위해 수주일 동안 그렇게 노심초사했는데.

마리아 틴스가 내 얼굴을 보더니 웃음을 터뜨렸다. "걱정하지 마라. 네 주인이 그림을 끝냈단다. 이젠 이렇게 둘 필요가 없어. 여기 정리를 끝내면 의자들은 모두 먼지를 털어서 가운데 창가로 모아놓아라. 그리고 덧문들도 모두 열어놓고." 팔에 양은그릇을 안고 마리아 틴스는 화실을 나갔다.

그릇과 파우더 붓이 사라진 탁자 위의 풍경은 내가 알지 못하는 어떤 그림처럼 변해 있었다. 편지와 천, 도기 항아리는 무심코 누군가가 탁자 위에 떨궈둔 것처럼 아무런 의미도 없이 놓여 있었다. 아직도 나는 그 물건들을 치운다는 것을 상상할 수가 없었다.

탁자 위를 치우는 일은 뒤로 미루고 마리아 틴스가 지시한 나머지 일부터 하기로 했다. 덧문들을 모두 열자 방은 무척 환해졌지만 왠지 낯설었다. 탁자를 제외한 화실 구석구석을 쓸고 닦았다. 가끔씩 그림을 보면서 완성된 그림에서 무엇이 달라졌는지 찾아내려고 했다. 지난 며칠 동안 그림에서 어떤 변화도 찾아보질 못했다.

그가 방으로 들어섰을 때도 나는 여전히 심각하게 그림에 대해 고민하고 있었다. "그리트, 아직 청소를 끝내지 못했구나. 서둘러야겠다. 탁자를 옮기는 일은 내가 도와주마."

"죄송합니다, 주인님. 전 다만……" 내가 뭔가를 말하고 싶어 하자 그는 놀란 듯이 보였다. "이 물건들이 이렇게 여기 있는 것에 너무 익숙해져서 왠지 옮기는 게 싫어졌습니다."

"그래, 그랬구나. 그럼 내가 도와주마." 그는 탁자에서 푸른 천을 획 잡아당겨 내게 내밀었다. 그의 손은 너무나 깨끗했다. 그의 손에 닿지 않도록 주의하며 천을 받아 들었다. 그리고 털려고 창가로 가져갔다. 천을 잘 개서 광의 상자에 담고 돌아왔을 때, 그는 편지와 검은 도기 항아리를 치우고 있었다. 우리는 함께 탁자를 옮겼다. 그가 이젤과 완성된 그림을 배경이 되었던 방구석으로 옮기는 동안 나는 의자들을 가운데 창가로 모아놓았다.

배경이 되었던 장소에 놓인 그림을 보자니 기분이 이상했다. 수주일 동안 적막과 고요만이 감돌던 곳에 생긴 갑작스런 움직임과 변화는 모든 것을 낯설게 만들었다. 그도 그 같지 않았다. 하지만 이유를 물어볼 수는 없었다. 무슨 생각을 하고 있는지 그를 한 번 쳐다보고 싶었지만, 마음과는 달리 내 눈은 푸른 천에 가려 치우지 못했던 먼지를 쓸고 있는 빗자루 위에 머물러 있었다.

그가 화실을 나가자 나도 더 이상 방에 머물고 싶지 않아서 서둘러 청소를 끝내버렸다. 이곳은 더 이상 내게 위안을 주던 방이 아니었다.

그날 오후 반 라위번 부부가 저택을 방문했다. 타네커와 나는 저택 앞 벤치에 앉아 있었는데, 타네커는 레이스로 된 소맷부리를 어떻게 수선하는지 시범을 보여주고 있었다. 아이들은 시장 광장 쪽으로 건너가서 우리 눈에 띄는 신교회 근처에서 연을 날리고 있었다. 코넬리아가 하늘로 연을 띄워 올리기 위해 애를 쓰는 동안 매지는 실 끝을 붙들고 있었다.

반 라위번 부부가 길을 따라오는 게 보였다. 그들이 가까이 다가오자 화실의 그림과 짧은 만남 덕분에 부인을 알아볼 수 있었다. 그리고 지난번 부인을 문까지 바래다주던 때의 그 느끼한 미소와 모자에 꽂힌 흰 깃털과 콧수염으로 그 남자를 알아보았다.

"봐요, 타네커. 매일같이 그림 속의 당신을 황홀한 눈으로 바라보는 그 신사분이에요." 나는 속삭였다.

"어!" 타네커는 그들을 보자 얼굴을 붉혔다. 모자와 앞치마를 바로잡으면서 타네커가 꾸짖듯 말했다. "가서 마님께 반 라위번 내외분이 오셨다고 말씀드려!"

나는 안으로 들어갔다. 마리아 틴스와 카타리나는 잠든 아기와 함께 십자가 방에 있었다. "반 라위번 내외분이 오셨습니다."

카타리나와 마리아 틴스는 모자를 벗고 칼라를 가다듬었다. 카타리나가 탁자를 짚고 몸을 일으켜 세웠다. 방을 나서면서 마리아 틴스는 카타리나의 머리에 꽂힌 거북껍질로 만든 장식용 빗을 바로잡아주었다. 그 거북껍질 빗은 특별한 일이 있을 때만 카타리나가 사용하는 것이었다.

내가 복도에서 서성거리는 동안 두 모녀는 거실에서 손님들을 맞았다. 일행이 2층 계단으로 걸음을 옮길 때 반 라위번이 나를 보고 잠시 걸음을 멈추었다.

"그런데, 이 아가씨는 누군가요?"

카타리나는 눈살을 찌푸렸다. "하녀들 중 하나일 뿐입니다. 타네커, 2층으로 포도주를 가져오너라."

"저 눈이 큰 하녀더러 가져오도록 해라." 반 라위번이 명령했다. 그리고 이미 계단을 오르고 있던 자기 아내에게 돌아서며 말했다. "자, 갑시다, 여보."

타네커는 나와 나란히 서 있었는데 내가 반 라위번의 관심을 가로챘다고 생각했는지 화가 나 있었다. 나는 나대로 당황해서 어쩔 줄 몰랐다.

"어서 가봐." 카타리나가 나를 향해 소리쳤다. "저 어른 얘기 들었지. 포도주를 가져와." 카타리나는 마리아 틴스를 따라 힘들게 계단을 올라갔다.

나는 아이들이 자는 작은 방으로 가서 거기 보관되어 있는 잔들 중 다섯 개를 꺼내 앞치마로 잘 닦아 쟁반 위에 올려놓았다. 그런 다음 포도주를 찾아 부엌으로 갔다. 하지만 저택 식구들이 포도주를 자주 마시는 편이 아니어서 어디에 보관되어 있는지 알 수가 없었다. 발끈한 타네커는 사라지고 없었다. 자물쇠가 채워진 그릇장 안에 들어 있을까 봐 덜컥 걱정이 되었다. 만일 그렇다면 모두가 쳐다보는 앞에서 카타리나에게 열쇠를 달라는 말을 해야 할 것이다.

다행스럽게도 마리아 틴스는 이런 사태를 예견이라도 한 것 같았다. 양은 뚜껑이 달린 하얀 물병에다 포도주를 가득 채워 십자가 방에 두었던 것이다. 다른 사람들이 그랬던 것처럼 우선 모자와 칼라, 앞치마를 가다듬었다. 그러고는 쟁반에다 병을 올리고 화실로 들고 갔다.

안으로 들어서자 모두들 그림 옆에 서 있었다. "또 보석이구먼. 그래 저 그림을 보니 행복하오, 여보?" 반 라위번이 자기 아내에게 말하고 있었다.

"물론이죠." 반 라위번의 아내가 대답했다. 창에서 들어온 햇살이 여자의 얼굴 위에서 빛나고 있었고, 반 라위번의 아내는 아름답다고 해도 좋았다.

아침에 그와 함께 옮긴 탁자 위에다 쟁반을 내려놓았다. 마리아 틴스가 다가와서 속삭였다. "이제 내가 하마. 넌 나가보아라, 어서."

계단을 내려오는데 반 라위번의 목소리가 들렸다. "그 눈 큰 아이는 어디 있지? 벌써 나갔나? 그 애를 제대로 한 번 보고 싶었는데."

"자, 자, 하찮은 아이일 뿐이에요. 지금 당신이 봐야 할 건 그림이라고요." 카타리나가 쾌활하게 목청을 높였다.

벤치로 다시 가서 타네커 옆에 앉았다. 타네커는 한마디도 하지 않았다. 우리는 말없이 앉아 소맷부리를 수선하면서 2층 창가에서 흘러나오는 목소리에 귀를 기울였다.

사람들이 다시 아래로 내려오자 나는 슬그머니 모퉁이를 돌아 햇볕으로 따뜻해진 몰런포트 가의 어느 벽돌 담에 몸을 기대고 손님들이 돌아갈 때까지 기다렸다.

나중에 반 라위번의 집에서 하인이 한 명 찾아와 화실로 들어갔다. 아이들이 돌아와 사과를 구워 먹게 불을 피워달라고 하는 바람에 그 하인이 가는 건 보지 못했다.

다음 날 아침, 그림은 사라지고 없었다. 마지막으로 그림을 볼 수 있는 기회를 놓친 것이다.

그날 아침, 푸줏간 시장에 들렀을 때 앞서가던 한 남자가 격리 조치가 풀렸다고 말하는 걸 들었다. 나는 황급히 피터네 가게로 달려갔다. 아저씨와 피터 모두 가게에 있었고, 네댓 명의 손님들이 고기를 사려고 기다리고 있었다. 나는 사람들을 무시하고 곧장 피터에게 다가갔다. "나부터 먼저 줄 수 있어요? 집에 가봐야 해요. 혓바닥살 3파운드와 소시지 세 개요." 나는 서둘러 말했다.

피터는 자기 차례가 된 할머니의 성난 목소리를 무시하고 하던 일을 멈췄다. "내가 젊고 실실 웃어만 줬어도 이렇게 했을 테냐?" 피터가 내게 먼저 장거리를 건네자 할머니는 피터에게 호통을 쳤다.

"이 아가씨는 웃은 적 없어요." 피터가 되받았다. 그러곤 자기 아버지를 한 번 흘끔 보더니 내게 작은 꾸러미를 건넸다. "식구들 갖다줘." 피터가 나지막한 소리로 말했다.

나는 고맙다는 인사도 않은 채 꾸러미를 낚아채서는 뛰었다.

오직 도둑과 아이들만 뛰는 법이다.

나는 집으로 가는 길 내내 뛰었다.

집 앞 벤치에 나란히 앉아 있던 부모님은 나를 보더니 머리를 끄덕였다. 나는 다가가서 아버지의 손을 잡아 뺨으로 가져갔다. 부모님 옆에 앉았지만 아무 말도 할 수 없었다.

그리고 들을 이야기도 없었다.

모든 것이 무덤덤하기만 한 시간이 찾아왔다. 한때 의미 있던 일들이 있었다. 정결한 빨래, 심부름 가면서 하던 매일의 산책, 고즈넉한 화실 등. 그 모든 것들이 의미를 잃었다. 비록 그런 일들이 멍 자국처럼 피부 밑에 단단히 응어리진 채 여전히 나를 기다리고 있었지만 말이다.

아그네스가 죽었다. 여름이 끝나갈 무렵이었다. 그해 가을은 비가 많이 내렸다. 집 안에다 빨래를 널어야 했고, 축축한 옷가지에 곰팡이가 피지 않도록 불에 대고 말리느라 많은 시간을 보내야 했다. 말리면서 태우지 않도록 조심하는 것도 여간 일이 아니었다.

동생 일을 알고 나자 타네커와 마리아 틴스는 눈에 띄게 친절해졌다. 물론 며칠 성질을 잘 다스리던 타네커는 다시 툴툴거리며 잔소리를 해대기 시작했지만, 여전히 타네커의 기분을 맞춰야 하는 건 내 몫이었다. 마리아 틴스는 거의 말은 하지 않았지만 카타리나가 내게 날카로워질 때면 소리 없이 중간에서 막아주었다.

카타리나는 아그네스 일을 모르는 듯했다. 아니면 드러내지 않는 것인지도 몰랐다. 해산 날이 가까웠고, 타네커가 장담했던 것처럼 요하네스를 매지에게 맡기고 대부분의 시간을 침대에서 보냈다. 아장아장 걸어 다니기 시작한 요하네스는 누나들을 바쁘게 했다.

아이들은 내게 여동생이 있었다는 사실을 알지 못했고, 그랬으니 내가 동생을 잃을 수 있다는 것도 당연히 이해할 수 없었을 것이다. 오직 알레이디스만이 뭔가 잘못되었다고 느끼는 것 같았다. 이따금 내 옆으로 다가와 온기를 찾아 어미 품을 파고드는 강아지처럼 바짝 몸을 밀어붙이곤 했다. 알레이디스는 그렇게 누구도 할 수 없는 간단한 방법으로 나를 위로해주었다.

어느 날 빨래를 널고 있는데 코넬리아가 마당으로 나왔다. 그러더니 낡은 인형을 내게 내밀었다. "우리는 이제 이 인형 안 가지고 놀아요. 알레이디스도요. 이 인형, 동생한테 갖다줄래요?" 코넬리아는 순진한 척 동그랗게 눈을 떴다. 누군가 동생이 죽은 얘기를 했을 때 엿들었던 모양이다.

"아니, 됐어. 어쨌든 고맙구나." 목이 콱 메어와 이 말밖에 할 수 없었다.

코넬리아는 생긋 웃더니 깡충거리며 뛰어나갔다.

화실은 빈 채로 남아 있었다. 그는 아직 다른 작품을 시작하지 않았다. 많은 시간을 집 밖에서 보냈는데, 길드 아니면 광장 너머 자기 어머니가 여관으로 운영하는 메헬런 저택에서 시간을 보내는 듯했다. 나는 여전히 화실을 청소했지만 이 일 역시 다른 집안일처럼 되어갔다. 먼지를 쓸고 바닥을 닦아야 하는 방들 중 하나에 지나지 않았다.

푸줏간에 가면 피터와 눈을 마주치기가 두려웠다. 피터의 친절은 나를 힘들게 했다. 당연히 그 친절에 보답을 해야 했으나 그러질 못했다. 입에 발린 소리라도 해야 했지만 그렇게 하지도 않았다. 피터의 관심을 나는 원치 않았다. 푸줏간에 갈 일이 생기면 아저씨와 상대하는 것이 더 좋았다. 피터 아저씨는 자기네 고기에 대해 흠을 잡아보라고 나를 놀려먹기 좋아했지만, 그것 말고는 내게 바라는 것이 없었다. 그해 가을, 저택 사람들은 질 좋은 고기를 먹을 수 있었다.

일요일이 되면 가끔씩 프란스의 공장으로 찾아가서 함께 집으로 가자고 졸랐다. 동생은 두 번인가 내 부탁을 들어주었고, 부모님은 우리를 보고 약간 기운을 차렸다. 1년 전만 해도 부모님은 집에 세 아이를 거느리고 계셨다. 하지만 이제 자식이라고는 곁에 아무도 없다. 프란스와 함께 집에 가면 부모님은 우리를 보고 행복했던 시절을 떠올리곤 했다. 한번은 엄마가 소리 내어 웃기까지 했다. 그러다가 머리를 흔들어 스스로를 진정시키며 말했다. "하나님이 이 집의 행운을 당연하다고 여긴 우리를 벌하신 거야. 우린 그 사실을 절대 잊어선 안 된다."

집에 가도 마음이 편치 않았다. 전염병 때문에 집에 갈 수 없었던 일요일들 이후, 집이 낯선 장소처럼 여겨지기 시작한 것이다. 나는 엄마가 물건들을 두는 장소를 잊기 시작했고, 벽난로를 따라 늘어선 타일의 종류와, 하루 중 시간에 따라 햇볕이 방 어디로 비춰드는지를 잊어가고 있었다. 고작 서너 달이 흘렀을 뿐인데 우리 집보다 파펜후크의 저택을 더 잘 기억하게 되었다.

프란스의 경우 집에 오기가 더욱 힘들어졌다. 공장에서 긴 하루를 마치고 나면 친구들과 웃고 떠들고 장난치고 싶어 했고, 그것도 아니면 잠이라도 푹 자고 싶어 했다. 모두 다시 함께 모여 살 수 있을 테니 희망을 잃지 말자고 동생한테 얘기해볼까도 생각했다. 비록 불가능한 일이긴 했지만. 아버지의 사고 이후 우리는 전혀 다른 가족이 되어버렸던 것이다.

하루는 일요일이라 집에 갔다 돌아오니 카타리나가 진통을 시작하고 있었다. 현관으로 들어서자 카타리나의 신음 소리가 들렸다. 평소보다 어두운 큰 방을 슬쩍 들여다보니 남의 눈을 타지 않게 아래쪽 창문들이 모두 닫혀 있었다. 방 안에는 마리아 틴스가 타네커랑 산파와 함께 있었다. 마리아 틴스는 나를 보더니 말했다. "가서 아이들을 돌보도록 해라. 내가 밖에 나가 놀라고 했다. 이제 오래 걸리지는 않을 테니, 한 시간 후에 데리고들 오너라."

나는 이 자리를 피할 수 있어서 기뻤다. 카타리나는 엄청난 신음 소리를 내고 있었는데, 저런 상태에 있는 카타리나를 지켜보는 것이 옳지 않은 일처럼 여겨졌다. 카타리나 역시 내가 거기 있는 것을 원치 않을 것이다.

나는 아이들이 좋아하는 장소로 찾아갔다. 그곳은 저택을 빙 돌아가면 나오는 가축 시장으로, 살아 있는 가축들을 사고파는 곳이었다. 아이들은 구슬놀이를 하며 쫓아다니고 있었다. 아직 아기인 요하네스는 누나들을 뒤따라 거의 굴러다니는 것처럼 보였는데 불안한 걸음걸이로 반은 걷고 반은 기다시피 하고 있었다. 내가 사는 동네에서는 주일에 이런 놀이를 하며 노는 게 허락되지 않았다. 하지만 가톨릭은 다른 견해를 갖고 있는 모양이다.

알레이디스는 피곤한지 내 옆으로 와서 앉았다. "엄마가 금방 애기를 낳을까요?" 아이가 물었다.

"네 할머님이 그러시는데, 곧 낳을 거래. 조금 있다 가서 보자."

"아빠가 기뻐할까요?"

"그러실 거야."

"아기가 한 명 더 생겼으니 아빠는 그림을 더 빨리 그릴까요?"

나는 대답하지 않았다. 카타리나의 말이 어린아이의 입에서 나온 것이다. 나는 더 이상 듣고 싶지 않았다.

우리가 돌아왔을 때 그는 현관에 서 있었다. "아빠, 모자!" 코넬리아가 소리를 질렀다. 아이들은 그를 향해 달려갔고, 아버지가 되면 쓰는 누비 모자를 잡으려고 소란을 피웠다. 모자의 리본들이 그의 귀 아래에서 흔들리고 있었다. 그는 자랑스럽기도 하고 부끄럽기도 한 모양이었다. 나는 다소 놀랐다. 이미 다섯 번이나 아버지가 되어봤기 때문에 이런 일에 익숙할 거라고 생각했기 때문이다. 그가 부끄러워할 이유는 없었다.

그때 나는 많은 아이를 원한 쪽은 카타리나라고 생각했다. 그는 혼자서 화실에 있는 걸 더 좋아할 것이다.

하지만 내 생각이 확실히 옳은 것이라고 볼 수는 없었다. 나 역시 아기가 어떻게 만들어지는지 정도는 알고 있었으니까. 거기에는 그가 해야 할 역할이 있었고, 그는 그 역할을 기꺼이 하고 있음이 틀림없었다. 그리고 카타리나가 몹시 까다롭게 굴 때면, 카타리나를 지그시 바라보며 어깨를 어루만지고 부드럽고 달콤한 목소리로 카타리나에게 이야기하는 그의 모습을 종종 보곤 했다.

나는 그를 그의 아내나 아이들과 함께 생각하는 것이 싫었다. 화실에 홀로 있는 그를 생각하는 것이 더 좋았다. 혼자가 아니라면 나와 함께 있는 모습을.

"애들아, 남동생이 한 명 더 생겼단다. 동생의 이름은 프란시스커스다. 너희들, 아기를 보고 싶지?" 내가 요하네스를 안고 길에서 머뭇거리는 동안 그는 아이들을 이끌고 안으로 들어갔다.

타네커가 큰 방의 아래쪽 창문들을 열더니 고개를 내밀었다.

"작은 마님은 괜찮아요?" 내가 물었다.

"그래. 난리를 쳐 대지만 사실은 아무것도 아니야. 작은 마님은 꼭 아기를 낳기 위해 만들어진 사람 같거든. 마치 밤송이에서 밤알이 튀어나오듯 애를 쑥쑥 낳는다니까. 이제 안으로 들어와. 주인님이 감사의 기도를 하고 싶어 하시니까."

거북하긴 했지만 산모와 아기를 위해 기도한다는데 거절할 수는 없었다. 우리 신교도들도 아기가 태어나면 똑같은 기도를 할 테니까. 나는 요하네스를 큰 방으로 데려갔다. 훨씬 밝아진 방 안에는 사람들이 모여 있었다. 요하네스를 내려놓자 아기는 침대 주위에 모여 있는 누나들한테로 아장아장 걸어갔다. 커튼은 걷혀 있었고 카타리나는 베개에 몸을 기대고 누워 갓난아기를 어르고 있었다. 지쳤을 텐데도 카타리나는 행복하게 웃음 짓고 있었다. 내가 처음 본 카타리나의 미소이기도 했다. 그는 카타리나 곁에 서서 새로 태어난 아들을 내려다보고 있었는데 알레이디스는 그런 그의 손을 잡고 있었다. 타네커와 산파는 대야와 피에 젖은 천들을 치우고 있었고, 새로 온 유모가 침대 옆에서 대기하고 있었다.

마리아 틴스가 쟁반 위에 포도주와 유리잔 세 개를 얹어 부엌에서 돌아왔다. 쟁반을 내려놓자 그는 알레이디스의 손을 놓고 침대에서 비켜섰다. 그와 마리아 틴스가 무릎을 꿇었다. 타네커와 산파도 하던 일을 멈추고 무릎을 꿇었다. 그다음에는 유모와 아이들, 내가 무릎을 꿇었다. 요하네스는 리스벳이 억지로 앉히려고 하자 몸부림을 치며 울어 댔다.

그는 산모를 돌봐주고 아기가 무사히 태어날 수 있게 해준 하나님에게 감사의 기도를 올렸다. 알아들을 수 없는 라틴어로 된 가톨릭의 성구도 있었지만 나는 크게 개의치 않았다. 듣기 좋은 나지막하고 달래는 듯한 목소리로 그는 기도를 했다.

기도가 끝나자 마리아 틴스는 세 개의 잔에 포도주를 따르고, 사위와 딸과 함께 아기의 건강을 기원하며 포도주를 마셨다. 그런 뒤 카타리나가 아기를 유모에게 넘겼고 유모는 아기를 자기 가슴에 안았다.

타네커가 내게 눈짓을 했다. 우리는 아이들과 산파에게 빵과 훈제 청어를 가져다주러 방에서 나왔다. "이제 탄생 축하 잔치 준비를 시작해야 해." 음식을 차리면서 타네커가 설명했다. "작은 마님은 화려한 잔치를 좋아하는데, 뭐 항상 그렇지만 우린 신발 벗을 틈도 없이 일하게 생겼어."

탄생 축하 잔치는 내가 이 저택에서 본 가장 성대한 행사였다. 청소와 요리를 하느라 잔치를 준비하는 데만 열흘이 걸렸다. 마리아 틴스는 일주일 동안 일해줄 사람 두 명을 더 고용했는데 한 소녀는 타네커를 도와 음식을 만들고, 다른 한 소녀는 나와 함께 청소를 했다. 내게 붙여진 소녀는 좀 둔하긴 했지만 할 일을 분명히 알려주고 가까이서 잘 지켜보고 있으면 그런대로 괜찮았다. 우리는 잔치에 필요한 식탁보와 냅킨뿐만 아니라 셔츠, 겉옷, 보닛, 칼라, 손수건, 모자, 앞치마 등 저택에 있는 옷가지를 모두 빨았다. 마로 된 천과 옷가지들을 빠는 데는 또 하루를 잡아야 했다. 그런 다음 우리는 이런 특별한 날이면 이웃에서 빌려 오는 물품들에다 손잡이가 달린 큰 잔, 유리잔, 도기 접시, 물주전자, 놋그릇, 팬케이크용 냄비, 석쇠 그릴과 고기 굽는 데 쓰는 쇠꼬챙이, 수저, 국자를 모두 씻었다. 황동이나 구리, 은으로 된 식기들은 윤이 나게 닦아야 했다. 커튼을 떼어 밖에 나가 털고, 방석과 깔개들도 일일이 털었다. 침대와 장, 의자와 탁자, 창턱 같은 목재로 된 곳들도 반질반질하게 광을 냈다.

잔치 준비가 끝날 무렵 손이 트고 피가 흘렀다.

잔치를 하기에는 모자람이 없을 정도로 집 안팎은 깨끗하기 이를 데 없었다.

마리아 틴스는 잔치를 위해 새끼 양 고기와 송아지 고기, 혓바닥 살, 통돼지 한 마리, 산토끼와 꿩, 거세한 수탉, 굴과 바닷가재, 캐비아, 청어, 스위트 와인과 최고급 에일 맥주, 빵집에서 준비한 특제 케이크 등을 특별 주문했다.

마리아 틴스의 주문을 피터 아저씨에게 건넸을 때 아저씨는 손을 문지르며 말했다. "그래, 먹여 살려야 할 입이 하나 더 늘었구먼. 우리 같은 사람에게야 좋은 일이지."

고다 치즈, 에담 치즈, 아티초크와 오렌지, 레몬, 포도, 자두, 아몬드와 개암나무 열매를 실은 마차가 속속 도착했다. 심지어 마리아 틴스의 부유한 사촌이 선물로 보냈다는 파인애플도 있었다. 파인애플을 본 것은 그때가 처음이었지만 울퉁불퉁하고 따끔거리는 표면 때문에 그다지 끌리지는 않았다. 하긴 내가 먹을 수 있는 과일도 아니었다. 타네커는 이상한 냄새를 풍기는 것만 우리에게 맛보게 하고 그 외의 다른 음식에는 손도 못 대게 했다. 타네커는 캐비아를 아주 조금 맛볼 수 있게 해줬는데, 그 명성에 비해 맛은 기대했던 것보다 별로였다. 하지만 계피로 맛을 낸 스위트 와인은 훌륭했다.

여분의 토탄과 나무 장작들이며 이웃에서 빌려 온 쇠꼬챙이들이 마당에 쟁여져 있었다. 맥주통들 역시 마당에 보관했는데 돼지도 여기서 구웠다. 마리아 틴스는 불을 담당할 어린 소년을 따로 써야 했는데, 일단 우리가 돼지를 굽기 시작하면 밤새도록 불을 피워야 했기 때문이다.

잔치를 준비하는 동안 카타리나는 프란시스커스와 함께 유모의 보살핌을 받으며 고상한 백조처럼 침대에서 시간을 보냈다. 정말 백조 같긴 했다. 긴 목이며 날카로운 코를 보면 말이다. 나는 카타리나에게서 가급적 멀리 떨어져 지냈다.

"바로 이거야. 작은 마님은 매일매일이 이랬으면 할 거라고." 토끼를 삶을 준비를 하던 타네커가 툴툴거리며 말했다. 나는 타네커 옆에서 창문 닦을 물을 데우던 중이었다. "작은 마님은 자기 주변의 모든 것이 최고급이기만을 바란다고. 침대보의 여왕 같으니라고!" 나는 타네커와 함께 킬킬대며 웃고 말았다. 타네커의 불손한 태도를 부추겨서도 안 되겠지만, 타네커의 기분이 그렇고 그럴 때엔 나 역시 맞장구를 치는 것도 괜찮지 싶었다.

잔치를 준비하는 동안 그는 따로 동떨어져 지냈다. 화실 아니면 길드였다. 잔치 시작 사흘 전에야 그를 한 번 볼 수 있었다. 새로 고용한 아이와 부엌에서 촛대를 닦고 있을 때 리스벳이 들어와 나를 찾았다. "푸줏간에서 사람이 왔어요. 밖에서 기다린대요."

나는 닦고 있던 천을 놓고 손을 앞치마에 문질렀다. 그리고 리스벳을 따라 복도로 나갔다. 밖에서 기다리는 사람이 피터일 거라는 생각이 들었다. 피터가 파펜후크로 나를 보러 온 적은 한 번도 없었지만 말이다. 어쨌거나 지금은 얼굴이 트거나 벌겋게 익어 있지 않았다. 다른 때에는 빨래를 삶느라 뜨거운 김을 쐬어 항상 그 모양이었지만.

저택 앞에는 마리아 틴스가 주문한 고기를 잔뜩 실은 수레가 서 있고 그 뒤에 피터가 있었다. 아이들이 그 광경을 유심히 바라보고 있었다. 오직 코넬리아만이 주변을 두리번거리고 있었다. 내가 현관에 모습을 보이자 피터는 미소를 지었다. 나는 얼굴을 붉히지 않으려고 애를 쓰면서 침착함을 유지했다. 코넬리아가 나를 지켜보고 있는 것이다.

코넬리아만이 나를 보고 있는 건 아니었다. 등 뒤에서 그의 존재가 느껴졌다. 그가 내 뒤에서 복도를 따라 내려오고 있었다. 돌아서서 그를 보았다. 그리고 피터의 미소와 그 속에 담긴 나에 대한 기대를 그가 보고 말았다는 것을 알았다.

그의 잿빛 눈동자가 나를 향했다. 그 눈은 차가웠다. 갑자기 일어섰을 때처럼 현기증이 일었다. 다시 돌아섰다. 피터의 미소는 이제 그리 밝지 않았다. 피터도 나의 현기증을 눈치챘으리라.

두 남자의 시선에 갇힌 꼴이었다. 이 상황은 전혀 유쾌하지 않았다.

나는 그가 지나갈 수 있도록 한쪽으로 비켜섰다. 한마디 말이나 단 한 번의 눈길도 건네지 않고 그는 몰런포트 가 쪽으로 걸어갔다. 피터와 나는 말없이 그가 걸어가는 모습을 지켜보았다.

"여기 주문한 것 가지고 왔어." 잠시 후 피터가 말했다. "어디다 두면 되니?"

그 주 일요일, 부모님을 뵈러 집으로 갔을 때 저택에 새로 아기가 태어났다는 얘기는 하고 싶지 않았다. 이 얘기가 부모님께 잃어버린 아그네스를 생각나게 할까 봐 두려웠던 것이다. 하지만 엄마는 시장에서 이야기를 들어 벌써 알고 있었고, 나는 출산과 가족들의 기도, 축하 잔치를 위한 그간의 모든 준비를 상세하게 얘기해야 했다. 엄마는 내 손을 보고 걱정했지만, 나는 제일 힘든 일들은 다 끝났다고 엄마를 안심시켰다.

"그리고 그림은?" 아버지가 물었다. "네 주인님은 다른 그림을 시작했니?" 아버지는 항상 새로운 그림에 대한 이야기가 나오길 학수고대하고 있었다.

"전혀요." 지난 주에 화실에 들어갈 수 있었던 시간은 별로 없었지만, 내가 본 바로는 변한 건 아무것도 없었다.

"네 주인님은 게으른 사람인 모양이다." 엄마가 말했다.

"그런 분이 아니에요." 나는 재빨리 대답했다.

"어쩌면 남이 보는 걸 원치 않는지도 모르지." 이번엔 아버지가 말했다.

"주인님이 무얼 원하는지 저도 모르겠어요." 내 목소리는 의도했던 것보다 더 날카롭게 울렸다. 엄마가 나를 쳐다보았다. 아버지는 앉은 자세를 바꿨다.

나는 그에 관해 더 이상 아무런 얘기도 하지 않았다.

잔칫날 정오 무렵, 손님들이 도착하기 시작했다. 그리고 저녁까지 저택 안팎으로 백여 명에 가까운 사람들이 마당과 길에 넘쳐났다. 가지각색의 사람들이 초대되었다. 부유한 상인들뿐만 아니라 빵 가게 주인, 재단사, 구두 수선공, 약제사에 이르기까지 손님들은 다양했다. 그의 어머니와 누이동생, 마리아 틴스의 사촌들, 이웃들도 자리를 함께했다. 다른 길드 회원들과 화가들도 와 있었다. 반 레이원후크, 반 라위번 내외도 빠지지 않았다.

심지어 피 묻은 앞치마를 벗어 던진 피터 아저씨도 잔치에 참석했다. 아저씨는 내가 향을 가미한 포도주 병을 가지고 지나가자 고개를 끄덕이며 웃음을 지어 보였다. "여어, 그리트. 아들 녀석이 내가 너와 함께 저녁을 보내고 있다는 걸 알면 질투하겠는걸." 포도주를 조금 따라주자 아저씨가 말했다.

"그런 일 없을 거예요." 당황해서 물러나며 나는 더듬거렸다.

카타리나는 단연 관심의 주인공이었다. 아직 가라앉지 않은 배 둘레에 맞춰 크기를 조절한 녹색 비단 드레스를 입고, 그 위에다 반 라위번의 아내가 그림 속에서 입었던 담비 털로 멋을 낸 노란 망토를 둘렀다. 다른 여인이 걸치고 있던 망토를 한 카타리나를 보자 이상했다. 이 망토는 카타리나 것이고 옷 주인이 입는 것은 당연했지만, 카타리나가 노란 망토를 두르고 있는 모습이 마음에 들지 않았다. 진주 목걸이와 귀고리도 하고 있었는데 금발의 곱슬머리는 곱게 손질되어 있었다. 카타리나는 출산에서 금방 회복되어 매우 명랑하고 우아해져 있었다. 수개월 동안 몸에 지니고 있던 짐에서 드디어 벗어난 것이다. 그리고 이제 이 방 저 방을 가뿐히 오가며 손님들과 어울려 웃고 마시고 있었다. 초에 불을 켜고, 음식을 더 가져오게 하고, 사람들을 주변에 모으면서 카타리나는 즐거운 시간을 보내는 듯했다. 유모의 젖을 빨고 있는 프란시스커스 앞에서 법석을 떠느라 멈춰 선 것 말고는 잠시도 한곳에 있지 않았다.

그는 꽤나 조용한 편이었다. 그의 눈은 손님들 사이를 돌아다니는 카타리나를 가끔 뒤쫓곤 했지만, 대부분의 시간을 커다란 방 한구석에서 반 레이원후크와 얘기를 나누며 보냈다. 잔치에 별 흥미를 못 느끼는 듯했지만, 그래도 검정 벨벳 상의를 단정하게 입고 아기 아버지임을 나타내는 모자를 쓴 편안한 모습이었다. 카타리나는 북적대는 사람들 사이에 있는 걸 좋아했지만 그는 그렇지 않았다.

늦은 밤, 촛불과 포도주 병을 들고 복도를 지나가는 나를 반 라위번이 구석으로 몰아세웠다. "아하, 그 눈 큰 하녀로군." 반 라위번이 몸을 기대 오며 소리를 질렀다. "안녕, 우리 아가씨." 반 라위번은 한 손으로는 내 턱을 쥐고, 다른 한 손으로는 촛불을 내 얼굴 가까이로 가져다 댔다. 그런 식으로 나를 바라보는 반 라위번의 태도가 몹시 싫었다.

"자네, 이 아이를 꼭 그려야겠어." 반 라위번이 자기 어깨 너머로 말했다.

그가 거기 있었다. 그는 눈살을 찌푸렸다. 그의 얼굴은 자신의 후원자에게 뭔가 말하고 싶은 표정이었지만 입을 열지는 않았다.

"그리트, 포도주 좀 더 줄래?" 그 순간, 십자가 방에서 갑자기 몸을 나타낸 피터 아저씨가 내게 잔을 내밀며 말했다.

"예, 어르신." 나는 반 라위번의 손아귀에서 턱을 빼내고 재빨리 피터 아저씨에게로 갔다. 등 뒤에서 두 쌍의 눈동자가 나를 보고 있는 걸 느낄 수 있었다.

"어머, 죄송합니다, 어르신. 병이 비었네요. 얼른 부엌에 가서 가져오겠습니다." 나는 병이 가득 차 있는 걸 들키지 않으려고 병을 꼭 끌어안은 채 서둘러 자리를 벗어났다.

몇 분 후에 다시 돌아왔을 때 피터 아저씨만이 벽에 몸을 기댄 채 그 자리에 남아 있었다. "고마웠어요." 피터 아저씨의 잔을 채우며 낮은 목소리로 말했다.

아저씨는 눈을 찡긋해 보였다. "네가 나를 어르신이라고 부른 것만으로도 재미있었다. 언제 내가 그런 호칭을 또 들어보겠냐, 안 그러냐?" 아저씨는 잔을 들어 건배하는 시늉을 한 후 포도주를 들이켰다.

잔치가 끝나자 겨울이 우리 곁에 찾아왔다. 저택은 썰렁하고 활기가 사라졌다. 엄청난 양의 대청소만이 남았고, 이제 별달리 기대할 만한 일이 없었다. 아이들은 일은 거의 도와주지 않고 일방적으로 보살핌만을 요구해서 점점 다루기 어려워졌다. 심지어 순한 알레이디스조차 그랬다. 마리아 틴스는 그 어느 때보다도 2층 자기 방에서 지내는 시간이 많았다. 잔치 기간 내내 조용했던 프란시스커스는 겨울의 찬 바람이 고통스러운지 끊임없이 울어 댔다. 아기의 찢어지는 듯한 울음소리는 마당, 화실, 지하실 등 집 안 어디에 있어도 피할 수가 없었다. 타고난 성질에도 불구하고 카타리나는 아기에 대해서는 놀라울 정도로 인내심이 강했다. 하지만 남편을 비롯해서 다른 모든 사람들에게는 딱딱거리기 일쑤였다.

잔치를 준비하는 동안은 아그네스를 마음에서 가까스로 밀어낼 수 있었지만, 시간이 지나면서 동생에 대한 기억이 예전보다 더 강하게 밀려들었다. 생각할 시간이 생기자 너무 많은 생각이 찾아왔다. 나는 상처를 치유하기 위해 상처 입은 부위를 핥는 개와 같았다. 하지만 그런 행위는 상처를 더욱 악화시킬 뿐이었다.

가장 좋지 않은 일은 그가 내게 화가 나 있는 것이었다. 반 라위번이 나를 구석으로 몰고 간 날 밤, 아니 피터가 내게 미소를 지어 보였던 그날 이후 그는 내게 거리를 두고 있었다. 게다가 나는 전보다 더 자주 그와 마주치는 것 같았다. 매번 그가 집을 나설 때면 나는 집으로 들어오고 있고, 그가 2층으로 올라올 때면 나는 계단을 내려가고 있고, 그가 십자가 방으로 마리아 틴스를 찾아오면 그곳을 청소하고 있는 그런 식이었다. 물론 그는 프란시스커스의 성가신 울음소리를 피하려는 마음도 있는 데다 바깥일들 때문에 주로 밖에서 지내긴 했지만. 어느 날은 카타리나의 심부름을 하던 중 시장 광장에서 마주치기도 했다. 그럴 때마다 그는 점잖게 고개를 끄덕였지만, 나를 쳐다보지도 않은 채 내가 지나갈 수 있도록 한 걸음 비켜섰을 뿐이다.

내가 그를 화나게 한 건 분명했지만 어떻게 하다 그렇게 됐는지는 알 수가 없었다.

화실 역시 썰렁하고 을씨년스러웠다. 전에는 분주하고 할 일이 가득 찬 곳이라는 느낌을 주었다. 이곳이야말로 바로 그림이 그려지는 공간이었다. 그런데 이제는 그저 빈방일 뿐이었다. 내리쌓이는 먼지를 재빨리 남김없이 닦아냈지만, 내일이면 다시 먼지만이 찾아올 것이었다. 나는 이 방이 슬픈 장소가 되어가는 게 싫었다. 예전처럼 이 방을 다시 피난처로 삼고 싶었다.

어느 날 아침, 마리아 틴스는 나를 데리고 화실 문을 열어주러 왔다가 문이 열려 있는 걸 발견했다. 우리는 아직 어둠이 가시지 않은 방 안을 살며시 들여다보았다. 문을 등진 채 머리를 팔에 묻고 탁자에 엎드려 잠이 든 그를 볼 수 있었다. 마리아 틴스가 뒤로 물러서며 중얼거렸다. "아기 울음소리 때문에 여기 올라온 모양이군." 나는 다시 한번 들여다보려고 했지만 마리아 틴스가 막아서며 소리 안 나게 문을 닫았다. "그대로 둬라. 청소야 나중에 하면 되니까."

다음 날 아침, 나는 화실의 덧문을 모두 열어젖히고 그의 뜻을 거스르지 않고 손댈 수 있는 것, 그가 눈치채지 못하게 움직일 수 있는 것이 없나 찾으며 주위를 둘러보았다. 모든 것은 제자리에 있었다. 탁자, 의자, 책들과 종이로 뒤덮인 책상, 가지런하게 정리된 붓과 나이프가 얹혀 있는 작은 장, 벽에 기대 서 있는 이젤, 그 옆에 깨끗이 닦인 팔레트. 그가 그렸던 물건들은 광에 들어가 있거나 저택 어디에선가 쓰이고 있었다.

신교회의 종들 가운데 하나가 시간을 알리며 울리기 시작했다. 나는 창가로 가서 밖을 내다보았다. 종이 여섯 번을 끝으로 멈추는 순간, 나는 내가 무엇을 해야 하는지 깨달았다.

데운 물과 비누, 깨끗한 걸레를 챙겨 화실로 돌아온 나는 창문을 닦기 시작했다. 위쪽 유리창에 닿으려면 탁자를 딛고 올라서야만 했다.

내가 마지막 창문을 닦고 있을 때 그가 방으로 들어오는 소리가 들렸다. 왼쪽 어깨 너머로 그를 돌아보며 나는 눈을 둥그렇게 떴다. "주인님." 나는 불안해지기 시작했다. 창을 닦아야겠다는 이 갑작스런 충동을 어떻게 설명해야 할지 알 수가 없었다.

"그만."

또 그의 뜻에 어긋나는 짓을 했다는 생각에 나는 얼어붙고 말았다.

"움직이지 마라."

갑자기 이 방에 유령이라도 나타난 듯 그는 나를 뚫어지게 쳐다보고 있었다.

"죄송합니다, 주인님." 물통에 걸레를 떨어뜨리며 말했다. "주인님께 먼저 여쭤봤어야 했는데. 하지만 요즘 주인님은 아무것도 그리지 않고 계셔서……"

어리둥절한 표정을 짓던 그가 고개를 저었다. "아, 창문 말이로군. 아니다, 하던 일을 계속해도 괜찮아."

그가 보는 앞에서 청소를 하고 싶지는 않지만, 계속 거기 서 있는 바람에 달리 어쩔 도리가 없었다. 나는 걸레를 빨아 창 안팎을 다시 닦기 시작했다.

창문을 모두 닦고 나서 잘 닦였는지 보려고 뒤로 물러섰다. 비쳐드는 빛이 맑았다.

그는 여전히 내 뒤에 서 있었다. "창문이 마음에 드시는지요, 주인님?"

"어깨 너머로 다시 한번 나를 보아라."

나는 시키는 대로 했다. 그는 나를 관찰했다. 다시 내게 흥미를 느
낀 것이다.

"빛이, 이제 더 깨끗해졌어요."

"그래, 그렇구나."

다음 날 아침, 탁자는 구석으로 다시 옮겨져 있었고, 빨강 노랑 파
랑 색이 어우러진 탁자보 하나가 탁자를 덮고 있었다. 구석 벽에는
지도가 걸리고 그 벽을 등지고 의자가 놓였다.

그가 다시 시작한 것이다.

GIRL WITH A PEARL EARRING

1665

아버지는 그림에 대한 얘기를 한 번 더 듣고 싶어 했다.

"지난번하고 달라진 건 아무것도 없어요."

"그래도 다시 듣고 싶구나." 화로 가까이 의자를 끌어다 몸을 파묻고 아버지는 고집을 부렸다. 이럴 때면 아버지는 프란스의 어릴 때 모습과 비슷했다. 냄비에 남은 것이 더 이상 없다고 얘기를 해줘도 더 달라고 떼를 쓰는 어린애. 3월이 되자 아버지의 성격은 더 조급해졌다. 겨울이 끝나길 기다리고, 추위가 누그러지길 기다리고, 해가 오랫동안 하늘에 떠 있길 기다리느라 그렇게 된 것이리라. 3월은 예측하기 힘든 달이다. 날씨가 풀릴 듯하다가도 금세 얼어붙는다. 하지만 잿빛 하늘과 얼음이 마을에서 사라질 때까지는 따뜻한 날씨에 대한 희망을 계속 키우게 마련이다.

3월은 내가 태어난 달이기도 했다.

앞을 못 보게 된 후로 아버지는 겨울을 더욱 싫어했다. 눈 이외의 다른 감각들이 더 예민해져서 추위를 더욱 심하게 느끼는 것 같았다. 집 안의 탁한 공기를 더 잘 맡았고, 야채 스튜의 간을 보는 것도 엄마보다 아버지가 더 잘했다. 겨울이 길어질수록 아버지는 힘들어했다.

나는 그런 아버지가 안쓰러웠다. 틈날 때마다 저택의 부엌에서 절인 체리며 말린 살구와 차가운 소시지를 몰래 갖다 드렸다. 한번은 카타리나의 선반에서 발견한 말린 장미 꽃잎을 한 주먹 집어서 갖다 드리기도 했다.

"빵집 딸은 창가 밝은 구석에 서 있어요." 나는 차분하게 다시 시작했다. "몸은 우리를 향하고 있지만 얼굴은 오른쪽 아래 창밖을 내려다보고 있어요. 그리고 노란 비단과 검은 벨벳으로 만든, 몸에 딱 붙는 조끼를 입고 군청색 치마를 둘렀어요. 모자의 테두리가 턱 끝에서 이렇게 아래로 내려오는 하얀 모자를 쓰고 있고요."

"네가 모자를 쓰듯이?" 아버지가 물었다. 매번 같은 식으로 모자를 묘사했지만 이렇게 물어온 적은 없었다.

"예, 내 것처럼요. 오랫동안 들여다보고 있노라면 모자가 단지 흰색으로만 칠해진 게 아니라는 걸 알 수 있어요. 푸른색과 보라색, 그리고 노란색도 섞여 있거든요." 나는 얼른 덧붙였다.

"하지만 모자는 하얀색이라고 그랬잖아."

"예, 그게 참 이상해요. 여러 가지 색깔로 칠했는데, 일단 모자를 보면 하얗다는 생각이 들거든요."

"타일에 그림을 그리는 일은 훨씬 단순해." 아버지가 투덜거리는 목소리로 말을 이었다. "푸른색을 사용했으면 그게 다야. 윤곽은 진한 푸른색을, 그림자로는 연한 푸른색을. 푸른색은 푸른색이야."

그리고 타일은 타일일 뿐이죠, 그의 그림일 수는 없어요, 하고 나는 생각했다. 우리가 흰색이라고 느끼는 것이 단순한 흰색이 아니라는 것을 아버지가 이해할 수 있으면 싶었다. 그것은 그가 내게 가르쳐준 교훈이기도 했다.

"빵집 딸은 무얼 하고 있냐?" 잠시 후 아버지가 물었다.

"한 손은 탁자 위에 있는 양은 물주전자를 쥐고 있고, 다른 한 손은 조금 열린 창문을 잡고 있어요. 주전자를 들어서 열린 창문 밖으로 물을 쏟아부으려는 거예요. 하지만 그 일을 하려던 순간 멈춘 거죠. 창밖 거리에 있는 뭔가를 보는 것도 같고, 꿈을 꾸고 있는 것도 같아요."

"어느 쪽인 것 같냐?"

"모르겠어요. 어떤 때는 이런 것 같고, 어떤 때는 저런 것 같아요."

아버지는 의자에 등을 기대며 얼굴을 찌푸렸다. "처음에 너는 모자가 하얗다고 했다가 흰색으로 칠해진 게 아니라고 했어. 그다음엔 빵집 딸이 이렇게 하는 것 같기도 하고, 저렇게 하는 것 같기도 하다며 나를 혼란스럽게 하는구나." 아버지는 머리가 아픈 듯 이마를 문질렀다.

"죄송해요, 아버지. 정확하게 묘사하려다 보니 그렇게 됐어요."

"그런데 그림이 말하는 게 뭐냐?"

"주인님의 그림은 이야기를 담고 있지는 않아요."

아버지는 아무 반응이 없었다. 아버지는 겨울 내내 힘들어했다.

만일 아그네스가 여기 있었다면, 아버지가 기운을 차리게 할 수 있었을 것이다. 아그네스는 어떻게 하면 아버지를 웃게 만들 수 있는지 늘 알고 있었다.

"엄마, 발난로에 불을 지필까요?" 나는 짜증을 감추려고 아버지한테서 몸을 돌리며 물었다. 앞을 못 보게 된 이후 아버지는 마음만 먹으면 쉽게 남의 기분을 알아맞혔다. 당신이 그렸던 타일 그림과 그의 그림을 비교하거나, 직접 보지도 않은 그의 그림을 아버지가 비판하는 게 싫었다. 일단 그림을 한번 보고 나면 거기에 혼란스러워할 만한 게 아무것도 없다고 아버지에게 얘기하고 싶었다. 이야기를 들려주는 그림은 아닐지 몰라도, 도저히 눈을 뗄 수 없는 그런 그림이라고.

아버지와 내가 얘기하는 사이 엄마는 곁에서 바쁘게 일했다. 스튜를 젓고, 불이 꺼지지 않도록 살피고, 접시와 잔들을 식탁에 차리고, 빵을 썰기 위해 칼을 갈았다. 엄마의 대답을 기다리지 않고, 나는 발난로들을 모아서 토탄이 보관되어 있는 뒷방으로 갔다. 토탄을 발난로에 채우면서 아버지에게 화가 났던 나 자신을 꾸짖었다.

발난로들을 가지고 나와 불을 지펴 식탁 밑 의자들 발치에 두고, 엄마가 스튜를 뜨고 맥주를 따르는 동안 아버지를 식탁으로 안내했다. 아버지는 한 모금 뜨더니 얼굴을 찌푸렸다. "파펜후크에서 스튜에 넣을 맛있는 것 좀 안 가져왔니?" 아버지가 중얼거렸다.

"가져올 수가 없었어요. 타네커가 요즘 제게 까탈스럽게 굴거든요. 부엌에 가까이 갈 수가 없었어요." 말이 입 밖으로 나온 순간 곧 후회했다.

"왜? 네가 뭘 어쨌는데?" 타네커와 알기라도 하는 사이인 것처럼 점점 더 아버지는 나에게서 잘못을 찾아내려고 했다.

"최상급 에일 맥주를 그만 엎질러버렸거든요. 단지째로요." 나는 얼른 꾸며냈다.

엄마가 꾸짖는 시선으로 나를 보았다. 내가 거짓말하고 있다는 걸 엄마는 알았다. 아버지도 기분이 그렇게 우울하지 않았다면 내 어조를 듣고 눈치챘을 것이다.

하지만 나는 거짓말에 점점 더 익숙해지고 있었다.

저택으로 돌아가기 위해 집을 나서려는데 엄마가 나를 바래다주겠다고 고집을 부렸다. 밖에는 차갑고 굵은 빗줄기가 쏟아지고 있었는데도 말이다. 리트벨트 운하에 이르러 시장 광장 쪽을 향해 오른쪽으로 접어들었을 무렵 엄마가 말했다. "이제 곧 열일곱이 되는구나."

"다음 주면요."

"네가 여자가 될 날도 멀지 않았구나."

"멀지 않았네요." 빗방울이 운하에 떨어지는 것을 보았다. 미래에 관해서는 생각하고 싶지 않았다.

"푸줏간 아들이 네게 관심 있어 한다는 얘길 들었다."

"누가 그런 얘길 해요?"

대답 대신 엄마는 모자에서 빗방울을 쓸어내고 숄을 털었다.

나는 어깨를 으쓱하며 말했다. "그 사람이 내게 보이는 관심은 다른 여자애들한테 보이는 관심 그 이상도 이하도 아니에요. 확실해요."

나는 엄마가 우리 가족의 명예를 지키고, 얌전하고 좋은 처녀가 되라고 훈계할 거라고 생각했다. 하지만 엄마는 대신 이렇게 말했을 뿐이다. "그 사람에게 무례하게 굴지 마라. 잘 웃어주고 기분 상하지 않게 하렴."

엄마의 말은 무척 놀라웠다. 하지만 엄마의 눈 속에는 푸줏간 아들이 집에 가져올 수 있는 고기에 대한 허기가 있었다. 엄마가 자존심을 왜 한편으로 밀어버렸는지 이해할 수 있었다.

어쨌거나 엄마는 내가 조금 전에 한 거짓말에 대해서는 물어보지 않았다. 부모님께는 타네커가 왜 나한테 화가 났는지 말할 수 없었다. 그 거짓말은 뒤에 더 많은 거짓말을 숨기고 있었기 때문이다. 설명하기에는 너무 많은 것이 얽혀 있었다.

타네커는 바느질을 해야 할 오후 시간에 내가 무엇을 하고 있는지 알아버린 것이다.

나는 그를 돕고 있었다.

그 일은 두 달 전으로 거슬러 올라간다. 프란시스커스가 태어나고 얼마 지나지 않은 1월의 오후였다. 프란시스커스와 요하네스, 두 아기 모두 가엾게도 숨을 쉬기 어려울 정도로 기침이 심했다. 카타리나와 유모는 세탁실의 화롯불 옆에서 아기들을 어르고 있었고, 나머지 우리들은 부엌 아궁이 근처에 모여 있었다.

오직 그만 없었다. 그는 2층 화실에 있었는데 추위도 그에게 아무런 영향을 끼치지 못하는 모양이었다.

얼굴이 벌게진 카타리나가 부엌과 세탁실 사이의 복도로 나와서 말했다. "누가 약제사에게 좀 다녀와야겠다. 아기들한테 먹일 약이 좀 필요한데." 카타리나는 나를 쳐다보았다.

보통 이런 일에는 나를 심부름 보내지 않는다. 약제사에게 가는 일은 푸줏간이나 생선 가게에 가는 일과는 급이 달랐다. 약제사는 존경 받는 의사이기도 했다. 그래서 마리아 틴스나 카타리나 모두 약제사에게 가는 걸 좋아했다. 내겐 이런 고급스런 심부름을 하는 게 허용되지 않았던 셈이다. 하지만 이렇게 추운 날에는 집에서 가장 중요하지 않은 사람이 심부름을 가게 되는 법이다.

밖에 나가기 좋아하는 매지와 리스벳도 이번에는 따라가겠다고 나서지 않았다. 말린 딱총나무 꽃잎과 머위로 만든 약을 사 오라는 카타리나의 지시를 들으며 양모로 짠 망토와 숄로 몸을 감쌌다. 숄 자락을 안으로 단단히 쑤셔 넣고 있는 나를 지켜보며 코넬리아가 주위를 알짱거렸다.

"같이 가도 돼요?" 순진한 척 웃으며 코넬리아가 물었다. 가끔은 내가 이 아이를 너무 지나치게 생각하는 게 아닌가 하는 의심이 들 때도 있었다.

"안 돼." 카타리나가 나 대신 대답했다. "밖은 아주 추워. 너희들 가운데 또 감기 걸리는 애가 생기면 큰일 나. 그럼 넌 어서 가봐라. 가능한 한 빨리 다녀와라."

문을 열고 거리로 나섰다. 거리는 매우 조용했다. 사람들은 모두 집 안에 틀어박혀 있는 게 분명했다. 운하는 꽁꽁 얼어붙었고, 하늘은 성난 잿빛이었다. 바람이 휙 불어닥치자 나는 얼굴을 감싸고 있는 양모 숄 자락에 코를 묻었다. 그때 누군가 내 이름을 부르는 소리가 들렸다. 코넬리아가 따라오는가 싶어 주위를 둘러보았다. 저택의 문은 닫혀 있었다.

위를 쳐다보았다. 그가 창문을 열고 머리를 내밀고 있었다.

"주인님?"

"어디 가는 거냐, 그리트?"

"약제사한테요, 주인님. 마님께서 시키셨어요. 아기들 때문에요."

"내 심부름도 해줄 수 있겠니?"

"말씀만 하세요, 주인님." 갑자기 겨울바람이 그리 혹독하게 느껴지지 않았다.

"기다려라. 적어줄 테니까." 그가 모습을 감추었고 나는 기다렸다. 잠시 후 다시 나타난 그가 작은 가죽 주머니를 아래로 던졌다. "약제사에게 안에 든 종이를 보여주고 그 사람이 주는 걸 받아오너라."

나는 고개를 끄덕이며 숄 안쪽으로 주머니를 잘 간직했다. 이 은밀한 임무가 즐거웠다.

약국은 로테르담 수문 쪽 코른마크트 지역에 있었다. 그리 멀지는 않았지만, 한 번 숨을 들이쉴 때마다 몸 안이 얼어붙는 것 같았다. 그래서 약국 문을 열고 들어섰을 때는 말을 할 수조차 없었다.

하녀가 된 후에도, 또 그 이전에도 약국에 발을 들여본 적은 없었다. 엄마가 모든 약을 손수 만들었기 때문이다. 약국은 아담했다. 실내의 사방 벽에는 마루부터 천장까지 선반들로 가득 차 있었는데, 선반에는 여러 가지 크기의 병과 대야, 질그릇 단지가 깔끔하게 이름표를 단 채 놓여 있었다. 설사 그 단어들을 읽을 수 있다 하더라도, 각각의 용기들이 담고 있는 내용물을 이해할 수 있을 것 같지는 않았다. 추위가 후각을 마비시키긴 했지만, 이름을 알 수 없는 향기가 실내 여기저기에 떠돌고 있는 것을 느낄 수 있었다. 숲속의 썩어가는 낙엽들 밑에서 나는 듯한 향기였다.

약제사의 얼굴은 한 번 본 적이 있었다. 몇 주 전 프란시스커스의 탄생 축하 잔치에 왔을 때였다. 대머리에다 호리호리한 몸을 가진 약제사는 어린 새를 연상시켰다. 약제사는 나를 보더니 놀란 표정을 지었다. 이런 지독한 추위에 감히 밖으로 나다닐 생각을 하는 사람은 없었으니 말이다. 약제사는 팔꿈치 근처에 저울이 놓인 탁자 뒤에 앉아 내가 말을 꺼내길 기다렸다.

"주인님과 마님의 심부름을 왔어요." 말을 할 수 있을 정도로 목이 따뜻해지자 나는 숨을 헐떡이며 용건을 얘기했다. 약제사가 멍한 표정으로 나를 보았고, 나는 말을 덧붙여야 했다. "베르메르 씨 댁이요."

"아, 아기는 잘 크고?"

"아기들이 아파요. 마님께서는 말린 딱총나무 꽃잎과 머위로 만든 약이 필요하시대요. 그리고 제 주인님은……" 약제사에게 주머니를 건넸다. 약제사는 뭔가 이상하다는 표정으로 주머니를 받았다. 하지만 주머니를 열어 쪽지를 읽어보더니 고개를 끄덕였다. "골탄과 황토가 떨어졌군." 약제사가 중얼거렸다. "그거야 여기 많이 있지. 그런데 네 주인은 한 번도 다른 사람을 시켜서 물감 재료를 사 간 적이 없는데 말이야. 항상 본인이 직접 왔거든. 이거 놀랄 일이로구면." 약제사는 눈을 가늘게 뜨고, 들고 있던 종이 너머로 나를 쳐다

「저울질하는 여인」, 1662～1664년경

보았다.

나는 아무 말도 할 수 없었다.

"그럼 앉아라. 물건들을 가져올 동안 여기 불 옆에 가까이 와서 등이라도 녹여." 약제사는 바빠졌다. 단지를 열고 말린 꽃망울들을 꺼내 무게를 재고 한 병 분량의 시럽을 달았다. 그리고 물건들을 종이와 끈으로 조심스럽게 포장했다. 가죽 주머니에도 뭔가를 집어넣었다. 약이 든 꾸러미들은 꽉 졸라매지 않았다.

"네 주인이 캔버스는 필요하다고 하지 않던?" 단지를 높은 선반 위에 다시 올려놓으며 어깨 너머로 약제사가 물었다.

"잘 모르겠네요, 어르신. 거기 종이에 적힌 것만 가져오라고 하셨거든요."

"이거 아주 놀라운데, 정말로 놀라운 일이야." 약제사는 나를 아래위로 훑어보았다. 나는 몸을 꼿꼿이 세웠다. 키가 좀 더 커 보였으면 싶었던 것이다. "하긴 밖이 이리 추우니 꼭 그럴 필요가 없다면야 굳이 네 주인이 나올 이유는 없겠지." 약제사는 가죽 주머니와 꾸러미들을 내게 건네고 문을 열어주었다. 거리로 나와서 고개를 돌려보니, 약국 문에 달린 작은 창으로 여전히 약제사가 나를 지켜보고 있었다.

저택으로 돌아와서는 먼저 카타리나에게 헐겁게 묶은 꾸러미들을 건넸다. 그리고 서둘러 계단으로 갔다. 그가 내려와 기다리고 있었다. 숄 밑에서 가죽 주머니를 꺼내 그에게 내밀었다.

"고맙다, 그리트." 그가 말했다.

"거기서 뭐 해요?" 코넬리아가 복도 저쪽에서 우릴 보고 있었다.

놀랍게도 그는 코넬리아에게 아무 대꾸도 하지 않았다. 나 혼자 코넬리아를 상대하게 남겨두고 그저 몸을 돌려 층계를 다시 올라가 버렸다.

왠지 코넬리아에게는 진실을 말하는 게 편치 않았다. 코넬리아가 곧이곧대로 받아들일지 도무지 믿을 수가 없었기 때문이다. 하지만 역시 진실이 가장 쉬운 대답이었다.

"네 아빠를 위해 그림 재료들을 좀 사 왔어." 나는 설명했다.

"아빠가 부탁했어요?"

그 질문에 나는 그가 한 것처럼 행동했다. 솔을 벗으며 그 자리를 떠나 부엌을 향해 걸어갔던 것이다. 그에게 해를 입히고 싶지 않았기 때문에 대답하기가 두려웠다. 내가 그의 심부름을 했다는 사실을 아무도 모른다면, 그 편이 제일 좋다고 이미 느끼고 있었다.

코넬리아가 자신이 본 것을 자기 엄마에게 말할지는 의문이었다. 어리긴 했지만 자기 할머니처럼 꾀가 많은 아이였다. 코넬리아는 이 일을 몰래 간직하고 있을 것이다. 언제 드러낼까 신중하게 시기를 고르면서 말이다.

코넬리아는 며칠이 지난 후 자기만의 방법으로 답을 보여줬다.

일요일이었다. 지하실의 내 소지품을 보관해둔 상자에서 칼라를 찾고 있었다. 그 칼라는 엄마가 나를 위해 수를 놓아준 것이었다. 나는 즉시 얼마 되지도 않는 내 물건들에 누군가 손을 댔다는 걸 눈치 챘다. 칼라들은 구겨져 있었고, 슈미즈들 중 하나는 둥그렇게 뭉쳐진 채 구석에 박혀 있었다. 손수건으로 싸놓은 거북껍질 빗은 밖으로 빠져나와 있었다. 아버지가 준 타일을 싸둔 손수건이 너무 깔끔하게 접혀 있어 의심이 갔다. 손수건을 풀어보니 타일이 두 동강 나 있었다. 동강 나서 소녀와 소년은 서로 떨어져버렸다. 돌아보고 있는 소년 뒤에는 아무도 없었고, 모자로 얼굴을 감추고 있는 소녀 역시 혼자였다.

나는 그만 울음이 터져 나왔다. 코넬리아는 자기가 저지른 일이 내게 얼마나 상처를 주었는지 짐작도 못할 것이다. 만일 코넬리아가 소년이나 소녀의 몸에서 머리를 떼어놓았더라도 이보다는 화가 덜 났을 것이다.

그는 내게 다른 일들도 부탁하기 시작했다. 어느 날인가는 생선 가게에 다녀오는 길에 약국에 들러 아마인유를 사 오라고 했다. 나는 사 온 기름을 층계 바닥에 두었는데, 그렇게 하면 그와 모델을 방해하지 않아도 되었다. 그도 그렇게 하라고 얘기했다. 아침도 아닌데 화실에 또 들어가는 나를 이상하게 여길 사람들, 마리아 틴스나 카타리나, 타네커, 코넬리아를 그 역시 의식하고 있는 것이다.

비밀이 쉽게 지켜지는 그런 집은 아니었으니까.

또 다른 날엔 푸줏간에서 돼지 오줌보를 구해달라고 했다. 나중에 화실 청소를 끝내고 매일 아침 필요한 물감들을 가지런히 늘어놓으라고 그가 요구하기 전까지는, 왜 돼지 오줌보가 필요한지 그 이유를 몰랐다. 그는 이젤 근처의 작은 장에서 서랍들을 열어 색 이름을 불러주며 어떤 물감들이 어디에 보관되어 있는지 보여주었다. 그중 많은 이름들은 들어본 적이 없었다. 군청, 단사(丹砂), 매시콧(massicot, 일산화납으로 된 노란색 안료―옮긴이), 작은 질그릇 단지들 안에는 황갈색 흙 빛깔의 재료들, 검은색 골탄, 흰색 백연(白鉛) 들이 들어 있었다. 단지들은 속의 내용물이 마르지 않게 양피지로 잘 봉해져 있었다. 구하기 쉽지 않은 색깔들, 예를 들어 청색과 적색, 황색의 물감들은 돼지 오줌보 안에 소량씩 보관되어 있었다. 오줌보들에는 작은 구멍이 나 있어서 짜면 쉽게 물감이 흘러나오도록 되어 있었다. 사용하지 않을 때에는 못으로 구멍을 막아놓으면 되었다.

어느 날 아침, 청소를 하고 있는데 그가 들어와 빵집 딸을 대신해 포즈를 취해줄 수 있겠느냐고 물었다. 빵집 딸은 아파서 올 수가 없다고 했다. "잠깐만 보면 될 것 같은데. 그냥 거기 서 있으면 된다." 그가 설명했다.

나는 순순히 빵집 딸이 있던 자리에 섰다. 한 손은 물주전자의 손잡이를 쥐고, 다른 한 손은 창틀을 잡고 슬며시 창문을 열었다. 그러자 차가운 바람이 얼굴과 가슴을 쓸며 방 안으로 밀려 들어왔다.

이래서 빵집 딸이 아픈 걸 거야, 나는 생각했다.

그가 덧문들을 모두 열었다. 화실이 이렇게 환한 적은 처음이었다.

"턱을 아래로 숙여라. 그리고 아래를 봐, 날 보지 말고. 그래, 그거야. 움직이지 마라."

그는 이젤 옆에 앉았다. 하지만 팔레트, 칼, 나이프, 그 어느 것도 집지 않았다. 그저 앉아서 무릎 위에 손을 놓고 나를 바라보고만 있었다.

얼굴이 붉게 달아올랐다. 그가 이렇게 골똘히 나를 쳐다보리라곤 생각도 못했다.

나는 뭔가 다른 것을 생각하려고 애썼다. 창밖을 내다보니 운하를 따라 움직이는 배가 보였다. 장대로 배를 밀고 있는 남자는 내가 여기서 일한 첫날, 물 항아리를 건져준 그 남자였다. 그날 아침 이후 얼마나 많은 것이 변했나 생각했다. 그때는 그의 그림들 중 어느 하나도 본 적이 없었다. 그런데 이제 그의 그림 속에 서 있는 것이다.

"지금 보고 있는 것을 보지 마라. 네 얼굴에 쓰여 있다. 그게 네 마음을 흩트리고 있어." 그가 말했다.

아무것도 보지 않으면서 다른 일들을 생각하려고 했다. 식구들 모두가 약초를 캐러 교외로 나갔을 때를 떠올렸다. 작년에 시장 광장에서 보았던 교수형을 생각했고, 술에 취해 자기 딸을 죽였던 그 여자를 생각했다. 그리고 마지막으로 본 아그네스의 얼굴을 떠올렸다.

"너무 많은 것을 생각하고 있구나." 자리를 옮기며 그가 말했다.

침대보를 한 통 가득 빨았는데 널고 보니 깨끗하게 빨리지 않은 걸 확인한 것 같은 기분이 들었다. "죄송합니다, 주인님. 무엇을 해야 할지 잘 모르겠어요."

"눈을 감아보렴."

나는 눈을 감았다. 잠시 후 손에 닿은 창틀과 물주전자의 손잡이가 나를 지탱해주고 있는 것이 느껴졌다. 등 뒤에 있는 벽과 왼쪽에 있는 탁자, 그리고 창문으로부터 들어오는 차가운 공기를 느꼈다.

아버지가 이런 식으로 느끼겠구나 하는 생각이 스치고 지나갔다. 자기를 둘러싸고 있는 공간을 느끼며 자신이 어디 있는지를 몸 전체로 아는 것이다.

"좋아. 바로 그거야. 고맙다, 그리트. 이제 청소를 계속해도 좋아."

나는 그림이 그려지는 과정을 처음부터 본 적이 없었다. 그저 그림이란 보이는 것을, 보이는 대로의 색을 써서 그리는 것이라고 생각했다.

그는 나를 가르쳤다.

그는 하얀 캔버스 위에 회색을 엷게 칠하는 것으로 빵집 딸의 그림을 시작했다. 다음에는 모델이 서 있을 자리며, 탁자와 물주전자, 창문, 지도가 있어야 할 모든 자리를 적갈색 점을 찍어 표시했다. 그 일이 끝난 후 나는 그가 자기가 본 그대로 그릴 거라고 생각했다. 소녀의 얼굴과 푸른 치마, 노랑과 검정이 어우러진 조끼, 갈색 지도, 양은으로 된 물주전자와 대야, 그리고 하얀 벽. 하지만 그는 색을 칠하기 시작했다. 치마가 있을 자리에는 검은색을, 조끼와 지도가 들어갈 자리에는 황토색을, 물병과 대야에는 붉은색을, 벽에 해당하는 부분은 바탕과는 다른 회색을 칠했다. 그 색들은 모두 틀린 색깔들이었다. 그 색들 중 어느 것도 대상들의 본래 색깔과 들어맞지 않았기 때문이다. 그는 내가 가짜 색깔이라고 이름 붙인 색을 칠하며 오랜 시간을 보냈다.

가끔씩 빵집 딸이 와서 몇 시간을 그 자리에 서 있다 가곤 했다. 다음 날 그림을 살펴보면 더해지거나 빠진 것은 아무것도 없었다. 전혀 비슷하지도 않은 색깔들이 조각보처럼 여기저기 자리를 차지하고 있을 뿐이었다. 그 색들이 무엇을 의미하는지는 나만 알고 있었다. 왜냐하면 나는 그림에 나오는 물건들을 청소했고, 빵집 딸이 어떤 옷을 입고 있는지도 알고 있었기 때문이다. 나는 빵집 딸이 큰

방에서 노랑과 검정이 어우러진 카타리나의 조끼로 갈아입는 것을
본 적이 있었다.

　매일 아침 나는 그가 요청한 물감들을 늘어놓았지만, 일을 하면
서도 내키지가 않았다. 그러던 어느 날, 나는 치마 색깔에 해당하는
푸른색을 올려놓았다. 다음 날 다시 푸른색을 내놓자 그가 말했다.
"군청색은 아니야, 그리트. 오직 내가 말한 물감들만 올려놓아라.
내가 얘기하지도 않았는데, 왜 자꾸 그걸 내놓는 거냐?" 그는 짜증
이 나 있었다.

　"죄송합니다. 주인님. 그저……" 나는 숨을 깊이 들이마셨다. "빵
집 딸이 푸른 치마를 입고 있어서, 그래서 검은색으로 두는 것보다
푸른색이 필요할 거라고 생각했습니다."

　"준비가 되면 그 색을 달라고 얘기할 거다."

　나는 고개를 끄덕이고는 돌아서서 의자의 사자머리 장식을 닦기
시작했다. 가슴이 아팠다. 그가 내게 화를 내게 하고 싶지는 않았다.

　그가 가운데 창문을 열자 차가운 공기가 방 안 가득히 밀려 들어
왔다.

　"이리 와봐라, 그리트."

　걸레를 창문턱에 올려놓고 그에게로 갔다.

　"창밖을 봐라."

　나는 밖을 내다봤다. 산들바람이 불고 있었고 신교회 탑 뒤로 구
름이 밀려가는 게 보였다.

　"저 구름들이 무슨 색이지?"

　"그야 하얀색이지요, 주인님."

그가 살짝 눈썹을 치켜 올렸다. "그래?"

나는 구름을 다시 보았다. "회색도 있네요. 눈이 올 건가 봐요."

"자, 그리트. 넌 더 잘할 수 있어. 네가 다듬던 야채들을 생각해봐라."

"야채들이요, 주인님?"

그가 머리를 조금 움직였다. 그를 다시 짜증나게 하고 있는 것이다. 내 턱이 굳어지는 게 느껴졌다.

"네가 어떻게 흰색들을 분리했는지 생각해봐라. 순무와 양파, 그 것들이 같은 흰색이냐?"

갑자기 나는 깨달았다. "아니요. 순무는 흰색 안에 초록 빛깔이 있고, 양파는 흰색 안에 노란 빛이 있습니다."

"그래, 맞았다. 이제 저 구름 속에 어떤 색깔들이 보이지?"

"푸른색도 약간 있고요." 한동안 구름을 관찰한 후 나는 얘기했다. "그리고…… 음, 노란색도 있습니다. 그리고 약간의 초록색도 있네요!" 나는 너무 흥분해서 손을 뻗어 가리키기까지 했다. 살아오면서 내내 구름을 보아왔지만, 그 순간 처음으로 구름을 보는 듯한 느낌이 들었다.

그가 웃었다. "사람들은 구름이 하얗다고 말하지만, 실제로 구름 속에서 순전한 흰색을 찾기란 힘들지. 이제는 왜 내게 아직 푸른색이 필요하지 않은지 이해하겠지?"

"예, 주인님." 정말로 이해한 건 아니었지만 그것을 인정하고 싶지는 않았다. 사실 거의 알 것 같은 느낌이 들기도 했다.

마침내 그가 가짜 색깔들 위에 색을 덧칠하기 시작했을 때에야 그의 말이 의미하는 것을 알 수 있었다. 소녀의 치마 부분에 연한 푸른색을 칠하자 밑바탕의 검은색이 내비치는 검푸른색이 되었다. 치마의 푸른색은 탁자의 그림자 쪽이 더 어둡고, 창가에 가까운 부분은 훨씬 가볍고 밝았다. 벽에는 노란빛이 도는 황토색을 덧칠했다. 그러자 그 색을 통해 바탕에 있는 회색이 약간 비쳤다. 벽 색깔은 밝아졌지만 그렇다고 하얀 벽은 아니었다. 햇빛이 벽을 비출 때 나는 발견했다. 벽은 흰색이 아니라 여러 가지 많은 색으로 이루어져 있다는 것을.

물주전자와 대야가 가장 복잡했다. 그것들은 노란색, 갈색, 초록색, 그리고 푸른색이 되었다. 물주전자와 대야는 탁자보의 무늬와 빵집 딸이 입고 있는 조끼, 의자에 걸쳐 있는 푸른색 천 등 방 안의 모든 것을 그 표면에 되비추고 있었다. 물주전자와 대야의 실제 색깔은 은색이다. 그런데도 원래 그래야 하는 것처럼 그림 속의 물주전자와 대야가 진짜처럼 보였다.

그 이후로 나는 사물들을 유심히 보게 됐다.

그의 일을 돕기 시작하면서 내가 하게 된 일을 다른 사람들에게 감추기가 점점 더 어려워졌다. 어느 날 아침, 그는 나를 다락방으로 데려갔다. 다락방은 화실에 붙어 있는 광에서 사다리를 타고 올라가게 되어 있었다. 여태 한 번도 들어가보지 않은 곳이었다. 가파르게 경사진 지붕과 신교회가 내다보이는 창문이 나 있는 작은 방이었다. 별다른 것은 없었다. 작은 벽장과 사발처럼 우묵 파인 부분이 있는 석제 탁자가 있었다. 우묵한 부분에는 한쪽 끝이 절단된 달걀 모양의 돌이 들어 있었는데, 옛날에 아버지의 타일 공장에서도 이와 비슷한 탁자를 본 적이 있었다. 작은 난로 옆에는 부젓가락이 있고, 그 밖에 대야와 납작한 질그릇 접시들이 보였다.

"그리트, 여기에서 이것들을 갈아주었으면 좋겠다." 그는 벽장의 서랍을 열더니 내 새끼손가락 길이 정도의 검은 막대를 끄집어냈다. "이건 상아 조각인데 까맣게 구운 거란다. 검은색 물감을 만드는 데 쓰이지." 그가 설명했다.

그는 상아 조각을 탁자의 우묵한 부분에 넣고, 그 안에 동물 냄새가 풍기는 끈적끈적한 연고 비슷한 물질을 첨가했다. 그런 다음 그가 '막자'라고 부른 달걀 모양의 돌을 집어 들고서 그걸 어떻게 쥐는지, 상아를 부수기 위해 탁자에 어떻게 몸을 기대 체중을 이용하는지 등을 보여줬다. 몇 분이 지나자 검정 막대는 고운 가루가 되었다.

"이제 네가 해보아라." 작은 항아리에 검은 가루를 떠 넣은 뒤 상아 조각을 하나 더 꺼내며 그가 말했다. 나는 막자를 집어 들고 몸을 탁자에 기대면서 그가 하던 대로 흉내를 내보았다.

"아냐, 손을 이렇게 해야지." 그의 손이 내 손 위에 놓였다. 손이 닿는 순간 놀란 나는 그만 막자를 놓쳤고, 막자는 탁자 위를 굴러 바닥으로 떨어졌다.

나는 자리에서 일어나 몸을 숙여 막자를 집었다. "죄송합니다, 주인님." 막자를 사발 모양의 우묵한 부분에 넣으며 나는 더듬거렸다.

그는 다시 내게 닿으려고 하지 않았다.

"손을 좀 더 위로 올리고." 대신 말로만 설명했다. "그래, 그렇지. 이제 어깨를 이용해 돌려. 그리고 끝낼 때에는 손목을 써라."

내가 상아 조각을 가는 데는 훨씬 더 많은 시간이 걸렸다. 그의 손이 닿는 바람에 수선을 떨었기 때문이기도 하지만, 나는 그보다 키도 작았고 이런 일을 해본 적이 없어서 서툴렀다. 그래도 빨래로 단련된 덕분에 팔 힘 하나만은 셌다.

"좀 더 곱게 갈아라." 사발 안을 살펴보더니 그가 말했다. 그가 됐다고 말할 때까지 몇 분 더 갈아야만 했다. 그는 나에게 손가락으로 검정 반죽을 문질러보게 하더니, 얼마나 입자가 고와야 하는지를 느끼게 했다. 그가 탁자에 대여섯 개의 뼛조각들을 더 꺼내놓았다. "내일은 백연을 어떻게 가는지 보여주마. 백연은 상아보다는 훨씬 쉬울 거다."

나는 상아를 응시했다.

"왜 그러지, 그리트? 설마 작은 뼛조각들 때문에 놀란 건 아니겠지, 그렇지? 이것들은 네가 머리 빗을 때 쓰는 상아빗과 하나도 다를 게 없어."

그런 빗을 사용할 정도로 나는 부자가 아니며, 앞으로도 그럴 것이다. 나는 손으로 머리를 매만지는 게 다였다.

"그게 아니에요, 주인님." 그가 부탁하는 다른 일들은 청소를 하거나 심부름을 하면서 할 수 있었다. 코넬리아 외에는 누구도 눈치 채지 못할 것이다. 하지만 물감 재료를 가는 일에는 시간이 필요했다. 화실 청소를 하면서 할 수도 없고, 왜 다른 일들을 제쳐두고 수시로 다락방에 올라가는지 다른 사람들에게 설명할 수도 없었다. "이걸 갈자면 시간이 좀 걸릴 것 같습니다." 나는 힘없는 목소리로 말했다.

"일단 익숙해지면 오늘처럼 오래 걸리지는 않을 거다."

그의 말에 토를 달거나 그를 거스르고 싶지는 않았다. 그는 나의 주인이었다. 하지만 아래층 여자들의 분노가 두려운 것도 사실이었다. "저는 지금 푸줏간에 가야 해요. 또 다림질도 해야 하고요. 마님께서 시키신 일입니다." 내 말이 좀스럽게 들렸다.

그는 꼼짝도 하지 않았다. "푸줏간에?" 눈살을 찌푸리며 물었다.

"예, 주인님. 마님은 제가 왜 다른 일들을 하지 않는지 알고 싶어 하실 겁니다. 제가 여기 다락방에서 주인님을 돕는 일도 알고 싶어 하실 거고요. 제가 이유 없이 이곳에 올라오기란 쉽지 않습니다."

긴 침묵이 흘렀다. 신교회의 종이 일곱 번 울렸다.

"그래." 종이 그쳤을 때 그가 나지막한 목소리로 말했다. "생각을 좀 해보자." 상아 조각 몇 개를 덜어내어 다시 서랍에 넣으며 그가 말했다. "이 조각들은 지금 갈아다오." 탁자 위에 남겨진 조각들을 그가 턱으로 가리켰다. "시간이 오래 걸리진 않을 게다. 난 지금 나가봐야 한다. 다 갈고 나면 여기 두어라."

그가 카타리나에게 얘기하면 일은 수월해질 것이다.

나는 기다렸다. 하지만 그는 카타리나에게 아무 말도 하지 않았다.

물감 재료를 가는 일의 해결책은 뜻밖에 타네커가 가지고 있었다. 프란시스커스가 태어난 뒤로 유모는 타네커와 함께 십자가 방에서 잠을 잤다. 거기 있어야 프란시스커스가 깨면 젖을 먹이러 큰 방으로 가기 쉬웠다. 카타리나는 아기에게 직접 젖을 물리지는 않았지만, 자기 옆에 요람을 두고 아기를 재우겠다고 고집했던 것이다. 참 이상한 고집이라고 생각했지만, 카타리나를 좀 더 잘 알게 되자 이해할 수 있었다. 카타리나는 자기의 모성애를 과시하고 싶었던 것이다. 비록 젖 먹이는 것은 귀찮아했지만 말이다.

타네커는 유모와 한방을 쓰는 걸 싫어했다. 밤중에 아기를 돌보러 유모가 너무 자주 일어나고, 그렇지 않으면 잘 때 코를 곤다고 불평을 해댔다. 사람들이 귀를 기울이건 말건 타네커는 이 일을 온 식구들에게 이야기했다. 타네커는 일을 대충대충 하고 나서는, 잠을 충분히 자지 못해 그런 거라고 둘러댔다. 마리아 틴스가 방 문제를 가지고 어떻게 할 수 있는 방법은 없다고 얘기를 했건만, 타네커는 계속 불평을 하고 있었다. 타네커는 종종 성난 눈길로 나를 노려보곤 했다. 내가 이 저택에 오기 전에는 유모를 부를 일이 생길 때마다, 지금 내가 쓰고 있는 지하실을 타네커가 이용했던 것이다. 유모가 코를 골아 고생하는 게 마치 내 탓이라고 생각하는 듯했다.

어느 날 저녁에는 카타리나에게 가서 하소연을 늘어놓기까지 했다. 카타리나는 반 라위번의 저녁 초대에 갈 준비를 하고 있었다. 추운 날씨였지만 카타리나는 기분이 좋았다. 진주 장신구와 노란 망토는 항상 카타리나를 행복하게 만들었다. 망토 위로 마로 된 넓은 칼라를 붙였는데, 어깨를 감싸기도 하고 얼굴에 바른 분가루가 옷에 떨어지는 것을 막는 역할도 했다. 타네커가 자기의 불만을 읊조리고 있는 동안, 카타리나는 거울을 치켜들고 계속 분을 바르고 있었다. 머리는 땋아서 리본으로 묶고, 행복한 표정까지 짓고 있으니 카타리나는 무척 아름다워 보였다. 카타리나의 금발과 밝은 갈색 눈동자는 그녀를 이국적으로 보이게 했다.

마침내 카타리나는 타네커에게 파우더 붓을 흔들어 댔다. "그만해! 타네커." 카타리나는 웃으며 소리쳤다. "우리는 유모가 필요하고, 유모는 내 가까운 곳에서 자야 해. 아이들 방에는 공간이 없고, 십자가 방이 넓으니 유모가 거기 있는 거야. 달리 어떻게 할 수가 없어. 그런데 왜 이런 일로 날 성가시게 하는 거야?"

"한 가지 방법이 있을 것도 같은데." 그가 말했다. 장에서 리스벳의 앞치마를 찾고 있던 나는 그를 쳐다보았다. 그는 문가에 서 있었다. 카타리나가 깜짝 놀라며 가늘게 눈을 뜨고 자기 남편을 올려다보았다. 그가 집안일에 관심을 보이는 경우는 좀처럼 없었기 때문이다. "침대 하나를 다락방에 넣고, 거기에 누군가를 자게 하면 될 것 아니오. 그래, 그리트가 낫겠군."

"다락방에다 그리트를? 왜요?" 카타리나가 목청을 높였다.

"그럼 타네커는 지하실에서 잘 수 있고, 타네커의 불만이 해결되지 않소." 그가 부드럽게 설명했다.

"하지만……" 카타리나가 혼란스럽다는 듯 말을 멈췄다. 남편의 생각을 인정하고 싶지 않지만, 지금은 딱히 반박할 이유를 찾을 수 없는 모양이었다.

"아, 그래요, 마님." 타네커가 열을 올리며 대화에 끼어들었다. "그렇게 하면 될 것 같은데요." 타네커가 나를 흘끗 쳐다보았다.

아이들 옷은 이미 정리되어 있었지만, 다시 옷들을 개면서 나는 바쁜 척했다.

"화실 열쇠는 어떡하구요?" 마침내 카타리나가 문제가 되는 걸 찾아냈다. 다락방에 올라가려면 화실에 딸린 광의 사다리 외에 다른 길은 없었다. 다락방의 침대로 가려면 반드시 화실을 지나가야 하는데, 화실은 밤에 자물쇠로 채워져 있는 것이다. "하녀에게 열쇠를 맡길 수는 없어요."

"그리트는 열쇠가 필요 없을 거요." 그가 반박했다. "일단 그리트가 다락방에 올라가면, 당신이 문을 잠그면 될 것 아니오. 그리고 아침에는 당신이 올라가기 전에 그리트가 화실 청소를 끝낼 것이고, 그럼 그 후에 문을 열어주면 되지 않겠소."

나는 옷을 개던 손을 멈췄다. 밤이면 나를 다락방에 가둔다는 발상이 마음에 들지 않았다.

불행히도 카타리나는 이 생각이 마음에 든 모양이었다. 나를 한곳에 안전하게 가두고 자기 눈에 안 띄게 할 수 있어 차라리 잘됐다고 생각하는 것 같았다. "좋아요. 그럼, 그렇게 해요." 카타리나는 모든 결정을 재빨리 내리는 편이었다. 카타리나가 타네커와 나를 돌아보았다. "내일 너희 둘이서 다락방으로 침대를 옮겨라. 이건 임시로 그러는 거야." 카타리나가 재빨리 덧붙였다. "유모가 있는 동안만 말이다."

푸줏간과 생선 가게에 가는 일도 임시로 맡기는 거라고 처음엔 그랬다.

"잠깐 나와 함께 화실로 갑시다." 그가 말했다. 내가 비로소 깨닫기 시작한 화가의 시선으로 그는 카타리나를 바라보고 있었다.

"저요?" 카타리나가 남편에게 미소를 지었다. 그가 카타리나를 화실로 초대하는 일은 흔치 않았다. 카타리나가 파우더 붓을 화려한 동작으로 내려놓더니 가루로 뒤덮인 넓은 칼라를 빼기 시작했다.

그가 손을 뻗어 카타리나의 손을 잡았다. "그냥 내버려둬요."

그의 그런 행동은 나를 다락방으로 올려 보내자는 제안만큼이나 놀라웠다. 그가 카타리나를 2층으로 데려가자 타네커와 나는 서로 눈길을 주고받았다.

다음 날, 빵집 딸은 그림 앞에 모델로 서면서 그 넓은 칼라를 두르기 시작했다.

마리아 틴스만큼은 쉽게 속아넘어가지 않았다. 신이 난 타네커가 나는 다락방으로 가고 자기는 지하실로 가게 됐다고 말했을 때, 마리아 틴스는 파이프를 빨며 얼굴을 찡그렸다. "너희 둘이 방을 바꿀 수도 있지 않느냐. 그리트가 유모와 자고, 네가 지하실로 가면 되는 것을. 그럼 누구도 다락방으로 올라갈 필요가 없지." 마리아 틴스는 파이프로 우리 둘을 가리켰다.

타네커는 제대로 듣지 않고 있었다. 자신이 얻어낸 승리에 너무 도취되어 큰 마님이 무슨 말을 하는지 알아듣지 못했다.

"작은 마님도 동의하셨어요." 나는 간단히 말했다.

마리아 틴스는 가늘게 사시 눈을 하고서 나를 한참 쳐다보았다.

다락방에서 자게 되면 물감 재료를 가는 일은 훨씬 수월해질 것이다. 하지만 그 일을 하기엔 여전히 시간이 부족했다. 더 빨리 일어나든지, 더 늦게 자든지 해야 할 것이다. 그러나 가끔씩 그가 너무 많은 일을 맡기면, 오후에 2층으로 올라갈 구실을 찾아야만 했다. 여느 때 같으면 불 가에 앉아 바느질을 했지만, 이제 침침한 부엌에서는 바느질 땀이 잘 보이지 않는다고 나는 불평을 하기 시작했다. 그래서 환한 다락방에서 바느질을 하겠다고 말했다. 가끔은 배가 아파서 다락방에 올라가 좀 누워 있고 싶다는 얘기를 하기도 했다. 내가 핑곗거리를 댈 때마다 마리아 틴스는 예의 그 사시 눈으로 나를 쳐다보았지만 아무 말도 하지 않았다.

나는 거짓말을 하는 데 익숙해지고 있었다.

일단 내가 다락방에서 자도록 제안만 하고 그는 이후 아무런 조치도 취하지 않았다. 물감 재료 갈 시간을 짜내는 것은 전적으로 내 몫이었다. 결국 나는 일을 이리저리 돌려야만 했다. 그는 나를 위해서 다른 사람들에게 거짓말을 해주지도 않았고 자기를 위해 따로 시간을 내달라고 부탁하지도 않았다. 아침에 지시를 하면, 다음 날 지시한 일들이 끝나 있기를 바랐다.

하지만 내 손끝에서 만들어지는 색들을 보고 있노라면, 이 일을 감추는 데 따르는 고통은 보상받고도 남았다. 나는 그가 약제사로부터 가져온 재료들을 손수 가는 이 일을 사랑했다. 상아와 백연, 매더(madder, 꼭두서니의 뿌리. 여기서 적색 염료를 채취한다—옮긴이)와 매시콧, 이 재료들에서 나오는 색깔들은 얼마나 선명하고 순수한지, 그 색을 보는 것이 또한 좋았다. 재료를 곱게 갈면 갈수록 색이 더 짙어진다는 것을 알았다. 거칠고 굵은 입자의 매더가 곱고 선명한 붉은색 가루로 변하고, 여기에 아마인유를 섞으면 불타는 듯한 주홍색 물감이 된다. 이렇게 해서 나오는 색깔들은 마치 마법을 보듯 신비로웠다.

불순물을 제거하고 순수한 색을 얻기 위해 재료들을 씻는 방법도 배웠다. 작은 그릇처럼 생긴 조개껍질들을 사용했는데, 모래나 자갈, 석회질을 없애기 위해 어떤 때는 서른 번씩이나 씻고 또 씻었다.

이 일은 길고 지루한 작업이었지만, 한 번씩 씻어낼 때마다 색이 원래의 제 모습을 찾아가는 것을 보고 있노라면 마음이 뿌듯했다.

내가 손대지 못한 유일한 색은 군청색이었다. 군청색을 만들어내는 재료는 청금석이라는 것으로 아주 비쌌다. 이 돌에서 순수한 청색을 끄집어내는 작업은 매우 어려웠기 때문에 그가 직접 했다.

나는 점점 그와 함께 있는 것에 익숙해졌다. 가끔 우리는 작은 다락방에 나란히 서서, 내가 백연을 갈고 있는 동안 그는 청금석을 씻거나 황토를 불에 구웠다. 그는 거의 말을 하지 않았다. 그는 조용한 사람이었다. 나 역시 말을 하지 않았다. 하지만 창으로 쏟아지는 빛 속에서 흐르던 그 시간들은 평화로웠다. 일을 끝내면 우리는 서로의 손에 주전자로 물을 부어주며 손을 씻었다.

다락방은 몹시 추웠다. 작은 화로가 있긴 했지만, 화로는 그가 아마인유를 데우거나 색을 태울 때 사용했다. 그가 불을 피우라고 하지 않는 한, 감히 불을 땔 엄두는 나지 않았다. 그렇지 않으면 토탄이나 나무 장작이 왜 그렇게 빨리 없어지는지 카타리나와 마리아 틴스에게 설명해야 할 것이다.

그가 함께 있을 때는 추위가 그렇게 신경 쓰이지 않았다. 가까이에서 그의 온기를 느낄 수 있었으니까.

어느 날 오후, 막 갈고 난 매시콧을 씻고 있을 때였다. 다락방 아래 화실에서 마리아 틴스의 목소리가 들렸다. 빵집 딸은 서 있는 자세로 가끔씩 하품을 했고, 그는 그림을 그리고 있었다.

"얘야, 춥니?" 마리아 틴스가 물었다.

"약간요." 희미한 대답이 들려왔다.

"이 아이에게 발난로를 가져다주는 게 어떨까?"

그의 목소리는 너무 낮아서 뭐라고 대답했는지 알 수 없었다.

"발 가까이에만 두지 않으면 그림에 안 나올 거야. 다시 이 애가 아프면 곤란하잖은가."

그가 뭐라고 대답하는지 여전히 들리지 않았다.

"그리트한테 가져오라고 하면 되겠군. 배가 아프다고 했으니 지금 다락방에 있겠지. 내가 데려오겠네." 마리아 틴스가 제안했다.

노인네치곤 마리아 틴스의 행동은 생각보다 재빨랐다. 내가 사다리에 첫발을 놓는 순간 마리아 틴스는 벌써 반쯤 오르고 있었다. 다시 다락방 안으로 물러설 수밖에 없었다. 도망칠 수도 없었고, 재료를 숨길 시간도 없었다.

다락방으로 올라온 마리아 틴스는 재빨리 방 안을 훑었다. 탁자 위에 한 줄로 늘어선 조개껍질들, 물주전자, 매시콧이 묻어 노란색으로 얼룩덜룩해진 내 앞치마.

"그래, 이게 네가 하던 일이었군. 응, 애야? 내가 생각하던 대로야."

나는 눈을 내리깔았다. 할 말이 없었다.

"복통에다 쓰린 눈이라. 보다시피, 이 집 사람들이 다 바보는 아냐."

그에게 물어보세요, 나는 마리아 틴스에게 이렇게 말하고 싶었다. 그는 나의 주인이에요. 이건 그가 시킨 일이고요.

하지만 마리아 틴스는 그를 부르지 않았다. 그 역시 설명하기 위해 사다리 밑에 나타나지 않았다.

긴 침묵이 흘렀다. 마리아 틴스가 말했다. "사위를 도운 지 얼마나 된 게냐?"

"몇 주 되었습니다, 마님."

"지난 몇 주 사이에 사위의 그림 속도가 빨라졌다는 걸 눈치채긴 했지."

나는 눈을 들어 마리아 틴스를 보았다. 큰 마님의 얼굴은 열심히 계산을 하고 있었다.

"사위가 더 빨리 일을 할 수 있도록 네가 돕고 있는 게로군." 마리아 틴스가 낮은 목소리로 말했다. "그래, 여기 일을 계속해도 좋다. 하지만 내 딸이나 타네커에게는 이 일에 대해 입도 벙긋해서는 안 된다."

"예, 마님."

마리아 틴스가 싱긋이 미소를 지었다. "네가 이렇게 영리하다는 걸 내 진작에 알고 있었어야 했는데. 거의 나까지 속여 넘길 뻔했구나. 자, 내려가서 저 불쌍한 빵집 딸에게 발난로를 하나 갖다주어라."

나는 다락방에서 자는 게 좋았다. 나를 곤혹스럽게 했던 십자가에 매달린 예수님 그림이 다락방에는 없었다. 여기에는 어떤 그림도 없었다. 대신 자연산 물감에서 나는 사향 냄새와 아마인유에서 풍기는 산뜻한 향이 은은히 맴돌았다. 다락방에서 내다보이는 신교회의 전망과 호젓함도 좋았다. 그를 제외하고는 아무도 다락방에 올라오지 않았다. 아이들 역시 지하실에서처럼 내 소지품을 몰래 뒤지거나,

그저 놀기 위해 다락방으로 찾아오지는 않았다. 소란스러운 집 지붕 위에 높이 둥지를 튼 새처럼 멀찌감치 떨어져 저택을 내려다보며 나는 혼자라는 느낌이 들었다.

그도 이렇지 않을까.

하지만 역시 제일 좋은 점은 화실에서 더 많은 시간을 보낼 수 있게 되었다는 것이다. 한밤에 집 안이 조용해지면 가끔 담요로 몸을 둘둘 말고 화실로 내려오곤 했다. 촛불을 밝혀 그가 그리고 있는 그림을 바라보거나, 창문을 조금 열고 달빛이 흘러 들어오게 했다. 가끔은 사자머리 의자를 탁자 옆으로 끌고 가서 푸르고 붉은 탁자보에 팔꿈치를 괴고 앉아서 상상했다. 노란색 비단과 검은색 벨벳으로 된 조끼를 입고 진주 목걸이를 두른 채 포도주잔을 들고 그와 마주 앉아 있는 모습을.

다락방 생활에서 한 가지 싫은 점은 밤에 갇혀 있어야 한다는 것이었다.

카타리나는 화실 열쇠를 마리아 틴스에게서 돌려받았다. 그리고 화실 문을 잠그고 여는 일을 맡아 하기 시작했다. 그런 식으로 나를 통제한다고 믿고 있음이 틀림없었다. 카타리나는 내가 다락방에 있는 게 싫었을 것이다. 내가 다락방에 있다는 것은 그만큼 그와 가까이 있는 셈이었으니까. 나는 자유롭게 돌아다닐 수 있지만 자기에게는 출입이 허락되지 않는 장소에서 말이다.

이런 상황을 받아들여야만 한다는 것은 아내의 입장으로선 힘든 일이 분명했다.

한동안은 모든 일이 잘 굴러가는 듯했다. 오후에 살짝 빠져나와서, 그를 위해 물감을 씻거나 재료들을 갈았다. 카타리나는 오후에 자주 잠을 잤다. 프란시스커스가 아직 밤낮을 가리지 못해 밤에 카타리나를 깨워놓기 일쑤여서 낮잠으로 부족한 밤잠을 보충해야 했다. 타네커도 보통 불 가에서 조는 경우가 많았다. 상황이 이러니 누구에게 말할 필요 없이 부엌에서 나올 수 있어 한결 편했다. 아이들은 요하네스에게 말을 가르친다, 걸음마를 시킨다 하며 바빴기 때문에 내가 주위에 있는지 없는지 관심이 없었다. 간혹 내가 없는 것을 알게 되더라도, 마리아 틴스가 대신해서 둘러대주었다. 밖에 심부름을 보냈다거나 물건을 가지러 보냈다고, 아니면 밝은 다락방에서 바느질을 하고 있다는 식으로. 아이들은 아이들이었다. 자신들이 직접 영향을 받지 않는 한, 주위의 어른들에겐 신경 쓰지 않고 자기들만의 세계에 빠져 있었다.

아니, 나는 그렇게 생각했다.

어느 날 오후, 백연을 씻고 있는데 아래에서 코넬리아가 내 이름을 부르는 소리가 들렸다. 사다리를 내려가기 전에 나는 재빨리 손을 훔치고, 다락방에서 일할 때만 두르는 앞치마를 벗고 평소의 앞치마로 갈아입었다. 코넬리아는 화실의 문지방에 서 있었는데, 웅덩이 가장자리에 서서 들어가보고 싶은 유혹을 느끼는 아이처럼 보였다.

"무슨 일이지?" 내 목소리는 꽤 날카로웠다.

"타네커가 보재요." 코넬리아는 돌아서서 층계로 향했다. 그러더니 계단 앞에 이르자 머뭇거렸다. "나 좀 도와줄래요, 그리트?" 코넬리아가 애처로운 목소리로 말했다. "먼저 내려가요. 그럼 내가 여기서 넘어지더라도 밑에서 날 잡아줄 수 있잖아요. 이 계단은 너무 가파르거든요."

아이들이 잘 이용하지 않는 계단이긴 했지만 겁을 먹다니 코넬리아답지 않았다. 나는 마음이 찡했다. 아니, 코넬리아에게 날카롭게 군 일에 단순히 가책을 느꼈던 것인지도 모르겠다. 나는 계단을 먼저 내려갔다. 그리고 돌아서서 손을 내밀었다. "이제 내려와."

코넬리아는 주머니에 손을 넣고 계단 꼭대기에 서 있었다. 그러고는 한 손은 계단 난간을 잡고, 다른 한 손은 주먹을 꼭 쥔 채 내려오기 시작했다. 거의 다 내려왔다 싶었을 때 코넬리아가 내 품으로 펄쩍 뛰더니 내 배를 아프게 치받았다. 그러곤 두 발로 다시 복도를 딛고 서자마자, 갈색 눈을 가느다랗게 치뜨고 머리를 뒤로 젖힌 채 웃어 대기 시작했다.

"못된 계집애." 나는 마음이 약해졌던 것을 후회하며 중얼거렸다.

나는 부엌에서 무릎 위에 요하네스를 올려놓고 있는 타네커를 찾아냈다.

"코넬리아가 그러던데 날 보자고 했다면서요."

"그래, 걔가 칼라를 하나 찢어먹었어. 그래 놓고는 너한테 수선해 달라는 거야. 나는 손도 못 대게 하잖아. 나 참, 왜 그러는지. 칼라를 제일 잘 고치는 사람이 나라는 건 누구나 다 아는데 말이야." 칼라를 건네주던 타네커의 눈이 내 앞치마로 쏠렸다. "그게 뭐냐? 너 피 흘렸어?"

아래를 보았다. 유리창에 그어진 한 줄의 선처럼 내 배 위를 가로질러 붉은 자국이 나 있었다. 순간 피터네 부자의 앞치마가 머릿속에 떠올랐다.

타네커가 몸을 더 가까이 기울였다. "피가 아닌데. 분가루 같아. 너 어디서 묻혔냐?"

나는 선을 바라보았다. 매더에서 나온 색이라는 생각이 들었다. 두어 주 전에 그걸 간 적이 있었다.

복도 쪽에서 숨을 죽인 채 낄낄거리는 소리가 들려왔다.

코넬리아는 나를 곤경에 빠트릴 이런 순간을 기다리고 있었던 것이다. 심지어 이 아이는 다락방에 올라가서 어떻게 해서든 매더 가루를 훔쳐내기까지 했다.

나는 재빨리 변명을 꾸며내지 못했다. 내가 망설이자 타네커의 의심이 커져갔다. "너, 주인님 물건에 손을 대고 있었단 말이야?" 추궁하는 목소리였다. 어쨌거나 타네커는 그를 위해 모델 노릇을 한번 했고, 그가 화실에 무엇을 보관하고 있는지 알고 있었다.

"아니에요. 이건……" 나는 말을 멈췄다. 사실대로 코넬리아의 짓이라고 말해봤자 아이를 고자질하는 꼴이니 궁색한 소리밖에 안 될 거라는 생각이 들었다. 또 내가 다락방에서 무엇을 하는지 타네커가 밝히려 든다면 그런 변명 따위로는 막을 수 없을 것이다.

"내 생각에는 작은 마님이 이걸 좀 보셔야 할 것 같다." 타네커가 결정을 내렸다.

"안 돼요." 나는 황급히 말했다.

타네커는 잠든 아이를 안고서 엉거주춤 몸을 일으켰다. "앞치마를 벗어. 그래야 작은 마님께 보여드릴 것 아냐." 타네커가 명령했다.

"타네커." 똑바로 타네커를 바라보며 말했다. "어떻게 하는 게 당신한테 제일 이로울지 안다면 괜히 작은 마님을 성가시게 하지 말고 큰 마님과 얘기해보세요. 따로 조용히, 아이들 없는 데서요."

사실 이런 협박조의 말은 타네커와 나의 관계에 치명타를 가하는 것이었지만, 그런 문제까지는 미처 생각할 여유가 없었다. 그저 어떻게 해서든 카타리나에게 얘기하는 것을 막아야만 한다고 생각했다. 그러나 마치 자기를 아랫사람처럼 취급한 나를 타네커는 절대로 용서하지 않을 것이다.

하지만 어쨌든 내 말은 영향력을 발휘했다. 타네커는 노여움이 가득한 시선을 내게 던졌지만, 그 이면에는 반신반의하는 마음이 엿보였고 정말로 자기가 떠받드는 큰 마님께 얘기하고 싶은 욕망도 있는 것 같았다. 타네커는 내 말을 무시함으로써 나의 건방에 따끔한 맛을 보여주고 싶다는 마음과 큰 마님께 우선 얘기를 해야 한다는 생각 사이에서 갈팡질팡하고 있었다.

"큰 마님께 얘기해보세요. 하지만 큰 마님이 혼자 계실 때 얘기해야 돼요." 나는 부드럽게 말했다.

문을 등지고 있었지만 코넬리아가 슬그머니 사라지는 낌새를 느낄 수 있었다.

결국 타네커의 본능이 이겼다. 돌처럼 굳은 얼굴로 요하네스를 내게 넘긴 타네커는 마리아 틴스를 찾으러 갔다. 요하네스를 무릎에 앉히기 전 나는 걸레로 빨간 물감 자국을 닦고, 불 속에 걸레를 던져 넣어버렸다. 하지만 앞치마에는 여전히 자국이 남아 있었다. 요하네스에게 팔을 두르고 앉아서 나는 내 운명이 결정되기를 기다렸다.

마리아 틴스가 타네커의 입을 막기 위해 어떤 위협을 했는지, 아니면 무슨 약속을 했는지는 알 도리가 없었다. 그러나 마리아 틴스의 개입은 효과가 있었다. 타네커는 다락방 일에 대해 카타리나는 물론이고 아이들이나 내게 아무 말도 하지 않았다. 하지만 내게는 전보다 훨씬 더 심하게 굴었다. 생각 없이 그러는 게 아니라 고의적이었다. 대구를 사 오라고 생선 가게에 보내놓고서, 가자미를 사 오랬다고 우기는 식이었다. 요리를 할 때는 일부러 앞치마에 기름을 많이 흘렸다. 그 기름기를 빼려면 더 오래 양잿물에 담가 더 세게 문질러 빠는 수밖에 없었다. 타네커는 부엌으로 물을 길어 나르는 일도 그만뒀고, 바닥을 걸레질하지도 않았다. 앉아서 나를 악의에 찬 눈길로 바라보며 꿈쩍도 하지 않으려고 했다. 별수 없이 타네커 주위를 빼고 청소를 하고 나면, 타네커의 발밑에만 기름기가 덕지덕지 남아 있는 걸 보곤 했다.

타네커는 더 이상 다정하게 말을 걸지 않았다. 사람으로 가득 찬 저택에서 타네커는 나를 외롭게 만들었다.

이런 일련의 일들로 인해, 아버지를 기쁘게 해드릴 괜찮은 음식들을 감히 저택 부엌에서 가져올 수 없게 된 것이다. 아우더랑언데이크가에서 내가 하는 일들이 얼마나 힘든지 부모님께는 말하지 못했다. 내 자리를 지키기 위해 얼마나 조심스러워하며 사는지 말할 수도 없었다. 그리고 몇 안 되는 좋은 일들도 말하지 못했다. 내가 만드는 색깔들과 화실에 홀로 앉아 있는 밤들, 그와 함께 나란히 서서 일하는 순간들과 그가 있음으로 해서 내가 느끼는 따스한 온기를 말이다.

부모님께 말할 수 있는 것은 오직 그의 그림들뿐이었다.

4월의 아침, 드디어 추위가 물러갔다. 혼자 코른마크트 가를 지나 약국으로 가고 있는데, 피터가 옆으로 다가와 "안녕" 하며 인사를 건넸다. 이렇게 이른 시간에 피터를 만난 건 처음이었다. 피터는 깨끗한 앞치마에 짐 꾸러미를 들고 있었는데, 코른마크트 가를 따라 멀리 배달을 가는 중이라고 했다. 나와 같은 방향이라는 것을 알고는 함께 걸어가도 괜찮겠느냐고 물어왔다. 나는 고개를 끄덕였다. 안 된다고 말하기가 난감했다. 지난겨울 내내 푸줏간에서 일주일에 한두 번 피터를 보았는데, 피터와 시선을 마주치는 일은 언제나 힘겨웠다. 눈길이 마치 바늘처럼 살갗을 찌르는 느낌이었다. 나에 대한 피터의 관심이 부담스러웠다.

"피곤해 보이는데. 눈이 빨개. 그 저택 사람들이 너를 너무 부려먹는 거 아냐?"

일을 많이 시키고 있는 것은 사실이었다. 그는 갈아야 할 뼈를 더 많이 내주고 있었고, 그 일을 끝내려면 아주 일찍 일어나야 했다. 그리고 밤에는 타네커가 기름 냄비를 엎질러놓고서 부엌 바닥을 다시 닦으라고 늦게까지 잡아두었다.

그를 비난하고 싶지는 않았다. "타네커가 나를 싫어하는 것 같아요." 대신 나는 이렇게 말했다. "할 일을 많이 주긴 해요. 물론 이제 봄이 되니까 저택 대청소를 해야 할 때이기도 하죠." 마지막 말을 얼른 덧붙였다. 내가 타네커에 대해 불만이 많다고 피터가 생각하지 않도록 말이다.

"타네커는 좀 별난 여자야. 하지만 충성스럽기는 해."

"그래요. 특히 큰 마님에게는요."

"다른 가족들에게도 그래. 타네커가 카타리나 마님의 미친 동생한테서 마님을 어떻게 지켰는지 알고 있지?"

나는 머리를 저었다. "무슨 얘긴지 모르겠네요."

피터는 놀라는 눈치였다. "시장에선 꽤 오랫동안 얘깃거리가 됐지. 아, 그러고 보니 넌 남 뒷얘기 하는 거 좋아하지 않지? 눈을 크게 뜨고 듣기만 하지 얘기는 하지 않잖아." 피터는 상관없다는 투로 얘기를 이었다. "나는 고기를 사러 온 늙은이들한테서 온종일 얘기를 들어. 얘기들이 귀에 들러붙을 정도로 말이야."

"타네커가 어쨌는데요?" 나는 어쩔 수 없이 묻고 말았다.

피터가 미소를 지었다. "이번 말고, 네 작은 마님이 그 전에 아기를 배고 있을 때 말이야. 그런데 그 아이 이름이 뭐였더라?"

"요하네스. 자기 아빠를 닮았어요."

구름이 해를 가리고 지나가듯 피터의 미소가 어두워졌다. "그래, 자기 아빠를 닮았더군." 피터는 다시 얘기를 시작했다. "어느 날인가, 카타리나 마님의 남동생인 빌렘이 아우더랑언데이크에 왔어. 카타리나 마님이 요하네스를 배고 있을 때였지. 그런데 그 작자가 작은 마님을 거리 한가운데서 때리기 시작한 거야."

"왜요?"

"사람들 말로는 그 빌렘이란 작자 정신이 나갔대. 그자는 툭하면 폭력을 휘둘렀어. 자기 아버지처럼 말이야. 너 큰 마님과 그 남편이 아주 오래 전에 갈라선 것 아니? 그 남편도 큰 마님을 때리곤 했대."

"큰 마님을 때려요?" 나는 너무 놀라 되묻고 말았다. 누가 감히 마리아 틴스를 때릴 수 있을까. 결코 상상할 수가 없었다.

"빌렘이 작은 마님을 때리기 시작하자 타네커는 자기 마님을 보호하러 두 사람 사이로 뛰어든 모양이더라고. 그러고는 그 빌렘이란 작자를 호되게 후려갈기기까지 한 모양이야."

그런 일이 일어났을 때, 그는 어디에 있었단 말인가? 나는 생각했다. 자기 화실에 가만히 있지는 않았을 것이다. 그럴 수는 없었을 것이다. 길드에 있었거나, 반 레이윈후크와 함께 있었거나, 아니면 자기 어머니의 여관인 메헬런 저택에 있었을 것이다.

"큰 마님과 작은 마님은 지난해에 가까스로 빌렘을 가두었어. 집 밖으로 못 나오도록 말이야. 그래서 네가 그 사람을 본 적이 없는 거지. 이 얘기 정말로 못 들어봤니? 저택 사람들이 아무 말도 안 했어?"

"내겐 아무도 얘기해주지 않았어요." 카타리나와 마리아 틴스가 십자가 방에서 내내 머리를 맞대고 있던 모습이 떠올랐다. 그러다가 내가 들어가면 입을 다물어버리던 두 모녀. "그리고 나는 문 뒤에서 엿듣는 짓 같은 건 하지 않아요."

"물론 넌 그럴 애가 아냐." 내가 무슨 농담이라도 한 것처럼 피터는 다시 웃었다. 다른 모든 사람들처럼 피터 역시 하녀들은 엿듣는 것을 좋아한다고 생각하는 것 같았다. 세상에는 하녀들에 관한 많은 속설들이 있으니까.

나는 가는 길 내내 침묵을 지켰다. 카타리나의 등 뒤에서 심한 소리를 해대는 타네커가 그렇게 충성스럽고 용감하리라곤 생각하지 못했다. 카타리나가 그런 수모를 겪고, 마리아 틴스가 그런 아들을 두었다는 것도 몰랐다. 내 동생이 길거리에서 나를 때리는 장면을 상상해보려 했지만 도무지 머릿속에 그려지지 않았다.

피터는 더 이상 말이 없었다. 내가 혼란스러워하고 있다는 것을 눈치챈 모양이다. 약국 앞에서 헤어질 때 피터는 살짝 내 팔꿈치를 건드리고는 가던 길을 계속 갔다. 나는 잠시 그 자리에서 짙은 녹색의 운하를 들여다보았다. 그리고 머리를 흔들어 생각을 떨친 후 약국 문을 열고 들어갔다.

우리 집 부엌 마룻바닥을 구르던 칼이 떠올라 몸이 떨려왔다.

어느 일요일이었다. 피터가 우리 교회로 예배를 드리러 왔다. 부모님과 내가 교회로 들어간 후에 뒤따라 들어와 앉은 것이 분명했다. 예배가 끝난 후 밖에서 이웃들과 얘기를 할 때까지는 보지 못했으니까. 피터는 한쪽에 우두커니 서서 나를 지켜보고 있었다. 피터의 모습을 본 순간 나는 급히 숨을 들이켰다. 어쨌거나 피터도 신교도구나, 하는 생각이 들었다. 그 전까지는 짐작은 했지만 자신이 없었다. 파펜후크에서 일하기 시작한 이후, 나는 많은 것에 대해서 확신을 잃었다.

엄마가 내 시선을 좇으며 물었다. "누구냐?"

"푸줏간 아들이에요."

엄마는 약간은 놀라고 약간은 두려워하며, 호기심 어린 시선을 내게 던졌다. "가서 이쪽으로 데려와라." 엄마가 속삭였다.

엄마 말대로 나는 피터에게 갔다. "여긴 어쩐 일이에요?" 좀 더 상냥하게 굴어야 한다는 걸 알면서도 퉁명스럽게 물었다.

피터가 미소를 지었다. "안녕, 그리트. 좀 더 다정하게 말해줄 수 없어?"

"여긴 어쩐 일이냐고요?"

"어느 교회가 제일 마음에 드는지, 델프트에 있는 모든 교회를 다 녀보기로 했어. 시간이 좀 걸리겠는걸." 내 얼굴을 보더니 피터는 어조를 누그러뜨렸다. 내게 농담은 통하지 않는다는 걸 깨달은 것이다. "너를 보러 왔어. 그리고 네 부모님도 만나 뵙고."

나는 열이 있는 사람처럼 얼굴이 화끈 달아올랐다. "그러지 않는 게 좋겠어요." 나는 부드럽게 말했다.

"왜 안 된다는 거지?"

"나는 겨우 열일곱이에요. 나는…… 나는 그런 일은 아직 생각하고 있지 않아요."

"서두르려는 게 아니야." 피터가 말했다.

나는 피터의 손을 쳐다보았다. 손은 깨끗했다. 하지만 손톱 주위에는 여전히 핏물의 흔적이 남아 있었다. 순간 뼈를 어떻게 가는지 보여주기 위해 내 손 위에 올려졌던 그의 손이 떠올라 몸이 떨렸다.

피터가 우리 교회에서는 처음 보는 얼굴이었기 때문에 사람들은 우리를 빤히 쳐다보고 있었다. 그리고 피터는, 나도 인정할 수밖에 없지만, 잘생긴 사내였다. 긴 금발 곱슬머리에 빛나는 눈동자, 항상 웃고 있는 얼굴, 몇몇 처녀애들은 피터의 시선을 사로잡으려고 애쓰고 있었다.

"부모님께 나를 소개시켜주지 않을래?"

마지못해 나는 피터를 부모님께 데려갔다. 피터는 엄마에게 고개를 숙여 인사하고, 아버지의 손을 잡았다. 아버지는 움찔하며 뒤로 물러섰다. 시력을 잃은 이후, 아버지는 낯선 사람 만나기를 꺼려 했다. 더군다나 내게 관심이 있는 남자를 만나는 것도 처음이었다.

"아빠, 걱정하지 마세요." 엄마가 피터를 이웃에게 소개하는 틈을 타서 나는 아버지에게 속삭였다. "아빠가 저를 잃을 일은 없을 거예요."

"그리트, 우리는 벌써 너를 잃었단다. 널 하녀로 보낸 순간, 우리는 널 잃었어."

아린 눈동자에서 쏟아지는 내 눈물을 아버지가 볼 수 없다는 것이 다행스러웠다.

피터는 우리 교회에 매주 오지는 않았지만, 그래도 자주 찾아오는 편이었다. 일요일만 되면 나는 신경이 곤두서서 신도석 우리 자리에 앉아 입술을 꼭 다문 채 필요 이상으로 치마의 주름을 펴곤 했다.

"피터가 왔냐? 여기 있어?" 아버지는 머리를 이쪽저쪽으로 돌리며 일요일마다 묻곤 했다.

나는 엄마가 대답하도록 내버려두었다. "그래요, 저기 있네요." 아니면 이렇게 대답했다. "아뇨, 안 왔네요."

피터는 항상 나를 알은체하기 전에 부모님에게 먼저 인사를 했다. 처음에 부모님은 피터와 함께 있는 것을 불편해했다. 하지만 피터는 부모님에게 싹싹하게 굴었고, 부모님의 어색한 대답이나 긴 침묵도 개의치 않았다. 피터는 자기 아버지 가게에서 수많은 사람들을 만나보았기 때문에 사람들을 어떻게 대해야 하는지 알고 있었다. 서

너 주가 지나자 부모님은 피터에게 익숙해지기 시작했다. 아버지가 피터의 말에 처음으로 웃음을 터뜨렸을 때, 아버지는 스스로도 깜짝 놀랐는지 곧바로 눈살을 찌푸렸다. 하지만 피터는 다른 이야기로 아버지를 다시 웃게 만들었다.

부모님과 피터가 서로 대화를 나누다 보면, 부모님은 슬며시 뒤로 빠져서 꼭 피터와 나만 남겨두는 그런 순간이 있었다. 현명하게도 피터는 부모님이 그런 순간을 결정하도록 했다. 물론 피터가 교회로 찾아왔던 처음 몇 번은 그런 일이 일어나지 않았다. 그러던 어느 일요일, 엄마가 아버지의 팔짱을 끼더니 이렇게 말하는 것이었다. "우리는 이만 가서 목사님과 얘기나 해요."

한동안은 수많은 눈들이 지켜보는 앞에서 피터와 함께 있는 것이 익숙하지 않아 두렵기도 했다. 피터는 가끔씩 내게 장난을 치기도 했지만, 주로 일주일 동안 무슨 일을 하며 보냈는지 물어보았다. 그리고 내게 푸줏간에서 들은 이야기를 해주거나, 가축 시장에서 벌어지는 경매 광경을 묘사해주기도 했다. 내가 입술을 꼭 다물고 신경이 날카로워져 있거나, 거부하는 듯한 태도를 보이면 인내심을 가지고 나를 지켜보았다.

피터는 절대 그에 대해선 묻지 않았다. 나 역시 피터에게 물감 만드는 일을 한다고 얘기하지 않았다. 피터가 묻지 않아서 다행이라 생각하고 있었다.

피터와 함께한 일요일들이 나는 혼란스러웠다. 피터에게 분명히 귀를 기울이고 있는데도 그에 관해서 생각하고 있는 나를 보게 되는 것이다.

5월의 어느 일요일, 아우더랑언데이크 가의 저택에서 일한 지 거의 1년이 되어가던 때였다. 피터와 나를 위해 자리를 비켜주기 직전에 엄마가 피터에게 불쑥 말했다. "다음주 일요일에 예배가 끝나면 집에 와서 식사를 함께하지 않겠나?"

내가 멍하니 엄마를 쳐다보고 있는 동안 피터는 웃으며 대답했다. "그러겠습니다."

그 뒤 피터가 뭐라고 얘기했는지 거의 기억이 나지 않는다. 피터가 떠나고 부모님과 함께 집으로 돌아왔을 때, 나는 소리치지 않으려고 입술을 꼭 깨물었다. "피터를 초대할 거라고 왜 먼저 얘기해주지 않았어요?" 볼멘소리가 입에서 튀어나왔다.

엄마는 곁눈질로 힐끔 나를 보더니 말했다. "이제 피터를 초대할 때가 됐어." 이게 엄마가 말한 전부였다.

엄마가 옳았다. 피터를 집에 초대하지 않는다면 실례가 될 터였다. 전에는 남자와 이런 게임을 해본 적이 없었다. 하지만 다른 사람들이 어떻게 하는가는 보았다. 피터가 진지하다면, 부모님도 피터를 진지하게 대해야 하는 것이다.

피터를 집으로 부른다는 것이 부모님에게 얼마나 힘든 일인지도 알고 있었다. 지금 부모님 수중에는 가진 게 거의 없었다. 내 주급과 엄마가 베를 짜서 얻는 약간의 푼돈이 있었지만, 두 분이 근근이 끼니를 때우고 사는 형편이었다. 다른 사람의 입은 생각도 못했다. 하물며 푸줏간 아들의 입이라니. 내가 부모님을 도울 수 있는 일은 별로 없었다. 타네커가 지키고 있는 부엌에서 장작 몇 개, 약간의 양파, 빵 몇 조각이라도 집어 올 수 있을까. 피터를 잘 대접하기 위해서 부모님은 일주일 내내 평소보다 적게 먹고, 불을 덜 피워가며 아끼고 아낄 것이다.

하지만 피터가 집에 와야 한다고 고집한 것은 부모님이었다. 대놓고 얘기하지는 않았지만, 지금 피터에게 대접하는 일이 장래에 당신들의 배를 채울 수 있는 길이라고 여기는 것인지도 몰랐다. 푸줏간 주인의 아내, 그리고 그 아내의 부모, 이런 사람들은 항상 잘 먹고 사니까. 지금 약간의 굶주림이 결국엔 배불리 먹을 수 있는 결과를 가져올지도 모르는 것이다.

나중에 집에 정기적으로 찾아오게 되었을 때, 피터는 엄마가 일요일 요리에 쓸 수 있게 고기 선물을 보냈다. 하지만 피터가 처음 우리 집에서 저녁을 먹던 날, 엄마는 현명하게도 푸줏간 아들에게 고기를 대접하지 않았다. 피터는 우리 집이 얼마나 가난한지 정확하게 판단할 수 있었을 것이다. 대신 엄마는 생선 스튜를 만들었는데, 그 안에는 새우와 바닷가재도 들어 있었다. 어떻게 이 새우와 바닷가재 살 돈을 마련했는지 엄마는 절대 말하지 않았다.

비록 집은 허름했지만 엄마는 윤이 나도록 쓸고 닦았다. 엄마는 아버지의 타일들 중에서 제일 좋은 것들은 팔지 않고 간직하고 있었는데, 그 타일들을 꺼내 와서 벽을 따라 진열해놓았다. 피터가 식사를 하면서 볼 수 있도록 말이다. 피터는 엄마의 스튜를 칭찬했고 그 말은 진심이었다. 엄마는 기뻐서 얼굴을 붉히고는 피터에게 좀 더 떠다 주었다. 나중에 피터는 아버지에게 하나하나 묘사해가면서 타일들에 대해 물어보았다. 아버지가 알아듣고 완전히 설명을 끝낼 수 있도록.

"그리트가 제일 멋진 타일을 가지고 있지." 방 안에 있는 모든 타일들에 대해 얘기한 후 아버지가 말했다. "쟤하고 쟤 동생을 그린 거야."

"저도 한번 보고 싶네요." 피터가 나지막한 목소리로 말했다.

나는 무릎 위에 놓인 트고 갈라진 손을 살피면서 침을 삼켰다. 코넬리아가 그 타일에 무슨 짓을 했는지 부모님께 얘기하지 않았던 것이다.

피터가 집을 나설 때가 되자, 엄마는 □□를 길 □까지 배웅하고 오라고 속삭였다. 밖에는 비가 오□ □나다니는 □람들도 별로 없었다. 하지만 피터 곁에 서서 □어가는 나를 □□들이 창밖으로 내다□□ □□우리□□□ 확실했다. □□□□이 마치 나를 거리로 내몬 듯한 느낌이 들었다. 한 남자와 계약을 맺어 그 남자의 손으로 넘겨진 듯했다. 어쨌거나 피터는 좋은 사람이라고 나는 생각했다. 비록 손이 깨끗하진 않지만.

리트벨트 운하 가까이에 골목길이 하나 있었다. 피터는 그 골목으로 나를 데려갔다. 피터의 손이 내 작은 등에 닿았다. 우리가 어려서 놀이를 할 때 아그네스는 이 골목에 숨곤 했다. 나는 벽에 등을 기대고 서서 피터가 키스하도록 내버려두었다. 정신없이 키스를 퍼붓던 피터는 내 입술을 깨물고 말았다. 나는 울지 않았다. 짠맛이 도는 피를 핥으며 피터의 어깨 너머 반대편의 젖은 담벼락을 바라보았을 뿐이다. 피터가 자기 몸을 내게 밀어붙였다. 빗방울이 눈 속으로 떨어졌다.

피터가 원하는 걸 모두 허락할 생각은 없었다. 잠시 후 피터가 뒤로 물러섰다. 피터가 내 머리로 손을 내밀었다. 나는 손길을 피했다.

"그리트, 넌 네 모자를 좋아하지, 그렇지?"

"모자 없이 머리에 치장을 하고 나갈 정도로 나는 부자가 아니에요." 나는 재빨리 말을 받았다. "그리고 나는 그런……" 말을 끝맺지 않았다. 어떤 부류의 여자들이 머리카락을 내놓고 다니는지 말할 필요는 없다는 생각이 들었다.

"그런데 넌 모자로 머리카락을 완전히 가리고 있잖아. 왜 그러는 거야? 대부분의 여자들은 머리카락을 살짝 보이게 하는데 말이야."

나는 대답하지 않았다.

"머리카락이 무슨 색이지?"

"갈색."

"연한 갈색, 아니면 진한 갈색?"

"진한 갈색."

아이를 데리고 노는 것처럼 피터는 웃었다. "곧은 머리카락, 아니면 곱슬 머리카락?"

"둘 다 아니에요. 아니 둘 다요." 혼란스러워 나는 주춤했다.

"긴 머리카락, 아니면 짧은 머리카락?"

나는 망설였다. "어깨 아래까지."

피터는 계속해서 미소를 지었다. 그리고 다시 한번 입을 맞추고 시장 광장을 향해서 걸어갔다.

내가 망설였던 것은, 거짓말하기도 싫었지만 피터가 아는 것도 싫었기 때문이다. 내 머리카락은 길고 손댈 수도 없는 상태였다. 가리지 않고 있을 때, 이 머리카락은 또 다른 그리트에게 속해 있는 것 같았다. 남자와 단둘이서 골목길에 서 있을 수 있는 그리트, 전혀 침착하지도 않고 얌전하거나 깨끗하지도 않은 그리트, 머리를 드러내놓고 나다니는 여자들과 같은 그리트. 내가 머리카락을 모두 가리는 이유가 거기에 있었다. 모자로 모두 가림으로써 또 다른 그리트의 흔적을 없애는 것이다.

빵집 딸의 그림이 완성되었다. 이번에는 그가 그림을 끝냈다는 것을 미리 알 수 있었다. 물감을 씻거나 갈아달라는 요구가 더 이상 없었기 때문이다. 이제는 물감을 많이 쓰지도 않았고, 진주 목걸이를 두른 여인을 그릴 때와는 달리 마지막에 갑작스런 변화도 없었다. 변화는 일찍 있었던 편이다. 그림에서 의자 하나를 없앴고, 지도도 벽을 따라 옮겼다. 그런 변화에 나는 별로 놀라지 않았다. 이제 그림을 스스로 생각해볼 시간이 있었고, 그가 그림을 더 나아 보이게 하기 위해 어떻게 하는지도 알고 있었다.

그는 다시 반 레이원후크의 카메라 옵스큐라를 빌렸다. 마지막으로 그림의 장면을 보기 위해서였다. 카메라 옵스큐라를 화실에 설치했을 때 그는 내게도 들여다볼 수 있도록 해줬다. 이 물건이 어떻게 작동하는지는 여전히 몰랐지만, 나는 상자 안에서 그려내는 장면에, 축소된 모습에, 방 안의 물건들을 거꾸로 보여주는 모습에 감탄하지 않을 수 없었다. 사물들의 색깔은 상자 안에서는 더 짙어 보였다. 탁자보의 붉은색은 더 진한 붉은색이었고, 벽의 지도는 해를 향해 치켜든 에일 맥주잔처럼 갈색으로 빛났다. 그가 그림을 그리는 데 카메라 옵스큐라가 어떤 도움이 되는지 확실하진 않았지만, 나 역시 마리아 틴스처럼 되어갔다. 그가 그림을 더 잘 그릴 수 있다면 문제 삼을 필요는 없는 것이다.

하지만 그가 그림을 더 빨리 그린 건 아니었다. 물주전자를 쥐고 있는 빵집 딸의 그림은 다섯 달이나 걸렸다. 나는 종종 마리아 틴스가 짐을 싸서 다락방을 내려가라고 할까 봐 걱정스러웠다. 그가 일을 빨리 하도록 돕지 못한다고 말이다.

마리아 틴스는 그러지 않았다. 큰 마님은 그가 지난겨울 길드 일과 메헬런 저택의 일로 매우 바빴다는 것을 알고 있었다. 아마 여름까지 일이 어떻게 되어가는지 두고 보기로 작정한 듯했다. 아니면 그림이 너무 마음에 들어 그에게 잔소리를 하기가 어려운지도 몰랐다.

"이런 멋진 그림이 고작 빵집 주인에게 가다니 슬픈 일이야." 어느 날 마리아 틴스가 한 얘기다. "이게 반 라위번에게 가는 거라면 더 많은 값을 부를 수 있을 텐데." 그는 그림만 그리고 거래는 큰 마님이 맡아서 하는 게 분명했다.

빵집 주인 역시 그림을 마음에 들어 했다. 빵집 주인이 그림을 보러 온 날은 몇 달 전에 그림을 보러 왔던 반 라위번 부부의 딱딱한 방문과는 많이 달랐다. 이 남자는 대여섯 명의 아이들과 한두 명의 누이들까지 포함해서 온 가족을 데려왔다. 빵을 굽는 오븐의 열기로 얼굴이 항상 빨갛게 익어 있고 머리에는 밀가루가 덕지덕지 묻어 있긴 했어도 빵집 주인은 명랑한 사람이었다. 빵집 주인은 마리아 틴스가 권한 포도주를 거절하고 그냥 맥주 한 잔을 달라고 했다. 이 남자는 아이들을 좋아해서, 저택의 네 소녀와 요하네스도 화실로 함께 갈 수 있게 해야 한다고 고집했다. 아이들도 이 빵집 주인을 좋아

「물주전자를 든 여인」, 1664~1665년경

했는데, 저택에 올 때마다 아이들이 모으고 있는 조개껍질들을 가져다주었던 것이다. 이번에 가져온 것은 내 주먹만 한 소라껍질이었는데, 겉은 우둘투둘하고 뾰족한 가시들이 돋아 있는 데다 연노랑과 흰색 점들이 박혀 있고, 안은 분홍색과 오렌지색으로 윤기 나게 반짝거렸다. 아이들은 기뻐서 다른 껍질들을 가지러 달려 나갔다. 타네커와 내가 화실에서 손님들 시중을 드는 동안, 아이들은 껍질들을 2층으로 가지고 올라와 빵집 주인의 아이들과 함께 화실 광에서 놀았다.

빵집 주인은 그림에 만족한다고 말했다. "제 딸이 너무 예뻐 보입니다. 제겐 이걸로 충분해요."

나중에 마리아 틴스는 빵집 주인이 반 라위번처럼 그림을 가까이 들여다보지도 않았고, 맥주를 마셔 감각이 둔해져 있는 데다 데려온 아이들 때문에 주위가 산만해서 그림을 제대로 볼 수 있었겠느냐고 비꼬았다. 비록 입 밖에 꺼내지는 않았지만, 나는 큰 마님의 의견에 동의할 수 없었다. 내가 보기에는 빵집 주인이 그림에 대해 더 정직한 반응을 보인 것 같았다. 반 라위번은 그림을 볼 때 입에 발린 달콤한 말과 과장된 표정을 지으며 짐짓 너무도 열심히 살폈다. 빵집 주인이 자기가 느낀 것을 단순히 얘기한 반면, 반 라위번은 주위 사람들을 너무 의식한 나머지 연기를 했던 것이다.

나는 광에 있는 아이들을 둘러보았다. 아이들은 바닥에 펼쳐 앉아, 조개껍질들을 종류별로 나누면서 사방에 모래를 흩뿌려놓고 있었다. 광에 있는 상자나 책들, 그릇과 방석들은 전혀 아이들의 흥미를 끌지 못했다.

코넬리아가 다락방의 사다리에서 내려오고 있었다. 계단 세 개를 남겨놓고 바닥으로 쿵 하고 뛰어내리더니, 승리의 환호성이라도 되는 양 소리를 내질렀다. 코넬리아는 잠깐 나를 바라보았는데, 그 눈에는 나에 대한 도전의 빛이 역력했다. 알레이디스 또래의 빵집 주인 아들이 사다리를 몇 칸 올라가더니 바닥으로 뛰어내렸다. 그다음에는 알레이디스가 같은 짓을 했고, 그다음엔 나머지 아이들이 하나씩 따라 했다.

코넬리아가 어떻게 다락방에 올라가서 내 앞치마에 붉은 줄이 가게 한 매더를 훔쳐냈는지 알 수 없었다. 교활한 데다 아무도 안 볼 때 살그머니 빠져나가는 건 이 아이의 천성이었다. 나는 코넬리아의 좀도둑질에 대해서 마리아 틴스나 그에게 아무 말도 하지 않았다. 사람들이 내 말을 믿을지 자신이 없었다. 대신에 그나 내가 화실을 비울 때면 물감을 단단히 숨겨놓았다.

매지 옆에 큰 대 자로 드러누워 있는 코넬리아에게 나는 아무 얘기도 하지 않았다. 하지만 그날 밤 나는 소지품을 확인해보았다. 모든 것이 그대로 있었다. 부러진 타일과 거북껍질 빗, 기도서, 수가 놓인 손수건, 칼라와 슈미즈, 앞치마, 모자. 나는 개수를 세고 분류해서 다시 개어놓았다.

확실히 하기 위해 물감도 조사했다. 물감들 역시 내가 놓아둔 순서대로 있었다. 작은 벽장은 누가 손댄 것처럼 보이지 않았다.

코넬리아는 결국 어린아이일 뿐인지도 모른다. 사다리에 올라가 뛰어내린 행동은 못된 짓을 하려 했다기보다 그저 심심풀이 놀이였을 수도 있었다.

빵집 주인은 5월에 그림을 가져갔다. 그러나 그는 7월이 되도록 다음 그림을 그릴 준비를 하지 않았다. 내 잘못이 아니라는 것은 마리아 틴스도 나도 알고 있었지만, 그래도 행여 나를 탓할까 봐 공백기가 길어질수록 점점 더 걱정스러웠다. 그러던 어느 날 마리아 틴스가 카타리나에게 하는 얘기를 우연히 들었다. 반 라위번의 친구가 진주 목걸이를 두른 여인의 그림을 보고 나서, 반 라위번의 아내가 거울이 아니라 그림 밖을 봐야 한다고 말했다는 것이다. 이 이야기를 들은 반 라위번은 자기 아내의 얼굴이 화가를 향하고 있는 그림을 그리기로 결정했다고 한다. "사위는 그런 자세의 그림은 좀처럼 그리지 않는데 말이야." 마리아 틴스의 말이었다.

카타리나가 뭐라고 대답했는지는 듣지 못했다. 아이들 방을 쓸고 있던 나는 잠시 비질을 멈췄다.

"너도 그 마지막 그림 기억나지?" 마리아 틴스가 딸의 기억을 환기시키며 말했다. "그 하녀 말이다. 반 라위번과 붉은 옷을 입은 하녀 말이야."

카타리나의 나지막한 코웃음 소리가 들렸다.

"네 남편 그림들 중에서 그림 밖을 쳐다보는 인물은 그 그림이 마지막이었지." 마리아 틴스가 계속해서 말했다. "굉장한 추문이었어! 반 라위번이 이번에 그런 자세의 그림을 또 그려달라고 했을 때 애들 아비는 거절할 거라고 나는 확신했단다. 하지만 네 남편은 동의하고 말았어."

마리아 틴스에게 무슨 얘기냐고 물어볼 수는 없었다. 그러면 내가 밖에서 듣고 있었다는 것을 자백하는 셈이니까. 타네커에게 물어볼

「포도주잔을 든 여인」, 1659~1660년경

수도 없었다. 요즘 관계로는 타네커에게 그런 뒷이야기를 듣는다는 건 무망한 일이었다. 그래서 어느 날, 푸줏간에 손님들이 뜸할 때 붉은 옷을 입은 하녀에 대해서 들은 바가 있는지 피터에게 물었다.

"아, 그 얘기. 그 얘기라면 한동안 시장 안을 떠돌아다녔지." 피터가 킬킬거리며 대답했다. 피터는 진열대에 몸을 숙이고 소 혓바닥살을 다시 정리하기 시작했다. "벌써 사오 년은 됐어. 반 라위번이 자기 부엌 하녀들 중 한 명과 함께 그림의 모델이 되고 싶어 했나 봐. 그 하녀에게 반 라위번 마나님의 가운을 입혔는데, 그게 붉은색이었지. 반 라위번은 그림 안에 반드시 포도주가 있어야 한다고 했대. 그래야 그 하녀에게 매번 술을 먹일 수 있었을 테니까 말이야. 그다음엔 뻔한 얘기지. 그림이 완성되기도 전에 그 하녀는 반 라위번의 아이를 임신하고 말았대."

"하녀는 어떻게 됐어요?"

피터는 어깨를 으쓱했다. "그런 여자애들한테 무슨 일이 생기겠어?"

피터의 말은 내 피를 얼어붙게 만들었다. 물론 그런 얘기는 전에 들어본 적이 있었다. 하지만 내 주변에서 듣는 것은 처음이었다. 카타리나의 옷을 입은 모습을 꿈꾼 일이 문득 생각났다. 뒤이어 복도에서 내 턱을 쥐고 놓지 않던 반 라위번의 모습이 떠올랐다. "자네, 이 아이를 꼭 그려야겠어"라고 그에게 말하던 반 라위번의 목소리와 함께.

피터가 얼굴을 찡그리며 하던 일을 멈췄다. "그런데 왜 그 여자애에 대해 알고 싶어 하는 거야?"

"아무것도 아니에요. 그냥 들은 얘기가 있어서. 별거 아니에요."
나는 가볍게 대답했다.

그가 빵집 딸의 그림을 그리려고 배경을 준비할 때 나는 그 자리
에 없었다. 물론 그때는 그를 돕고 있지 않던 때이기도 했다. 하지만
반 라위번의 아내가 모델로 다시 그의 앞에 앉았을 때는 다락방에서
일을 하고 있었고, 그가 하는 얘기를 들을 수 있었다. 반 라위번 부
인은 조용한 여자였다. 아무 소리도 없이 그가 요구하는 대로 움직
였다. 고급스런 구두를 신었지만 타일 바닥을 소리 나게 걷지도 않
았다. 그는 열린 창가에 반 라위번 부인을 서 있게 한 뒤, 탁자 주위
에 놓인 사자머리로 장식된 의자 중 하나에 앉도록 했다. 그가 덧문
을 닫는 소리가 들렸다. "이 그림은 지난번 것보다 더 어둡게 그리
려고 합니다." 그가 말했다.
　　반 라위번 부인은 대꾸하지 않았다. 마치 그가 혼잣말을 하고 있
는 듯했다. 잠시 후 그가 나를 불렀다. 내가 내려가자 그는 말했다.
"그리트, 가서 아내의 노란 망토와 진주 목걸이, 그리고 귀고리를
가져오너라."
　　그날 오후 카타리나는 친구네 집에 가고 없었던 터라 직접 보석들
을 달라고 얘기할 수가 없는 상황이었다. 다소 당황하기는 했지만,
대신 십자가 방에 있는 마리아 틴스에게 갔다. 큰 마님은 카타리나
의 보석 상자를 열고 목걸이와 귀고리를 내주었다. 십자가 방에서
나온 나는 큰 방으로 갔다. 장에서 망토를 꺼내 흔들어 펴서는 팔에
조심스럽게 걸쳤다. 지금까지 이 망토를 만져볼 기회는 없었다. 털

속으로 코를 묻었다. 너무 부드러웠다. 꼭 아기 토끼의 털 같았다.

복도를 따라 2층 계단을 향해 걸어가다 문득 팔에 걸쳐진 옷이랑 보석들을 가지고 문 밖으로 뛰쳐나가고 싶다는 갑작스런 충동에 휩싸였다. 시장 광장 한가운데에 있는 별 자리까지 달려가, 떠날 방향을 선택한 후, 다시는 돌아오고 싶지 않았다.

그러나 나는 반 라위번 부인에게로 돌아가 망토 입는 것을 거들었다. 반 라위번 부인은 망토가 자기 피부라도 되는 양 자연스럽게 옷을 걸쳤다. 귓불에 난 구멍으로 귀고리를 끼운 뒤, 부인은 진주 목걸이를 목에 둘렀다. 내가 목걸이를 묶을 리본을 집어 들자 그가 말했다. "목걸이는 하지 마세요. 그냥 탁자 위에 두세요."

반 라위번 부인은 다시 의자에 앉았다. 그도 의자에 앉아 모델을 연구하기 시작했다. 부인은 화가의 시선이 아무렇지 않은 듯했다. 언젠가 그가 내게 요구했듯이 부인은 아무것도 보지 않으면서 그저 허공을 응시하고 있었다.

"나를 보세요." 그가 말했다.

부인이 그를 보았다. 부인의 눈은 크고 거의 까맣다고 할 정도로 짙었다.

그가 탁자에 탁자보를 깔았다. 그러더니 도로 걷어내고 푸른 천으로 바꿨다. 탁자 위에 진주 목걸이를 한 줄로 늘어놓는가 싶더니 뭉쳐놓았다가는 다시 한 줄로 늘어뜨렸다. 부인에게 일어서라고 하더니 다시 앉으라 했고, 뒤로 물러나 앉으라고 했다가 앞으로 당겨서 앉으라고 했다.

내게 말을 걸기 전까지는 구석에서 내가 보고 있다는 것을 그가 모르는 줄 알았다. "그리트, 작은 마님의 파우더 붓을 가져오너라."

그는 반 라위번 부인이 파우더 붓을 얼굴 정도 높이로 들고 있도록 했다가, 붓을 쥔 채 손을 탁자 위에 올려놓도록 했다. 그리고 잠시 후에는 아예 한쪽으로 붓을 밀어놓았다. 결국 그는 붓을 도로 내게 주더니 말했다. "갖다 둬라."

내가 다시 화실로 돌아와보니, 그는 부인에게 깃펜과 종이를 주었던 모양이다. 부인의 오른쪽에는 잉크병이 있었는데, 의자에 앉아 몸을 앞으로 숙이고 뭔가를 쓰고 있었다. 그는 위쪽 덧문 한 짝은 열고 아래쪽 덧문 한 짝은 닫았다. 방은 더 어두워졌지만 부인의 이마와 탁자에 놓인 팔, 노란 망토의 소맷부리로는 빛이 쏟아져 내렸다.

"왼손을 앞으로 조금만 옮겨보세요." 그가 말했다. "그래요, 거기."

반 라위번 부인은 뭔가를 다시 쓰기 시작했다.

"나를 보세요." 그가 말했다.

부인이 그를 보았다.

그는 광에서 지도를 한 장 꺼내더니 부인 뒤의 벽에 걸었다. 그러더니 다시 지도를 떼내었다. 대신 배가 그려진 작은 풍경화를 걸어보았다가, 다시 떼내고 벽을 비워두었다. 그러고 나서 그는 아래층으로 사라졌다.

그가 방에서 나가자 나는 반 라위번 부인을 자세히 지켜보았다. 무례한 행동인 줄 알지만 부인이 무엇을 하는지 보고 싶었다. 부인은 움직이지 않았다. 더 완벽하게 지금의 자세 속으로 빠져든 듯했다. 악기들을 그린 정물화 한 점을 들고 그가 돌아왔을 때, 부인은 계속해서 탁자 앞에 앉아 편지를 쓰고 있었던 것처럼 보였다. 지난 번 목걸이 그림 이전에도 부인이 류트를 연주하는 그림을 그렸다고 들은 적이 있었다. 그가 모델에게 무엇을 원하는지 부인은 지금까지 배워왔음이 틀림없었다. 아마 부인은 단순히 그가 원하는 대로만 했을 것이다.

반 라위번 부인 뒤에 그림을 걸고 다시 모델을 연구하기 위해 그는 자리에 앉았다. 두 사람이 서로를 쳐다보고 있을 때, 나는 그 자리에 없는 것 같았다. 화실을 나가 다락방의 물감들에게 돌아가고 싶었지만 감히 그 순간을 방해할 수가 없었다.

"다음에 여기 올 때는 분홍색 대신 흰색 리본을 머리에 달고 오세요. 그리고 뒷머리는 노란색 리본으로 묶고요."

부인은 아주 살짝 고개를 끄덕였는데, 거의 움직임이 느껴지지 않았다.

"뒤로 편히 앉으셔도 됩니다."

그가 반 라위번 부인을 쉬게 하자, 이제 가도 되겠다는 생각이 들었다.

다음 날 그는 탁자 옆으로 의자 하나를 더 끌어다 놓았다. 그다음 날에는 카타리나의 보석 상자를 가져다가 탁자 위에 올려놓았다. 보석 상자의 서랍 열쇠 구멍들 둘레에는 진주가 박혀 있었다.

다락방에서 일하고 있을 때 반 레이원후크가 카메라 옵스큐라를 가지고 화실에 도착했다. "언젠가는 자네도 하나 장만해야 할 거야." 반 레이원후크가 특유의 굵고 낮은 목소리로 얘기하는 것이 들

「류트를 연주하는 여인」, 1664년경

렸다. "하긴 이것 덕분에 자네가 그리고 있는 그림을 구경할 기회도 얻을 수 있긴 하지만 말이야. 그런데 모델은 어디 있나?"

"올 수 없대."

"그거 문제로군."

"아니, 괜찮아. 그리트." 그가 불렀다.

나는 사다리를 타고 내려갔다. 내가 화실로 들어서자 반 레이원후크가 깜짝 놀란 눈으로 바라보았다. 반 레이원후크의 눈은 아주 투명한 갈색인데, 두껍게 내려 덮인 눈꺼풀 때문에 졸린 듯한 인상을 주었다. 그러나 지금은 졸리기는커녕 놀랍고 어리둥절한지 입을 벌린 채 다물지 못하고 있었다. 그래도 반 레이원후크는 얼굴에 친절한 미소를 잃지 않았고, 놀랐던 마음이 진정되자 내게 모자를 벗고 인사까지 했다.

그 어떤 신사도 내게 이런 식으로 인사한 적은 없었다. 나는 미소를 머금지 않을 수 없었다.

반 레이원후크도 웃었다. "저 위에서 무얼 하고 있었지, 아가씨?"

"물감 재료들을 갈고 있었습니다, 어르신."

반 레이원후크는 그를 향해 돌아섰다. "조수라고! 자네 또 날 놀라게 해줄 일은 없나? 이다음에는 그리트에게 자네 대신 여자들을 그리도록 가르치겠군 그래."

그는 별로 즐거워하지 않았다. "그리트, 요전날 반 라위번 부인이 하던 대로 앉아라."

불안한 마음으로 나는 의자로 걸어갔다. 그리고 반 라위번 부인이 하던 대로 몸을 앞으로 숙이며 자리에 앉았다.

"깃펜을 집어 들어라."

깃펜을 집어 들었다. 손이 떨리고 있어서 깃털이 흔들렸다. 나는 기억나는 위치에 손을 놓았다. 그가 반 라위번 부인에게 시켰듯이 내게도 뭔가 쓰라고 하지 말기를 간절히 빌었다. 아버지한테서 내 이름 쓰는 것 정도를 배웠을 뿐이다. 하지만 적어도 펜을 어떻게 쥐는지는 알고 있었다. 탁자 위의 종이를 바라보면서 그 위에 반 라위번 부인은 무슨 말을 써놓았을지 궁금했다. 지니고 있는 기도서처럼 내게 익숙한 글자들은 얼마쯤 읽을 수 있었지만, 귀부인의 필체는 읽어낼 수 없을 것이다.

"나를 봐라."

나는 그를 보았다. 그리고 반 라위번 부인이 되려고 노력했다.

그가 목소리를 가다듬고 반 레이원후크에게 말했다. "반 라위번 부인은 노란 망토를 입을 거야." 반 레이원후크는 고개를 끄덕였다.

그가 일어서자 두 사람은 함께 나를 향해 카메라 옵스큐라를 설치했다. 그러더니 번갈아가면서 상자를 들여다보았다. 남자들이 머리에 검은 외투를 뒤집어쓰고 상자 위로 몸을 구부리자, 아무것도 생각하지 않고 앉아 있기가 더 쉬워졌다. 그가 바라던 대로 말이다.

그는 외투를 뒤집어쓴 채 마음에 드는 자리에 놓일 때까지 벽에 걸린 그림을 옮겨달라고 반 레이원후크에게 여러 번 부탁했다. 그리고 덧문을 열었다 닫았다 하게 했다. 마침내 만족한 모양이었다. 그는 몸을 일으키더니 겉옷을 접어 의자 등받이에 걸쳐놓았다. 그리고 책상으로 가서 서류 한 장을 들고 와 반 레이원후크에게 내밀었다. 두 사람은 서류에 써 있는 내용에 관해 의논하기 시작했다. 그는 길드 업무에 관한 반 레이원후크의 의견을 듣고 싶은 것 같았다. 두 사람은 오랫동안 이야기를 나누었다.

반 레이원후크가 무심코 눈을 돌리다가 나를 보았다. "하나님 맙소사. 그리트를 돌려보냈어야지."

내가 펜을 쥐고 여전히 탁자 앞에 앉아 있는 것을 보고 그도 놀란 얼굴이 되었다. "그리트, 가도 된다."

자리를 뜨면서 나는 반 레이원후크의 얼굴에 연민의 표정이 스쳐 지나가는 것을 본 것 같았다.

그는 며칠 동안 카메라 옵스큐라를 화실에 두었다. 나는 여러 차례 혼자서 그 상자를 들여다보며 탁자 위의 물건들 주위를 서성였다. 그가 그리려고 하는 장면의 무언가가 마음에 들지 않았다. 어딘지 비뚤게 걸린 그림 같았다. 무언가를 바꾸고 싶었지만 그게 무엇인지는 알 수가 없었다. 상자는 내게 아무런 답을 주지 않았다.

그러던 어느 날 반 라위번 부인이 다시 화실에 왔고, 그는 카메라 옵스큐라를 통해 부인을 오랫동안 바라보았다. 그가 겉옷을 뒤집어 쓰고 카메라 옵스큐라를 보고 있는 동안, 두 사람을 방해하지 않도록 최대한 조용히 걸어 방을 가로질러 갔다. 그리고 잠시 그의 뒤에 서서 방 안의 배경 속에 부인이 들어 있는 모습을 살펴보았다. 분명히 나를 보았을 텐데도 부인은 아무런 변화도 보이지 않았다. 그저 까만 눈동자로 그를 똑바로 응시하고 있을 뿐이었다.

그때 생각이 났다. 모든 것이 너무 깔끔하게 정돈되어 있는 것이다. 정리 정돈은 내가 가치 있게 여기는 것이긴 했지만, 그가 그린 다른 그림들을 통해서 내가 알게 된 사실은 탁자 어딘가에 흐트러진 구석이 있어야 한다는 것이었다. 뭔가 눈에 걸리는 것이 있어야 했다. 탁자 위의 물건들을 하나하나 살피기 시작했다. 보석 상자, 푸른 색의 탁자보, 진주 목걸이, 편지, 잉크병. 그리고 나라면 무엇을 바꿀 것인지 결정했다. 그러다 스스로의 대담한 생각에 놀라서 재빨리 다락방으로 돌아갔다.

그림의 배경을 그가 어떻게 손봐야 할지가 분명해지자 일단 그가 변화를 시도하는 것을 기다려보기로 했다.

그는 탁자 위의 어느 것도 움직이지 않았다. 대신 덧문을 조금 더 열고, 부인의 머리 기울기를 조정하고, 깃펜의 각도를 고쳤을 뿐이다. 내가 기대한 일은 일어나지 않았다.

나는 침대보를 비틀어 짜면서, 타네커를 도와 쇠꼬챙이를 돌리면서, 부엌 타일을 닦으면서, 그리고 물감들을 씻으면서 내 아이디어에 대해 생각했다. 밤에 침대에 누워서도 그 생각을 했다. 가끔은 다시 살펴보려고 일어나기도 했다. 그래, 내가 틀리지 않았어.

그는 반 레이원후크에게 카메라 옵스큐라를 돌려주었다.

그림의 배경을 볼 때마다 무언가가 짓누르는 듯 내 가슴은 답답했다.

그는 이젤 위에 캔버스를 세우고, 캔버스 전체를 소량의 구운 시에나토(sienna, 황갈색 안료—옮긴이)와 노란 황토가 섞인 백연과 백악(白堊)으로 칠했다.

그가 변화를 주기를 기다리면서 내 가슴은 점점 더 답답해져갔다.

그는 적갈색으로 여자와 사물들의 윤곽을 가볍게 스케치했다.

199

그가 가짜 색깔들로 커다란 구역들을 칠하기 시작하자 내 가슴은 밀가루를 너무 많이 채운 자루처럼 터질 지경이었다.

어느 날 밤, 침대에 누워 있던 나는 내가 직접 바꾸기로 결심했다.

다음 날 아침, 청소를 하면서 보석 상자를 조심스럽게 뒤로 옮겼다. 진주 목걸이를 다르게 늘어놓고 편지의 위치를 바꿨다. 잉크병도 닦아서 다른 자리에 놓았다. 가슴을 진정시키기 위해 깊이 숨을 들이마셨다. 그리고 단 한 번의 잽싼 동작으로 푸른 천의 앞부분을 끌어당겨서 탁자 아래 어두운 그림자 쪽으로 늘어트렸다. 보석 상자 앞쪽에 놓인 부분은 불룩하게 주름을 잡아 비스듬히 걸치게 만들었다. 천의 접힌 부분을 몇 차례 손보고 나서 나는 뒤로 물러섰다. 반 라위번 부인이 깃펜을 쥐고 있을 때, 부인의 팔 모양과 이 배경은 잘 어울릴 것이다.

그래, 나는 입술을 지그시 다물면서 생각했다. 이 일로 그가 나를 쫓아낸다고 해도 이제는 만족스러웠다.

그날 오후, 물감 일이 잔뜩 쌓여 있었지만 나는 다락방에 올라가지 않았다. 대신 타네커와 바깥 벤치에 나와 앉아 셔츠를 수선했다. 그날 아침 그는 화실로 올라가지 않고 길드에 갔다. 그리고 반 레이원후크의 집에서 저녁을 먹었다. 그는 내가 무슨 짓을 했는지 아직 모르고 있었다.

나는 벤치에 앉아 불안한 마음으로 기다렸다. 요즘 들어 나를 무시하고 있던 타네커마저 내가 이상했던지 말을 걸 정도였다. "너 대체 왜 그래? 목 비틀릴 날을 아는 암탉처럼 굴고 있잖아." 마님들이 나를 대하는 듯한 말투로 타네커가 물었다.

"아무것도 아니에요. 작은 마님의 동생이 마지막으로 여기 왔던 때 얘기 좀 해줄래요. 시장에서 그 얘기를 들었거든요. 사람들은 아직도 타네커 얘기를 하고 있던데." 타네커의 관심을 돌리고, 타네커의 기분이 좋아지기를 바라면서 나는 마지막 말을 덧붙였다. 혼란스런 내 기분을 들키고 싶지 않았다.

잠시 타네커는 몸을 꼿꼿이 세우고 누가 자기에게 묻고 있는지 생각하는 듯했다. 그리고 곧바로 말을 내뱉었다. "그건 네가 알 바 아니야. 집안 문제라고. 너 따위가 상관할 문제가 아니야."

몇 달 전만 해도 자신이 칭찬 받을 얘기라면 즐겁게 얘기를 해주던 타네커였다. 하지만 지금 묻고 있는 사람은 나였다. 그렇게 자기 자랑을 늘어놓을 기회를 날려버린 것이 타네커로서는 아쉬웠겠지만, 나는 더 이상 타네커에게 신뢰나 유머, 호의 같은 것을 받을 수 없는 몸이었다.

그러다가 그를 보았다. 봄 햇살을 가리기 위해 모자를 비스듬히 기울여 쓰고 검은 망토는 어깨 너머로 넘겨 걸친 채 아우더랑언데이크 가를 따라 걸어 올라오고 있었다.

"다녀오셨어요, 주인님." 타네커가 노래하듯 완전히 다른 목소리로 인사를 했다.

"안녕, 타네커. 햇살을 즐기고 있었나 보지?"

"아, 예, 주인님. 얼굴에 햇살이 닿는 게 좋아요."

나는 바늘땀에 시선을 박고 있었다. 그가 나를 보고 있다는 것을 느낄 수 있었다.

그가 집 안으로 사라지자 타네커가 딱딱거렸다. "주인님이 말을 걸면 인사를 해야지, 이 기집애야. 태도가 그게 뭐야."

"주인님이 말을 건 사람은 당신이었잖아요."

"그거야 내가 먼저 인사를 했으니까 그렇지. 어쨌거나 그렇게 무례하게 굴지 않는 게 좋을 거야. 안 그러면 넌 이 거리에서 끝장이야. 여긴 다시 발 붙일 데가 없을 거라고."

그는 이제 2층에 있을 것이다. 그리고 내가 무슨 짓을 했는지 보게 될 것이다.

바늘을 가까스로 손에 쥔 채, 나는 기다렸다. 내가 무엇을 기대하고 있는지 나 자신도 정확히 알지 못했다. 타네커가 보는 앞에서 나를 몹시 야단칠까? 저택에서 살게 된 이후 처음으로 그가 목소리를 높이는 것을 듣게 되는 것은 아닐까? 그림을 망쳐놓았다고 얘기하지는 않을까?

어쩌면 그저 푸른 천을 끌어당겨 이전처럼 해놓을지도 모른다. 어쩌면 아무 말도 하지 않을지도 모르지.

그날 밤 그가 저녁을 먹으러 내려왔을 때 잠깐 볼 수 있었다. 그는 기분이 좋다거나 화가 났다든가, 관심이 없다거나 걱정스럽다든가, 그 어떤 표정도 보이지 않았다. 나를 무시하고 있지는 않지만 그렇다고 나를 쳐다보지도 않았다.

침대로 올라갈 때 내가 손댄 천을 그가 원래대로 해놓았는지 살펴보았다.

그는 손을 대지 않았다. 나는 촛불을 이젤 가까이 들고 갔다. 푸른 천의 주름들이 적갈색으로 다시 스케치되어 있었다. 내가 만든 변화를 받아들인 것이다.

「편지를 쓰고 있는 여인」, 1665~1670년경

나는 어둠 속에서 미소를 지으며 자리에 누웠다.

다음 날 아침, 보석 상자 주위를 청소하고 있는데 그가 들어왔다. 그는 물건을 있던 자리에 그대로 두기 위한 나만의 청소법을 한 번도 본 적이 없었다. 나는 팔을 보석 상자의 가장자리에 대고 상자를 들었다가 그 자리를 얼른 청소하고 상자를 제자리에 놓았다. 내가 고개를 들었을 때 그는 나를 바라보고 있었다. 그는 아무 말도 하지 않았고 나 역시 말을 하지 않았다. 그저 상자가 있어야 할 자리에 제대로 놓였는지 걱정스러웠다. 내가 새로 만든 주름이 없어지지 않도록 젖은 걸레로 푸른 천 위의 먼지를 조심스럽게 닦아냈다. 청소를 하고 있는 두 손이 약하게 떨리고 있었다.

일을 다 마치고 나서 그를 올려다보았다.

"말해봐라, 그리트. 왜 탁자보를 이렇게 바꿨지?" 옛날 우리 집 부엌에서 야채에 관해 물을 때와 똑같은 목소리로 그가 물었다.

나는 잠시 생각을 가다듬고 말했다. "배경에는 뭔가 질서를 흩트리는 게 필요하다고 생각했어요. 반 라위번 마님의 고요함과 대비될 수 있게요." 나는 계속해서 설명했다. "뭔가 눈을 간질이는 것 말이에요. 물론 눈을 즐겁게 해줘야 해요. 그러면서 간지럽게 하는 거요. 왜냐하면 천과 마님의 팔이 비슷한 자세로 있으니까요."

긴 침묵이 따랐다. 그는 탁자를 보고 있었다. 손을 앞치마에 닦으며 나는 기다렸다.

"하녀한테 한 수 배울 거라곤 생각도 못했는걸." 마침내 그가 말했다.

일요일, 아버지에게 그의 새 그림에 대해 설명하고 있을 때 엄마가 자리를 함께했다. 피터도 함께 있었는데, 마룻바닥에 떨어지는 햇살 조각만 쳐다보고 있었다. 내가 그의 그림 얘기를 할 때면 피터는 항상 조용했다.

나는 부모님과 피터에게 그가 인정한 나의 행동에 대해서는 말하지 않았다.

"내 생각엔 네 주인님의 그림이 영혼에는 좋을 것 같지 않구나." 엄마가 불쑥 말했다. 눈살을 찌푸리고 있었다. 전에 엄마는 한 번도 그의 그림에 대해서 말한 적이 없었다.

놀란 얼굴로 아버지는 엄마 쪽으로 고개를 돌렸다.

"지갑을 열게 하기에 좋은 그림이죠. 뭐 그런 것 아니겠어요." 프란스가 빈정댔다. 드물게 동생이 집을 찾은 날이었다. 요즘 들어 프란스는 부쩍 돈에 관심이 많았다. 아우더랑언데이크 가 저택의 값나가는 물건에 대해서도 묻곤 했다. 그림 속에 등장하는 진주와 망토, 진주로 장식된 보석 상자, 그 안에 든 내용물들, 저택에 걸린 그림들의 크기나 개수를 묻기도 했다. 동생에게 많은 얘기를 해주지는 않았다. 동생이 그런 데 관심을 두는 게 싫었다. 타일 공장의 도제로 일하는 걸 우습게 알고 손쉽게 돈 버는 방법을 찾는 데 골몰할까 봐 두려웠다. 동생이 그런 값비싼 물건들 얘기를 듣고 그저 한번 꿈꾸어보는 거라고 생각할 수도 있었지만, 자기 누나의 손이 닿는 곳에 고급 물건들이 널려 있다는 식으로 동생의 환상을 부채질하고 싶지는 않았다.

"무슨 뜻이에요, 엄마?" 동생의 말을 무시하고 나는 엄마에게 물었다.

"네 주인님의 그림을 설명할 때 들어보면 뭔가 위험스런 부분이 있는 것 같아서 말이다. 네 얘기에 따르면 그 그림들은 종교적인 장면이 될 수 있다는 건데…… 편지를 쓰고 있는 여자가 마치 성모 마리아라도 되는 것처럼 말이다. 넌 그럴 만한 가치도 없는 그림에다 의미를 부여하고 있는 거야. 델프트에는 수천 점의 그림이 있단다. 부잣집의 저택뿐만 아니라 선술집에서도 어디서나 쉽게 찾아볼 수가 있지. 네가 원한다면 네 두 주 치 급료로 시장에서 하나 살 수도 있을 게다."

"내가 만일 그렇게 한다면 엄마와 아버지는 2주 동안 굶고 지내다가, 내가 산 그림을 미처 보기도 전에 돌아가시고 말 거예요."

아버지가 몸을 움찔했다. 실에 매듭을 묶고 있던 프란스도 입을 다물어버렸다. 피터는 나를 흘끗 쳐다보았다.

엄마는 무표정하게 앉아 있었다. 엄마는 좀체 속마음을 드러내는 사람이 아니었다. 하지만 한번 말을 꺼내면 거기에는 황금과도 같은 무게가 있었다.

"죄송해요, 엄마. 저는 그저……" 나는 더듬거렸다.

"그 집에서 일하면서부터 네가 좀 이상해진 것 같구나. 네가 누구며 어디 출신인가를 잊어버렸어. 우리는 재물이나 유행에 휘둘리지 않는 검소한 신교도 가족이다."

엄마의 말에 뜨끔해하며 나는 눈을 내리깔았다. 지금 이 말은 엄마가 내게 하는 것이지만, 언젠가는 내 딸을 걱정하며 내가 딸에게 할 얘기이기도 했다. 그의 그림의 가치에 의문을 제기하는 엄마에게 비록 불끈 화를 내긴 했지만, 엄마의 말에 진실이 담겨 있다는 것을 나는 알고 있었다.

그날 피터는 골목길에서 나와 함께 오래 있으려고 하지 않았다.

다음 날 아침, 그림을 보기가 괴로웠다. 가짜 색깔들이 칠해진 가운데 그는 반 라위번 부인의 눈과 동그란 이마, 망토의 주름 일부를 그리기 시작했다. 특히 망토의 풍부한 노란색이 즐거우면서도 죄스럽게 느껴졌다. 엄마의 비난이 떠올랐던 것이다. 대신에 이 그림이 여자가 편지를 쓰고 있는 수수한 그림이 되어 피터네 가게에 걸린 채 10길더에 팔리는 것을 상상해보려 했다.

하지만 도무지 그런 상상은 할 수가 없었다.

이날 오후 그는 기분이 좋아 보였다. 그렇지 않다면 그에게 묻지 못했을 것이다. 그가 하는 몇 마디 안 되는 말과 자주 내비치지 않는 얼굴 표정으로는 그의 기분을 알 수가 없었다. 나는 그가 화실이나 다락방에서 어떻게 움직이는가를 보고 그의 기분을 추측했다. 만족스럽거나 일이 잘 풀릴 때는 걸음걸이에 주저함이 없었고 쓸데없는 움직임이란 없었다. 그가 음악과 관련된 사람이었다면 나지막이 노래를 부르거나 콧노래를 흘린다든지 휘파람을 불지도 모를 일이었다. 하지만 일이 잘되지 않을 때는 그대로 멈춰 서 있거나 갑자기 몸을 움직였다. 창밖을 불쑥 내다보기도 하고 다락방의 사다리를 반쯤 올랐다가 다시 내려오기 일쑤였다.

"주인님." 내가 다 갈아놓은 백연에 아마인유를 섞기 위해 다락방으로 올라온 그에게 말을 걸었다. 그는 소매의 모피 부분을 그리는 중이었다. 반 라위번 부인은 오지 않았지만 모델 없이도 그가 작업을 할 수 있다는 것을 나는 이미 알고 있었다.

눈썹을 치켜 올리며 그가 대답했다. "왜, 그리트?"

이 저택에서 늘 나의 이름을 바로 불러주는 사람은 그와 매지뿐이었다.

"주인님의 그림들은 가톨릭 그림인가요?"

백연이 들어 있는 조가비에 아마인유를 부으려다 말고 그가 잠시 손을 멈췄다. "가톨릭 그림이라……" 그가 내 말을 되뇌었다. 손을 내려 아마인유가 든 병을 탁자에 대고 가볍게 두드리면서 그가 물었다. "네가 말하는 가톨릭 그림이란 무슨 뜻이지?"

생각도 하기 전에 말해버렸으므로 이제는 무슨 말을 해야 할지 막막했다. 나는 다른 질문을 던졌다. "가톨릭 교회에는 왜 그림들이 있지요?"

"가톨릭 교회에 들어가본 적이 있니, 그리트?"

"아니요, 주인님."

"그럼 교회 안의 그림은 물론 조각상이나 스테인드글라스를 본 적도 없겠구나."

"예."

"그럼 집이나 가게, 여관에 걸려 있는 그림만 본 게로구나."

"그리고 시장하고요."

"그래, 시장에도 있지. 그림을 보는 게 좋으냐?"

"예, 주인님." 그가 단순한 질문들을 끊임없이 던졌기 때문에 내 질문에 대답하지 않을지도 모른다는 생각이 들었다.

"그림을 볼 때 넌 무슨 생각을 하지?"

"화가가 무엇을 그렸고, 왜 그걸 그렸는지를 생각합니다."

그는 고개를 끄덕이긴 했지만, 그가 바라는 대답을 하지 못했다는 것을 느낄 수 있었다.

"그럼 아래 화실에 있는 그림을 보면 무슨 생각을 하지?"

"성모 마리아를 생각하지는 않아요. 그건 확실합니다." 나는 그의 질문에 대한 대답보다는 엄마에 대한 도전으로 이 말을 했다.

그가 놀란 표정으로 나를 응시했다. "성모 마리아를 보기를 기대하고 있었나?"

"아, 아니에요, 주인님." 나는 당황했다.

"넌 저 그림이 가톨릭적이라고 생각하는 거냐?"

"잘 모르겠습니다, 주인님. 제 어머니가 말하길……"

"네 어머니는 이 그림을 본 적이 없잖아, 그렇지?"

"예."

"그럼 네 어머니는 네가 그림 속에서 보는 것과 보지 못하는 것이 무엇인지 네게 얘기할 수 없단다."

"예." 그의 말이 옳다는 것은 알 수 있었지만 그가 엄마를 비판하는 것은 싫었다.

"가톨릭이건 개신교건 문제가 되는 것은 그림이 아니야. 문제는 그림을 보는 사람들과 그들이 무엇을 보기를 기대하는가에 있지. 교회 안의 그림은 어두운 방 안에 있는 촛불과 같은 거란다. 더 잘 보기 위해서 쓰는 촛불 말이다. 그림 역시 우리와 하나님을 이어주는 다리와 같은 거다. 개신교의 촛불이건 가톨릭의 촛불이건, 그건 그다지 중요하지 않아. 그림은 단지 촛불일 뿐이니까."

「마르타와 마리아의 집에 있는 그리스도」, 1654∼1655년경

"하나님을 잘 보기 위해서라면 그런 물건들은 필요하지 않습니다. 우리는 이미 하나님의 말씀인 성경을 가지고 있고, 그거면 충분하지 않나요?"

그는 미소를 지었다. "내가 개신교 집안에서 자랐다는 거 알고 있니, 그리트? 결혼하면서 개종을 했단다. 그러니 내게 설교하려 들 필요는 없다. 전에도 그런 얘기는 많이 들었으니까."

나는 그를 쳐다보았다. 주위에서 개신교 신자이기를 거부한 사람을 나는 단 한 명도 알지 못했다. 누군가 실제로 개종할 수 있을 것이라고도 상상 못했다. 그런데 그가 개종을 했다니.

그는 내가 말하기를 기다리고 있는 듯이 보였다.

나는 천천히 입을 떼었다. "가톨릭 교회 안에 들어가본 적은 없지만, 만일 거기서 그림을 본다면 저는 그 그림이 주인님의 그림과 비슷할 거라는 생각이 들어요. 그림들이 성경 속의 내용이나 성모 마리아, 아기 예수, 십자가에 못 박히는 장면들이 아니더라도 말이에요." 지하실 침대 발치에 걸려 있던 그림을 떠올리며 나는 몸을 떨었다.

그는 아마인유가 든 병을 다시 들어서 조심스럽게 몇 방울을 조가비에 떨어뜨렸다. 그리고 팔레트 나이프로 따뜻한 부엌에서 갓 나온 버터처럼 보일 때까지 오일과 백연을 섞기 시작했다. 부드러운 크림색 물감 안에서 움직이는 은빛 나이프의 동작에 나는 넋을 빼앗겼다.

일을 하면서 그가 설명하기 시작했다. "그림을 대하는 자세에서 가톨릭과 개신교는 차이가 있지. 하지만 네가 생각하는 것처럼 어마어마한 차이가 있는 건 아니야. 가톨릭 교인들에게 그림은 영적인 의미를 제공한단다. 그런데 개신교도들은 어디에서나 무엇에서든 하나님을 본다는 사실을 상기해봐. 그렇다면 탁자나 의자, 그릇이나 주전자, 병사와 하녀, 우리가 일상에서 흔히 볼 수 있는 모든 것들을 그리는 일 또한 하나님의 창조를 찬양하는 것이라고 볼 수는 없을까?"

엄마가 이 자리에서 그의 말을 듣고 있었으면 싶었다. 그라면 엄마를 이해시킬 수 있을 것 같았다.

카타리나는 보석 상자를 화실에 두는 걸 마음에 들어 하지 않았다. 더구나 화실은 자신이 들어갈 수 없는 곳이기도 했다. 카타리나는 나를 의심스러워했다. 비단 나를 좋아하지 않기 때문이기도 할 테지만 우리 모두가 알고 있는 얘기들, 하녀가 주인집에서 은수저를 훔쳤다는 따위의 이야기를 더 의식하고 있는 것 같았다. 저택의 물건을 훔치거나 주인을 유혹하는 일, 이것이야말로 주인마님들이 하녀들에게서 늘 찾는 일이었다.

하지만 반 라위번의 경우를 봐도 알 수 있듯이, 주로 주인이 하녀 뒤를 쫓아다니지 그 반대의 경우는 드물었다. 하녀는 부담 없는 존재니까.

카타리나가 집안일로 남편과 의논하는 일은 극히 드물었지만, 간혹 어떤 일을 결정짓기 위해서 남편을 찾곤 했다. 그날 아침이 그랬는데, 나로서는 이들 부부가 무슨 이야기를 나누는지 알 수 없었다. 그러다 매지가 내게 말해줘서 알게 되었다. 그건 나에 대한 이야기였다. 매지와 나는 잘 지내고 있었다. 어느 날 갑자기 매지는 다 자랐다는 듯이 어린 동생들과 어울리려 하지 않고, 일이 시작되는 아침이면 나와 함께 있는 것을 더 좋아했다. 매지는 내게서 햇볕에 빨래를 하얗게 말리기 위해 옷에 물 뿌리는 법이나 얼룩을 지우기 위해 포도주와 소금을 적절하게 섞는 법, 다리미가 옷감에 눌어붙거나 옷감을 태우지 않도록 굵은 소금으로 다리미를 문질러 닦는 법 등을 배웠다. 하지만 매지의 손은 물을 묻히며 일하기에는 너무 고왔다. 옆에서 나를 지켜볼 수는 있어도 나는 매지가 물에 손을 담그지 못하도록 했다. 반면에 내 손은 갈라지고 터져서, 딱딱하고 빨갛게 금이 가 있었다. 엄마의 치료도 소용이 없었다. 내 손은 보기 흉한 일꾼의 손이 되어 있었다. 그리고 나는 채 열여덟 살도 되지 않은 나이였다.

매지는 내 동생 아그네스와 조금 비슷한 구석이 있었다. 발랄하고, 묻기 좋아하고, 자기가 생각하는 바를 빨리 결정해버리는 모습들이 그랬다. 하지만 어쨌든 매지는 맏이였고, 맏이 특유의 진지함을 가지고 있었다. 내가 프란스와 아그네스를 챙긴 것처럼 매지는 자기 동생들을 돌봤다. 이런 조건과 역할이 매지를 신중하고 변화에 조심스러운 아이로 만들었다.

"엄마는 보석 상자를 곁에 두고 싶어 해요." 푸줏간으로 가는 길에 시장 광장의 별 문양을 지날 때 매지가 말을 꺼냈다. "방금 엄마가 아빠한테 그 얘기를 했어요."

"마님께서는 뭐라고 하셨는데?" 나는 별의 꼭짓점들에 눈길을 보내며 짐짓 관심이 없다는 투로 물었다. 나 역시 요즘 눈치를 채고 있긴 했다. 매일 아침 나를 위해 화실 문을 열어줄 때 카타리나는 보석 상자가 놓인 탁자를 살피곤 했던 것이다.

　매지는 주저했다. "엄마는 언니가 밤이면 잠긴 문 안에 보석과 함께 있는 게 마음에 들지 않는댔어요." 마침내 매지가 입을 뗐지만 카타리나가 무엇을 걱정하는지에 대해선 덧붙이지 않았다. 내가 탁자에서 진주를 집어 들고, 보석 상자를 팔에 끼고, 창문을 열고 거리로 기어 내려와 다른 도시로 도망가서 새로운 인생을 사는 것, 이게 카타리나가 걱정하는 것이었다.

　자기 나름의 방식으로 매지는 내게 경고를 하려고 했다. 매지는 계속해서 말했다. "엄마는 언니가 다시 아래로 내려와서 잤으면 해요. 유모도 곧 집을 떠날 거고 언니가 다락방에 있어야 할 이유가 더 이상 없다는 거죠. 엄마가 그러는데 언니 아니면 보석 상자 둘 중 하나는 화실을 떠나야 한댔어요."

　"그럼 주인님은 뭐라고 그러셨어?"

　"아빠는 아무 말도 안 했어요. 생각하고 계실 거예요."

　가슴에 돌이 들어와 앉은 것처럼 마음이 무거워졌다. 카타리나가 나와 보석 상자 중에 선택하라고 그에게 요구한 것이다. 그는 두 개를 모두 가질 수는 없을 것이다. 하지만 그는 나를 다락방에 두기 위해 그림에서 진주와 보석 상자를 빼지는 않을 것이다. 나는 잘 알고 있었다. 그는 나를 나가게 할 것이고, 이제 그의 작업을 거들 일은 더 이상 없을 것이다.

　나는 걸음을 늦췄다. 내 삶을 아름다운 색과 빛으로 채울 수 있었던 시간들 대신 물을 긷고, 빨래를 쥐어짜고, 마룻바닥을 닦아내고, 요강을 비우던 시간들이 밋밋한 풍경화처럼 내 앞에 펼쳐졌다. 저

멀리 바다가 보였지만 결코 닿을 수는 없었다. 물감들을 다룰 수 없고, 그의 곁에 있을 수 없다면, 이 저택에서 어떻게 일을 계속 해나갈 수 있을지 알 수가 없었다.

우리가 푸줏간에 도착했을 때 피터는 가게에 없었다. 뜻밖에도 내 눈엔 눈물이 차올랐다. 내가 피터의 다정하고 잘생긴 얼굴을 보고 싶어 한다는 걸 미처 깨닫지 못했던 것이다. 피터에 대한 감정에 혼란을 느꼈지만, 피터의 존재는 내게도 또 다른 세계가 있을 수 있다는 사실을 환기시켜주었다. 피터는 나의 피난처였다. 어쩌면 나 역시 부모님과 그렇게 다르지 않을지도 몰랐다. 우리 식탁에 고기를 갖다 놓음으로써 우리 가족을 구해줄 수 있는 사람으로 피터를 보는 것 말이다.

피터 아저씨는 내 눈물을 보더니 즐거워했다. "이거, 우리 아들놈이 없는 걸 보고 네가 찔찔 짰다고 그 녀석에게 말해야겠는걸." 도마에 묻은 피를 닦으면서 아저씨는 한마디 했다.

"설마 진짜로 그러실 건 아니죠?" 나는 투덜거렸다. "매지, 오늘은 뭘 사야 하지?"

"스튜용 쇠고기, 4파운드." 매지는 재빨리 대답했다.

나는 앞치마 자락을 들어 눈을 닦았다. "파리가 눈에 들어갔나 봐요." 나는 씩씩하게 말했다. "여긴 그렇게 깨끗한 곳이 아니잖아요. 불결한 곳엔 파리들이 잘 꼬이니까."

피터 아저씨는 가슴을 들썩이며 웃었다. "눈에 파리가 들어갔다고? 여기가 불결하다고? 물론 파리들이 돌아다니긴 하지. 하지만 불결해서 그런 게 아니라 피를 찾아온다는 걸 아셔야지. 질 좋은 고

기는 피가 많게 마련이고, 또 그런 고기엔 파리들도 많이 끓지. 언젠
가는 네 스스로 알게 될 거야. 우리 사이에 점잔 빼실 필요는 없어
요, 마님." 피터 아저씨가 매지에게 윙크했다. "어떻게 생각하세요,
아가씨? 몇 년 후면 자신이 직접 일하고 있을지도 모르는 곳에다 이
렇게 비난을 해대는 우리 그리트를 말이에요."

매지는 충격 받은 모습을 보이지 않으려고 애쓰고 있었지만, 내가
언제까지나 자기 가족일 수 없다는 피터 아저씨의 말에 놀란 게 분
명했다. 매지는 피터 아저씨에게 곧이곧대로 대답할 정도로 철이 없
지는 않았다. 재빨리 자신의 관심을 옆 가게의 여자 품에 안겨 있는
아기에게로 돌려버렸다.

나는 목소리를 낮추어 아저씨에게 말했다. "제발 그런 얘기는 농
담으로라도 매지나 저택의 다른 가족들에게 하지 마세요. 나는 그
사람들의 하녀예요. 그게 바로 나라고요. 다른 식으로 말하는 건 그
사람들에게 실례예요."

피터 아저씨가 나를 빤히 바라보았다. 피터 아저씨의 눈동자는 빛
의 방향에 따라 여러 가지 색으로 바뀌었다. 아무리 그라고 할지라
도 피터 아저씨의 눈동자 색깔을 그릴 수는 없을 것 같았다. "아마
도 네 말이 옳겠지." 아저씨는 인정했다. "네게 장난칠 때 좀 더 주
의하도록 하마. 하지만 한 가지는 말해둬야겠다. 파리에 익숙해지는
게 좋을 거야, 우리 귀염둥이."

그는 보석 상자를 치우지도 않았고 내게 다락방을 떠나라는 얘기
도 하지 않았다. 대신에 매일 저녁, 보석 상자와 진주 목걸이, 귀고

리를 카타리나에게 갖다주었다. 그러면 카타리나는 노란 망토가 보관되어 있는 큰 방의 장에 보석들을 넣고 문을 잠갔다. 그리고 아침에 화실 문을 열고 나를 꺼내줄 때 보석들을 건네주었다. 화실에서의 내 첫 번째 일은 보석 상자와 진주 목걸이를 다시 탁자 위에 올려놓는 것이었다. 반 라위번 부인이 모델이 되기 위해 오는 날이면 미리 진주 귀고리도 내놓아야 했다. 손과 팔로 거리를 재면서 내가 일하는 모습을 카타리나는 문가에 서서 보곤 했다. 내 동작이 이상하게 보였을 텐데도, 카타리나는 한 번도 내게 무엇을 하고 있느냐고 묻지 않았다. 카타리나는 그럴 용기가 없는 것 같았다.

코넬리아도 보석 상자에 얽힌 문제를 알고 있는 게 틀림없었다. 이 아이도 매지처럼 자기 부모가 얘기하는 것을 엿들었을 수 있으니까. 어쩌면 아침이면 엄마가 보석 상자를 2층으로 올려다주고, 밤에는 아빠가 다시 가지고 내려오는 것을 보면서 뭔가 잘못되었다는 것을 짐작했을지도 모른다. 코넬리아가 무엇을 보았건 간에 다시 한번 냄비 속을 휘저어놓을 시간이라고 이 아이는 결정한 모양이었다.

특별한 이유 없이 그저 막연한 불신감으로 코넬리아는 나를 싫어했다. 그런 면에서 코넬리아는 자기 엄마와 매우 비슷했다.

찢어진 칼라를 미끼로 내 앞치마에 붉은 물감을 묻혔을 때 그랬던 것처럼 코넬리아는 이번에도 뭔가 요구를 하면서 일을 꾸몄다. 어느 비 오는 날 아침, 카타리나는 머리를 빗고 있었고 코넬리아는 엄마를 지켜보며 그 옆에서 빈둥거리고 있었다. 나는 세탁실에서 빨래에 풀을 먹이고 있었기 때문에 두 모녀의 소리를 듣지 못했다. 하지만 자기 엄마에게 거북껍질 빗을 머리에 꽂으라고 조른 것은 아마도 코넬리아였을 것이다.

몇 분 후, 세탁실과 부엌을 가르는 문가에 카타리나가 나타나서 말을 쏟아냈다. "내 빗이 하나 없어졌는데, 누구 본 사람 없어?" 타네커와 나, 두 사람 모두에게 묻고 있기는 했지만 카타리나는 나를 뚫어지게 보고 있었다.

"아니요, 마님." 부엌에서 나와 문가로 가 서며 타네커가 엄숙한 얼굴로 말했다. 그리고 나를 보았다.

"아니요, 마님." 나도 메아리처럼 똑같이 대답했다. 그때 코넬리아가 심술을 가득 담은 얼굴로 복도에 서서 이쪽을 엿보고 있었다. 이 아이가 다시 한번 일을 꾸미고 있다는 것을 직감했다.

나를 몰아낼 때까지 코넬리아는 이런 일을 계속할 거라는 생각이 스치고 지나갔다.

"누군가는 빗이 어디에 있는지 알고 있어야 할 거 아냐?" 카타리나가 소리쳤다.

"제가 장롱을 다시 한번 살펴볼까요, 마님?" 타네커가 물었다. "아니면 다른 곳을 찾아볼까요?" 가시가 담긴 말이었다.

"아마 마님의 보석 상자 안에 있겠지요." 내가 말했다.

"아마라."

카타리나가 복도를 지나쳐 갔고 그 뒤를 코넬리아가 따라갔다.

내가 한 말이기 때문에 카타리나가 그 말을 고려하리라고는 생각하지 않았다. 하지만 2층으로 오르는 계단에서 카타리나의 목소리가 들렸을 때, 카타리나가 화실로 들어가려 한다는 것을 알았다. 나는 황급히 카타리나를 쫓아갔다. 나를 필요로 할 테니까. 잔뜩 화가

난 표정으로 카타리나는 화실 문 앞에 서 있었고, 코넬리아는 자기 엄마 뒤에서 기웃거리고 있었다.

"보석 상자를 내오너라." 조용히 명령하는 카타리나의 목소리에는 내가 여태 들어본 적이 없는 날이 서 있었다. 화실에 들어갈 수 없다는 창피함 때문일 터였다. 종종 날카롭고 크게 말을 하긴 했지만, 지금 이 순간 낮게 가라앉힌 카타리나의 목소리는 훨씬 더 섬뜩했다.

다락방에서 그의 인기척이 들렸다. 그가 무엇을 하고 있는지 나는 알고 있었다. 탁자보를 칠하기 위해 청금석을 갈고 있을 것이다.

탁자 위에 있는 진주들은 그대로 둔 채 나는 보석 상자를 집어 들어 카타리나에게 갖다주었다. 아무 말 없이 카타리나는 상자를 가지고 아래층으로 내려갔고, 먹이를 기다리는 고양이처럼 코넬리아가 그 뒤를 따랐다. 카타리나는 큰 방으로 가서 뭔가 없어진 거라도 있는지 자신의 보석들을 일일이 헤아려볼 것이다. 아마 다른 것들은 그대로 있을 것이다. 그러나 못된 장난을 저지르기로 작정한 일곱 살짜리 아이가 무엇을 했을지는 짐작하기 어려웠다.

카타리나는 보석 상자 안에서 문제의 빗을 찾지 못할 것이다. 나는 빗이 정확히 어디에 있을지 알 수 있었다.

나는 카타리나를 따라가지 않고 다락방으로 올라갔다.

재료를 갈고 있던 막자를 손에 쥔 채 놀란 표정으로 그가 나를 보았다. 하지만 왜 왔는지 묻지 않았다. 그는 다시 가는 일을 계속했을 뿐이다.

소지품을 보관해놓은 상자를 열고 손수건으로 싸놓았던 빗을 꺼냈다. 이 저택에 와서는 장식 빗을 머리에 꽂고 다닐 이유가 전혀 없었기 때문에 빗을 들여다본 적이 거의 없었다. 더구나 빗을 보며 넋을 놓고 있기도 그랬다. 이 빗은 하녀 신분으로는 결코 가질 수 없는 다른 세계의 삶을 너무 많이 생각나게 했던 것이다. 그런데 지금 빗을 자세히 들여다보니, 매우 비슷하긴 하지만 할머니의 빗이 아니었다. 양 끝의 가리비 모양이 더 길고 더 굽어 있었으며, 가리비의 양면에는 작은 톱니 자국이 있었다. 그렇게 많이 차이가 나는 것은 아니지만 조금 더 정교해 보였다.

다시 할머니의 빗을 볼 수 있을지 걱정스러웠다.

빗을 무릎 위에 올려놓고 한동안 침대에 앉아 있었더니, 그가 다시 일손을 멈췄다.

"무슨 일이냐, 그리트?"

그의 목소리는 온화했다. 어차피 이야기할 수밖에 없는 상황이었지만, 따뜻한 목소리를 들으니 말하기가 쉬울 것 같았다.

"주인님." 마침내 말을 꺼냈다. "주인님의 도움이 필요해요."

그가 카타리나와 마리아 틴스에게 말을 하고 사람들이 코넬리아를 찾으러 다닐 동안 나는 다락방에 남아 손을 무릎 위에 얹고 침대에 앉아 있었다. 할머니의 빗은 아이들의 물품 속에서 나왔다. 매지가 찾아냈는데 큰 조개껍질 안에 숨겨져 있었다고 했다. 그것은 그림을 보러 왔던 빵집 주인이 아이들에게 주었던 소라껍질이었다. 아이들이 화실의 광에서 놀고 있을 때, 코넬리아는 다락방에 올라가 빗을 바꿔치기했던 모양이다. 그리고는 내려와서 바로 옆에 뒹굴고 있던 소라껍질 안에 숨겼을 것이다.

코넬리아에게 매를 들어야 했던 것은 마리아 틴스였다. 그는 그런 일은 자기가 할 일이 아니라는 것을 분명히 했고, 카타리나는 전혀 그럴 마음이 없었다. 코넬리아가 마땅히 벌을 받아야 할 상황에도 카타리나는 아이에게 매를 드는 법이 없었던 것이다. 나중에 매지가 얘기해주었는데 코넬리아는 울지 않았다고 한다. 매를 맞는 동안 오히려 코웃음을 쳤다는 것이다.

다락방에 있던 나를 보러 온 사람도 마리아 틴스였다. 물감을 만드는 탁자에 몸을 기댄 채 마리아 틴스가 말했다. "애야, 너는 지금 닭장 안에 고양이를 풀어놓은 격이야."

"전 아무 짓도 하지 않았습니다." 나는 항변했다.

"그거야 그렇지. 하지만 넌 적을 만들고 말았어. 왜 그랬지? 사람을 부리면서 이렇게 골치 아픈 일을 겪어보긴 처음이구나." 마리아 틴스는 싱그레 웃었지만 웃음 뒤에 냉정함이 있었다. "하지만 사위는 자기 나름의 방식으로 네 뒤를 봐주고 있더군. 그리고 그게 카타리나나 코넬리아, 타네커 그리고 심지어 내가 너에 대해 지껄이는 것보다 더 위력이 있어."

마리아 틴스는 내 무릎 위로 할머니의 빗을 던져주었다. 그 빗을 손수건으로 싸서 상자에 넣었다. 나는 마리아 틴스를 향해 섰다. 지금 물어보지 않는다면 결코 알 수 없을 거라는 생각이 들었다. 흔쾌히 대답을 들을 수 있는 유일한 시간일 것 같았다.

"마님, 그런데…… 주인님이 뭐라고 그러셨나요? 저에 대해서요?"

마리아 틴스는 다 알고 있다는 표정을 지어 보였다. "그렇다고 우쭐댈 건 없어. 너에 대해서는 거의 말을 하지 않았으니까. 다만 충분히 알 수 있었지. 어쨌든 결국 사위는 걱정하면서 아래층으로 내려왔고 카타리나는 그때 알아차렸지. 자기 남편이 네 편을 들고 있다는 걸 말이다. 그래, 사위는 아이를 올바르게 키우지 못한 카타리나를 추궁했단다. 훨씬 현명한 짓이지. 너를 칭찬하는 것보다 카타리나를 야단치는 게 말이다."

"주인님이 제가…… 주인님을 돕고 있다는 걸 얘기했나요?"

"아니."

나는 얼굴에 감정을 드러내지 않으려고 애를 썼지만, 방금 한 질문으로 내 속을 훤히 내보인 셈이었다.

"하지만 내가 얘기했다. 사위가 자리를 뜬 후에 말이다." 마리아 틴스가 덧붙였다. "이건 말도 안 되는 일이야. 내 딸의 집에서 네가 살금살금 돌아다니며 그애 몰래 비밀을 간직한다는 게." 마리아 틴스는 나를 나무라듯이 말했지만 곧 중얼거렸다. "사위에 대해서는 잘 안다고 생각했는데." 그러더니 갑자기 말을 멈췄다. 속마음을 너무 많이 내비쳤다고 생각한 모양이었다.

"마님이 작은 마님께 얘기했을 때 작은 마님께선 뭐라고 그러셨어요?"

"물론 기분 좋아하지는 않았지. 하지만 딸애는 사위의 노여움을 더 두려워하고 있어." 마리아 틴스는 망설였다. "딸애가 네 문제에 그리 개의치 않는 건 또 다른 이유가 있어서 그래. 지금은 네게 말해도 괜찮겠지. 카타리나가 또 애를 가졌단다."

"애를 또요?" 나도 모르게 말이 나가고 말았다. 그렇게 돈에 쪼들리면서도 아이를 더 갖고 싶어 한다는 사실에 놀랐던 것이다.

마리아 틴스가 눈살을 찌푸렸다. "입조심해라, 애야."

"죄송합니다, 마님." 즉시 그런 말을 내뱉은 것을 후회했다. 저택의 식구들이 얼마나 많아야 하는지 정할 수 있는 사람은 내가 아니었으니까. "의사 선생님은 다녀가셨나요?" 실수를 만회하려고 나는 물었다.

"의사를 부를 필요는 없어. 딸애는 초기 징후를 잘 알고 있으니까. 훤히 꿰뚫고 있지." 잠시 마리아 틴스의 얼굴에 속마음이 내비쳤다. 마리아 틴스 역시 아이들이 너무 많은 걸 걱정하고 있는 것이다. 다시 큰 마님의 얼굴이 완고한 표정으로 돌아갔다. "네 일이나 잘하도록 해라. 가급적 카타리나의 눈에는 띄지 않도록 하고. 그리고 사위를 돕되 이 집에서 그걸 과시하려 들지는 마라. 여기서 네 위치는 그리 안전한 것이 못 되니까."

나는 고개를 끄덕였다. 파이프를 만지작거리고 있는 마리아 틴스의 주름진 손에 눈길이 갔다. 마리아 틴스는 파이프에 불을 붙이더니 연기를 몇 모금 뿜어 댔다. 그러더니 갑자기 웃음을 터뜨렸다. "전에는 하녀를 가지고 이렇게 골치 아픈 적이 없었는데 말이야. 주여 우리를 돌보소서!"

일요일에 나는 할머니의 빗을 엄마에게 가지고 갔다. 무슨 일이 있었는지 얘기하지는 않았다. 그저 하녀가 가지고 있기에는 너무 고급스러워서 다시 가져왔다고 말했을 뿐이다.

빗 사건 이후 무언가가 변했다. 나를 대하는 카타리나의 태도가 가장 놀라웠다. 나는 카타리나가 전보다 나를 더 힘들게 할 줄 알았다. 가령 더 많은 일을 시킨다거나 무슨 일이든 트집을 잡아서 가능한 한 나를 불편하게 만들 거라고 생각했다. 하지만 카타리나는 나를 두려워하는 것처럼 보였다. 우선 항상 엉덩이에 걸치고 다니던 무거운 열쇠 꾸러미에서 화실 열쇠를 빼내 마리아 틴스에게 주어버렸다. 그리고 다시는 자기가 화실 문을 잠그거나 열지 않았다. 보석 상자는 여전히 화실에 남겨두었지만 필요한 일이 있을 경우 마리아 틴스에게 부탁해 가져오게 했다. 가급적 나와 마주치지 않으려 한다는 것을 알 수 있었다. 일단 그런 분위기를 눈치챈 이상 나 역시 카타리나와 부딪치지 않도록 조심했다.

오후 시간에 내가 다락방에서 하는 일에 대해 카타리나는 단 한마디도 하지 않았다. 마리아 틴스가, 내가 도우면 그가 더 많은 그림을 그릴 수 있을 것이고, 결국 지금 배 속의 아이를 포함해 애들을 키우는 데도 도움이 될 거라는 암시를 강하게 심어준 것이 분명했다. 카타리나는 애들 양육에 대한 남편의 질타를 마음속에 새겨들었던 듯도 하다. 전보다 더 많은 시간을 아이들과 보내기 시작했기 때문이다. 어쨌든 아이들의 양육은 카타리나가 도맡고 있었으니까. 심지어 마리아 틴스의 격려에 힘입어 매지와 리스벳에게 읽기와 쓰기를 가르치기도 했다.

마리아 틴스 역시 미묘하긴 했지만 나에 대한 태도가 달라졌다. 좀 더 정중하게 나를 대하는 듯했다. 나는 여전히, 그리고 분명히 하녀였지만, 마리아 틴스는 곧잘 타네커에게 하듯 나를 함부로 대하거나 무시하지 않았다. 그렇다고 내게 의견을 따로 물어볼 정도는 아니었지만, 어쨌든 마리아 틴스의 태도는 저택에서 내가 덜 소외되는 듯한 느낌을 갖게 했다.

나를 부드럽게 대하는 타네커의 태도도 놀라웠다. 나는 타네커가 내게 원한을 품고 있거나 화가 나 있는 상황을 즐기고 있다고 생각했다. 하지만 이제 그렇게 하기에 지쳤는지도 모른다. 아니면 일단 주인이 내 편을 들어준 것이 확실한 이상 나와 맞서지 않는 편이 더 낫다고 생각한 것인지도 모른다. 어쩌면 모두들 그렇게 느끼고 있는지도 몰랐다. 이유가 무엇이었든 간에 타네커는 나에 대한 험담을 늘어놓거나, 옆에서 째려보거나, 일을 대충 해서 내 일감을 더 만들어놓는 식의 일을 그만뒀다. 친구가 되려고 하지는 않았지만 그 편이 오히려 함께 일하는 데 편했다.

잔인하긴 했지만 타네커와의 전투에서 이긴 것 같은 기분이 들었다. 타네커는 나보다 나이도 많고 훨씬 더 오랫동안 이 저택의 일원이었지만, 그가 나를 아낀다는 사실은 타네커의 충성심이나 경험보다 분명히 더 크게 작용하고 있었다. 이런 미묘한 차이를 타네커도 느꼈을 테지만, 내가 생각했던 것보다 쉽게 패배를 받아들였다. 타네커는 단순해서 그런지 그저 좋은 게 좋다는 식으로 시간을 보내고 싶어 했다. 가장 간단한 방법으로 나를 받아들인 것이다.

카타리나가 더 많은 신경을 쓰긴 했지만 코넬리아는 변하지 않았다. 카타리나는 코넬리아를 가장 아꼈다. 아마도 성격 면에서 자기를 제일 많이 닮았기 때문일 것이다. 카타리나는 코넬리아의 못된 성미를 별로 고치려 하지 않았다. 가끔 코넬리아는 붉은 곱슬머리가 얼굴 위로 달랑거리게 머리를 비스듬히 기울인 채 갈색 눈을 치

떠 나를 볼 때가 있었다. 그럴 때면 매지가 언젠가 말해준, 매 맞을 때 코넬리아가 지었다던 코웃음이 생각났다. 그러면 나는 다시 저택에 처음 왔던 날의 기분에 사로잡혔다. 저 아이는 내게 성가신 존재일 거라는 예감.

그런 기분을 밖으로 드러내지는 않았지만 카타리나에게 하듯 나는 코넬리아를 피했다. 아이가 문제를 일으키게 하고 싶지는 않았다. 엄마가 만들어준 제일 좋은 레이스 칼라와 부서진 타일 조각, 수가 놓인 고운 손수건 등 소지품들을 잘 감췄다. 코넬리아가 다시는 못된 짓을 하지 못하도록 말이다.

빗 사건 이후로도 그는 나를 달리 대하지는 않았다. 나를 대변해준 일에 대해 고마움을 표했을 때 그는 그저 고개를 저었을 뿐이었다. 마치 주위에서 맴돌고 있는 귀찮은 파리를 쫓기라도 하듯.

그에 대해서 달리 느끼고 있는 것은 나였다. 빚을 진 기분이었다. 그가 뭔가를 내게 부탁한다면, 안 된다고 말할 수 없을 것 같았다. 내가 안 된다고 거부할 부탁을 실제로 그가 할지는 알 수 없었지만, 이렇게 되어버린 상황이 도대체 마음에 들지 않았다.

생각하고 싶지는 않지만 그는 나를 실망시키기도 했다. 내가 자기를 돕고 있다는 사실을 그가 직접 카타리나에게 말하기를 나는 바라고 있었다. 카타리나에게 말하기를 두려워하지 않고 나를 옹호하고 있다는 사실을 보여주었으면 했던 것이다.

그게 내가 원하던 거였다.

10월 중순의 어느 날 오후, 마리아 틴스가 그를 만나러 화실로 올라왔다. 반 라위번 부인의 그림은 거의 끝나가고 있었다. 마리아 틴스는 내가 다락방에서 일하고 있다는 것도, 그래서 자기 말을 들을 수 있다는 것도 당연히 알고 있을 터였다. 그럼에도 불구하고 마리아 틴스는 내놓고 그에게 말했다.

마리아 틴스는 다음에 무엇을 그리려고 하는지 그에게 묻고 있었다. 그가 대답을 않자 마리아 틴스가 말했다. "예전에 했던 대로 큰 그림을 그리도록 하게. 그림 안에 인물들도 더 집어넣고, 홀로 자기 생각에만 빠져 있는 여인 그림은 이제 안 되네. 반 라위번이 그림을 보러 오면 반드시 다른 그림을 제안해보게나. 자네가 이미 그려줬던 그림 있잖은가. 그것과 짝이 되는 그림이라고 하면서 말이야. 반 라위번이라면 동의할 거야. 여느 때처럼. 그리고 그림 값도 더 후하게 지불할 거고 말이야."

그는 여전히 말이 없었다.

"우리는 장차 빚더미에 올라앉을지도 몰라. 우리는 돈이 필요하다고." 마리아 틴스가 퉁명스럽게 말했다.

"반 라위번은 그 애가 그림 속에 들어가길 요구할지도 모릅니다." 그가 입을 열었다. 그의 목소리는 낮았지만 들을 수는 있었다. 비록 그가 한 말의 의미는 나중에야 이해할 수 있었지만.

"그래서?"

"안 되죠. 그렇게는 안 됩니다."

"일이 벌어지면 그때 걱정하기로 하지. 벌써부터 걱정할 필요는 없네."

며칠 후에 반 라위번 부부가 완성된 그림을 보러 왔다. 아침에 그와 함께 나는 손님을 맞을 수 있게 화실을 정리했다. 내가 물건들을 치우고 의자들을 제자리에 놓는 동안, 그는 진주와 보석 상자를 카타리나에게 갖다주었다. 그리고 이젤과 그림을 그림의 배경이 되었던 곳으로 옮기더니 내게 창문의 덧문을 모두 열게 했다.

그날 아침나절 나는 타네커를 도와 손님들을 위한 특별 만찬을 준비했다. 내가 반 라위번 부부를 직접 보게 되리라고는 예상하지 못했다. 정오에 반 라위번 부부가 도착하고 사람들이 화실에 모여 있을 때 포도주를 가져간 것은 타네커였다. 하지만 타네커는 부엌으로 돌아오더니, 내가 자기를 도와 만찬 시중을 들어야 한다고 말했다. 지금까지 그 일은 매지의 몫이었는데, 이제는 그 아이도 만찬 자리에 참석할 정도로 컸다는 것이다. 타네커가 덧붙였다. "큰 마님이 결정한 일이야."

나는 깜짝 놀랐다. 반 라위번 부부가 지난번에 그림을 보러 왔을 때, 반 라위번과 나를 떼어놓으려고 애쓴 사람이 바로 큰 마님이었기 때문이다. 이런 속내를 타네커에게 말할 수는 없었지만 대신 한 가지 물어보고 싶었다. "반 레이윈후크 씨도 와 계세요? 복도에서 그분 목소리를 들은 것 같은데."

타네커는 건성으로 고개를 끄덕였다. 꿩 구이가 제대로 되었는지 맛보느라 정신이 없었다. "나쁘진 않군. 반 라위번 저택의 어떤 요리사보다 내가 나을걸, 그럼." 타네커가 중얼거리는 소리였다.

타네커가 2층에 가 있는 동안, 나는 꿩을 뒤집고 소금을 살살 뿌렸다. 타네커는 소금을 너무 아끼는 경향이 있었다.

사람들이 만찬을 위해 내려오고 모두 자리에 앉자 타네커와 나는 음식들을 나르기 시작했다. 카타리나는 나를 뚫어져라 쳐다보았다. 자기 감정을 감추는 데 너무나 서툰 카타리나는 내가 시중드는 것을 보자 질린 표정을 숨기지 못했다.

그 역시 돌을 씹은 듯한 얼굴이었다. 그는 포도주잔 뒤에 무심한 척 앉아 있는 마리아 틴스를 차가운 눈으로 응시하고 있었다.

하지만 반 라위번은 싱긋 웃음을 흘리며 큰 소리로 떠들어 댔다. "아, 눈 큰 하녀로군! 네가 어디 갔나 싶어 궁금했어. 잘 지냈니, 아가야?"

"예, 어르신. 고맙습니다." 꿩 구이 한 조각을 반 라위번의 접시에 놓으며 나는 우물쭈물 말했다. 그리고 재빨리 그 옆을 빠져나오려고 했지만 반 라위번의 손이 내 허벅다리를 따라 미끄러져 내려가는 것을 막을 수 없었다. 몇 분이 지난 후에도 나는 그 징그러운 감촉에 시달려야 했다.

반 라위번의 아내와 매지가 아무것도 눈치채지 못한 반면, 반 레이원후크는 모든 것을 알아차렸다. 카타리나의 분노와 주인의 짜증, 마리아 틴스의 으쓱하는 어깨와 반 라위번의 건들거리는 손. 반 레이원후크의 시중을 들 때 그는 대답을 찾으려는 듯 내 얼굴을 살폈다. 순진한 하녀 하나가 어떻게 이런 분란을 일으킬 수 있는지, 그 답이 내 얼굴에 씌어 있기라도 하듯 말이다. 나는 반 레이원후크가 고마웠다. 그의 표정에는 어떤 비난의 기미도 보이지 않았기 때문이다.

타네커 역시 내가 부른 소동을 눈치챘는데 이번만은 도움이 되었다. 서로 어떻게 하자는 얘기는 없었지만, 부엌과 식탁을 오가며 음식들과 그레이비 소스를 내가고 식탁 위의 포도주를 채우는 일을 도맡은 것은 타네커였다. 그동안 나는 부엌에 남아 뒷정리를 했다. 딱 한 번 타네커와 함께 식탁 위에 있는 식기들을 치울 때 다시 나갔을 뿐이다: 이때도 타네커가 반 라위번의 자리로 직접 갔고, 나는 그 반 대편에서 접시들을 치웠다. 내가 어디에 있든 반 라위번의 눈이 따라왔다.

그의 눈도 마찬가지였다.

나는 마리아 틴스의 얘기에 귀를 기울이면서 그들을 무시하려고 애썼다. 큰 마님은 다음 그림에 대해서 의논하고 있었다. "음악 레슨을 받는 그림을 좋아하셨지 않습니까, 그렇죠? 단순히 악기들을 배경으로 한 그림보다 이런 그림은 어떨까요? 레슨 그림 다음으로 콘서트 같은 것 말이에요. 더 많은 사람들이 그림 속에 있고, 그러니까 서너 명 정도의 연주자와 청중이……"

"청중은 안 됩니다." 그가 말을 끊었다. "청중은 그리지 않을 겁니다."

마리아 틴스는 탐탁치 않은 눈길로 그를 쳐다보았다.

"자, 자." 반 레이윈후크가 부드럽게 끼어들었다. "확실히 청중이란 존재는 연주자들보다 덜 흥미롭지요."

레이윈후크가 그를 변호하자 나는 기뻤다.

"나도 청중 따위는 관심 없네." 반 라위번이 나섰다. "하지만 그림 속에 내가 들어가 있어야 해. 나는 류트를 연주할 거네." 잠시 뜸을 들인 후 반 라위번은 덧붙였다. "그리고 저 아이도 그림 속에 있었으면 하네." 돌아볼 필요도 없이 반 라위번이 나를 지목하고 있다는 걸 알 수 있었다.

「음악 레슨」, 1662~1665년경

타네커가 머리로 살짝 부엌을 가리켰다. 나는 남은 식기들은 타네커가 치우도록 내버려두고 내 앞의 접시들을 들고 식탁을 빠져나왔다. 그의 얼굴을 보고 싶었지만 감히 그럴 수가 없었다. 식당을 나설 때 카타리나의 달뜬 목소리가 들렸다. "어쩜 너무 좋은 생각이에요! 당신과 붉은 드레스를 입은 하녀가 함께한 그림처럼요. 그 하녀를 기억하시죠?"

일요일, 집에 돌아와 부엌에 단둘이 있게 되었을 때 엄마가 말을 걸었다. 우리가 저녁을 준비하는 동안 아버지는 밖에서 늦은 10월의 햇살 속에 앉아 있었다. "너도 알다시피 나는 시장에서 떠도는 소문 따위에는 귀를 기울이지 않는단다. 하지만 내 딸의 이름이 오르내릴 때는 참기 어렵구나."

나는 즉시 피터를 떠올렸다. 우리가 좁은 골목길에서 한 행동은 사람들의 입방아에 오를 만한 일이 아니었다. 품행에 문제될 것이 없다고 생각했기 때문에 정직하게 대꾸했다. "무슨 말을 하시는지 모르겠어요, 엄마."

엄마는 입꼬리를 오므리며 말했다. "네 주인이 너를 그릴 거라고 사람들이 얘길 하더구나." 단어 하나하나가 엄마의 입을 지갑처럼 꾹 다물게 만드는 것 같았다.

나는 냄비를 젓던 손을 멈췄다. "누가 그런 말을 해요?"

얻어들은 얘기를 하는 것이 못마땅하다는 듯 엄마는 한숨을 쉬었다. "사과 파는 여자들이 그러더라."

내가 아무 대답이 없자 엄마는 나의 침묵을 소문에 대한 긍정으로 받아들였다. "왜 내게 말하지 않았니, 그리트?"

"엄마, 나도 그런 얘긴 처음이에요. 아무도 내게 그런 얘길 해준 적이 없다고요!"

엄마는 나를 믿지 않았다.

"정말이에요." 나는 힘주어 말했다. "주인님은 아무 말씀도 없으셨어요. 큰 마님도 마찬가지고요. 나는 그저 주인님의 화실을 청소할 뿐이에요. 청소할 때만 주인님의 그림들에 가까이 갈 수 있다고요. 어떻게 나보다 시장에서 사과 파는 늙은 아줌마들의 얘기를 더 믿을 수가 있어요?" 다락방에서 하는 일은 엄마에게 얘기한 적이 없었다.

"어떤 사람에 대한 소문이 시장에서 떠돌 때는 다 이유가 있는 법이야. 소문과 실제가 꼭 같지 않다고 해도 말이다." 엄마는 아버지를 부르러 부엌을 나갔다. 엄마는 그날 문제의 소문에 대해 더 이상 얘기하려 하지 않았지만, 엄마 말이 맞을지도 모른다는 생각에 두려워지기 시작했다. 소문의 당사자는 항상 제일 마지막에 그 소문을 듣게 마련이다.

다음 날 푸줏간에서 피터 아저씨에게 소문에 대해 물어보기로 마음을 먹었다. 피터에게 직접 물어볼 용기는 없었다. 엄마가 소문을 들어 알고 있는 일이라면 피터 역시 알고 있을 것이다. 그런 소문을 피터가 달가워하지 않을 거라는 것쯤은 나도 알고 있었다. 한 번도 입 밖에 낸 적은 없지만 피터는 나의 주인을 질투하고 있는 게 확실했으니까.

피터는 가게에 없었다. 내가 먼저 피터 아저씨에게 입을 열 필요도 없었다. 내가 다가가자 아저씨는 능글맞은 웃음을 지어 보이며 말했다. "내가 무슨 얘길 들은 줄 아니? 네 모습이 담긴 그림이 그려질 모양이더구나. 정말이냐? 우리 아들 같은 족속들에게 넌 너무 과분한 몸이 될 것 같구나. 너 때문에 뿌루퉁해서 피터는 가축 시장에 가버렸어."

"아저씨가 들은 얘기를 좀 해주세요."

"어라, 네 얘길 다시 듣고 싶은 게냐? 다른 손님들을 위해서 얘기를 좀 더 그럴듯하게 꾸며도 될까나?" 아저씨는 목소리를 높였다.

"쉿." 나는 그러지 말라고 막았다. 허세를 부리고는 있었지만 내게 화가 나 있다는 것을 느낄 수 있었다. "그냥 어떤 얘길 들었는지 얘기해주세요."

피터 아저씨는 목소리를 낮추었다. "반 라위번 저택의 요리사가 그러는데, 네가 자기네 주인과 함께 앉아서 그림의 모델이 될 거라고 하더라."

"저는 전혀 모르는 일이에요." 엄마에게 그랬던 것처럼 확고한 목소리로 말했지만 내 말은 별 힘이 없어 보였다. 아저씨는 돼지 콩팥을 한 손 가득 퍼내더니, 손으로 무게를 재보면서 말했다. "네가 얘기를 해야 할 사람은 내가 아니란다."

마리아 틴스에게 말을 꺼내기 전에 누군가가 먼저 내게 얘기를 해주지 않을까 기대하며 나는 며칠을 기다렸다. 어느 날 오후 마리아 틴스가 십자가 방에 홀로 있는 것을 보았다. 카타리나는 자고 있었고, 매지는 동생들을 데리고 가축 시장에 가고 없었다. 타네커는 부엌에서 요하네스와 프란시스커스를 지켜보며 바느질을 하고 있었다.

"마님, 제가 뭘 좀 여쭤봐도 되겠습니까?" 나는 낮은 목소리로 말했다.

"무슨 일이냐?" 파이프에 불을 붙이고, 담배 연기 사이로 나를 들여다보면서 마리아 틴스가 말했다. "또 무슨 문제가 생겼니?" 걱정스러운 어투였다.

"잘 모르겠습니다, 마님. 하지만 이상한 얘길 들어서요."

"다들 이상한 얘기를 듣곤 하지."

"이런 얘길 들었습니다. 그러니까…… 제 모습을 그릴 거라고요. 그것도 반 라위번 어르신과 함께."

마리아 틴스가 싱그레 웃었다. "그래, 그게 이상한 얘기였던 게로구나. 시장 사람들이 그런 얘길 하더란 말이지, 그렇지?"

나는 고개를 끄덕였다.

마리아 틴스는 의자에 몸을 기대더니 담배 연기를 뿜어냈다. "어디 얘기해봐라. 그런 그림에 대해서 어떻게 생각하지?"

나는 뭐라고 대답해야 할지 막막했다. "제가 어떻게 생각하다니요, 마님?" 나는 말문이 막혀 질문을 되풀이하고 말았다.

"다른 사람에게는 그런 걸 묻지도 않을 거야. 예를 들어 타네커라면 말이야. 사위가 타네커를 그릴 때 얘긴데, 타네커는 몇 달 동안을 아무 생각 없이 행복하게 우유를 따르면서 한자리에 그대로 서 있었거든. 하나님, 타네커를 굽어살피소서. 하지만 넌 말이야, 넌…… 달라. 넌 말은 하지 않지만 머릿속에는 오만 가지 생각들이 스쳐 지나가고 있잖아. 그러니 네 머릿속 생각이 궁금할 수밖에."

나는 마리아 틴스가 이해하리라고 생각하는 상식적인 문제를 하나 꺼냈다. "마님, 저는 반 라위번 어르신과 함께 앉아 있고 싶지 않습니다. 저는 그분의 의도가 명예롭다고 생각되지 않아요." 내 목소리는 경직되어 있었다.

"젊은 여자와 관련된 일이라면 반 라위번의 의도는 명예와는 거리가 멀지."

나는 안절부절못하며 앞치마에 손을 문질렀다.

"명예를 지키는 데 일단은 네가 승리한 것 같구나. 네가 반 라위번과 함께 앉고 싶어 하지 않는 것만큼이나, 사위 역시 너를 반 라위번과 함께 그리는 일 자체에 아무런 뜻이 없으니 말이다."

나는 안도감을 숨기려 들지 않았다.

"하지만 말이다." 마리아 틴스가 경고했다. "반 라위번은 사위의 후원자야. 부자고 영향력 있는 인물이지. 우리가 반 라위번의 기분을 거스를 수는 없다."

"반 라위번 어른께 뭐라고 말씀하실 건가요, 마님?"

"아직 결정하지 못했다. 그건 그렇고, 너는 한동안은 그런 소문을 참고 견뎌야 할 게야. 사람들에게 일일이 대꾸하지 마라. 네가 반 라위번과 함께 앉는 것을 거절했다는 소문이 시장에 퍼져서 그 사람 귀에까지 들어가게 하지는 말란 얘기다."

내 얼굴에 불안한 기색이 역력했던 모양이다. "그렇다고 너무 걱정하지 마라." 파이프를 탁자에 탁탁 두드려 재를 털면서 마리아 틴스가 으르는 듯한 목소리로 말했다. "우리가 잘 처리할 테니까, 넌 가만히 네 일이나 열심히 하면 된다. 다른 사람에게는 입도 뻥끗하지 말고."

"예, 마님."

하지만 한 사람에게는 말하기로 했다. 그래야만 한다고 느꼈다.

그동안 피터를 피하는 일은 쉬웠다. 그 주 내내 가축 시장에서는 경매가 열렸다. 여름과 가을을 지나며 시골에서 살이 토실토실 오른 가축들을 겨울이 시작되기 전 도축업자들에게 파는 경매였다. 피터는 고기를 사러 매일같이 경매장에 나가고 있었다.

마리아 틴스와 얘기를 나누었던 오후, 나는 집을 살짝 빠져나와 아우더랑언데이크 가의 모퉁이를 돌자마자 있는 가축 시장으로 피터를 찾아갔다. 경매가 열리는 오전에 비해 오후는 한결 조용했다. 많은 가축들이 새 주인에게 끌려가버리고, 광장에 줄지어 선 플라타너스 나무 아래에서는 남자들이 삼삼오오 모여 오전에 이루어진 거래 이야기를 하며 돈을 세고 있었다. 노랗게 변한 플라타너스 잎사귀들이 바닥에 떨어져 가축들의 똥과 오줌에 뒤섞여 있었다. 꽤 떨어진 곳에서도 그 냄새를 맡을 수 있었다.

피터는 광장의 한 선술집 밖에서 큰 맥주잔을 앞에 두고 어떤 남자와 함께 앉아 있었다. 이야기에 깊이 빠져 있었던지 피터는 내가 탁자 옆에 조용히 다가설 때까지 나를 보지 못했다. 나를 알아보고 피터를 슬쩍 찌른 것은 같이 있던 남자였다.

"잠깐 얘기하고 싶은데요." 피터가 놀라워할 틈도 없이 나는 재빨리 말했다.

피터와 함께 있던 남자는 벌떡 일어서더니 자기가 앉았던 의자를 내게 권했다.

"잠깐 걸을 수 있겠어요?" 나는 광장 쪽을 가리키며 말했다.

"물론이지." 피터는 자기 친구에게 고개를 끄덕이고는 나를 따라 나섰다. 표정만 가지고는 나를 보게 되어 즐거운지 아닌지 알 수가 없었다.

"오늘 경매는 어땠어요?" 나는 멋쩍게 물었다. 이런 일상적인 이야기를 하는 일에 나는 참 서툴렀다.

피터는 그저 어깨를 으쓱했다. 한 무더기의 똥을 피하게 하느라 피터가 내 팔꿈치를 잡았다가 이내 손을 놓았다.

나는 말을 돌리려던 것을 단념하고 불쑥 말해버렸다. "시장에 나에 대한 소문이 떠돌고 있다는 것 알아요."

"이런저런 소문은 어느 때고 있게 마련이야." 피터가 감정을 싣지 않고 대꾸했다.

"사람들이 하는 얘기는 사실이 아니에요. 반 라위번과 함께 그림의 모델이 되지는 않을 거예요."

"반 라위번이 너를 좋아한다면서. 아버지가 그러던데."

"어쨌든 그 사람과 함께 모델이 되지는 않을 거라니까요."

"그 사람은 굉장한 세력가야."

"내 말을 믿어야만 해요, 피터."

"그는 굉장한 세력가라니까." 피터는 같은 말을 반복했다. "넌 고작 하녀일 뿐이고. 이런 게임에서 누가 이길 거라고 생각해?"

"당신은 내가 그 붉은 드레스를 입은 하녀처럼 될 거라고 생각하고 있군요."

"네가 그 사람과 포도주를 마신다면 말이지." 피터는 나를 똑바로 쳐다봤다.

"나의 주인님은 나와 반 라위번을 함께 그리고 싶어 하지 않는대요." 한참 후에 나는 머뭇거리며 말했다. 이런 얘기까지 피터에게 하고 싶지는 않았다.

"그거 잘됐군. 나 역시 네 주인이란 작자가 너를 그리는 건 원치 않으니까."

나는 말을 멈추고 두 눈을 감았다. 가까이에서 풍기는 가축 냄새 때문에 현기증이 났다.

"넌 네가 속하지 않은 세계에 점점 마음을 빼앗기고 있어, 그리트. 그 사람들의 세계는 너의 것이 아니야." 피터가 한결 부드럽게 말했다.

나는 눈을 뜨고 피터에게서 한 걸음 물러섰다. "나는 그 소문이 사실이 아니라는 걸 설명하려고 여기에 온 거지, 당신한테 추궁 당하러 온 게 아니에요. 하여튼 귀찮게 해서 미안해요."

"제발 그러지 마. 너를 믿는다고." 피터가 한숨을 내쉬었다. "하지만 네 주위에서 일어나는 일에 대해 넌 거의 힘을 쓸 수가 없어. 그 정도는 너도 분명히 알고 있잖아?"

내가 아무런 대답이 없자 피터가 덧붙였다. "만일 네 주인이 너와 반 라위번을 함께 그리고 싶어 하면, 그때도 넌 싫다고 말할 수 있을 거라 생각해?"

이 물음은 내가 나 자신에게도 했던 것이다. 하지만 나는 이에 대한 답을 아직 찾지 못했다. 대신에 나는 피터에게 신랄하게 쏘아붙였다. "내가 얼마나 보잘것없는 존재인지 일깨워줘서 고맙군요."

"그렇지 않아, 나와 함께라면 말이야. 우린 우리 소유의 가게를 꾸리고, 우리 돈을 벌고, 우리 뜻대로 삶을 살아갈 수 있어. 네가 원하는 게 그런 거 아냐?"

피터를 바라보았다. 피터의 밝은 푸른 눈과 곱슬머리와 그 열띤 얼굴을. 나는 바보였다.

"그런 얘길 하러 여기 온 게 아니에요. 그러기에는 난 아직 너무 어려요." 늘 써먹던 오래된 변명을 늘어놓았다. 언젠가는 나도 나이가 들어 이런 변명을 더 이상 써먹지 못하게 되겠지만.

"네가 도대체 무슨 생각을 하는지 알 수가 없어. 그리트, 넌 아주 조용하고 차분하지. 말도 별로 하지 않고 말이야. 하지만 네 안에는 뭔가가 있어. 눈동자 속에 감추고 있는 뭔가를 때때로 보게 되거든."

나는 흐트러진 머리카락을 가다듬고 모자를 매만졌다. "내가 말하고 싶은 건 소문과 같은 그림은 없을 거라는 거예요." 피터의 얘기를 무시하면서 나는 말을 이어갔다. "큰 마님이 약속했어요. 하지만 다른 사람들한테 얘기해서는 안 돼요. 시장에서 다른 사람들이 내 얘기를 하더라도 절대로 끼어들지 말아요. 나를 변호하려고 하지도 말아요. 그러지 않으면 반 라위번이 이상한 소문을 들을 테고, 당신 얘기 탓에 일을 그르치게 될지도 몰라요."

피터는 마지못해 고개를 끄덕이며 바닥에 떨어져 있는 한 무더기의 더러운 밀짚을 발로 걷어찼다.

피터가 항상 이렇게 이성적으로 행동하지는 않을 거라는 생각이 들었다. 언젠가는 피터도 참지 못하고 말 것이다.

어쨌든 당장은 피터의 이성적인 행동에 보답하는 마음으로, 나는 피터가 하자는 대로 응해주었다. 피터는 나를 가축 시장에서 좀 떨어진 집들 사이로 데리고 갔다. 피터의 손이 내 몸을 더듬어 내렸다. 가슴을 가만히 감싸 쥐었다. 나는 피터의 손길에서 기쁨을 느끼려고 노력했지만 가축 냄새로 여전히 토할 것만 같은 기분이었다.

피터에게 큰소리를 치긴 했지만, 그림에서 나를 빼주겠다는 마리아 틴스의 약속에도 불구하고 나는 안심이 되지 않았다. 마리아 틴스는 만만치 않은 여자로 사업에 빈틈이 없고 자기 처신이 확실한 사람이지만, 어쨌든 마리아 틴스가 반 라위번은 아니지 않은가. 나는 반 라위번의 요구를 저택 사람들이 거절하는 걸 보지 못했다. 반 라위번은 화가를 정면으로 바라보고 있는 자기 부인의 그림을 원했고, 나의 주인은 그런 그림을 그려야만 했다. 붉은 드레스를 입은 하녀의 그림을 원했을 때도 반 라위번은 그 그림을 가질 수 있었다. 만일 이번엔 나를 원한다면 반 라위번이 왜 나를 얻지 못하겠는가?

어느 날 처음 보는 세 남자가 짐마차에 하프시코드(harpsichord, 16~18세기의 건반악기. 피아노의 전신—옮긴이)를 튼튼하게 묶어서 저택으로 가지고 왔다. 이 남자들 뒤를 따라온 소년은 자기 몸집보다 더 큰 베이스 비올(viol, 16~18세기 유럽에서 실내악 연주에 쓰인 현악기—옮긴이)을 옮기고 있었다. 이 악기들은 반 라위번의 것이 아니고, 음악을 좋아하는 그의 친척에게 빌려 온 것이었다. 저택의 모든 사람들이 몰려나와 남자들이 하프시코드를 가파른 계단 위로 옮기는 것을 구경했다. 코넬리아는 층계 바로 아래에 서 있었는데 만일 남자들이 하프시코드를 놓친다면 그대로 아이를 덮칠 상황이었다. 나는 손을 뻗어

「신사와 포도주를 마시는 여인」
1658~1660년경

서 코넬리아를 뒤로 물러나게 하고 싶었지만 그냥 가만히 있고 말았다. 그 아이가 코넬리아가 아닌 다른 아이였다면 주저하지 않았을 것이다. 결국 안전한 곳으로 나와 있으라고 코넬리아를 다그친 사람은 카타리나였다.

층계를 다 오른 남자들은 그가 지시하는 대로 주의하면서 악기를 화실로 갖고 들어갔다. 남자들이 떠난 후 그는 카타리나를 불렀고, 카타리나의 뒤를 따라 마리아 틴스도 화실로 올라갔다. 잠시 후 하프시코드를 연주하는 소리가 들렸다. 아이들은 계단에 기대앉아서, 타네커와 나는 복도에 선 채로 그 소리에 귀를 기울였다.

"저 소리는 작은 마님이 연주하시는 거예요? 아니면 큰 마님이?" 타네커에게 물었다. 솔직히 작은 마님이든 큰 마님이든 두 사람이 연주하는 모습을 떠올려보는 건 왠지 어색했다. 나는 아마도 그가 연주를 하고 있고, 단순히 청중으로 카타리나를 불렀을 거라고 생각했다.

"물론 작은 마님이시지." 타네커가 핀잔하듯 대꾸했다. "안 그러면 왜 주인님이 작은 마님을 2층으로 불렀겠냐? 작은 마님은 연주를 아주 잘하셔. 아이 때부터 연주를 했다나. 하지만 작은 마님의 부친이 큰 마님과 갈라설 때 하프시코드를 가져갔다고 하더군. 이 집에는 악기 하나 장만할 여유가 없다고 작은 마님이 한탄하는 걸 들어본 적 없어?"

"네." 나는 잠시 생각했다. "타네커, 앞으로 주인님이 작은 마님을 그리실 거라고 생각해요? 반 라위번과 함께 말이에요." 타네커는 틀림없이 시장에서 나도는 소문을 들었을 것이다. 하지만 내게는 한마디도 않고 있었다.

"흥, 주인님은 작은 마님을 절대로 그리지 않아. 작은 마님은 가만히 앉아 있지를 못하거든!"

이날 이후 며칠에 걸쳐 그는 그림의 배경을 만들기 위해 탁자와 의자들을 옮겼다. 바위와 하늘, 나무들이 그려진 하프시코드의 뚜껑도 들어 올렸다. 전경이 되는 탁자 위에는 탁자보를 펼쳤고, 그 아래에는 베이스 비올을 두었다.

어느 날 마리아 틴스가 십자가 방으로 나를 불렀다. "애야, 오늘 오후에 심부름 좀 다녀오너라. 약제사에게 가서 딱총나무 꽃 약간하고 우슬초를 달라고 해라. 프란시스커스가 기침을 하더니 다시 감기에 걸린 모양이야. 그다음에는 올드 메리네 옷감집에 가서 양모를 좀 사 오너라. 알레이디스의 옷에 칼라를 만들 정도의 양이면 된다. 그애 칼라가 풀린 거 알지?" 마리아 틴스는 잠시 말을 멈췄다. 내가 이리저리 왔다 갔다 하는 데 걸리는 시간을 계산하는 모양이었다. "그러고 나서는 얀 마이어 씨 댁으로 가서 그분 동생이 언제쯤 델프트에 돌아오는지 물어봐라. 얀 마이어 씨는 리트벨트 탑 근처에 산다. 네 부모님 집 근처지, 그렇지? 집에 잠깐 들러서 부모님을 뵙고 와도 좋아."

마리아 틴스는 일요일 외에는 내가 집에 들르는 것을 허락한 적이 한 번도 없었다. 그래서 나는 넘겨짚어 말했다. "마님, 오늘 반 라위번 어르신이 오시나요?"

"반 라위번 눈에 띄지 않도록 해라." 마리아 틴스는 딱딱하게 대답했다. "네가 이 저택 안에 있지 않는 게 최선의 방법이야. 설사 반 라위번이 널 찾더라도, 밖에 볼일 보러 나갔다고 하면 그만이니까."

잠시 동안이지만 나는 소리 내어 웃고 싶었다. 반 라위번은 온 집 안 사람들을, 심지어 마리아 틴스조차도 사냥개에게 쫓기는 토끼로 만들어놓았던 것이다.

이날 오후 집에서 나를 보게 된 엄마는 깜짝 놀랐다. 다행히도 이웃이 놀러 와 있었기 때문에 엄마는 이것저것 자세하게 캐묻지는 않았다. 아버지는 별 관심이 없었다. 내가 집을 떠나고 아그네스가 죽은 뒤로 아버지는 많이 변해버렸다. 아버지는 바깥 세상에 더 이상 관심을 두지 않았다. 아우더랑언데이크에서의 내 생활이나 시장에서 일어나는 일들에 대해서도 거의 묻는 일이 없었다. 아직 아버지의 흥미를 끄는 것이 남아 있다면 그것은 그림들이었다.

나는 엄마와 나란히 화롯가에 앉았다. "엄마, 우리 주인님은 엄마가 물어봤던 그 그림을 그리기 시작했어요. 반 라위번 어르신이 오늘 집으로 오기로 했으니까, 아마 지금쯤 작업에 들어갔을 거예요. 그림에 나와야 하는 사람들은 모두 지금 그 집에 있어요."

시장에서 떠도는 얘기를 하기 좋아하는 우리 이웃의 늙은 아줌마는 반짝이는 눈으로 나를 쳐다보았다. 마치 내가 자기 앞에 군침 도는 닭구이를 막 내려놓은 것처럼 말이다. 엄마는 눈살을 찌푸렸다. 엄마는 내가 왜 이런 이야기를 하는지 잘 알고 있었으니까.

그래, 이것으로 시장에서 떠도는 소문은 잠잠해질 것이다.

그날 저녁 그는 평소의 모습이 아니었다. 저녁 식탁에서 그가 마리아 틴스에게 딱딱거리는 소리가 들렸다. 그는 늦은 시간에 밖으로 나가서 술 냄새를 풍기며 저택으로 돌아왔다. 그가 들어올 때 나는 잠자리에 들려고 층계를 오르고 있었다. 그가 나를 올려다보았다. 그의 얼굴은 피곤해 보였고 붉게 상기되어 있었다. 그 표정은 화가 났다기보다는 지친 모습이었다. 마치 패야 할 장작이 하늘처럼 쌓여 있는 것을 방금 보아버린 사내의 표정, 혹은 산더미 같은 빨랫감과 마주하게 된 하녀의 표정, 그런 얼굴이었다.

다음 날 아침 화실로 내려갔지만, 어제 오후 이 안에서 무슨 일이 일어났는지를 말해줄 만한 단서를 찾기는 어려웠다. 의자 두 개 중 하나는 하프시코드 앞에 있었고, 또 하나는 등받이가 화가를 향한 채 놓여 있었다. 의자 위에는 류트가 있고, 왼쪽의 탁자에는 바이올린이 놓여 있었다. 베이스 비올은 여전히 탁자 아래 그늘 속에 누워 있었다. 이런 배치만으로 그림에 등장하는 사람이 몇 명이나 될지 추측하기란 어려웠다.

나중에 매지가 반 라위번이 자기 여동생과 딸을 한 명 데리고 왔었다고 얘기해주었다.

"그 딸은 나이가 얼마나 되는데?" 묻지 않을 수 없었다.

"열일곱 정도?"

내 나이다.

며칠 후 그 사람들이 다시 저택을 찾아왔다. 마리아 틴스는 나를 또 심부름 내보냈고, 아침나절에는 어디라도 가서 놀다 오라고 했다. 나는 큰 마님에게 반 라위번 일행이 올 때마다 밖에 나가 있을 수는 없다는 걸 상기시켜주고 싶었다. 바깥을 나돌아 다니기에 날씨는 너무 추워졌고, 또 저택에는 내가 해야 할 일들이 산더미 같았기 때문이다. 하지만 결국 아무런 말도 못했다. 설명할 수는 없지만 곧 어떤 변화가 있을 거라는 느낌이 들었다. 단지 그 변화의 내용이 뭔지 모를 뿐이었다.

부모님에게 다시 갈 수도 없었다. 두 분은 뭔가 잘못되었다고 생각할 게 틀림없었다. 그렇지 않다고 자초지종을 설명하면 부모님은 오히려 더 나쁜 일을 생각할 수도 있었다. 대신에 프란스의 공장을 찾아가보기로 했다. 프란스가 저택의 값나가는 물건들에 대해 물어본 일이 있은 후로 나는 동생을 만나지 못했다. 그때 동생의 질문에 화가 나서 만나고 싶은 마음도 들지 않았다.

공장 정문의 여자는 나를 알아보지 못했다. 프란스를 만날 수 있겠느냐고 묻자, 여자는 어깨를 으쓱하고는 한쪽으로 비켜섰다. 그리고 어디로 가라는 말도 없이 들어가버렸다. 동생 또래의 남자아이들이 긴 탁자 옆의 의자에 앉아서 타일에 그림을 그리고 있는 건물 안으로 들어갔다. 아이들은 아버지가 그린 것처럼 우아한 스타일의 그림이 아닌 아주 단순한 작업만 하고 있었다. 가운데 부분은 비워놓고 타일 가장자리에다 잎새나 소용돌이 모양을 그리는 식이었다. 타일의 가운데는 더 숙련된 장인이 그릴 수 있도록 남겨두는 모양이었다.

일하던 아이들은 나를 보자 귀를 막고 싶을 정도로 요란하게 휘파람을 불어 댔다. 나는 가까이에 앉아 있는 소년에게로 다가가 프란스가 어디에 있는지를 물어보았다. 소년은 얼굴을 새빨갛게 붉히면서 고개를 숙였다. 모두들 호의를 보이고 싶어 했지만 프란스가 어디에 있는지 대답해주는 아이는 한 명도 없었다.

나는 가마가 있는 훨씬 작고 더운 건물을 찾아냈다. 프란스는 거기 혼자 있었다. 셔츠를 풀어헤치고 온몸에서 땀을 쏟고 있었다. 동생의 얼굴은 침울했다. 팔과 가슴의 근육이 이전보다 두드러져 보였다. 이제 동생은 한 사람의 남자가 되어가고 있었다.

동생은 팔뚝과 손에 천을 감고 있었는데 그 모습이 굉장히 어색해 보였다. 하지만 가마에서 타일이 든 쟁반을 넣고 꺼내는 모습은 아주 능숙했다. 불에 데지 않도록 조심하며 익숙한 동작으로 다루었다. 나는 선뜻 동생을 부르지 못했다. 내 소리에 놀란 동생이 쟁반을 떨어뜨리지 않을까 걱정스러웠던 것이다. 하지만 내가 말을 걸기 전에 동생이 먼저 나를 알아보았다. 프란스는 즉시 들고 있던 쟁반을 바닥에 내려놓았다.

"누나, 어쩐 일이야? 엄마나 아버지한테 무슨 일이 생긴 거야?"

"아니, 아니야. 부모님은 잘 계셔. 그냥 너를 보러 왔어."

"그래." 동생은 팔에 감고 있던 천을 풀고, 수건으로 얼굴을 닦더니 맥주 한 잔을 벌컥벌컥 들이켰다. 그리고 벽에 기대서서 어깨를 빙빙 돌리기 시작했다. 배에서 짐 내리는 일을 막 끝낸 남자들이 어깨 근육을 풀려고 하는 동작과 똑같았다. 처음 보는 모습이었다.

"프란스, 아직도 가마에서 일해? 다른 일로 바꿔주지 않는 모양이지? 다른 건물에서 아이들이 하고 있던 그림 그리기나 유약 바르기 같은 일은?"

동생은 어깨를 으쓱했다.

"다른 남자애들도 너와 비슷한 나이로 보이던데. 혹시……" 동생의 표정을 본 순간 말을 끝맺을 수가 없었다.

"이건 벌이야." 동생이 낮은 목소리로 말했다.

"왜? 무슨 벌을?"

동생은 대답하지 않았다.

"프란스, 나한테 얘기해야 해. 안 그러면 네가 곤란한 처지에 빠졌다고 부모님께 말씀드릴 거야."

"그런 건 아냐." 동생은 재빨리 말했다. "공장 주인을 화나게 했을 뿐이야. 그게 다야."

"어떻게 화나게 했는데?"

"그 사람 부인이 좋아하지 않는 일을 해버렸어."

"무슨 일을 했는데?"

프란스는 잠시 망설였다. "먼저 시작한 사람은 그 여자였어." 동생은 조용히 말했다. "내게 관심을 보이더라고. 하지만 내가 막상 관심을 보이니까 자기 남편에게 말해버리더군. 그렇다고 공장 주인이 날 내쫓지는 않았어. 아버지 친구잖아. 그래서 주인의 기분이 풀릴 때까지 여기 이렇게 가마를 지키고 있는 거야."

"프란스, 왜 그런 바보 같은 짓을 했어? 그 여자는 너와 다른 부류의 사람이라는 거 몰라? 그런 일로 일자리까지 위태롭게 만들다니 말이야."

"누나가 잘 몰라서 그래." 동생은 중얼거렸다. "여기서 일하는 거, 너무 지겹고 진이 다 빠져나가는 기분이야. 그냥 생각할 거리가 필요했어. 그게 다야. 그리고 누나에게 날 비판할 권리 따위는 없어. 누나와 그 푸줏간 아들은 결혼할 테고 둘이서 편히 살면 그만이겠지. 내 인생이 어째야 된다고 말하기는 쉽겠지. 하지만 내가 여기서 마주치는 것이라곤 끝없는 타일의 행렬과 피곤한 나날들뿐이라고.

예쁘장한 여자가 유혹하는데 어떻게 가만히 있을 수가 있겠어?"

나도 이해한다고 항변하고 싶었다. 나 역시 밤이 되면 아무리 빨고, 삶고, 다림질을 해도 줄어들지 않는 빨래 더미에 깔리는 꿈을 때때로 꾸곤 한다고 말이다.

"공장 정문에 있던 여자가 그 여자야?" 대신에 나는 물었다.

동생은 어깨를 으쓱하더니 맥주를 더 마셨다. 문에 서 있던 여자의 쌀쌀한 표정을 떠올리며 어떻게 그런 얼굴로 동생을 유혹할 수 있었는지 궁금했다.

"그런데 여기는 왜 왔어? 이 시간이면 당연히 파펜후크에 있어야 되는 것 아냐?"

나는 미리 변명거리를 준비해두었다. 델프트 어딘가에 심부름을 왔던 길에 들렀다고 했다. 하지만 결국 반 라위번과 문제의 그림에 대해 동생에게 털어놓고 말았다. 동생에게는 무척 미안했지만 믿을 수 있는 사람에게 털어놓는 일은 내게 위로가 되었다.

프란스는 유심히 듣고 있었다. 말을 끝내자 동생이 말했다. "우리 처지가 그렇게 다르지는 않네. 윗사람들한테서 관심을 받고 있으니 말이야."

"하지만 나는 반 라위번을 상대하지 않았어. 그럴 뜻도 없고 말이야."

"나는 반 라위번을 말하는 게 아냐." 순간 음흉한 표정으로 동생이 말했다. "그래, 반 라위번이 아니지. 내가 말하는 사람은 누나 주인이야."

"내 주인님이 어떻다고?" 목소리가 높아졌다.

동생이 웃었다. "자, 누나, 그런 식으로 흥분하지 마."

"그만해! 무슨 얘길 하고 있는 거야? 그분은 결코……"

"누나 주인은 그럴 필요도 없지. 누나 얼굴에 분명하게 씌어 있는 걸. 누나는 그 사람을 원하고 있어. 부모님이나 푸줏간 아들한텐 누나 마음을 숨길 수 있을지 몰라도 나는 아니야. 내가 누나를 더 잘 아니까."

동생 말이 옳다. 동생은 그 누구보다 나를 잘 알고 있었다.

나는 입을 벌렸지만 단 한마디도 튀어나오지 않았다.

12월이라 무척 추웠지만 동생 때문에 몹시 속이 상해서 절로 걸음이 빨라졌다. 그래서 예정보다 일찍 파펜후크로 돌아와버리고 말았다. 몸이 점점 더워져 바람을 쐬려고 얼굴을 감싸고 있던 숄을 풀어헤쳤다. 아우더랑언데이크 가를 걸어 올라가는데 반 라위번과 그가 내 쪽으로 걸어오는 것이 보였다. 나는 고개를 숙여 인사를 하면서 길 건너편으로 몸을 옮겼다. 반 라위번 옆을 지나가고 싶지 않기 때문이다. 그의 옆으로 지나가고 싶었다. 하지만 나의 그런 행동이 오히려 반 라위번의 관심을 끌고 말았다. 반 라위번이 발을 멈추더니, 나의 주인을 잡아끌었다.

"너는, 눈 큰 하녀 아니냐!" 내 쪽으로 몸을 돌리며 반 라위번이 외쳤다. "밖에 나갔다고 그러던데. 나를 피하는 눈치야. 그런데 이름이 뭐지?"

"그리트입니다, 어르신." 눈길을 주인의 신발에 고정시킨 채 말했다. 구두는 까맣고 반짝반짝 윤이 흘렀다. 오늘 아침 일찍 내가 가르쳐주어서 매지가 닦아놓은 구두였다.

"그래, 그리트, 너 나를 피하고 있었던 거냐?"

"아, 아닙니다, 어르신. 심부름을 다녀오는 길이에요." 나는 손에 쥐고 있던 물건 바구니를 들어 올려 보였다. 동생을 찾아가기 전 마리아 틴스의 심부름으로 구해놓은 물건들이었다.

"앞으로는 좀 더 자주 보았으면 좋겠어."

"예, 어르신." 남자들 뒤에 두 명의 여자가 서 있었다. 두 사람의 얼굴을 훔쳐보았다. 아마도 그림 때문에 함께 왔던 반 라위번의 딸과 여동생이 아닌가 싶었다. 딸인 듯한 여자는 나를 뚫어지게 보고 있었다.

"당신이 한 약속을 잊어버리지 않기를 바라오." 반 라위번이 그를 보고 말했다.

그는 꼭두각시 인형처럼 머리를 홱 들더니 잠시 뜸을 들였다. "예."

"좋아요. 우리를 다시 부르기 전에 그 일을 시작할 거라고 기대하고 있겠소." 반 라위번의 웃음은 나를 오싹하게 만들었다.

그리고 긴 침묵이 이어졌다. 그를 흘끗 바라봤다. 그는 평온한 표정을 유지하려고 애를 쓰고 있었지만 화가 나 있다는 것을 알 수 있었다.

"예." 건너편 집에 눈길을 던지며 마침내 그가 말했다. 그는 나를 보려고 하지 않았다.

길에서 오간 두 사람의 대화를 이해할 수 없었지만 그 일이 나와 관계가 있다는 것은 눈치챌 수 있었다. 다음 날 나는 그 일이 뭔지 알게 되었다.

아침에 그는 오후가 되면 2층으로 올라오라고 했다. 연주회 그림을 그리기 시작한 그가 내게 또 물감 만드는 일을 시키는 거라고 짐작했다. 화실에 들어갔을 때 그는 거기에 없었다. 나는 곧바로 다락방으로 올라갔다. 물감을 갈던 탁자는 깨끗했다. 아무것도 없었다. 바보가 된 듯한 기분을 느끼며 다시 사다리를 타고 다락방에서 내려왔다.

언제 들어왔는지 창밖을 내다보며 그가 화실에 서 있었다.

"자리에 앉아라, 그리트." 내게 등을 돌린 채 그가 말했다.

나는 하프시코드 옆에 있는 의자에 앉았다. 하프시코드를 만지지는 않았다. 청소할 때를 제외하고는 악기에 손을 댄 적이 한 번도 없었다. 하프시코드 뒤쪽 벽에는 그림들이 걸려 있었는데 이번 연주회 그림의 배경으로 들어갈 것 같았다. 그가 말하기를 기다리면서 벽에 걸린 그림들을 찬찬히 뜯어보았다. 왼쪽에는 풍경화가 걸려 있었고, 오른쪽에는 세 명의 사람이 그려져 있는 그림이 있었다. 한 여자는 가슴이 상당히 많이 파인 드레스를 입고서 류트를 켜고 있고, 한 신사가 그 여자를 팔로 안고 있었다. 그리고 늙어 보이는 여자가 한 명더. 남자는 젊은 여자의 환심을 사려 하고 있었고, 늙은 여자는 남자가 내미는 동전을 받으려고 손을 내밀고 있는 장면이었다. 마리아 틴스가 소장하고 있는 그림인데, 언젠가 내게 이 그림의 제목이 '여자 뚜쟁이'라고 말해준 적이 있었다.

"그 의자 말고. 거긴 반 라위번의 딸이 앉는 자리다." 창가에서 돌아서며 그가 말했다.

디르크 반 바뷔렌, 「여자 뚜쟁이」, 1622년

그림 안에 내가 들어가야 한다면 어디쯤에 앉는 게 좋을까 하고 나는 생각했다.

그가 사자머리로 장식된 의자 하나를 가져오더니 이젤 가까이 놓았다. 하지만 의자는 이젤과는 직각을 이루며 창문을 향한 채였다.

"여기 앉아라."

"무얼 하시려고요, 주인님?" 앉으면서 물었다. 혼란스러웠다. 우리는 한 번도 함께 마주 앉은 적이 없었으니까. 추운 것도 아닌데 몸이 마구 떨렸다.

"말은 하지 마라." 그가 창의 덧문을 열자 빛이 내 얼굴로 곧장 쏟아졌다. "창문 쪽을 봐라." 이젤 앞의 자기 의자에 앉으며 그가 말했다.

창문 너머 신교회의 탑을 바라보며 나는 침을 삼켰다. 점점 턱이 뻣뻣해지고 눈이 커지는 것 같았다.

"이제 나를 봐라."

나는 고개를 돌려 왼쪽 어깨 너머로 그를 바라보았다.

그의 눈동자가 나의 눈과 얽혔다. 아무 생각도 할 수 없었다. 오직 그의 잿빛 눈동자가 굴 껍질의 속처럼 참 아름답다는 생각 외에는.

그는 뭔가를 기다리고 있었다. 그가 원하는 걸 주지 못하고 있다는 두려움으로 내 얼굴은 긴장하기 시작했다.

"그리트." 부드러운 목소리였다. 그러나 그가 한 말은 그게 다였다. 내 눈에 눈물이 고였다. 이제 나는 알 수 있었다.

"그래, 움직이지 마라."

그는 나를 그리려 하고 있었다.

1666

✣

"네게서 아마인유 냄새가 나는구나." 아버지는 당황한 목소리였다. 단순히 화가의 화실을 청소하는 일만으로 머리와 옷, 피부에 그런 향기가 남을 수 있다는 걸 아버지는 믿으려 하지 않았다. 아버지가 옳았다. 내가 아마인유가 있는 방에서 잠을 자고 그 향기를 맡으며 몇 시간씩 그림 앞에 앉아 있는 것을 아버지는 알고 있는 것 같았다. 그렇게 짐작은 하면서도 말씀은 없었다. 앞이 보이지 않는다는 사실은 아버지의 확신마저 앗아갔다. 그래서 마음속에 떠오르는 생각을 섣불리 믿지 못했다.

1년 전만 해도 당연히 아버지를 도우려고 노력했을 것이다. 무슨 생각을 하고 있는지 넌지시 여쭤보고, 떠오르는 생각을 표현하도록 아버지의 기분을 북돋웠을 것이다. 하지만 이제는 그저 아버지가 조용히 자신과 싸우는 모습을 지켜만 볼 뿐이다. 아버지는 등이 뒤집힌 채 자기 힘으로는 바로 설 수 없게 된 딱정벌레와 같았다.

엄마 역시 어렴풋하게나마 뭔가를 짐작하고 있는 듯했다. 때때로 나는 엄마와 눈을 마주칠 수가 없었다. 엄마는, 고통스러움과 궁금함과 억누른 분노가 뒤섞인 혼란스런 표정을 짓고 있었다. 엄마는 자기 딸에게 무슨 일이 생겼는지 이해하려 노력하고 있었다.

나는 점점 아마인유 냄새에 익숙해져갔다. 심지어 침대 옆에 아마인유가 든 작은 병을 놓아두기도 했다. 아침에 일어나서 옷을 입을 때면 병을 창가로 가져가 그 색깔을 감탄하며 바라보곤 했다. 아마인유는 레드틴 옐로(lead-tin yellow, 18세기 이전 유럽에서 흔히 쓰인 물감. 밝고 짙은 노란빛을 띤다—옮긴이)가 한 방울 떨어진 레몬 주스 같았다.

나는 이 색깔의 옷을 입고 있어요, 라고 아버지에게 말하고 싶었다. 바로 이 색으로 그가 나를 그리고 있었던 것이다.

아버지의 관심을 아마인유 냄새에서 떼놓기 위해, 나는 그가 그리고 있는 다른 작품에 대해서 얘기하기 시작했다. "젊은 여자가 하프시코드 앞에 앉아 연주를 하고 있어요. 그 여자는 노란 바탕에 검은색 줄무늬가 있는 조끼를 입고 있는데, 전에 빵집 주인의 딸이 입고 있던 것과 같은 거예요. 그리고 하얀 공단 치마를 입고 머리에도 하얀색 리본을 맸어요. 하프시코드의 둥그렇게 굴곡진 쪽에는 다른 여자가 서 있어요. 악보를 들고 노래하고 있어요. 이 여자는 파란색 드레스 위에 모피 장식을 단 녹색 실내복을 두르고 있고요. 여자들 사이에 한 남자가 등을 보인 채 앉아서……"

"반 라위번." 아버지가 불쑥 끼어들었다.

"그래요, 반 라위번. 그 사람은 등과 머리카락, 그리고 류트 목을 잡고 있는 손만 보일 뿐이에요."

「세 사람의 연주회」, 1665~1666년경

"그 사람 류트 연주 솜씨가 형편없을걸." 아버지가 열을 내며 덧붙였다.

"정말 형편없어요. 그래서 등을 보이고 앉아 있는 거예요. 그 사람이 자기 류트를 제대로 들고나 있는지 누가 알겠어요."

아버지는 싱그레 웃었다. 다시 기분이 좋아진 것 같았다. 부유한 사람이 음악가로서는 숙맥일 수 있다는 얘기를 들을 때마다 아버지는 즐거워했다.

아버지를 기분 좋게 하는 일은 늘 쉽지 않았다. 부모님과 셋이서만 있는 일요일은 점점 불편해졌고, 피터가 우리와 함께 식사를 하게 되는 때를 나는 은근히 기다리고 있었다. 피터도 분명히 보았을 것이다. 엄마가 내게 던지는 편치 않은 얼굴 표정과 아버지의 불평하는 잔소리, 부모와 자식 간의 위태위태한 침묵들을 말이다. 하지만 피터는 이런 일에 대해서 말을 꺼내는 법이 없었고 결코 꽁무니를 빼지도 않았다. 그저 쳐다보고만 있거나 입을 닫아버리지도 않았다. 대신에 점잖게 아버지를 놀리고, 엄마에게 아양을 떨고, 내게는 미소를 지어 보였다.

내가 왜 아마인유 냄새를 풍기는지도 묻지 않았다. 내가 뭔가를 숨기고 있다고 걱정하는 눈치도 아니었다. 피터는 나를 믿기로 결심한 것이다.

피터는 좋은 사람이었다. 하지만 그래도…… 나는 항상 피터의 손톱 밑에 핏물이 끼어 있는지 살피고 있었다.

소금물에 손을 담그면 핏물이 빠질 텐데. 언젠가는 그렇게 해보라고 피터에게 얘기를 해야겠다.

좋은 사람이었지만 피터는 점점 조급함을 내보이기 시작했다. 스스로 그렇다고 말을 한 것은 아니지만 가끔씩 리트벨트 운하 옆 골목길에서 일요일에 함께 있는 날이면, 나를 만지는 피터의 손길에서 조급함을 읽을 수 있었다. 필요 이상으로 내 허벅지를 꽉 움켜잡았고, 다른 한 손으로는 내 등을 세게 끌어당겼다. 내 몸이 피터의 사타구니에 바짝 밀착되는 바람에 여러 겹의 옷들 아래에서도 피터의 몸이 흥분하는 것을 느낄 수 있었다. 날씨가 너무 추워 서로의 맨살을 만질 수는 없었다. 모직 옷 위로 드러난 몸의 굴곡과 옷의 질감, 팔다리의 거친 윤곽만을 느낄 뿐이었다.

피터의 손길이 항상 기분 나빴던 것은 아니다. 피터의 어깨 너머로 보이는 하늘의 구름 속에서 하얀색 이외에 다른 여러 색깔들을 찾을 수 있거나, 백연이나 매시콧을 가는 일을 떠올리면 가슴과 배가 흥분으로 울렁거려 피터에게 몸을 밀착시키곤 했다. 내가 반응을 보일 때마다 피터는 즐거워했다. 내가 자기 얼굴과 손을 보지 않으려고 조심한다는 것을 피터는 눈치채지 못했다.

내 몸에서 풍기는 아마인유 냄새 때문에 부모님이 당황스러워하고 불편해하던 그 일요일에 피터는 나를 골목으로 데려갔다. 피터는 내 가슴을 그러쥐고 두꺼운 옷 위로 가슴이 솟아나도록 만들었다. 그러다가 갑자기 손을 멈추고 음흉한 시선을 던졌다. 피터의 손이 어깨와 목 둘레를 지나 미처 제지하기도 전에 내 모자 속으로 기어들어갔다. 피터의 손가락이 내 머리카락을 쥐었다.

나는 양손으로 모자를 내리누르면서 말했다. "싫어요!"

피터는 웃었다. 태양을 너무 오랫동안 쳐다본 사람처럼 눈동자가 흐릿했다. 모자 속에서 몇 올의 머리카락을 가까스로 끄집어낸 피터는 머리카락을 자기 손가락에 감았다. "언젠가는 말이야, 그리트. 나는 이 머리카락 전부를 보고 말 거야. 언제까지나 이렇게 비밀로 할 수는 없을 거야." 피터는 한 손을 내 아랫배에 갖다 대더니 꾹 눌렀다. "다음 달이면 넌 열여덟 살이 돼. 그때는 네 아버지께 말씀드릴 거야."

나는 피터에게서 한 걸음 물러섰다. 덥고 어두운 방 안에 있는 것처럼 숨을 제대로 쉴 수가 없었다. "나는 아직 어려요. 그런 일에는 너무 어리다고요."

피터는 어깨를 으쓱했다. "모든 사람이 다 나이가 들 때까지 기다리는 건 아니야. 그리고 너희 가족은 나를 필요로 해." 우리 집이 가난해서 부모님이 자기에게 의존하고 있다는 사실을 피터가 언급한 건 처음이었다. 피터에 대한 부모님의 의존은 또한 나의 의존이기도 했다. 그 때문에 부모님은 피터가 가져오는 고기 선물에 흡족해하고 있으며, 나는 일요일에 골목길에서 피터와 함께 서 있는 것이다.

나는 눈살을 찌푸렸다. 피터가 우리 식구들에게 가지고 있는 영향력을 떠올리는 게 싫었다.

피터는 이 순간 어떤 말도 해서는 안 된다는 것을 감지한 모양이었다. 자신의 실수를 보상하려는 듯 피터는 삐져나온 내 머리카락을 모자 속으로 밀어 넣었다. 그리고 내 뺨을 만지며 말했다. "널 행복하게 해주겠어, 그리트. 꼭 행복하게 해줄게."

피터가 가버린 후, 추운 날씨였지만 운하를 따라 걸었다. 배들이 지나다닐 수 있게 운하의 얼음이 깨뜨려져 있었다. 하지만 운하의 표면에는 그새 다시 얇은 얼음이 끼어 있었다. 동생들과 나는 어렸을 때 운하의 얇은 얼음을 깨부수려고 돌을 던지곤 했다. 우리는 얼음 조각들이 물 밑으로 사라질 때까지 돌을 던졌다. 그게 아주 오래전의 일처럼 여겨졌다.

한 달 전에 그가 나를 화실로 부른 적이 있었다.

"다락방에 가 있을게요." 그날 오후 나는 방에다 대고 큰 소리로 알렸다.

바느질을 하고 있던 타네커는 고개를 들지 않고 말했다. "올라가기 전에 화로에 장작이나 더 넣고 가."

여자아이들은 매지와 마리아 틴스가 지켜보는 가운데 레이스 뜨개질을 하고 있었다. 리스벳은 끈기가 있고 손재주가 좋았다. 이 아이의 레이스 작품은 훌륭했다. 알레이디스는 섬세한 레이스를 짜기에는 아직 너무 어렸고, 코넬리아는 끈기가 없었다. 고양이는 코넬리아의 발치 화롯가에 앉아서 아이가 늘어뜨려놓은 실 꾸러미를 낚아채며 놀고 있었다. 아마 코넬리아는 고양이가 발톱으로 자기 작품을 할퀴어 찢어놓기를 바라고 있는지도 몰랐다.

화로에 장작을 더 집어넣은 후 차가운 타일 바닥에서 팽이를 돌리며 놀고 있는 요하네스를 돌아서 지나갔다. 방을 나서려는데, 요하네스가 정신없이 팽이를 돌리다 그만 팽이가 화로 속으로 들어가버리고 말았다. 요하네스는 울기 시작했고 매지가 부젓가락으로 불꽃 속에서 팽이를 꺼내려고 애쓰는 동안 코넬리아는 새된 목소리로 웃음을 터뜨렸다.

「레이스를 뜨는 여인」, 1669~1670년경

"쉿, 애들아. 엄마와 프란시스커스를 깨울라." 마리아 틴스가 주의를 주었지만 아이들은 들으려 하지 않았다.

화실이 얼마나 춥든지 간에 그 소란 속에서 빠져나오게 된 것에 안도하며 2층으로 올라갔다.

화실 문은 닫혀 있었다. 문에 다가선 나는 입술을 굳게 다물고 눈썹을 매만졌다. 그리고 사과를 고를 때 단단히 여물었는지 확인하는 것처럼 볼 양쪽에서부터 턱까지 손가락으로 쓸어보았다. 육중해 보이는 화실 문 앞에서 잠시 망설이다가 조용히 노크했다. 대답은 없었지만 그가 분명히 거기 있다는 것을 알고 있었다. 나를 기다리면서.

새해의 첫날이었다. 그가 내 그림의 가장 밑바탕이 되는 색을 칠한 지 벌써 한 달여나 지난 때였다. 하지만 여태껏 그는 아무것도 손대지 않았다. 형태를 대충 알려주는 붉은 표시나 가짜 색들, 덧칠할 색이나 명암의 구분도 없었다. 캔버스는 여전히 노르스름한 하얀색으로 텅 빈 채였다. 화실을 청소하면서 매일 아침 깨끗한 캔버스를 보아야 했다.

좀 더 크게 노크했다.

문이 열리고 눈살을 찌푸린 채 그가 서 있었다. 그의 눈은 나를 쳐다보지 않았다. "노크하지 마라, 그리트. 그냥 조용히 들어오면 돼." 색이 칠해지길 기다리고 있는 텅 빈 캔버스의 이젤 앞으로 몸을 돌리며 그가 말했다.

살며시 문을 닫았다. 아래층에서 들리던 소란스런 아이들의 목소리가 사라졌다. 나는 방 한가운데로 걸어갔다. 결국 이 순간이 왔지만, 나는 놀라울 정도로 차분했다. "저를 찾으셨습니까, 주인님."

"그래, 저쪽에 서라." 다른 여자들을 그렸던 화실 구석을 가리키며 그가 말했다. 연주회 그림에 사용하던 탁자가 거기 있었다. 그런데 악기들은 모두 치워지고 없었다. 그는 내게 편지 한 장을 건넸다. "이걸 읽어라."

접힌 종이를 펼치면서 그 위로 머리를 숙였다. 익숙하지 않은 필기체를 읽는 척하고 있다는 걸 그가 알아챌까 봐 두려웠다.

하지만 종이 위에는 아무것도 씌어 있지 않았다.

그 말을 하려고 고개를 들다가 그만 입을 다물어버렸다. 그와 함께 일할 때는 아무 얘기도 하지 않는 게 더 나을 때가 종종 있었다. 종이 위로 다시 머리를 숙였다.

"대신 이걸 가지고 해봐라." 그는 책을 건넸다. 낡은 가죽 표지로 된 책은 책등에 여러 군데 금이 가 있었다. 나는 아무 곳이나 펼쳐서 읽었지만 단 한 글자도 눈에 들어오지 않았다.

나에게 책을 가지고 앉으라고 하더니, 다시 일어서서 책을 든 채로 자기를 보라고 했다. 그러더니 책을 가져가고 이번에는 양은 뚜껑이 달린 하얀 주전자를 건넸다. 포도주를 따르는 자세를 취해보라고 했다. 잠시 후에는 그냥 서서 창밖을 내다보라고 했다. 누군가 그에게 이야기를 들려주었는데, 마치 그 이야기의 끝을 기억해내지 못하는 사람처럼 그는 갈피를 못 잡고 있었다.

"옷이야. 그래, 그게 문제야." 그가 중얼거렸다.

나는 곧 이해했다. 그는 나에게 귀부인이나 할 만한 일을 시켰지만 나는 하녀의 옷차림이었던 것이다. 노란 망토와 노란 바탕에 검은 줄무늬가 있는 조끼가 생각났다. 그리고 그가 그 옷들을 입으라고 내게 권할지 궁금했다. 이런 생각을 하자 흥분되기보다는 불편했다. 카타리나 모르게 그녀의 옷을 입는 게 불가능해서가 아니었다. 내가 결코 하지 않을 일들을 하는 것, 즉 내가 마실 포도주를 따른다거나 책이나 편지를 들고 있는 것이 옳지 않다고 느껴졌기 때문이다. 노란 망토의 부드러운 모피가 목을 감싸는 것을 느끼고 싶었지만, 그건 평소에 내가 입을 수 있는 옷이 아니었다.

나는 마침내 입을 열었다. "주인님, 제게 다른 일을 시키셔야 할 것 같습니다. 하녀들이 하는 일 같은 거요."

"하녀들이 하는 일이라니?" 팔짱을 끼고 눈썹을 치켜올리면서 부드러운 목소리로 그가 물었다.

잠시 뜸을 들인 후 나는 대답했다. 턱이 마구 떨리고 있었다. 골목길에 서 있던 피터와 나의 모습이 떠오르고 나는 침을 삼켰다. "바느질하기, 걸레질하기, 바닥 쓸기, 물 길어 나르기, 빨래하기, 빵 자르기, 유리창 닦기……"

"내가 걸레질하는 네 모습을 그렸으면 싶으냐?"

"저를 위해서 하는 말이 아닙니다, 주인님. 그림이 제 것이 되는 것도 아니고요."

그는 얼굴을 찡그렸다. "그래, 이 그림은 네 것이 아니지." 마치 자기 자신에게 얘기하는 것처럼 들렸다.

"제가 걸레질하는 모습을 주인님이 그리는 건 원치 않아요." 무슨 말을 하는지도 모른 채 나는 입을 열고 있었다.

"그래. 그래, 네가 맞다, 그리트. 걸레를 손에 들고 있는 널 그리지는 않을 거야."

「창가에서 편지를 읽는 여인」, 1657년경

"하지만 작은 마님의 옷을 입을 수는 없습니다."

긴 침묵이 흘렀다. "그래. 그럴 순 없겠지. 하지만 너를 하녀로 그리지는 않겠어."

"예? 그럼?"

"처음 봤을 때의 네 모습을 그릴 거다. 그리트, 바로 너를 말이야."

그는 이젤 가까이 의자를 놓고, 가운데 창문을 마주 보게 했다. 나는 의자에 앉았다. 이게 내 자리가 될 거라는 생각이 들었다. 그는 한 달 전 나를 그리기로 결심했을 때 내게 취하라고 했던 포즈를 찾아내려 하고 있었다.

"창밖을 보도록 해라."

창밖으로 잿빛 겨울날의 풍경이 보였다. 빵집 딸을 대신해 포즈를 취했던 때를 떠올리며 아무것도 보지 않고 생각이 고요해지기를 기다렸다. 하지만 쉽지가 않았다. 그에 대한 생각과 함께, 그의 앞에 앉아 있는 나 자신에 대한 생각을 멈출 수가 없었다.

신교회의 종이 두 번 울렸다.

"이제 머리를 천천히 내 쪽으로 돌려라. 아니, 어깨는 움직이지 말고. 몸은 창문을 향한 채 그대로 두고, 머리만 움직여. 천천히 천천히. 가만. 조금 더, 그래…… 그만. 이제 그대로 가만히 있어."

나는 움직이지 않았다.

처음에는 그의 눈을 볼 수가 없었다. 그의 눈길과 마주쳤을 때 갑자기 확 일어난 불꽃 옆에 앉아 있는 것 같았다. 나는 그의 눈 대신 완고해 보이는 그의 턱과 얇은 입술을 응시했다.

"그리트, 나를 보고 있지 않구나."

할 수 없이 시선을 그의 눈으로 가져갔다. 또다시 불에 타는 듯한 느낌을 받았지만 나는 견뎌냈다. 그가 원하는 것이었으니까.

그를 바라보는 일이 점점 편해졌다. 그는 내가 아닌 다른 사람, 다른 뭔가를 보듯이 나를 보고 있었다. 마치 그림 한 점을 보고 있다고나 할까.

내 얼굴이 아니라 내 얼굴에 떨어지는 빛을 그가 보고 있다는 생각이 들었다. 그게 차이였다.

흡사 나는 이 자리에 없는 것 같았다. 일단 이런 생각이 들자 마음이 조금은 편안해졌다. 그가 나를 보고 있지 않은 것처럼 나도 그를 보지 않았다. 내 마음은 떠돌아다니기 시작했다. 저녁 식사에 나왔던 토끼 고기, 리스벳이 내게 주었던 레이스 칼라, 전날 피터가 들려준 이야기. 그러고는 아무것도 생각나지 않았다. 두 번쯤 그는 일어나서 창의 덧문을 조절했다. 여러 번 선반으로 가서 붓과 물감을 골라 오기도 했다. 거리에 서서 창문을 통해 안을 들여다보는 사람처럼 나는 그의 움직임을 지켜봤다.

교회의 종이 세 번 울렸다. 나는 눈을 깜박였다. 그렇게 시간이 많이 지난 줄 모르고 있었다. 마치 주문에 걸린 것 같았다.

그를 바라보았다. 그의 눈은 이제 내게로 향해 있었다. 그가 나를 보고 있다. 서로를 응시하는 동안 한줄기 뜨거움이 파문을 일으키며 내 몸을 관통했다. 나는 그의 눈을 계속 들여다보았고, 마침내 그는 시선을 거두며 헛기침을 했다.

"오늘은 이것으로 그만하자, 그리트. 다락방에 갈아야 할 뼈들이 좀 있다."

고개를 끄덕이며 방을 빠져나가는 내 가슴은 무섭게 뛰고 있었다. 그가 나를 그리고 있다.

"얼굴이 보이게 모자를 뒤로 젖혀봐라." 어느 날 그가 말했다.

"얼굴 뒤로요, 주인님?" 되풀이해서 묻다니 바보 같았다. 그는 내가 아무 말 없이 자신이 시키는 대로 행동하는 걸 좋아했다. 만일 할 말이 있다면 그 말들은 가치 있는 것이어야 했다.

그는 대답하지 않았다. 그가 내 뺨을 볼 수 있도록 모자를 풀어서 약간 뒤로 젖혔다. 빳빳이 풀을 먹인 모자 천이 목을 간질였다.

"좀 더 뒤로. 네 뺨의 선을 보고 싶어서 그런다."

나는 망설이다가 좀 더 뒤로 모자를 당겼다. 그의 눈동자가 내 뺨을 타고 내려갔다.

"귀를 보여다오."

그러고 싶지 않았지만 별다른 수가 없었다.

몇 가닥의 머리카락을 귀 뒤로 넘기면서 모자 밑으로 느슨하게 빠져나온 머리카락이 없는지 확인했다. 그런 후에 모자를 뒤로 당겨서 귓불 있는 쪽이 보이도록 했다.

그의 얼굴에 떠오른 표정은 비록 소리를 내지는 않았지만 한숨을 내쉬고 있는 것 같았다. 내 목에서도 끓어오르는 소리가 났지만 밖으로 새나가지 않도록 지그시 눌렀다.

"네 모자, 벗어라."

"안 됩니다, 주인님."

"안 돼?"

"제발 그것만은 시키지 마세요, 주인님." 나는 모자의 천을 늘어뜨려서 뺨과 귀가 다시 가려지도록 했다. 화실 바닥을 쳐다보았다. 회색과 흰색의 타일들이 깨끗하고 가지런하게 늘어서 있었다.

"머리카락을 드러내고 싶지 않은 거냐?"

"네."

"아니, 너는 걸레를 들고 모자를 쓴 하녀로 그려지는 것도 싫다고 하고, 공단 옷에 모피를 두르고 머리 장식을 한 귀부인으로 그려지는 것도 마다하는구나."

나는 대답하지 않았다. 그에게 머리카락을 보여줄 수가 없었다. 머리카락을 함부로 드러내고 다니는 그런 부류의 여자가 되고 싶지는 않았다.

의자에서 몸을 뒤척이던 그가 일어섰다. 광으로 가는 소리가 들렸다. 돌아왔을 때 그의 손에는 여러 종류의 옷감이 가득 들려 있었고, 그는 그것들을 내 무릎 위에 놓았다.

"그럼, 그리트. 이 천으로 네가 뭘 할 수 있는지 보자. 네 머리를 싸맬 수 있는 걸 여기서 찾아봐라. 그렇게 하면 넌 귀부인도 아니지만 하녀로도 보이지 않겠지." 이런 상황에 그가 화를 내고 있는지, 아니면 즐거워하는지 나로선 알 수가 없었다. 그는 문을 닫고 방을 나가버렸다.

나는 옷감들을 훑어보았다. 모자가 세 개 있었는데, 내가 쓰기에는 모두 너무 고급스럽기도 했고 내 머리 전부를 감추기에는 너무 작기도 했다. 카타리나가 드레스나 재킷을 만들고 남은 듯한 천 조각들도 있었다. 노란색과 갈색, 파란색과 회색의 천들이었다.

무엇을 해야 하는 것일까. 화실 안 어딘가에 답이 있기라도 하듯 나는 주위를 둘러보았다. 「여자 뚜쟁이」라는 그림에 시선이 머물렀다. 젊은 여자의 머리는 다 드러나 보이고 리본으로 묶여 있었다. 늙은 여자는 머리 주위를 천 조각으로 엇갈리게 싸맸다. 아마도 그가 원하는 게 저런 모습이 아닐까 싶었다. 귀부인도 아니고 하녀도 아닌 여자들이 하는 머리.

갈색 천을 골라 들고 거울이 있는 광으로 갔다. 모자를 벗고 최대한 정성을 들여서 머리를 천으로 감쌌다. 그림 속의 늙은 여자를 쳐다보면서 제대로 흉내 내고 있는지 비교해보았지만 내 모습은 영 이상했다.

걸레를 들고 있는 모습을 그리도록 했어야 한다는 생각이 들었다. 자존심이 결국 나를 망가뜨렸다.

화실로 돌아온 그는 내가 한 짓을 보고 웃음을 터뜨렸다. 그가 그렇게 소리 내어 웃는 경우는 흔한 일이 아니었다. 가끔 아이들과 함께 있을 때나 반 레이원후크와 있을 때 웃음소리를 들을 수 있는 정도였다. 나는 얼굴을 찡그렸다. 그렇게 웃음거리가 되는 게 싫었다.

"주인님이 하라시는 대로 했을 뿐입니다." 나는 중얼거렸다.

웃음을 그친 그가 말했다. "네 말이 맞다, 그리트. 미안하다. 그리고 네 얼굴 말인데 이제 자세히 볼 수 있게 됐구나. 네 얼굴은……" 말을 끝맺지 않고 그는 그냥 입을 다물어버렸다. 그가 무슨 말을 하려고 했는지 궁금했다.

내가 의자 위에 남겨두었던 옷감 더미 쪽으로 몸을 돌리며 그가 물었다. "다른 색깔들도 많은데 왜 갈색 천을 골랐지?"

귀부인이니 하녀니 하는 말은 다시 꺼내고 싶지 않았다. 파란색이나 노란색은 귀부인들의 색깔이라는 것을 그에게 일깨우고 싶지도 않았다. "갈색이 제가 평소에 입는 옷 색깔이니까요." 나는 간단하게 대답했다.

그는 내가 무슨 생각을 하고 있는지 짐작하는 듯했다. "몇 년 전에 타네커를 그릴 때 그애는 파란색과 노란색의 옷을 입었지."

"전 타네커가 아니에요, 주인님."

"그래, 물론 그렇지." 그는 길고 좁다란 파란색 천을 끄집어냈다. "하지만 이것으로 한번 해봤으면 좋겠다."

나는 그가 고른 천을 유심히 살폈다. "제 머리를 다 싸기에는 모자랄 것 같아요."

"그럼 이것도 함께 써보면 어떨까." 같은 파란색으로 테두리가 둘러진 노란 천을 그는 집어 들었다.

내키지 않았지만 어쩔 수 없었다. 그가 골라준 두 개의 천을 들고 광으로 간 나는 거울 앞에서 다시 머리를 싸매기 시작했다. 정수리부터 노란색 천으로 머리를 싸고 나서, 이마 위로 푸른색 천을 둘렀다. 천의 끝자락들을 안쪽으로 잘 밀어 넣고, 여기저기 주름진 곳들을 매만지고 이마를 두르고 있는 푸른색 천이 어느 한쪽으로 몰린 곳은 없는지 조심스레 가다듬었다. 그러고 나서 화실로 돌아왔다.

그는 책을 보고 있었는데 내가 살며시 들어와 의자에 앉는 것조차 알지 못했다. 나는 처음의 자세로 다시 돌아갔다. 왼쪽 어깨 너머로 고개를 돌렸을 때 그가 고개를 들었다. 그 순간 안으로 밀어 넣어 두었던 노란색 천의 끝자락이 풀리면서 어깨 위로 축 늘어졌다.

"아!" 천이 흘러내려 머리카락이 모두 드러날까 두려워 나는 숨을 들이켰다. 하지만 노란색 천은 끝자락만 어깨 위로 매달려 흔들거릴 뿐 더 이상 쏟아지지 않았다. 머리카락은 무사했다.

이때 그가 말했다. "그래, 바로 그거다, 그리트."

그는 내가 그림을 보지 못하게 했다. 다른 이젤에다 그림을 올려 화실 문과 멀찍이 떨어진 곳에 비스듬히 배치해놓고서, 캔버스를 쳐다보지 말라고 했다. 그림을 보지 않겠다고 약속은 했지만, 밤이면 종종 담요를 두르고 화실로 내려가 그림을 몰래 훔쳐보는 걸 침대에 누워 상상하곤 했다. 내가 그렇게 해도 그는 결코 모를 것이다.

어쩌면 짐작할지도 모른다. 하지만 내가 이미 그림을 보았다는 것을 그가 모르는 상태에서, 하루하루 그와 함께 앉아 있을 수 있으리라고는 생각되지 않았다. 그에게 뭔가를 숨길 수는 없었다. 그러고 싶지도 않았다.

또한 그가 나를 어떻게 보고 있는지 알게 되는 것도 망설여지는 일이었다. 차라리 모르는 채로 있는 게 더 나을지도 모른다.

내게 시킨 물감 준비 작업은 그가 앞으로 무엇을 하려고 하는지, 아무런 단서도 주지 않았다. 검은색, 황토색, 백연색, 겨자색, 군청색, 진홍색. 모두 전에 내가 다루어본 색들이었다. 그리고 연주회 그림을 그릴 때도 쉽게 쓸 수 있는 색들이었다.

한 번에 두 개의 그림을 동시에 작업하는 것은 평소 그의 방식이 아니었다. 연주회 그림과 내 그림을 왔다 갔다 하며 일하는 걸 그는 좋아하지 않았지만, 나를 그리고 있다는 사실을 다른 사람들에게 감추기엔 훨씬 편리했다. 오직 몇 사람만이 알고 있을 것이다. 반 라위번이 알고 있을 테고…… 내 그림은 반 라위번의 요구에 따른 것이라고 나는 확신하고 있었다. 그리고 그는 반 라위번과 나를 함께 그리지 않아도 되게끔 나 혼자만 그리는 데 합의를 봤을 것이다. 그 대신 반 라위번은 내 그림을 영원히 갖게 된다.

이런 추측은 별로 즐겁지 않았다. 그리고 그도 좋아하지 않았을 거라고 믿고 싶었다.

마리아 틴스 역시 그림에 대해 알고 있을 터였다. 반 라위번과 합의를 이끌어낸 사람은 아마 큰 마님이었을 것이다. 게다가 마리아 틴스는 자기가 원할 때면 언제든지 화실을 드나들 수 있으니까. 그리고 내게는 그림을 보는 것이 허락되지 않았지만, 큰 마님은 지나다니다가 그림을 볼 수도 있었다. 가끔 마리아 틴스는 호기심을 감추지 못하고 나를 슬쩍 곁눈질할 때가 있었다.

코넬리아도 그림에 대해 알고 있는 게 아닌가 의심이 들기도 했다. 어느 날인가는 화실로 올라가는 계단에 코넬리아가 서 있는 것을 본 적이 있었다. 그 아이가 있을 곳이 아닌데도 말이다. 왜 여기 있느냐고 물어보더라도 아이는 아무 대답도 하지 않을 것이다. 나는 코넬리아를 마리아 틴스나 카타리나에게 데려갈까 하다가 그냥 눈앞에서 사라지도록 내버려두었다. 그가 나를 그리고 있는 동안은 분란을 일으키고 싶지 않았다.

반 레이원후크도 이 그림에 대해 알고 있었다. 언젠가는 자기 카메라 옵스큐라를 가져와서 그와 함께 그 상자를 통해 나를 본 적도 있었다. 의자에 내가 앉아 있는 모습을 보고도 반 레이원후크는 그다지 놀라지 않았다. 그가 미리 말해두었음이 분명했다. 반 레이원후크는 천이 둘린 이상한 내 머리 모양에 흘끗 시선을 던졌지만, 거기에 대해 아무런 평도 하지 않았다.

그와 반 레이원후크는 차례로 카메라 옵스큐라를 사용했다. 나는 그의 눈길에 마음이 흐트러지는 일 없이, 꼼짝 않고 아무런 생각도 없이 앉아 있는 법을 배워가고 있었다. 하지만 내게 초점을 맞춘 검은 상자와 함께 있기란 어려웠다. 눈과 얼굴, 몸은 보이지 않고 구부린 등을 덮고 있는 검은 외투와 상자만이 나를 향하고 있다는 게 불편했다. 그들이 나를 어떻게 보고 있는지도 알 수 없었다.

하지만 두 신사가 나를 주의 깊게 바라보는 순간들이 짜릿했다는 사실만은 부인할 수가 없다. 비록 그들의 얼굴은 볼 수 없었지만 말이다.

카메라 옵스큐라의 렌즈를 닦을 부드러운 천을 찾으러 그가 방을 나갔다. 계단을 내려가는 발소리가 들릴 때까지 기다렸다가 반 레이원후크는 부드럽게 말했다. "조심해야 한다, 애야."

"무슨 말씀이신지요, 어르신?"

"네 주인이 반 라위번을 만족시키기 위해 너를 그리고 있다는 걸 분명히 알아야 해. 너에 대한 반 라위번의 관심 때문에 네 주인이 널 보호하려고 하게 된 거야."

나는 고개를 끄덕였다. 내 추측이 옳았다는 것을 알게 되어 은근히 기쁘기도 했다.

"그 사람들의 싸움에 얽혀들지 않도록 해라. 네가 상처를 입을 수도 있어."

이때까지도 나는 그림에 나오는 자세대로 가만히 앉아 있었다. 그
런데 두르고 있는 숄을 흔들어 떨어뜨리기라도 하려는 듯 어깨가 저
절로 실룩실룩 경련을 일으켰다. "주인님이 제게 상처를 줄 거라고
는 생각해본 적 없습니다."

"말해봐라, 남자에 대해서 얼마나 알고 있지?"

얼굴이 새빨개져서 나는 고개를 돌리고 말았다. 피터와 함께 골목
길에 서 있던 일을 생각했다.

"아는지 모르겠지만, 경쟁은 남자들에게 소유욕을 불러일으키지.
네 주인이 네게 관심을 가지는 건 어느 정도는 반 라위번이 네게 흥
미를 보이기 때문이야."

나는 대답하지 않았다.

"네 주인은 특별한 사람이야." 반 레이원후크는 계속 말했다. "그
의 눈은 황금으로 가득 찬 방만큼이나 가치가 있지. 그러나 가끔은
그도 자기가 그랬으면 하는 세계만 보곤 해. 실제로 세상은 그렇지
않은데 말이야. 자기의 그런 시각이 다른 사람들에게 초래할 결과들
을 이해하려 하지 않아. 그는 오직 자기 자신과 자기 작품만을 생각
한단다. 네 생각을 하진 않아. 그러니까 너는 조심해야……" 반 레
이원후크가 말을 멈췄다. 그의 발소리가 계단에서 들려오고 있었다.

"무얼 조심해야 하나요?" 나는 속삭였다.

"너 자신으로 남아 있도록 해라."

나는 턱을 들어 올리며 물었다. "하녀로 남아 있으란 말씀입니
까?"

「빨간 모자를 쓴 소녀」, 1666~1667년경

"그런 말이 아니야. 그의 그림 속에 있는 여자들…… 그 여자들을 그는 자기의 세계에 가둬놓고 있어. 너 역시 거기에서 길을 잃을 수 있어."

그가 방으로 들어왔다. "그리트, 너 움직였구나." 그가 말했다.

"죄송합니다, 주인님." 나는 다시 한번 자세를 잡았다.

그가 나를 그리기 시작했을 때 카타리나는 임신 6개월이었다. 이미 몸은 부풀어 있었고 움직이는 것도 느렸다. 벽에 기대어 걷는다거나, 의자 등받이를 잡고 일어서거나, 한숨을 내쉬며 의자에 몸을 파묻곤 했다. 이미 여러 차례 경험이 있는데도 너무나 힘들어하는 모습을 보니 놀랍기까지 했다. 카타리나는 크게 불평을 하지는 않았지만, 일단 배가 불러오기 시작하자 그게 자신이 감당해야만 하는 형벌인 양 행동했다. 카타리나가 프란시스커스를 배고 있을 때는 이런 점을 미처 알아차리지 못했다. 그때는 저택에 적응하던 시기였고, 매일 아침 나를 기다리는 빨래 더미 때문에 그 밖의 것들은 거의 눈에 들어오지도 않았으니까.

몸이 무거워질수록 카타리나는 점점 자기 자신 속으로 침잠해 들어가는 것 같았다. 여전히 매지의 도움을 받아가며 아이들을 돌보고, 집안일을 걱정하면서 타네커와 내게 지시를 내리곤 했다. 마리아 틴스와 함께 장을 보러 가는 일은 거르지 않았다. 하지만 카타리나의 일부분은 배 속에 있는 아기와 함께 어딘가 다른 곳에 가 있는 것 같았다. 거친 태도는 근래에 와서 거의 볼 수 없었고, 일부러 그러지도 않았다. 갈수록 느릿느릿 움직였고 산만하긴 해도 물건을 깨

281

는 일은 거의 없었다.

카타리나가 나를 그리고 있는 그림을 보게 될까 봐 걱정스러웠다. 다행스럽게도 화실로 향하는 계단은 몸이 무거운 카타리나가 오르기에는 버거웠기 때문에, 화실 문을 왈칵 열고서 의자에 앉아 있는 나와 이젤 앞에 서 있는 그의 모습을 발견해낼 것 같지는 않았다. 그리고 추운 겨울이라 아이들이나 타네커, 마리아 틴스와 함께 화롯가에 앉아 있는 것을 더 좋아하기도 했다. 그렇지 않으면 담요와 모피 속에 파묻혀 졸았다.

진짜 위험은 반 라위번한테서 그림 얘기를 듣게 되는 것이었다. 그림에 대해 알고 있는 사람들 중에서 반 라위번은 가장 입이 가벼웠다. 반 라위번은 정기적으로 저택에 찾아와 연주회 그림을 위해 포즈를 취했다. 마리아 틴스는 반 라위번이 와도 더 이상 나를 심부름 보내거나 안 보이게 나가 있으라고 하지 않았다. 내가 할 수 있는 심부름이야 많았지만 심부름은 효과가 없다고 여긴 모양이었다. 일단 그림을 그려주기로 약속을 했고, 이에 만족한 반 라위번이 나를 내버려둘 거라고 믿고 있음이 틀림없었다.

하지만 반 라위번은 그러지 않았다. 세탁실에서 빨래를 하거나 옷을 다리는 동안, 혹은 부엌에서 타네커와 함께 일하고 있을 때면 가끔 나를 찾아냈다. 다른 사람이 주위에 있을 때는 그리 나쁘게 굴지 않았다. 매지나 타네커, 심지어 알레이디스라도 옆에 있으면 특유의 느끼한 목소리로 "안녕, 아가씨" 하고 인사만 하고 가만 내버려두었다. 하지만 내가 혼자일 때, 옅은 겨울 햇살이지만 잠시라도 볕을 쬐게 하려고 마당에서 빨래를 널고 있을 때면, 울타리 안으로 들어와

방금 널어놓은 침대보나 주인님의 셔츠 뒤에 숨어서 나를 만지려 들었다. 하녀 신분인 나로서는 되도록 공손하게 반 라위번을 밀쳐냈다. 그럼에도 불구하고 반 라위번은 옷 밑에 가려진 내 가슴과 허벅지의 모양새에 점점 익숙해지고 있었다.

반 라위번은 정말 기억하고 싶지 않은 이야기나 다른 사람에게는 결코 옮길 수 없는 말들을 내 귓가에 속삭여 댔다.

반 라위번은 화실에서 포즈를 취한 후에는 늘 몇 분 동안이라도 카타리나를 찾아갔다. 반 라위번의 딸과 여동생은 두 사람이 수다 떠는 것을 참을성 있게 기다려야 했다. 그림에 대해 카타리나에게 어떤 얘기도 하지 말아달라는 마리아 틴스의 부탁에도 불구하고, 반 라위번은 조용히 비밀을 지키는 그런 사람이 아니었다. 내 그림을 갖게 되는 것을 반 라위번은 몹시 즐거워했고, 결국 몇 번이나 그림에 대한 암시를 카타리나에게 주고 말았다.

어느 날은 복도에서 걸레질을 하고 있는데 반 라위번이 카타리나에게 말하는 소리가 들렸다. "만일에 말이오, 당신 남편이 이 세상에서 누구 한 사람을 그려야 한다면 당신은 누구를 그리게 하겠소?"

"아, 나는 그런 일은 생각하지 않아요. 그이는 자기가 그리는 것을 그릴 뿐이에요." 카타리나가 소리 내어 웃으면서 대답했다.

"하긴 그 점에 대해서는 나도 잘 모르겠는걸." 반 라위번의 말투는 너무 음흉해서 카타리나조차 그 말 속에 담긴 암시를 놓칠 리 없었다.

"무슨 뜻이에요?" 카타리나가 물었다.

"아무것도 아니오, 아무것도. 하지만 당신 남편에게 꼭 물어봐요.

설마 아무도 없다고는 얘기하지 않겠지. 아이들 중의 하나, 그렇지 매지를 그릴 수도 있고. 아니면 사랑스런 당신을 그릴 수도 있고."

카타리나는 조용했다. 재빨리 화제를 바꾼 것으로 봐서 반 라위번은 카타리나의 기분을 상하게 했다는 것을 깨달았음이 분명했다.

언젠가 카타리나가 반 라위번에게 그림 앞에서 포즈를 취하는 게 즐거운지 물어본 적이 있었다. 그때 반 라위번은 "예쁜 아가씨와 함께 앉아 있는 것보다야 못하지요. 하지만 곧 어떻게든 예쁜 아가씨를 갖게 될 거고, 다음에는 꼭 그렇게 할 거요."

몇 달 전이라면 그러지 않았을 텐데, 카타리나는 반 라위번의 말을 흘려버렸다. 그림에 대해서 아무것도 모르고 있으니 카타리나에게는 조금도 이상하게 들리지 않았을 것이다. 하지만 나는 겁에 질려 반 라위번의 말을 마리아 틴스에게 그대로 전하고 말았다.

"문 뒤에서 계속 엿듣고 있었던 게냐?"

"저는……" 부인할 수가 없었다.

마리아 틴스는 쓰게 웃었다. "너도 보통 하녀들이 하는 짓을 하는구나. 현장에서 널 잡은 셈이야. 다음엔 은수저를 훔치려 들겠어."

나는 겁에 질려 몸을 움찔했다. 코넬리아의 빗 사건이 있었던 터라 마리아 틴스의 말은 입 밖에 꺼내기에는 너무 가혹한 얘기였다. 하지만 마리아 틴스에게 많은 빚을 지고 있는 나로서는 선택의 여지가 없었다. 마리아 틴스는 그런 잔인한 말을 할 자격이 있었다.

"하지만 네 말이 맞아. 반 라위번의 입은 매춘부의 지갑보다 더 헤프다니까. 다시 한번 그 인간에게 얘기해야겠다."

하지만 반 라위번에게 말로 하는 것은 아무 소용이 없었다. 오히려 반 라위번을 자극해서 카타리나에게 더욱 알랑거리도록 만드는 것 같았다. 마리아 틴스는 반 라위번이 오면 딸의 방에 들어가 같이 앉아 있기로 했다. 반 라위번의 혀에 고삐를 물릴 수 있도록 말이다.

카타리나가 내 그림을 보면 무슨 행동을 할지 알 수가 없었다. 물론 언젠가는 그림을 보게 될 것이다. 이 저택이 아니라면 반 라위번의 저택에서. 반 라위번의 저택에 초대받아 식사를 하다가 고개를 들었을 때 벽에서 자기를 내려다보고 있는 나를 보게 될 것이다.

그가 매일 내 그림을 그린 것은 아니다. 반 라위번 일가가 있든 없든 연주회 그림도 그려야 했다. 반 라위번 일가가 오지 않을 때면 그는 인물들의 주변 배경을 그렸다. 가끔은 그림에 나오는 여자들 중 한 명의 포즈를 내게 부탁하기도 했다. 하프시코드 앞에 앉아 있는 소녀와 그 옆에 서서 악보를 들고 노래를 부르는 여자. 그 여자들이 입고 있는 옷을 걸친 것은 아니지만, 그는 거기 서 있는 자세를 보고자 했다. 가끔은 두 여자가 반 라위번 없이 따로 오기도 했다. 이때가 그에게는 작업에 몰두할 수 있는 최상의 시간이었다. 반 라위번은 일하기 힘든 모델이었다. 다락방에서 일하다 반 라위번이 말하는 것을 들은 적이 있는데, 이 남자는 가만히 앉아 있지를 못했다. 류트를 뜯거나 말을 하고 싶어 안달이었다. 어린아이와 함께 있는 것처럼 그는 반 라위번을 인내심을 가지고 대했지만, 가끔은 목소리에 불쾌한 기색이 배어나올 때도 있었다. 그런 날 밤이면 그는 술집을 찾았고, 반짝이는 숟가락 같은 눈을 하고서 돌아오곤 했다.

나도 일주일에 서너 번은 내 그림을 위해서 포즈를 취했다. 매번

한 시간에서 두 시간. 내가 가장 좋아하는 시간이었다. 이 시간만큼
은 그의 눈은 오직 내 것이었다. 오랜 시간 고개를 옆으로 돌리고 앉
아 있는 자세를 취하기가 어렵기도 하고 두통도 따랐지만, 나는 개
의치 않았다. 이제 막 고개를 돌려 그를 바라보는 것처럼, 노란 천이
어깨 위에서 흔들리도록 자꾸 머리를 움직이라고 지시했지만 상관
없었다. 그가 요구하는 것은 뭐든지 했을 것이다.

  하지만 그는 행복해 보이지 않았다. 2월이 지나가고 얼음과 태양
의 날들이 간간이 섞인 3월이 찾아왔지만 그는 여전히 우울해 보였
다. 그가 본격적으로 나를 그리기 시작한 지 두 달이 지났다. 눈으로
직접 보지는 못했지만 거의 다 그려졌을 것이다. 내 그림에 쓸 물감
준비도 더 이상 시키지 않았다. 이제 그림 앞에 앉아 있더라도, 붓의
움직임은 거의 없고 물감도 아주 적은 양만을 사용했다. 그동안은
내가 어떻게 하기를 바라는지 그의 마음을 헤아리고 있다고 생각했
는데, 이제는 확신이 서질 않았다. 어떤 때는 내가 뭔가를 하기를 기
다리는 듯 그저 나를 보면서 앉아 있기만 할 때도 있었다. 그럴 때의
그는 화가가 아니라 한 사람의 남자로 보였다. 그리고 그런 그를 쳐
다보기는 쉽지 않았다.

  그러던 어느 날 의자에 앉아 있는 내게 갑자기 그가 말했다. "이
그림은 반 라위번을 만족시킬 거다. 하지만 나는 아니야."

  무슨 말을 해야 할지 알 수가 없었다. 그림을 보지 않고서는 그를
도울 길이 없었다. "그림을 봐도 될까요, 주인님?"

  호기심에 찬 표정으로 그는 나를 응시했다.

  "어쩌면 제가 도울 수 있을지도……" 말을 덧붙이면서도 나는 정

말 그런 상황이 오지 않기를 바랐다. 너무 대담해지는 것 같아 겁이 났다.

"좋아." 잠시 후 그가 말했다.

나는 일어나 그의 뒤로 가서 섰다. 그는 돌아보지 않고 가만히 앉아 있었다. 느리지만 꾸준히 내쉬는 그의 숨소리를 들을 수 있었다.

그림은 그의 이전 작품들과는 전혀 달랐다. 그것은 그저 나를 그린 그림일 뿐이었다. 내 머리와 어깨를 그린. 그림을 부드럽게 하거나 주의를 분산시키는 파우더 붓도, 창문도, 탁자나 커튼도 없었다. 눈을 크게 뜬 나와 얼굴을 가로질러 떨어지는 빛이 있고, 왼쪽 면은 그림자 지듯 어두웠다. 나는 푸른 천과 노란 천을 머리에 두르고, 갈색 옷을 입고 있었다. 머리에 두른 천은 나를 내가 아닌 다른 사람처럼 보이게 했다. 다른 도시나 다른 나라에서 온 그리트 같았다. 누군가를 보고 있는 게 분명한데도, 검은색 배경은 나를 무척 외로워 보이도록 만들었다. 내 모습은 결코 일어나지 않을 뭔가를 기다리고 있는 것 같았다.

그의 말은 옳았다. 이 그림은 반 라위번을 만족시킬지는 몰라도 뭔가가 빠져 있었다.

그가 행동으로 옮기기 전에 나는 알 수 있었다. 필요한 것이 있다. 그것은…… 다른 그림들을 그릴 때 그림 속으로 눈길을 잡아끌기 위해 그가 사용하던 번쩍이는 한 지점이었다. 몸이 떨려왔다. 그것으로 이 그림은 완성이라고 생각했다.

그리고 나는 옳았다.

반 라위번의 아내가 편지 쓰는 그림을 그리고 있을 때는 일단 일을 저지르고 보았다. 하지만 이번에는 가만히 있었다. 화실로 몰래 기어 들어가지도 않았고 물건의 배치를 바꾸지도 않았다. 내가 앉는 의자의 위치를 바꾼다거나 덧문을 좀 더 열어두는 짓도 하지 않았다. 푸른색 천과 노란색 천으로 머리를 달리 묶어보지도 않았고, 슈미즈의 상단을 숨기려고도 하지 않았다. 더 붉게 보이려고 입술을 깨물거나 두 볼을 홀쭉하게 빨아들이지도 않았다. 그가 쓸 거라고 생각되는 색깔들을 미리 늘어놓지도 않았다.

그저 그의 앞에 앉아 있다 그가 요구한 색깔만을 갈거나 씻었다.

그는 어떻게든 자기 스스로 방법을 찾아낼 것이다.

내가 생각했던 것보다 시간은 더 오래 걸렸다. 무엇이 빠져 있는지 그가 알아낼 때까지 나는 두 번 더 그림 앞에 앉았다. 그 두 번 모두 여전히 만족스럽지 않은 얼굴로 그는 그림을 그렸고 나를 일찍 놓아주었다.

나는 기다렸다.

카타리나가 그에게 실마리를 주었다. 어느 오후 매지와 나는 세탁실에서 구두를 닦고 있었고, 다른 아이들은 큰 방에 모여서 탄생 축하 잔치를 위해 카타리나가 옷을 입는 것을 지켜보고 있었다. 알레이디스와 리스벳이 함성을 내질렀다. 카타리나가 여자애들이 좋아하는 진주를 꺼냈다는 뜻이었다.

그때 복도에서 그의 발소리가 들렸다. 침묵이 흐르고 낮은 목소리가 뒤를 따랐다. 잠시 후 그가 부르는 소리가 들렸다. "그리트, 여기 집사람에게 포도주 한잔 가져오너라."

그가 함께 마실 경우를 생각해, 쟁반에 흰 주전자와 잔 두 개를 올려서 큰 방으로 가져갔다. 안으로 들어서다가 문가에 서 있던 코넬리아와 부딪쳤다. 가까스로 주전자를 붙잡았고 잔들은 가슴에 부딪히며 쟁그랑거렸지만 다행히 깨지지 않았다. 코넬리아는 능글능글 웃으며 길을 비켜줬다.

카타리나는 파우더 붓과 분통, 빗과 보석 상자가 놓인 탁자 옆에 앉아 있었다. 목에는 진주 목걸이를 두르고 부른 배를 가릴 수 있게 손을 본 초록색 비단 드레스를 입고 있었다. 카타리나 옆에 잔을 놓고 포도주를 따랐다.

"주인님도 드시겠습니까?" 흘끗 그를 쳐다보면서 물었다. 그는 비단 커튼을 밀치고 침대 옆에 있는 장식장에 몸을 기대고 있었다. 처음으로 커튼이 카타리나가 입고 있는 드레스와 같은 천으로 만들어졌다는 걸 깨달았다. 그는 카타리나와 나를 번갈아 보았다. 그의 얼굴에는 화가의 표정이 담겨 있었다.

"이 멍청한 것아, 포도주를 흘리고 있잖니!" 탁자를 밀어내며 카타리나가 말했다. 카타리나는 손으로 배 쪽을 털었다. 붉은 포도주 몇 방울이 튀어 있었다.

"죄송합니다. 마님. 얼른 가서 물수건을 가져오겠습니다."

"아냐, 됐어. 이렇게 내 주위에서 소란 피우지 말고 그만 나가."

쟁반을 집어 들다가 나는 그의 표정을 훔쳐보았다. 그의 두 눈은 카타리나의 진주 귀고리에 고정되어 있었다. 카타리나가 얼굴에 분을 더 바르려고 고개를 돌리자, 진주 귀고리는 창으로 쏟아져 들어오는 빛 속에서 이리저리 흔들렸다. 귀고리는 모두의 시선을 카타리나의 얼굴로 잡아끌었다. 카타리나의 눈동자가 그렇듯 귀고리는 빛을 되비춰내고 있었다.

"잠깐 2층에 가봐야 되겠소. 그리 오래 걸리지는 않을 거요." 그가 카타리나에게 말했다.

그때 나는 이것으로 됐다고 생각했다. 그는 답을 찾은 것이다.

그가 화실로 나를 부르고, 그를 위해 그림 앞에 앉는다는 것을 알 때면 항상 기쁨을 느꼈다. 하지만 다음 날 오후 그가 화실로 올라오라고 했을 때는 기쁘지가 않았다. 처음으로 나는 그의 앞에 앉는 것이 두려웠다. 그날 아침 빨래는 물에 젖어 더욱 무겁게 느껴졌다. 손에 힘이 없어서 물기를 제대로 짤 수도 없었다. 세탁실과 마당을 천천히 오갔고 두어 차례나 쉬려고 앉기도 했다. 팬케이크를 굽는 구리 팬을 찾으러 들어온 마리아 틴스가 이런 내 모습을 보고 물었다. "얘야, 무슨 일이냐? 어디 아픈 게냐?"

나는 벌떡 일어났다. "아닙니다, 마님. 조금 피곤해서요."

"피곤하다고? 하녀가 그래선 안 되지. 특히 아침에는 말이야." 마리아 틴스는 내 말을 믿지 못하겠다는 표정이었다.

나는 차가운 물에 손을 담그고 카타리나의 슈미즈 하나를 끄집어냈다. "마님, 오늘 오후에 제게 심부름 시키실 일 없으세요?"

"심부름? 오늘 오후에? 없는 것 같은데…… 피곤하다면서 심부름 시킬 일을 묻다니 참 우습구나." 마리아 틴스는 눈을 가늘게 떴다. "너 무슨 곤란한 일이 있는 것 아니냐, 응? 혼자 있는 널 반 라위번이 잡아먹진 않았겠지, 그렇지?"

"아닙니다, 마님." 사실 바로 이틀 전에 거의 그럴 뻔도 했다. 하지만 가까스로 빠져나올 수 있었다.

"그럼 2층에 있는 너를 누가 보기라도 한 게냐?" 턱으로 화실을 가리키면서 목소리를 낮추어 마리아 틴스가 물었다.

"아닙니다, 마님." 잠깐이나마 마리아 틴스에게 귀고리 얘기를 해버리고 싶은 유혹을 느꼈다. 그러나 대신 이렇게 말했을 뿐이다. "먹은 게 탈이 난 모양입니다. 별일 아니에요."

마리아 틴스는 어깨를 으쓱하더니 몸을 돌렸다. 여전히 믿지는 못하겠지만 별문제가 아니라고 결정을 내린 모양이었다.

그날 오후 나는 무거운 걸음으로 계단을 올랐다. 문 앞에서 잠시 멈춰 섰다. 오늘은 그를 위해 그림 앞에 앉던 다른 때와는 같지 않으리라. 그는 내게 뭔가를 요구할 것이다. 그리고 나는 그에게 많은 은혜를 입은 처지다.

문을 밀었다. 붓 끝을 골똘히 들여다보며 그는 이젤 앞에 앉아 있었다. 그가 나를 올려다보았을 때, 예전에는 그의 얼굴에서 결코 볼 수 없었던 뭔가가 보였다. 그는 불안해하고 있었다.

그 모습이 내게 하려던 말을 할 수 있게 용기를 주었다. 나는 내가 앉는 의자 옆으로 가서 의자 등받이의 사자머리 장식 위에 손을 얹고 섰다. 차갑고 단단한 조각을 꼭 움켜쥐며 입을 열었다. "주인님, 전 할 수 없어요."

"무얼 말이냐, 그리트?" 그는 진심으로 놀란 표정이었다.

"주인님이 제게 요구하실 일 말입니다. 저는 그걸 할 수 없어요. 하녀들은 진주 귀고리를 달지 않습니다."

한참 동안 그가 나를 응시했다. 그리고 몇 차례인가 머리를 흔들었다. "넌 참 예상 못할 아이로구나. 항상 나를 놀라게 한단 말이야."

나는 손으로 사자의 코와 입, 주둥이에서부터 매끄럽고 작게 마디가 진 갈기에 이르기까지 더듬었다. 그의 눈이 내 손가락을 따라다녔다.

"너도 알겠지만," 그가 속삭이듯 말했다. "그림에는 그게 필요해. 진주가 반사하는 빛 말이다. 그게 없으면 그림은 결코 완성되지 못해."

나도 알고 있었다. 나 자신의 모습을 바라보는 일이 너무 이상해서 그림을 오래 볼 수는 없었지만, 진주 귀고리가 필요하다는 건 즉시 알 수 있었다. 진주 귀고리가 없는 그림은 나의 눈과 입, 흰 슈미즈, 내 귀 뒤의 어두운 공간, 모든 것들을 따로따로 놀게 했다. 진주 귀고리는 이 모두를 함께 모을 수 있을 것이다. 그것으로 그림은 완성될 것이다.

하지만 그 진주 귀고리는 또한 나를 거리로 내몰 것이다. 반 라위번이나 반 레이원후크, 그 누구에게서도 그가 귀고리를 빌리지 않으리라는 것쯤은 알고 있었다. 그는 카타리나의 귀고리를 보았고, 내 귀에 달게 할 귀고리는 바로 그것이다. 그는 자기 그림에 필요한 것이 있으면 그 때문에 초래될 다른 문제는 전혀 생각하지 않고 그것을 사용했다. 반 레이원후크가 내게 경고했던 점이기도 했다.

자기 귀고리를 그림 속에서 본다면 아마 카타리나는 폭발해버리고 말 것이다.

제발 나를 파멸시키지 말라고 그에게 간청해야만 했다. 그러나 정작 내 입에서 흘러나온 말은 논쟁을 하자는 거나 다름없었다.

"주인님은 반 라위번 어르신을 위해서 저 그림을 그렸습니다. 주인님 자신을 위해서가 아니고요. 그럼, 그게 그렇게 문제가 되요? 주인님도 반 라위번 어르신은 저 그림으로 만족할 거라고 말씀하셨잖아요."

그의 얼굴이 굳어졌다. 나는 잘못 말했다는 걸 깨달았다.

"누가 그림을 가져가든 상관없다. 그림이 완전하지 않다는 걸 알고 있는 한 결코 손을 뗄 수가 없어. 그건 내 방식이 아니다."

"네." 나는 침을 삼키고 타일이 깔린 바닥을 응시했다. 멍청한 계집애라는 말이 입가에 떠오르면서 내가 어리석었다는 생각이 들었다. 턱이 굳어왔다.

"가서 준비해라."

고개를 숙이고 노란색 천과 푸른색 천을 보관해둔 광으로 서둘러 갔다. 이렇게 강하게 그의 반대 의사를 느껴본 적이 없었다. 내가 감당할 수 있을 것 같지 않았다. 모자를 벗고 천으로 머리를 싸매기 시작했다. 머리를 두른 천이 어딘지 모르게 잘못되었다는 걸 느끼고 다시 풀었다. 다시 머리카락을 쓸어 올리고 있는데 화실 바닥의 느슨해진 타일이 삐걱거리는 소리가 났다. 몸이 얼어붙었다. 내가 머리를 고치고 있는 동안 그가 광으로 들어온 적은 한 번도 없었다. 내게 그러고 싶다고 한 적도 없었다.

머리에 손을 얹은 채로 몸을 돌렸다. 나를 응시하며 그가 입구에 서 있었다.

나는 손을 내렸다. 가을 들판 같은 갈색의 머리카락이 물결을 치며 어깨 위로 흘러내렸다. 나 말고는 그 누구도 보지 못한 것이었다.

"네 머리카락." 그는 더 이상 화나 있지 않았다.

마침내 그가 지켜보는 가운데 나는 준비를 마쳤다.

이제 그는 나의 머리카락을 보았고, 드러난 내 모습을 보았다. 감추고 지켜야 할 소중한 무언가가 더 이상 남아 있지 않은 느낌이었다. 그가 아닌 다른 누군가와 함께였다면 더 자유로울 수 있었을지도 모른다. 내가 무엇을 하든, 하지 않든 더 이상 문제가 아니었다.

그날 밤 나는 저택을 빠져나가 푸줏간 사람들이 자주 들르는 한 술집에서 피터를 찾았다. 주변의 소란스러운 휘파람과 환성을 무시하고 피터에게 다가가 함께 나가자고 했다. 피터는 탁자에 맥주잔을 내려놓고 눈을 둥그렇게 뜬 채 밖으로 따라나왔다. 나는 피터의 손을 잡고 가까운 골목길로 이끌었다. 거기에서 스커트를 말아 올리고 피터가 좋을 대로 하게끔 내버려두었다. 피터의 몸이 내 몸속으로 들어와 리드미컬하게 움직이는 동안 나는 피터의 목에 손을 감고 가만히 서 있었다. 피터의 행동은 나를 아프게 했지만, 화실에서 어깨 위로 머리카락이 쏟아져 내렸을 때를 떠올리자 희열 비슷한 뭔가가 느껴졌다.

일이 끝난 후 파펜후크의 저택으로 돌아온 나는 식초로 온몸을 씻었다.

다음에 그림을 보게 되었을 때, 왼쪽 눈가 위 푸른 천 밑으로 살짝 빠져나온 머리카락 몇 올을 그가 새로이 그려 넣었다는 것을 알았다.

그의 앞에 다시 앉았을 때, 그는 귀고리에 관한 이야기는 하지 않았다. 두려워하던 대로 내게 귀고리를 건네거나, 앉는 자세를 바꾸게 하거나, 아니면 아예 그림 그리는 걸 중단하지도 않았다.

내 머리카락을 보기 위해 다시 광으로 들어오지도 않았다.

팔레트 나이프로 팔레트 위의 물감을 섞으면서 그는 오랜 시간을 앉아 있었다. 팔레트 위엔 붉은색과 황토색이 있었지만, 그가 만들어낸 색은 흰색에 가까웠다. 그는 거기에다 검은색을 흠뻑 더해서 조심스러운 손길로 천천히 두 색을 섞기 시작했다. 회색빛이 된 물감 속에서 팔레트 나이프에 박힌 실버 다이아몬드가 빛을 반짝이고 있었다.

"주인님."

물감을 섞던 나이프를 멈추고 그가 나를 올려다보았다.

"모델이 여기 없어도 주인님이 가끔 그림을 그리시는 걸 본 적이 있어요. 제가 귀고리를 하지 않고 있어도 귀고리를 그려 넣으실 수는 없을까요?"

팔레트 나이프는 여전히 그대로 멈춰 있었다. "네가 진주 귀고리를 하고 있는 모습을 상상해서 그리란 말이냐?"

"예, 주인님."

그는 물감을 내려다보았다. 팔레트 나이프는 다시 움직이고 있었다. 그가 살짝 웃음을 보인 것 같았다. "나는 네가 귀고리를 하고 있는 모습을 보고 싶다."

"하지만 그렇게 하면 어떤 일이 일어날지 아시잖아요, 주인님."

"그림이 완성될 거라는 것은 알고 있지."

당신은 나를 파멸시키려 하고 있어요, 나는 마음속으로 외쳤다. 하지만 이번에도 이 말을 입 밖에 꺼내지 못했다. "작은 마님이 완성된 그림을 보시면 뭐라고 하시겠어요?" 용기를 내어 한껏 대담하게 이렇게 물었을 뿐이다.

"집사람은 이 그림을 보지 못할 거다. 내가 직접 반 라위번에게 전할 거니까." 처음이었다. 나를 비밀리에 몰래 그리고 있다는 사실과 카타리나가 이를 결코 받아들이지 않을 것임을 그가 시인한 것은.

"오직 한 번만 달면 된다." 나를 달래려는 듯 그가 말을 덧붙였다. "다음에 널 그릴 때는 귀고리를 가져올 거야. 다음 주다. 집사람은 한나절 동안은 그게 없어진 줄도 모를 거다."

"하지만, 주인님…… 제 귀는 뚫려 있지도 않은데요."

그는 살짝 눈살을 찌푸렸다. "글쎄…… 그건 네가 알아서 조치를 해라." 귀를 뚫는다는 것은 확실히 여자들의 문제지 그와 같은 남자들이 신경 써줄 수 있는 문제가 아니었다. 그는 나이프를 탁탁 털어서 천으로 닦았다. "자, 그럼 시작하자. 턱을 약간 아래로." 그는 나를 뚫어지게 쳐다보았다. "입술을 적셔라, 그리트."

나는 혀로 입술을 적셨다.

"입을 조금 벌리고."

뜻밖의 주문에 너무 놀라 내 입이 저절로 살짝 벌어졌다. 눈물이 떨어지지 않게 나는 눈을 깜박거려야 했다. 정숙한 여인은 그림 속에서 결코 입을 벌리는 법이 없었다.

피터와 내가 골목길에 있었을 때 마치 그도 거기 있었던 것 같았다.

당신은 나를 파멸시키고 있어요. 나는 다시 입술을 적셨다.

"좋아." 그가 말했다.

혼자서 이 일을 하고 싶지는 않았다. 아픈 건 문제가 아니었다. 내 손으로 직접 귀에 바늘을 찌르고 싶지가 않았던 것이다.

누군가에게 부탁해야 한다면 엄마밖에 없었다. 하지만 엄마는 절대 이해하지 못할 테고, 이유를 알기 전에는 귀를 뚫는 일에 동의하지도 않을 것이다. 그리고 만일 이유를 듣는다면 공포에 사로잡힐지도 모른다.

그렇다고 타네커와 매지에게 부탁할 수도 없었다.

마리아 틴스에게 부탁할까 생각해보았다. 귀고리에 관한 일은 아직 모르고 있겠지만, 곧 알게 될 것이다. 하지만 결국 마리아 틴스에게도 말할 수가 없었다. 내 수치를 보이고 싶지 않았다.

그 일을 이해하고 해줄 수 있는 유일한 사람은 동생 프란스였다. 다음 날 오후 마리아 틴스가 내게 주었던 바늘쌈을 들고 저택을 빠져나갔다. 공장 입구에 다다라 프란스를 찾는다고 하자, 성마른 얼굴의 여자는 기분 나쁜 웃음을 흘렸다.

"네 동생은 오래전에 떠났어. 시원하게 말이야." 여자는 자기가 내뱉은 말을 음미하고 있는 듯했다.

"떠나다니요? 어디로요?"

여자는 어깨를 으쓱했다. "사람들이 그러는데 로테르담 쪽이라지. 그리고 그다음엔 어디로 갔는지 누가 알겠어? 모르지, 로테르담의 매춘부 가랑이 사이에 끼여 아직 죽지 않았다면 어디 해외로 나가서 한 재산 벌고 있을지." 여자의 독살스러운 말은 그 얼굴을 한

번 더 쳐다보게 만들었다. 여자는 아이를 데리고 있었다.

코넬리아가 프란스와 내가 함께 그려져 있는 타일을 깨뜨렸을 때, 그애는 자기도 모르게 앞날을 예견한 셈이었다. 프란스는 내게서, 그리고 우리 가족에게서 떨어져 나간 것이다. 동생을 다시 볼 수 있을까? 부모님은 뭐라고 얘기하실까? 나는 그 어느 때보다도 외로움을 느꼈다.

다음 날 생선 가게에서 돌아오는 길에 약제사에게 들렀다. 약제사는 이제 나를 잘 알고 있었고, 내 이름을 부르며 반갑게 맞이했다. "그런데 오늘 우리 화가 양반께서는 뭘 필요로 하시나? 캔버스? 단사(丹砂)? 황토? 아마인유?"

"주인님이 필요로 하시는 건 없어요." 나는 불안한 목소리로 대답했다. "저희 마님들도 마찬가지고요. 제가 여기 온 것은……" 순간 나는 약제사에게 귀를 뚫어달라고 부탁해볼까 하는 생각을 했다. 약제사는 사려 깊은 사람으로 보였다. 다른 사람들에게 이 일을 이야기하거나 이유를 물어보는 일 없이 내 부탁을 들어줄 것 같았다.

하지만 이런 일을 낯선 이에게 부탁할 수는 없었다. "저, 피부를 마비시킬 수 있는 약이 필요해요."

"피부를 마비시킨다고?"

"예, 얼음처럼 말이에요."

"왜 피부를 마비시키려고 하는데?"

나는 어깨를 으쓱하고 대답하지 않았다. 약제사 뒤에 있는 선반의 병들을 뚫어지게 바라보았을 뿐이다.

"정향유(丁香油)." 한숨을 내쉬며 마침내 약제사가 말했다. 그리고 자기 뒤에 있는 조그만 병에 손을 내밀었다. "마비시키고 싶은 부위에 몇 방울 떨어뜨리고 문질러라. 그리고 몇 분간 그대로 둬. 하지만 마비가 오래 지속되지는 않는단다."

"조금만 주세요."

"그런데 누가 값을 지불할 거지? 네 주인? 이건 아주 비싸. 멀리서 온 거거든." 약제사의 목소리에는 불신과 호기심이 뒤섞여 있었다.

"제가 지불할 거예요. 아주 조금이면 돼요." 앞치마의 주머니를 열고 탁자 위에 돈을 세어서 놓았다. 정향유가 든 조그만 병 하나가 내 이틀치 급료와 맞먹었다. 나는 일요일날 갚기로 하고 타네커에게 돈을 빌려서 왔다.

일요일에 다른 때보다 적은 돈을 엄마에게 건네면서, 나는 손거울을 깨는 바람에 그걸 변상하느라 이렇게 되었다고 둘러댔다.

"손거울이라면 이틀치 급료 이상일 텐데. 거울을 보면서 뭘 하고 있었던 거야? 그리 조심성이 없어서야, 원." 엄마는 나를 꾸짖었다.

"그래요, 제가 너무 조심성이 없었어요."

저택 사람들이 모두 잠들 때까지 나는 기다렸다. 밤에 문이 잠기면 화실로 들어올 사람은 아무도 없었지만, 바늘과 거울, 정향유를 들고 있는 내 모습을 행여 누가 볼까 봐 두려웠다. 잠긴 화실의 문에 붙어 서서 나는 귀를 기울였다. 아래층에서 카타리나가 왔다 갔다 하는 소리가 들렸다. 요즘 카타리나는 잠을 잘 이루지 못했다. 배가 너무 불러서 편하게 드러눕기가 불편한 모양이었다. 잠시 후 여자아이의 목소리가 들렸다. 목소리를 낮추려고 애를 쓰고 있었지만 특유의 낭랑한 음색을 감출 수는 없었다. 코넬리아가 카타리나와 함께 있었다. 모녀가 무슨 얘기를 하는지 알 수는 없었다. 자세히 들으려면 계단 끝으로 살며시 나가야 하는데, 밖에서 문이 잠겨 있었기 때문에 그럴 수가 없었다.

창고와 맞붙은 마리아 틴스의 방에서도 몸을 움직이는 소리가 들렸다. 잠들지 않는 저택이었고, 그 때문에 나 역시 쉴 수가 없었다. 나는 사자머리 장식이 있는 의자에 앉아서 기다렸다. 졸리지는 않았다. 이렇게 생생하게 깨어 있은 적도 없었던 것 같다.

마침내 카타리나와 코넬리아가 침대로 돌아갔다. 마리아 틴스도 부스럭거리는 소리를 멈췄다. 저택이 정적으로 가라앉기를 기다리며 나는 의자에 가만히 앉아 있었다. 해야 할 일을 하는 것보다 그렇게 앉아 있는 것이 더 편했다. 더 이상 미룰 수 없다는 생각이 들었을 때 자리에서 일어섰다. 나는 그림을 슬쩍 쳐다봤다. 귀고리가 들어가야 할 부분의 큰 빈자리만이 눈에 들어왔다. 내가 채워 넣어야 할 자리였다.

촛불을 들고 광으로 가서 거울을 찾은 다음 다락방으로 올라갔다. 물감을 가는 탁자 위에다 거울을 기대어놓고서 그 옆에 촛불을 놓았다. 바늘쌈에서 가장 가는 바늘을 골라 바늘 끝이 달궈지도록 촛불 속에 넣어두었다. 그리고 정향유가 든 병의 뚜껑을 열었다. 보통 약들이 그렇듯 정향유 역시 곰팡이나 썩어가는 나뭇잎에서 나는 그런 고약한 냄새가 풍길 거라고 생각하고 있었다. 하지만 정향유 냄새는 달콤하고 야릇했다. 햇볕 아래 놓아둔 벌꿀 케이크에서 나는 냄새가 그럴까. 정향유는 멀리서 왔다고 했다. 어쩌면 남동생이 배를 타고

도착해 있을지도 모르는 어느 먼 곳에서 왔을지도. 몇 방울을 천 조각에 떨어뜨려 왼쪽 귓불에 대고 눌렀다. 약제사의 말은 맞았다. 몇 분이 흐른 후 손을 대보자, 머리에 숄을 두르지 않고 한겨울의 추위 속에서 나갔다 온 것처럼 귓불이 얼어 감각이 없었다.

촛불 속에서 바늘을 꺼냈다. 빨갛게 이글대던 바늘 끝이 메마른 오렌지색으로 바뀌더니 마침내 꺼메졌다. 몸을 숙여 거울 속의 내 모습을 잠시 응시했다. 눈물이 가득 고인 두 눈이 두려움에 떨며 촛불 아래에서 반짝이고 있었다.

재빨리 해치워버리자. 미룬다고 해결될 일이 아니다.

귓불을 단단히 잡아당긴 후 단숨에 바늘을 찔러 넣었다.

혼미해지는 의식 속으로 늘 진주 귀고리를 해보고 싶었다는 생각이 스쳐 갔다. 나는 정신을 잃고 그 자리에 쓰러졌다.

매일 밤 귓불에 정향유를 바르고 조금씩 더 굵은 바늘로 구멍을 냈다. 감염된 귓불이 부풀어 오르기 전까지는 통증이 그렇게 심하지 않았다. 하지만 귓불이 부풀어 오르기 시작한 다음부터는 정향유를 아무리 많이 발라도 바늘을 찌를 때마다 끊임없이 눈물을 흘려야만 했다. 다시 실신하는 일 없이 어떻게 귀고리를 달 수 있을지 막막했다.

모자를 써서 귀를 가릴 수 있는 현실이 고마웠다. 그 누구도 빨갛게 부풀어 오른 내 귓불을 보지 못했다. 김이 나는 빨랫감 위로 몸을 숙일 때, 물감을 갈 때, 피터와 부모님과 함께 교회에 앉아 있을 때 귓불은 욱신욱신 쑤셔왔다.

어느 날 아침, 마당에서 침대보를 널고 있는 나를 반 라위번이 낚아챘을 때도 귓불은 따끔거렸다. 반 라위번은 내 슈미즈를 어깨 아래로 끌어내려 가슴을 드러내려고 했다.

"나랑 싸우려 들 필요는 없어, 이쁜아." 내가 뒷걸음치자 반 라위번이 중얼거렸다. "싸우려고 들지만 않으면 너도 즐길 수 있어. 그리고 너도 알고 있겠지만, 네 그림을 얻게 될 때 어떻게든 널 갖고 말겠어." 반 라위번은 나를 벽에 밀어붙이고 입술로 내 가슴을 더듬으려 했다. 두 손으로는 옷을 잡아당겨 가슴을 끌어내려 하면서.

"타네커!" 나는 필사적으로 소리쳤다. 빵집으로 심부름을 갔던 타네커가 일찍 돌아와 있기를 바라는 건 헛된 일이었지만.

"거기서 뭐 하는 거예요?"

문가에서 코넬리아가 우리를 보고 있었다. 코넬리아의 얼굴이 그렇게 반가운 적은 없었다.

반 라위번은 머리를 들어 올리고 뒤로 물러섰다. "놀이를 하고 있던 중이란다, 애야. 그냥 사소한 놀이지. 너도 크면 하게 될 게다." 반 라위번은 웃으며 대답했다. 그리고 외투를 바로하더니 코넬리아를 지나쳐 집 안으로 들어갔다.

코넬리아의 눈을 볼 수가 없었다. 떨리는 손으로 슈미즈를 집어넣고 드레스를 폈다. 마침내 고개를 들었을 때 코넬리아의 모습은 사라지고 없었다.

열여덟 번째 생일날 아침, 나는 일어나서 평소대로 화실을 청소했다. 연주회 그림은 다 끝난 상태였다. 며칠 후에 반 라위번이 와서 그림을 가져갈 것이다. 이제 그럴 필요는 없었지만 나는 조심스럽게 그림 배경으로 놓아둔 물건들을 청소했다. 하프시코드, 바이올린, 베이스 비올의 먼지를 털어내고, 젖은 걸레로 탁자보의 먼지를 찍어냈다. 의자를 윤기 나게 닦고 회색과 흰색의 타일이 깔린 마룻바닥을 걸레질했다.

그의 다른 그림들과는 달리 이 그림은 마음에 들지 않았다. 그림 안에 세 명의 인물이 들어 있어 더 비싼 값에 팔 수 있을지는 몰라도, 홀로 있는 여자의 그림들이 더 좋았다. 그런 그림들은 훨씬 순수하고 덜 복잡했다. 연주회 그림은 오래 쳐다보고 싶지가 않았고, 거기에 등장하는 인물들이 무슨 생각을 하는지 알고 싶지도 않았다.

다음에는 그가 어떤 그림을 그릴지 궁금했다.

아래층으로 내려가 물을 화로 위에 얹어놓고, 푸줏간에서 어떤 부위의 고기를 가져올지 타네커에게 물어보았다. 타네커는 집 앞 계단과 바닥을 쓸고 있었다. "쇠고기 목덜미살." 빗자루에 기대면서 타네커가 대답했다. "뭐 좋은 게 없겠냐? 통증을 좀 잊을 만한 것 말이야." 허리를 문지르며 타네커가 신음 소리를 냈다.

"허리가 또 아파요?" 목소리에 동정을 담아 묻긴 했지만 타네커의 허리는 항상 아팠다. 그리고 하녀의 허리는 늘 아프게 마련이다. 그게 하녀의 인생이니까.

푸줏간에는 매지가 함께 갔는데 다행이라는 생각이 들었다. 골목길에서의 그 밤 이래 피터와 단둘이 있는 게 무척 부담스러웠다. 피터가 나를 어떻게 대할지 확신이 서지 않았다. 하지만 매지와 함께라면 피터는 말이나 행동을 조심할 터였다.

피터는 가게에 없었다. 아저씨가 나를 웃으며 반겨주었다. "아이구, 생일 맞은 아가씨! 오늘은 네게 중요한 날이구나."

매지가 놀란 표정으로 나를 보았다. 저택 사람들에게 오늘이 내 생일이라는 얘기를 하지 않았다. 그럴 이유가 없었으니까.

"중요할 게 뭐가 있겠어요." 나는 쏘아붙였다.

"내 아들놈은 그렇게 얘기하지 않던걸. 그 녀석은 지금 심부름 가고 없다. 누구를 만나러 말이야." 아저씨가 내게 윙크를 했다. 피가 얼어붙는 것만 같았다. 내가 알게 될 뭔가를 아저씨는 말 아닌 말로 전하고 있었다.

"제일 좋은 걸로 쇠고기 목덜미살 좀 주세요." 아저씨를 무시하기로 마음먹고 그냥 주문을 했다.

"그럼 축하용으로?" 피터 아저씨는 중도에 그만두는 법이 없기도 했지만 오늘은 특히 끝까지 밀어붙일 작정인 듯했다.

나는 아무 말도 하지 않았다. 아저씨가 고기를 건네줄 때까지 기다렸다가 고기를 바구니에 넣고 돌아섰다.

"정말 오늘이 생일이에요, 그리트?" 시장을 빠져나올 때 매지가 속삭이는 목소리로 내게 물었다.

"응."

"몇 살이 되는데요?"

"열여덟."

"열여덟 살이 되는 게 그렇게 중요한 일이에요?"

"아니야. 그 아저씨가 하는 말에 신경 쓸 필요 없어…… 주책맞은 아저씨라니깐."

매지는 납득한 표정이 아니었다. 나도 그랬다. 아저씨가 한 말은 내 마음속 무언가를 잡아당기고 있었다.

오전 내내 빨래를 헹구고 삶았다. 큰 통에 물을 끓이며 앉아 있는 동안 많은 생각들이 스치고 지나갔다. 프란스는 지금 어디에 있을 까. 부모님이 프란스가 델프트를 떠났다는 사실을 어디선가 들어 알 고 있는지도 궁금했다. 아침에 피터 아저씨가 한 애기도 마음에 걸 렸고, 피터가 어디에 갔는지도 궁금했다. 그날 밤 골목길에서의 일 이 생각났다. 내 모습이 담긴 그림이 떠오르고, 그림이 완성되었을 때 내게 무슨 일이 벌어질지도 궁금했다. 이런저런 생각을 하면서 머리를 움직일 때마다 귓불이 찌르듯이 아프고 욱신욱신 쑤셨다.

그때 마리아 틴스가 나를 불렀다.

"빨래는 그대로 내버려둬라. 사위가 2층에서 널 보자는구나." 마 리아 틴스는 문간에 서서 손에 든 뭔가를 흔들고 있었다.

어리둥절해하며 일어섰다. "지금이요, 마님?"

"그래, 지금. 그렇게 의뭉스럽게 굴 것 없다. 왜 그러는 줄은 알고 있을 것 아니냐. 카타리나는 지금 막 외출했다. 몸을 풀 때가 가까워 저서 요즘엔 이렇게 나가는 일이 흔치 않은데 말이야. 손을 내밀어 봐라."

손을 앞치마에 닦고 내밀었다. 마리아 틴스는 내 손바닥 안에 진 주 귀고리 한 쌍을 떨어뜨렸다.

"이걸 가지고 가거라. 빨리."

나는 움직일 수가 없었다. 개암나무 열매만 한 크기의 진주를 들 고 그대로 서 있었다. 진주는 떨어지는 물방울 모양을 하고 있었다.

은회색이 감도는 진주는 햇살을 받는 순간 강렬한 한 점 흰빛을 발했다. 전에도 진주를 만져본 적은 있었다. 진주 목걸이를 2층으로 가지고 올라가 반 라위번 부인의 목에 둘러주거나 탁자 위에 놓아두었을 때였다. 하지만 나 자신을 위해 진주를 손에 들고 있었던 적은 없다.

"어서 가라니까." 마리아 틴스가 사납게 채근했다. "카타리나가 예정보다 일찍 돌아올지도 몰라."

물기를 짜지도 않은 빨래를 내버려두고 나는 비틀거리며 복도로 들어섰다. 운하에서 물을 길어다 나르던 타네커가 계단을 올라가는 나를 보았다. 복도에서 구슬을 굴리며 놀고 있던 알레이디스와 코넬리아도 그런 내 모습을 보았다. 모두들 나를 올려다보고 있었다.

"어디 가는 거예요?" 흥미롭다는 듯 회색 눈을 반짝거리며 알레이디스가 물었다.

"다락방에." 부드럽게 대답했다.

"우리도 같이 가도 돼요?" 코넬리아가 비아냥거리는 듯한 목소리로 물었다.

"안 돼."

"얘들아, 너희들이 길을 막고 있잖아." 타네커가 아이들을 밀치고 지나갔다. 타네커의 얼굴은 어두웠다.

화실 문은 살짝 열린 채였다. 입술을 꼭 다물고 안으로 들어갔다. 배 속이 뒤틀리는 것 같았다. 등 뒤로 문을 닫았다.

그는 나를 기다리고 있었다. 나는 손을 내밀어 귀고리를 그의 손바닥에 놓았다.

미소를 지으며 그가 말했다. "가서 머리를 묶고 오너라."

광으로 가서 준비를 했다. 그는 내 머리카락을 보러 들어오지 않았다. 화실로 돌아가면서 나는 벽에 걸린 「여자 뚜쟁이」그림을 흘끗 쳐다봤다. 그림 속의 남자는 시장에서 배가 잘 익었는지 확인하려고 꽉 쥐어보는 것처럼 젊은 여자를 보며 웃고 있었다. 나는 몸이 떨렸다.

그는 귀고리 끝을 들고 있었다. 창문에서 들어오는 빛을 받아 진주는 하얗게 반짝이는 아주 작은 빛의 반사판을 빚어내고 있었다.

"여기 있다, 그리트." 그가 진주를 내게 내밀었다.

"그리트! 그리트! 누가 찾아왔어요!" 계단 아래에서 매지가 나를 부르고 있었다.

나는 창가로 갔다. 그가 내 옆으로 다가와 함께 밖을 내다보았다.

아래에는 피터가 팔짱을 낀 채 길에 서 있었다. 피터가 위를 올려다보았다. 함께 창가에 서 있는 우리를 보고 피터의 눈길이 멎었다. "이리 내려와봐, 그리트." 피터가 소리쳤다. "얘기를 좀 하고 싶어." 피터는 서 있는 자리에서 한 발자국도 움직이지 않을 것처럼 보였다.

나는 창가에서 물러섰다. "죄송해요, 주인님. 오래 걸리지 않을 거예요." 낮은 목소리로 말하고 서둘러 광으로 들어갔다. 머리를 감싸고 있던 천을 풀고 다시 모자를 썼다. 등을 돌린 채 그는 여전히 창가에 서 있었다. 나는 서둘러 화실을 빠져나왔다.

아이들이 저택 앞 벤치에 나란히 앉아서 피터를 빤히 바라보고 있었다. 피터 역시 아이들을 쳐다보고 있었다.

"저쪽 구석으로 가요." 몰런포트 가 쪽으로 움직이면서 나는 속삭였다. 피터는 따라오지 않고 팔짱을 낀 채 그대로 서 있었다.

"저기 2층에서 뭘 쓰고 있었지? 머리에 말이야." 피터가 물었다.

나는 걸음을 멈추고 뒤를 돌아보았다. "내 모자."

"아니야, 그건 파랗고 노랬어."

다섯 쌍의 눈동자가 우리를 보고 있었다. 벤치에서는 아이들이, 창가에서는 그가. 그리고 타네커가 문가에 나와 모두 여섯 쌍이 되었다.

"제발, 피터." 나는 쉿 하고 피터의 말을 막았다. "잠깐 저쪽으로 가자니까요."

"내가 하려는 말은 누구 앞에서나 할 수 있어. 나는 숨길 게 없다고." 말하면서 피터는 머리를 뒤로 젖혔다. 금발의 머리카락 몇 올이 피터의 귓가에서 흔들렸다.

피터가 입을 다물지 않으리라는 것을 알 수 있었다. 저택 사람들이 보는 앞에서 내가 두려워하는 얘기를 하려는 것이다.

피터가 목소리를 높인 것은 아니지만 거기 있는 사람 모두 피터의 말을 들을 수 있었다. "오늘 아침에 네 아버님께 말씀드렸어. 아버님도 네가 열여덟 살이 되었으니까 결혼해도 괜찮다고 동의하셨어. 넌 여기를 떠나 나에게 올 수 있는 거야. 바로 오늘."

분노 때문인지 부끄러움 때문인지 알 수는 없지만, 얼굴이 달아오르는 것이 느껴졌다. 모두가 내가 말하기를 기다리고 있었다.

나는 숨을 깊이 들이마셨다. "여긴 그런 일을 얘기하기엔 적당한 장소가 아닌 것 같아요." 나는 냉담하게 대꾸했다. "특히 이런 길거리에서는 말이에요. 피터, 당신은 여기에 오는 게 아니었어요." 피터의 대답을 기다리지 않고 저택으로 돌아가기 위해 몸을 돌렸다.

피터는 충격을 받은 표정이었다.

"그리트!" 피터가 외쳤다.

문으로 들어가기 위해 타네커를 밀쳤을 때, 타네커가 무슨 말인가를 했는데 너무도 조용히 속삭인 말이어서 내가 제대로 들었는지 확신할 수가 없었다. "창녀."

화실로 올라가는 계단으로 달려갔다. 문을 닫을 때도 그는 창가에 그대로 서 있었다. "죄송합니다, 주인님. 얼른 머리를 고치고 올게요."

그는 뒤돌아보지 않고 말했다. "그 남자가 아직도 아래에 있다."

머리를 고치고 나와서 창가로 갔다. 하지만 푸른 천과 노란 천으로 머리를 두른 내 모습을 피터가 볼까 봐 창가에 너무 가까이 서지는 않았다.

그는 더 이상 거리를 내려다보고 있지 않았다. 맞은편 신교회의 탑을 보고 있었다. 슬쩍 보니 피터는 가고 없었다.

사자머리 장식이 있는 의자에 앉아서 기다렸다.

마침내 그가 돌아서서 나와 마주했을 때 그의 눈동자는 가면을 쓴 것처럼 아무 얘기도 없었다. 그 어느 때보다도 그가 무슨 생각을 하고 있는지 알 수가 없었다.

"그래, 우리를 곧 떠날 모양이지."

"아, 주인님, 저도 잘 모르는 일이에요. 길에서 함부로 내뱉은 얘기 따위에 신경 쓰실 것 없어요."

"그 남자랑 결혼할 거냐?"

"제발 그 사람에 대해서는 묻지 말아주세요."

「뚜쟁이」, 1656년

"그래, 아마도 그래야겠지. 자, 다시 시작해볼까." 그는 뒤에 있는 작은 장으로 손을 뻗어 귀고리를 집어 들고 내게 건넸다.

"주인님이 귀고리를 달아주셨으면 해요." 내가 이렇게 대담해질 수 있으리라고는 정말 생각도 못했다.

그도 그랬던 모양이다. 눈썹을 치켜들고 뭔가 말하려고 입을 벌렸지만, 아무 말도 하지 않았다.

내 의자로 그가 걸어왔다. 턱선이 죄어들어오면서 나는 가까스로 머리를 꼿꼿이 세우고 있었다. 그가 손을 뻗어 부드럽게 내 귓불을 어루만졌다.

숨이 막혔다. 마치 물속에서 숨을 멈추고 있는 것 같았다.

엄지와 검지로 부풀어 오른 내 귀를 문지르던 그가 귓불을 팽팽히 당겼다. 다른 한 손으로는 귀고리의 고리를 잡고 구멍 안으로 밀어 넣었다. 불에 덴 것 같은 아픔이 지나가고 눈에 눈물이 고였다.

그는 손을 거두지 않았다. 그의 손가락이 턱과 목을 쓸어 내리고 있었다. 그의 손가락이 얼굴 선을 따라 뺨으로 왔을 때 눈물이 넘쳐 흘러 그의 엄지손가락을 타고 넘어갔다. 그는 엄지로 내 아래쪽 입술을 만졌다. 나는 그의 손가락을 핥았다. 소금 맛이 났다.

두 눈을 감자 그의 손가락들은 나를 떠났다. 다시 눈을 떴을 때 그는 이젤 앞의 자기 자리로 돌아가 팔레트를 들고 있었다.

어깨 너머로 그를 가만히 쳐다보았다. 귓불에 매달린 진주의 무게 때문에 귀가 타는 듯했다. 목에 닿았던 그의 손가락들과 입술 위에 놓였던 그의 엄지 외에는 아무것도 생각나지 않았다. 그는 나를 보고 있었지만 일을 시작하지는 않았다. 무슨 생각을 하고 있을까.

마침내 그가 움직였다. 뒤로 다시 손을 뻗으며 말했다. "다른 한 쪽 귀고리도 달도록 해라." 그는 다른 쪽 귀고리를 집어 내게 내밀 었다.

순간 나는 아무 말도 할 수가 없었다. 나는 그가 그림이 아니라 나를 생각해주기를 바라고 있었다.

"왜요?" 마침내 입을 뗐다. "어차피 다른 쪽은 그림에 나오지도 않는데……"

"양쪽 모두 달도록 해. 한쪽만 하는 건 웃기는 연극이야."

"하지만…… 다른 쪽 귀는 뚫지 않은걸요." 내 목소리는 몹시 떨 렸다.

"그럼 뚫도록 해야지." 그는 계속 귀고리를 들고 있었다.

손을 뻗어 귀고리를 잡았다. 그를 위해서 하는 것이다. 정향유와 바늘을 가져와 다른 쪽 귀를 마저 뚫었다. 나는 울지도, 기절하지도, 소리를 내지도 않았다. 오전 내내 양쪽 귀를 뚫은 채로 앉아 있었고, 그는 보이는 쪽의 귀고리를 그려 넣었다. 그가 볼 수 없는 다른 쪽 귀에서는 불로 지지는 듯한 아픔이 몰려왔다.

물에 담가놓은 빨래들은 차갑게 식었을 것이고, 물은 잿빛으로 변 했을 것이다. 타네커는 부엌에서 툴툴거리고 있을 테고, 아이들은 밖에서 소리지르며 놀고 있을 것이다. 우리는 문을 닫고 마주 보고 앉아 있었다. 그리고 그는 그림을 그렸다.

마침내 그가 붓과 팔레트를 내려놓았다. 줄곧 한쪽만 바라보느라 눈이 아팠지만 나는 자세를 고치지 않았다. 이 자리에서 움직이고 싶지가 않았다.

"다 됐다." 그의 목소리는 가라앉아 있었다. 그는 고개를 돌리더 니 천으로 팔레트 나이프를 닦기 시작했다. 나는 나이프를 응시했 다. 거기에는 흰색 물감이 묻어 있었다.

"귀고리를 빼서 아래층 큰 마님께 갖다 드려라." 그가 덧붙였다.

나는 조용히 울기 시작했다. 그를 쳐다보지 않고 자리에서 일어나 광으로 들어갔다. 머리에서 푸른 천과 노란 천을 벗겨내고는 잠시 가만히 기다렸다. 머리카락이 어깨로 흘러내렸다. 하지만 그는 들어 오지 않았다. 이제 그림은 완성되었고 그는 더 이상 나를 필요로 하 지 않았다.

작은 거울 속에 비친 나를 보면서 귀고리를 빼냈다. 양쪽 귓불 모 두에서 피가 흘러내리고 있었다. 조그마한 천으로 귓불을 눌러 피를 닦았다. 그러고는 모자로 귀를 감싸고 턱 아래로 모자 끈을 단단히 묶었다.

다시 화실로 나왔을 때 그는 나가고 없었다. 나를 위해 화실 문은 열어놓은 채였다. 지금 그림을 볼까 하는 생각이 스치고 지나갔다. 그가 그림을 어떻게 끝냈는지, 그가 그린 귀고리를 보고 싶었다. 하 지만 밤까지 기다리기로 마음먹었다. 그때는 누가 들어올 염려 없이 마음껏 그림을 볼 수 있을 것이다.

화실을 나와 등 뒤로 문을 닫았다.

이 결정을 나는 늘 후회했다. 완성된 그림을 제대로 볼 수 있는 기 회가 더 이상 없었던 것이다.

마리아 틴스에게 귀고리를 돌려주고 몇 분도 채 지나지 않았을 때 카타리나가 돌아왔다. 마리아 틴스는 재빨리 귀고리를 보석 상자에 넣었다. 나는 부엌으로 달려가서 식사를 준비하는 타네커를 돕기 시작했다. 타네커는 나를 똑바로 쳐다보지 않고 가끔 머리를 흔들면서 곁눈질로 나를 살폈다.

식사 자리에 그는 없었다. 외출한 모양이었다. 식사 시중을 끝낸 후 빨래를 마저 헹구려고 마당으로 돌아갔다. 물이 다 식어버린 후라 새로 길어다 다시 데워야만 했다. 내가 일하는 동안 카타리나는 큰 방에서 잠을 잤다. 마리아 틴스는 십자가 방에서 담배를 피우며 편지를 쓰고 있었다. 타네커는 현관 의자에 앉아 바느질을 하고 있었고, 매지는 집 앞 벤치에서 레이스를 뜨고 있었다. 그 옆에서 알레이디스와 리스벳은 조개껍질을 종류별로 나누며 놀고 있었다.

코넬리아는 보이지 않았다.

앞치마를 넣고 있는데 안에서 마리아 틴스의 목소리가 들려왔다. "너 어디 가는 거냐?" 그 목소리는 내가 하던 일을 멈출 정도로 보통 때와는 많이 달랐다. 몹시 당황한 어조였다.

나는 복도로 살며시 들어갔다. 마리아 틴스가 위를 쳐다보면서 계단 발치에 서 있었다. 오늘따라 일을 일찍 끝낸 타네커도 현관 의자에서 일어나 복도로 들어와서는, 큰 마님의 얼굴과 눈길이 향한 곳을 보고 있었다. 계단이 삐걱거리는 소리와 거친 호흡 소리가 들려왔다. 카타리나가 계단을 오르고 있었다.

그 순간 무슨 일이 일어나고 있는지 알 수 있었다. 카타리나에게, 그에게, 그리고 나에게.

코넬리아도 저기 있을 거라는 생각이 들었다. 자기 엄마를 내 그

「진주 귀고리 소녀」, 1665~1666년경

림 앞으로 데려가고 있을 것이다.

재앙이 터지길 기다릴 필요도 없이 지금 저택을 나가버릴 수도 있다. 미처 마치지 못한 빨래쯤이야 내버려두고 저 문으로 나가서 뒤도 돌아보지 않을 수도 있다. 하지만 나는 발을 뗄 수가 없었다. 계단 아래에서 마리아 틴스가 얼어붙은 듯 서 있는 것처럼 나 역시 얼어붙은 듯 서 있었다. 마리아 틴스 역시 어떤 일이 일어날지 알고 있었고, 막을 수 없다는 것도 알고 있었다.

나는 바닥에 풀썩 주저앉았다. 마리아 틴스가 나를 보았지만 아무런 얘기도 하지 않았다. 불안한 눈길로 계속 2층을 쳐다보고 있었다. 층계에서 울리는 소음이 사라지고 화실 문을 향하는 카타리나의 육중한 발걸음 소리가 들렸다. 마리아 틴스가 쏜살같이 계단을 뛰어올라갔다. 일어설 힘도 없이 무릎을 꿇은 채 나는 앉아 있었다. 타네커는 현관에서 들어오는 빛을 막고 서 있었다. 팔짱을 끼고 나를 바라보는 타네커의 얼굴에는 아무 표정도 없었다.

잠시 후 날카로운 외침에 이어서 고성이 오가더니 갑자기 조용해졌다.

코넬리아가 계단을 내려와 타네커에게 말했다. "엄마가 아빠를 불러오래요."

타네커는 밖으로 나가서 벤치로 갔다. "매지, 길드로 가서 아빠 좀 찾아봐. 빨리! 아빠한테 중요한 일이라고 말씀드려."

주위를 둘러보던 코넬리아의 얼굴이 나를 보자 환하게 빛났다. 나는 무릎을 펴고 일어나서 겨우 마당으로 돌아갔다.

그가 저택에 돌아오면 마당으로 와서 빨랫줄에 널린 침대보 사이로 나를 찾을지도 모른다는 생각을 잠깐 했다. 그러나 그는 그러지 않았다. 계단을 올라가는 소리가 들렸지만, 그리고 그만이었다.

따뜻한 벽돌담에 기대어 하늘을 올려다보았다. 맑고 구름 한 점 없는 날이었다. 아이들은 거리를 내달리며 소리 지르고, 연인들은 마을의 수문을 빠져나가 풍차를 지나서 운하를 따라 산책하기 좋은 날이었다. 할머니들은 양지바른 곳에 앉아 눈을 슬며시 감는 그런 날이었다. 아버지도 아마 집 앞 벤치에 나와 앉아 따뜻한 햇살에 얼굴을 두고 있을 것이다. 내일은 몹시 추워질지도 모르지만 오늘은 봄 같았다.

코넬리아가 나를 데리러 왔다. 널린 빨래 사이로 얼굴을 내민 코넬리아는 몹시 능글맞은 웃음을 지으며 나를 내려다보았다. 이 저택에 처음 왔던 날 그랬던 것처럼 코넬리아를 한 대 때리고 싶었다. 하지만 그냥 가만히 있었다. 손을 무릎에 올리고 어깨는 축 처진 채로 앉아서, 의기양양하게 웃고 있는 코넬리아를 올려다봤다. 카타리나를 닮은 코넬리아의 빨간 머리카락이 햇살 속에서 금빛으로 빛났다.

"2층에서 오래요." 코넬리아는 짐짓 딱딱한 목소리로 말했다. "아빠, 엄마가 보재요." 말을 마친 아이는 몸을 돌려 집 안으로 깡충깡충 뛰어 들어갔다.

몸을 숙여 구두에 묻은 먼지를 털었다. 일어나서 치마의 주름을 펴고 앞치마를 정돈했다. 모자도 다시 단단히 매고 어디 흘러나온 머리카락은 없는지 확인했다. 혀로 입술을 축인 다음 입을 꼭 다물었다. 숨을 한 번 깊게 들이쉬고 나서 코넬리아를 따라갔다.

카타리나는 울었던 모양이다. 코가 빨갛고 눈이 부어 있었다. 그가 이젤 앞에 두고 앉는 의자에 카타리나는 앉아 있었다. 이젤은 붓과 팔레트 나이프 따위를 두는 작은 장과 벽 쪽으로 밀쳐져 있었다. 내가 나타나자 카타리나는 몸을 일으켰다. 그러자 원래 큰 덩치가 더 크고 더 뚱뚱해 보였다. 나를 노려보기는 했지만 말을 걸지는 않았다. 카타리나는 배 위로 팔을 두르고 고통스러운 듯 몸을 움찔했다.

이젤 옆에는 마리아 틴스가 서 있었다. 침착해 보이려고 애쓰고 있었지만 신경 써야 할 다른 중요한 일이 있는 사람처럼 초조한 기색을 숨기지 못했다.

그는 카타리나 옆에 서 있었다. 무표정한 얼굴로 손은 옆구리에 둔 채 시선은 그림을 향하고 있었다.

나는 문 바로 안쪽에 섰다. 내 뒤에서는 코넬리아가 안을 훔쳐보느라 맴돌고 있었다. 내가 서 있는 자리에서는 문제의 그림이 보이지 않았다.

마침내 입을 연 사람은 마리아 틴스였다.

"음…… 얘야, 작은 마님은 네가 어떻게 저 귀고리를 달게 되었는지 알고 싶어 하는구나." 그러나 내가 대답하는 것을 별로 기대하지 않는 목소리였다.

나는 큰 마님의 늙은 얼굴을 찬찬히 살폈다. 내가 귀고리를 가져가도록 자기가 도왔다는 사실을 인정하지 않을 작정인 것이다. 그 점에서는 그도 마찬가지라는 것을 깨달았다. 뭐라고 말해야 할지 알 수가 없었다. 그래서 아무런 말도 하지 않았다.

"보석 상자의 열쇠를 훔쳐서 귀고리를 꺼냈니?" 카타리나가 입을 열었다. 자신의 말을 스스로에게 확신시키려고 애쓰는 듯했다. 목소리는 몹시 떨리고 있었다.

"아닙니다. 작은 마님." 내가 훔쳤다고 말해버리면 모두가 편하리라는 것은 알고 있었지만 거짓말을 할 수는 없었다.

"거짓말하지 마라. 하녀들은 항상 뭔가 훔치는 족속이니까. 네가 내 귀고리를 가져갔지?"

"지금 귀고리를 잃어버리셨나요, 마님?"

질문 자체만큼이나 내가 오히려 되묻고 있다는 사실 때문에 카타리나는 잠깐 당황한 표정이었다. 그림을 보고 나서 보석 상자를 들여다보지 않은 게 분명했다. 귀고리가 그대로 있는지 사라졌는지 카타리나는 모르고 있는 것이다. 하지만 내가 질문을 한 것이 카타리나의 심기를 건드렸다. "닥쳐라, 이 도둑년. 넌 감옥에 가게 될 거다." 카타리나가 씩씩거리며 거친 말을 내뱉었다. "몇 년간은 햇빛을 볼 수 없게 해줄 테다." 카타리나는 다시 한번 몸을 움찔했다. 뭔가 몸에 이상이 있는 것 같았다.

"하지만 마님……"

"여보, 제발 진정해." 그가 내 말을 막으며 끼어들었다. "그림이 다 마르는 대로 반 라위번이 가져갈 거요. 그러니 이 그림 따윈 마음에서 지워버려요."

그 역시 내가 얘기하는 것을 원하지 않고 있었다. 모두가 마찬가지였다. 이 사람들은 내 입에서 나오게 될 말을 두려워하고 있었다. 그러면서도 왜 나를 2층으로 불렀는지 이상했다.

내 입에서 나올 말은 무엇이었을까? "이 그림을 그리는 동안 주인님이 나를 어떻게 바라보았는지 말해볼까요?" 아니면, "당신 어머니와 남편에 대해 얘기해볼까요? 당신 등 뒤에서 당신을 속인 사람들 말이에요."

아니면 간단하게 이렇게 말했을지도 모르겠다. "당신 남편이 나를 만졌어요. 바로 이 방에서요."

내가 무슨 말을 할지 이 사람들은 모른다.

카타리나는 바보가 아니었다. 진짜 문제는 귀고리가 아니라는 것을 알고 있었다. 카타리나가 원한 것은 남편과 어머니가 자기 품으로 돌아와 있는 것이고, 또 그렇게 되게 하려고 애를 썼다. 그러나 결국 분을 참지 못하고 일을 크게 만들고 있었다. 카타리나는 남편을 향해 돌아섰다. "왜 당신은 나를 한 번도 그린 적이 없죠?"

두 사람이 서로 마주 보고 있는 모습을 보고 나는 놀랐다. 카타리나가 그보다 키도 크고 더 튼튼해 보였던 것이다.

"당신과 아이들은 내가 그리는 세계와 무관해. 당신은 그런 대상이 아니야."

"그럼 저 계집애는?" 머리로 나를 가리키며 새된 목소리로 카타리나가 소리쳤다.

그는 대답하지 않았다. 마리아 틴스와 코넬리아와 나는 부엌이든 십자가 방이든 시장이든, 이 방이 아닌 다른 곳에 있어야 했다. 지금 이 문제는 남편과 부인이 조용히 얘기해야 할 그런 성질의 것이었다.

"그리고 내 귀고리는?"

다시 그는 침묵을 지켰다. 말보다 그의 침묵이 카타리나의 성질을 더 휘저어놓았다. 머리를 흔들어 대자 카타리나의 금발이 귓가에서 흔들거렸다. "이런 걸 내 집에 둘 수는 없어. 이런 걸 둘 수는 없다구요!" 이리저리 사방을 둘러보던 카타리나의 눈이 팔레트 나이프 위에 꽂히는 순간, 전율이 내 몸을 휘감고 지나갔다. 카타리나가 선반으로 다가가 칼을 쥐는 것과 동시에 나는 앞으로 한 걸음 나아갔다. 그러나 카타리나가 무엇을 하려는지 확신할 수가 없어 그만 자리에 멈춰 서고 말았다.

하지만 그는 알고 있었다. 그는 자기 아내를 잘 알았다. 카타리나가 그림 앞으로 다가가자 그도 함께 움직였다. 카타리나도 빨랐지만 그가 더 빨랐다. 칼날을 그림에 꽂아 넣으려는 순간 그는 카타리나의 손목을 붙잡았다. 칼끝이 그림 속의 내 눈을 막 찌르려던 참이었다. 내가 서 있는 자리에서는 나의 큰 눈과 그가 새로 그려 넣은 귀고리, 허공에 떠 있는 칼날의 번쩍임이 잘 보였다. 카타리나가 몸을 비틀었지만 그는 카타리나가 칼을 떨어뜨리기를 기다리며 손목을 꽉 붙들고 놓지 않았다. 갑자기 카타리나가 신음을 했다. 칼을 던지고 배를 움켜쥐었다. 칼은 타일 바닥을 굴러 내 발밑으로 와서 빙글빙글 돌았다. 천천히…… 칼이 멈췄을 때 칼끝은 나를 향하고 있었다.

칼을 집어 들어야 한다. 그게 하녀들이 하는 일이다. 주인과 마님의 물건들을 집어다가 제자리에 갖다놓는 일 말이다.

고개를 들자 그의 눈과 마주쳤다. 오래오래 그의 회색 눈동자를 바라보았다. 이것이 그의 눈을 보는 마지막 순간이라는 것을 알았다. 다른 누구도 보지 않았다.

그의 눈 속에서 스치는 후회를 보았다고 생각했다.

나는 칼을 집어 들지 않았다. 돌아서서 화실을 걸어 나왔다. 계단을 내려가 타네커를 밀치고 현관을 나섰다. 거리로 나왔을 때도 벤치에 앉아 있을 아이들이나 타네커를 뒤돌아보지 않았다. 내가 자기를 밀쳤기 때문에 타네커는 아마 얼굴을 찡그리고 있을 것이다. 그가 서 있을지도 모르는 2층 창가를 올려다보지도 않았다. 나는 뛰기 시작했다. 아우더랑언데이크 가를 달려 내려가 다리를 건너 시장 광장으로 들어섰다.

오직 도둑과 아이들만 뛰는 법이다.

광장 중앙에 이르러, 나는 팔각형 별자리가 있는 원에서 걸음을 멈췄다. 별이 가리키는 각각의 방향, 어느 쪽으로든 나는 갈 수 있었다.

부모님에게 돌아갈 수도 있다.

피터를 찾아가서 결혼에 동의한다고 할 수도 있다.

반 라위번의 저택으로 갈 수도 있다. 그 사람은 아마 미소로 나를 맞이할 것이다.

반 레이원후크를 찾아가서 동정을 구할 수도 있다.

로테르담으로 가서 동생을 찾아볼 수도 있다.

멀리 어딘가로 그저 떠날 수도 있다.

파펜후크로 다시 돌아갈 수도 있다.

교회로 가서 하나님께 길을 알려달라고 기도를 드릴 수도 있다.

빙글빙글 원 안을 돌면서 나는 생각했다.

결심을 했을 때, 나는 알았다. 이것은 피할 수 없는 선택임을. 별의 한 꼭짓점에 주의 깊게 발을 딛고, 그 길이 가리키는 방향으로 나는 어김없이 걸어갔다.

GIRL WITH A PEARL EARRING

1676

고개를 들어 여자를 보았을 때 하마터면 칼을 떨어뜨릴 뻔했다. 지난 10년간 한 번도 본 적이 없었다. 몸집이 좀 불었지만 얼굴의 마마 자국도 그대로였고 변한 것은 거의 없어 보였다. 하지만 얼굴 한쪽에는 흉터가 나 있었다. 가끔씩 나를 보러 오는 매지에 따르면, 양고기를 뜨거운 기름에 굽다가 사고가 났다고 했다.

그러고 보니 타네커는 고기 굽는 일에 항상 서툴렀다.

타네커는 멀찌감치 떨어져 있어서 나를 보러 온 것인지 확실하지 않았다. 아닐 수도 있다는 생각이 들었다. 지난 10년 동안 크지도 않은 마을에 살면서 타네커는 나를 만나는 걸 어떻게든 피해오고 있었다. 시장에서든 푸줏간에서든 운하 어디에서든 우연히라도 타네커를 마주친 적이 없었다. 하지만 나 역시 아우더랑언데이크 가 방향으로는 걸음을 하지 않았다.

마지못해하며 타네커가 가게 앞으로 다가왔다. 나는 칼을 내려놓고 피 묻은 손을 앞치마에 닦았다. "안녕하세요, 타네커. 잘 지냈어요?" 나는 차분하게 말했다. 마치 며칠 전에 만난 사이인 것처럼.

"마님이 널 만나고 싶단다." 얼굴을 찡그리면서 퉁명스러운 목소리로 타네커가 말했다. "오늘 오후에 저택으로 와."

누가 나에게 이런 투로 명령하는 걸 듣기는 참으로 오랜만의 일이었다. 손님들도 내게 요구를 하지만 이런 식은 아니다. 얘기가 마음에 들지 않으면 충분히 거절할 수도 있었다.

"큰 마님께서는 어떠세요?" 나는 계속 공손한 어투를 잃지 않으려고 애쓰며 물었다. "그리고 작은 마님은요?"

"세월 가는 대로 그저 그렇지."

"모두들 잘 지내시리라 믿어요."

"큰 마님은 재산을 좀 처분해야 했지만, 그런 일에는 능통하니까. 아이들은 모두 잘 있어." 옛날에는 상대방이 누구든 언제나 마리아 틴스의 칭찬을 자초지종 시시콜콜 늘어놓던 타네커였다.

두 여자가 가게로 들어와서 순서를 기다리며 타네커 뒤에 섰다. 마음 한편으로는, 가게에 손님들이 없어서 타네커에게 더 물어볼 수 있기를 바랐다. 더 많이, 더 자세한 얘기를 듣고 싶었다. 하지만 마음 다른 한편으로는 타네커와 어떤 상관도 하고 싶지 않았다. 이건 지금까지 여러 해 동안 지켜온 나의 분별력이기도 했다. 나는 얘기를 듣고 싶지 않았다.

판매대 앞에 꼼짝 않고 서 있는 타네커 뒤에서 여자들이 이리저리 몸을 흔들며 기웃거렸다. 여전히 찡그리고는 있지만 훨씬 부드러워진 얼굴로 타네커가 자기 앞에 놓인 고깃덩이를 살펴보고 있었다.

"뭘 사려고요?"

내 질문에 타네커는 갑자기 정신이 들었는지, "아니" 하고 중얼거렸다.

파펜후크 저택 사람들은 시장 제일 끝에 있는 푸줏간에서 고기를 사고 있었다. 내가 피터 옆에 나란히 서서 일을 시작하자마자 이 집 식구들은 거래하던 푸줏간을 바꿔버렸다. 너무 갑작스러운 일이었고 피터네 푸줏간에 밀린 외상값도 갚지 않은 상태였다. 카타리나는 피터에게 15길더나 되는 돈을 빚지고 있었지만, 피터는 한 번도 그 돈을 요구한 적이 없었다. "그 돈은 당신을 데려온 값으로 치지 뭐." 가끔 피터는 나를 놀리곤 했다. "그걸로 하녀 몸값이 얼마나 하는지 알게 됐잖아."

피터가 이런 얘기를 했을 때 나는 웃지 않았다.

치맛자락을 움켜쥐는 작은 손을 느끼고 아래를 내려다보았다. 어린 프란스가 치마에 매달려 있었다. 나는 아이의 머리를 쓰다듬어주었다. 제 아빠를 닮아 곱슬거리는 금발이었다. "우리 애기 여기 있구나. 얀과 할머니는 어디 있니?"

아직 어려서 말은 못했다. 이때 엄마와 큰애가 가게로 걸어오는 모습이 눈에 들어왔다.

두 아이를 이리저리 둘러보던 타네커의 얼굴이 굳어졌다. 비난이 가득 담긴 시선을 내게 쏘아붙였지만 무슨 생각을 하는지는 말하지 않았다. 타네커는 뒤로 물러서다 바로 뒤에 서 있던 여자의 발을 밟고 말았다. "오늘 오후에 오는 것 명심해." 그리고 내가 뭐라고 대답하기도 전에 몸을 돌려 가버렸다.

카타리나는 이제 열한 명의 아이들을 두고 있었다. 매지의 말과 시장에서 떠도는 소문들로 자연히 알게 된 사실이었다. 하지만 카타리나가 팔레트 나이프로 그림을 찌르려고 했던 그날 낳은 아이는 죽고 말았다. 카타리나는 아래층 자기 침대로 갈 수가 없어 화실에서 아이를 낳아야만 했다. 한 달 일찍 나온 아기는 작고 병약했다. 탄생 축하 잔치를 벌이고 얼마 지나지 않아서 아기가 죽었다고 했다. 타네커는 그 아기의 죽음을 내 탓으로 돌리고 있는 것이다.

가끔은 바닥이 카타리나의 피로 가득한 화실을 마음속에 그려보고, 그가 거기에서 어떻게 계속 일을 할 수 있는지 의아해하곤 했다.

얀이 달려와 어린 동생을 구석으로 데리고 갔다. 아이들은 거기서 고기 뼈를 발로 차며 놀기 시작했다.

"누구냐?" 엄마가 물었다. 엄마는 타네커를 본 적이 없었다.

"손님." 엄마의 마음을 괴롭힐지도 모르는 일들은 아예 말하지 않았다.

아버지가 돌아가신 후 엄마는 작은 일에도 잘 놀랐다. 마치 조금이라도 새롭고 다르거나 변한 것을 보면 민감하게 반응하는 야생 들개처럼.

"하지만 그 여자 아무것도 안 사던데."

"그래요. 그 손님이 원하던 고기가 우리 가게에 없었거든요." 엄마가 다른 걸 더 물어보기 전에 나는 다음 손님에게로 몸을 돌렸다.

피터와 이제 시아버지가 된 아저씨가 함께 쇠고기 한 짝을 들고 나타났다. 두 사람은 가게 뒤에 있는 탁자 위로 고기를 내던지고 나서 칼을 집어 들었다. 얀과 어린 프란스는 가지고 놀던 뼈를 내팽개치고 어른들이 하는 일을 구경하러 뛰어왔다. 엄마는 한 걸음 물러섰다. 이런 장면에 엄마는 영 익숙해지질 못했다. 장바구니를 집어들면서 엄마가 말했다. "가봐야겠다."

"엄마, 오늘 오후에 아이들 좀 봐주실 수 있어요? 심부름 갈 데가 있어서요."

"어디를 가야 하는데?"

나는 눈썹을 치켜올렸다. 전에도 엄마가 너무 꼬치꼬치 캐묻는다고 투덜댄 적이 있었다. 나이가 들면서 엄마는 점점 더 의심이 많아졌다. 대개는 의심할 만한 것이 전혀 없는 일들이었는데도. 지금 이 순간은 엄마에게 정말로 뭔가를 숨기는 경우였지만 나는 이상하리만치 차분했다. 나는 엄마의 물음에 대답하지 않았다.

피터는 훨씬 수월했다. 일하다 말고 쳐다보는 피터에게 나는 고개를 끄덕여주었다. 피터는 오래전부터 질문을 하지 않기로 작정한 것 같았다. 심지어 피터는, 내게 입 밖에 내지 않고 가슴속에만 담아두는 생각이 있다는 것도 알고 있었지만 그랬다. 결혼 첫날밤, 모자를 벗긴 피터는 귓불에 나 있는 구멍을 보고도 아무 말도 하지 않았다.

귓불에 난 구멍은 깨끗하게 아문 지 오래였다. 남은 것이라곤 조그마한 굳은살뿐이었다. 그것도 손가락으로 귓불을 꽉 눌러야 느낄 수 있었다.

그 소식을 들은 지 두 달이나 지났다. 그 두 달 동안 나는 그와 마주칠 걱정 없이 델프트를 돌아다닐 수 있었다. 지난 10년간 멀리서 아주 가끔 그의 모습을 보곤 했다. 그가 길드로 가는 길이거나 길드에서 돌아오는 길에, 아니면 그의 어머니의 여관 근처나 반 레이원 후크의 집으로 가는 중에. 모두 푸줏간 시장에서 멀지 않은 곳이었다. 절대 가까이 가지 않았기 때문에 그가 나를 보았을지는 모르겠다. 그는 먼 곳에 시선을 둔 채 광장이나 거리를 성큼성큼 걸어갔다. 거만하다거나 생각에 빠져 있는 모습은 아니었지만, 그럴 때의 그는 딴 세상에 있는 것 같았다.

처음엔 무척 힘들었다. 그를 보면 어디에 있건 내 몸은 얼어붙었다. 가슴이 옥죄고 숨을 쉴 수가 없었다. 나는 이런 내 반응을 피터나 아저씨, 엄마를 비롯해 떠들기 좋아하는 시장 사람들 앞에서 숨겨야만 했다.

오랫동안 난 그에게 여전히 중요한 존재일지 모른다고 생각했다.

하지만 시간이 한참 지난 후에, 그는 항상 나보다 나를 그린 그림에 더 많은 애정을 기울였다는 것을 스스로에게 납득시킬 수 있었다.

첫아들 얀이 태어나자 이런 사실을 더 쉽게 받아들일 수 있었다. 내가 하녀가 되기 전 어린아이였을 때 그랬던 것처럼 아들의 존재는 나의 관심을 온통 가족에게로 돌려놓았다. 아이 때문에 너무 정신이 없어서 주변을 돌아보고 생각할 틈이 없었다. 아이를 키우면서부터는 광장에 있는 팔각형의 별 둘레를 걸어보거나, 별이 가리키는 끝에는 무엇이 있을까 궁금해하던 짓도 그만뒀다. 그가 광장을 가로지르는 모습을 보아도, 주먹 쥔 손처럼 더 이상 가슴이 옥죄지 않았다. 진주나 모피에 대한 생각도 더 이상 떠올리지 않았고, 그의 그림들도 하나도 보고 싶지 않았다.

때때로 거리에서 아이들이나 카타리나, 마리아 틴스 등 저택의 다른 식구들을 우연히 마주치기도 했다. 카타리나와 나는 서로 얼굴을 외면했다. 그러는 쪽이 편했다. 코넬리아는 불만스러운 눈초리로 나를 노려보곤 했다. 이 아이는 나를 완전히 파멸시키고 싶어 하는 게 아닌가 하는 생각이 들 정도였다. 리스벳은 어린 남동생들을 돌보느라 바빴다. 남자아이들은 나를 기억하기에는 너무 어렸다. 그리고 알레이디스는 점점 그를 닮아갔다. 아이의 회색 눈은 주위의 어느 것에도 눈길을 두지 않고 자기 자신만 생각하는 것 같았다. 시간이 좀 지난 뒤에는 내가 알지 못하는 아이들이 생겨났다. 오직 그를 닮은 눈빛이라든가 카타리나와 똑같은 머리카락을 보면서 새로 태어난 아이들일 거라고 짐작했다.

저택 식구들 중 오직 마리아 틴스와 매지만이 나를 알은체했다. 나를 보면 마리아 틴스는 가볍게 고개를 끄덕였고, 매지는 시장으로 몰래 찾아와 나와 얘기를 나누곤 했다. 저택에 남아 있던 내 소지품들을 가져다준 것도 매지였다. 부서진 타일과 기도서, 칼라와 모자를 챙겨서 가져왔다. 그의 어머니가 돌아가신 얘기, 그래서 어머니의 여관을 그가 물려받게 된 얘기, 집안의 늘어난 빚 얘기, 뜨거운 기름이 타네커의 얼굴에 튄 사고 등을 전해준 것도 매지였다.

어느 날인가는 몹시 즐거워하면서 매지가 말했다. "아빠가 언니를 그렸던 방식으로 나도 그리고 있어요. 어깨 너머로 고개를 돌리고 있는 모습으로, 나 혼자만요. 아빠가 그렇게 그린 건 언니 그림이랑 내 그림밖에 없어요."

똑같은 방식은 아닐 것이다. 완전히 똑같지는 않겠지. 하지만 매지가 내 그림을 알고 있어서 몹시 놀랐다. 매지가 그 그림을 보았는지 궁금했다.

매지에 대해서는 좀 더 신중할 필요가 있었다. 내게 매지는 오랫동안 소녀에 지나지 않았고, 저택 식구들에 관한 얘기를 내가 나서서 물어보는 것이 옳지 않다는 느낌이 들었다. 인내심을 가지고 매지가 작은 소식이라도 물어다주기를 기다려야 했다. 그런데 매지가 내게 더 솔직할 수 있는 나이가 되자, 이제 내 쪽에서 저택 식구들에게 별 흥미가 없어졌다. 아이가 태어나면서 내게도 진짜 가족이 생겼기 때문이다.

피터는 매지가 찾아오면 너그럽게 대했지만 사실은 불편해한다는 것을 알고 있었다. 매지가 비단 상인의 아들과 결혼해 자주 찾아오기 어려워지고, 고기도 다른 푸줏간에서 사게 되자 피터는 안도하는 듯했다.

이렇듯 10년의 세월이 흐른 뒤, 내가 그렇게 갑작스레 도망치듯 떠났던 저택에서 다시 나를 부른 것이다.

두 달 전 가게에서 소 혀를 썰고 있는데, 차례를 기다리던 한 여자가 다른 사람에게 하는 얘기를 들었다. "그래, 그 빚더미 속에다 과부가 된 여편네와 열한 명이나 되는 새끼들을 남겨놓고 죽다니."

고개를 들다가 나는 그만 손바닥을 베고 말았다. 여자의 대답을 들을 때까지 나는 아픔도 느끼지 못했다. "누구 얘기를 하는 거예요?" 내 물음에 여자는 답했다. "화가 베르메르 씨가 죽었대요."

가게 일을 끝마치고 정성스럽게 손톱 밑을 닦았다. 벌써 오래전에 손톱을 철저히 닦는 일 따위는 포기하고 있었다. 나의 이런 변화에 피터 아저씨는 재미있어했다. "내 말이 맞지? 파리 떼에 익숙해지는 것처럼 핏물 밴 손톱에도 익숙해질 거라고 내가 얘기했잖아. 이제야 너도 이 세계를 좀 더 잘 알게 된 것 같구나. 손톱 밑을 항상 깨끗이 씻을 필요가 없다는 걸 알겠지? 금방 다시 더러워질 테니 말이다. 청결이란 네가 하녀였을 때를 돌이켜 생각하는 것만큼이나 쓸데없는 일이야. 안 그러냐?" 하지만 시장에 나와 있지 않을 때는 몸에 밴 고기 냄새를 없애려고 라벤더를 짓이겨 슈미즈 안에 넣어두곤 했다.

피터와 결혼한 뒤로는 익숙해져야 할 일들이 참 많았다.

저택으로 향하기 전 나는 다른 드레스로 갈아입었다. 그 위에 깨끗한 앞치마를 두르고 빳빳하게 풀을 먹인 새 모자를 꺼내 썼다. 예나 지금이나 똑같은 방식으로 모자를 쓰고 있으니, 내 모습은 아마도 하녀로 처음 일을 나가던 그때와 비슷해 보일 것이다. 오직 눈만이 예전처럼 크지도 순진하지도 않았다.

2월이었지만 그렇게 춥지는 않았다. 많은 사람들이 시장 광장에 나와 있었다. 그들 중에는 내 이웃들도 있고 가게 손님들도 있었다. 내가 10년 만에 아우더랑언데이크 가로 걸음을 하고 있다는 것을 사람들이 눈치챌지도 모른다. 저택에 다녀왔다고 결국은 피터에게 얘기해야 할 것이다. 아직은 나는 피터에게 거짓말할 필요를 느끼지 못했다.

광장을 가로지르니 운하를 건너 아우더랑언데이크 가로 이르는 다리가 나왔다. 나는 주저하지 않고 다리를 건넜다. 망설이며 서 있다가 사람들의 주의를 끌고 싶지는 않았다. 길을 올라갔다. 저택은 그리 멀지 않았다. 1분도 안 되어 저택 앞에 도착했다. 하지만 나는

「소녀의 초상」, 1666~1667년경

수십 년 동안 와보지 못한 낯선 도시로 여행을 온 듯한 기분이었다.

온화한 날이어서 문은 열려 있었다. 저택 앞 벤치에는 아이들 넷이 앉아 있었다. 둘은 사내아이였고 둘은 계집아이였다. 10년 전 내가 처음 여기 왔을 때 자기 누나나 언니들이 그랬던 것처럼 줄을 지어 앉아 있었다. 매지가 그랬듯이 가장 커 보이는 남자아이가 비눗방울을 만들어서 불고 있었다. 하지만 아이는 나를 보는 순간 들고 있던 대롱을 내려놓았다. 열 살이나 열한 살 정도 되어 보이는 얼굴이었다. 순간 이 아이가 프란시스커스일 거라는 생각이 들었다. 하지만 내가 알고 있던 아기 때의 모습을 찾기란 어려웠다. 하긴 그때는 나도 어렸을 때라 아기들 모습을 잘 기억하지 못할 수도 있었다. 나머지 아이들은 잘 모르지만, 가끔 큰 아이들과 함께 있는 걸 본 듯도 했다. 아이들은 모두 나를 쳐다봤다.

프란시스커스에게 말을 걸었다. "할머니께 가서 그리트가 만나뵈러 왔다고 말해줄래?"

프란시스커스는 여자아이들 중 더 나이 들어 보이는 애를 향해 몸을 돌렸다. "베아트릭스, 가서 할머니를 찾아봐."

소녀는 순순히 일어나서 안으로 들어갔다. 오래전 저택 어른들에게 내가 왔다는 걸 알릴 때, 매지와 코넬리아가 벌인 작은 소동이 기억났다. 나는 빙그레 미소를 지었다.

아이들은 계속해서 나를 보고 있었다. "나는 아줌마가 누군지 알아요." 프란시스커스가 선언하듯 말했다.

"글쎄, 네가 날 기억할 수 있으리라고는 생각되지 않는걸, 프란시스커스. 내가 너를 알고 있었을 때 넌 그냥 아기였거든."

소년은 내 말을 무시하고 계속 자기 생각을 더듬고 있었다. "아줌마는 그림 속에 있는 그 숙녀분이에요."

나는 움찔했고, 프란시스커스는 의기양양하게 미소를 지었다. "맞아요, 아줌마는 그림 속의 그분이에요. 하지만 그림 속에서는 모자를 쓰지 않고, 신기하게 푸른 천과 노란 천으로 머리를 감싸고 있었어요."

"그림이 어디에 있는지 아니?"

내가 묻자 소년은 놀란 듯이 보였다. "당연히 반 라위번 어른의 따님 집이죠. 아시겠지만 반 라위번 어른은 작년에 돌아가셨어요."

이 소식은 몰래 가슴을 쓸어내리며 시장에서 들었다. 내가 저택을 나온 이후 반 라위번은 더 이상 나를 탐하지 않았다. 하지만 어느 날 갑자기 느끼한 미소를 흘리며 내 몸을 더듬으려고 다시 나타날까 봐 마음 한구석으로는 항상 두려웠다.

"그 그림이 반 라위번 어른의 저택에 있다면 넌 어떻게 그림을 볼 수 있었니?"

"아빠가 잠시 빌려도 되겠느냐고 부탁했어요. 아빠가 돌아가신 다음 날 엄마는 그림을 반 라위번 어른의 따님에게 돌려보냈고요."

떨리는 손으로 나는 외투를 다시 가다듬었다. "아빠가 그림을 다시 보고 싶어 하셨니?" 가까스로 작은 목소리로 말할 수 있었다.

"그렇다네, 이 사람아." 마리아 틴스가 문가에 서 있었다. "이제는 말할 수 있지. 지금은 문제될 것이 없으니까. 하지만 그때는…… 사위가 그런 상태에 있을 때라 식구들은 감히 안 된다고 말할 수 없었다네. 심지어 카타리나조차도 말이야." 마리아 틴스는 조금도 변한 것이 없어 보였다. 결코 나이를 먹지 않는 사람 같았다. 언젠가 침대로 자러 가서 그냥 깨지 않을 그런 사람으로 보였다.

나는 마리아 틴스에게 고개를 숙였다. "그간 베르메르 어르신도 돌아가시고 어려우신 점이 많다고 들었는데, 그저 죄송할 뿐입니다, 마님."

"그래, 인생이란 한바탕 연극과 같은 거야. 자네도 오래 살다 보면 놀랄 일 따위는 없을 걸세."

이런 말에는 어떻게 대답을 해야 할지 알 수가 없어서 아는 것만 얘기했다. "저를 보자 하셨다고요."

"아니, 자네를 보잔 사람은 카타리나야."

"작은 마님이요?" 목소리에서 미처 놀라움을 감출 수가 없었다.

마리아 틴스가 쓴 미소를 지었다. "감정을 감추는 법을 아직도 배우지 못했구먼. 그렇지? 걱정 말게. 자네에 대해 너무 많은 걸 묻지만 않는다면, 그 푸줏간 남편과 잘 지낼 수 있을 걸세."

뭔가 말하려고 입을 열었다가 그냥 다물고 말았다.

"그래, 그거야. 이제 하나 배웠구먼. 자, 카타리나와 반 레이원후크가 큰 방에서 기다리고 있네. 자네도 보게 되겠지만 반 레이원후크는 유언장 집행인이야."

알 수가 없었다. 마리아 틴스가 무슨 말을 하고 있는지, 반 레이원후크가 왜 여기에 있는지 묻고 싶었지만, 감히 그럴 수가 없었다. "예, 마님." 나는 단순하게 대답하고 말았다.

마리아 틴스가 짧게 싱긋 웃었다. "하녀를 두고서 생긴 가장 큰 골칫덩이로구먼." 안으로 모습을 감추기 전 마리아 틴스가 머리를 저으면서 중얼거렸다.

나는 현관으로 들어섰다. 벽 어디에나 그림들이 걸려 있는 건 여전했다. 몇 작품은 아는 것이었지만 몇몇은 새로 보는 것이었다. 정물화와 바다 풍경화들 사이에서 내 그림을 보게 되기를 은근히 기대했지만 역시 없었다.

그의 화실로 올라가는 계단이 보이자, 가슴이 죄어오면서 나는 그대로 멈춰 섰다. 내 머리 위로 그의 화실이 있는 이 저택에 다시 서는 일이 생각했던 것보다 훨씬 버거웠다. 비록 그가 여기 없다는 건 알고 있지만 말이다. 그의 곁에서 물감을 준비하던 시간들, 창을 통해 들어오는 빛 속에서 앉아 있던 시간들, 나를 쳐다보는 그를 바라보던 시간들. 지난 수년간 이 시간들을 다시 떠올리는 것을 나는 스스로에게 허락하지 않았다. 두 달이 지났지만 처음으로 그의 죽음을 온몸으로 느낄 수 있었다. 그는 죽었고 더 이상 그림을 그리지도 못한다. 그의 작품은 아주 적었다. 마리아 틴스와 카타리나가 원하는 만큼 그는 결코 빨리 그리지 않았다고 했다.

십자가 방에서 코넬리아가 머리를 쏙 내미는 바람에 나는 정신을 차리고 숨을 깊이 들이마셨다. 그리고 코넬리아에게 걸어갔다. 코넬리아는 내가 처음 하녀가 되었을 때의 내 나이 정도 되었을 것이다. 지난 세월 동안 코넬리아의 빨강 머리는 더 짙어져 있었고, 리본이나 머리끈도 없이 수수한 옷차림이었다. 자라면서 내게 적대적인 모습도 많이 사라져 있었다. 사실 나는 거의 동정심을 품을 뻔했다. 코넬리아의 얼굴은 교활함 때문인지 어딘지 모르게 뒤틀려 있어 나이에 걸맞지 않게 보기 흉한 인상이었던 것이다.

코넬리아를 비롯한 저택 식구들에게 무슨 일이 일어난 것인지 의아했다. 마리아 틴스의 일 처리 능력을 타네커는 믿고 있었지만, 저택은 대식구였고 큰 빚을 지고 있다고 했다. 지난 3년 동안 이 저택 사람들이 빵집에 돈을 지불하지 못하고 있다는 소리를 시장에서 들었다. 그리고 그가 죽은 이후, 카타리나를 불쌍히 여긴 빵집 주인이 그림 한 점을 받고 빚을 청산해주었다고 했다. 짧은 순간, 피터에게 진 빚을 갚으러 카타리나가 내게 그림을 주려는 건 아닌가 하는 생각이 스치고 지나갔다.

방 안으로 코넬리아의 머리가 다시 사라지자 나는 큰 방으로 들어섰다. 내가 일할 때와 많이 변한 것은 없었다. 색이 바래긴 했지만 초록색 비단 커튼을 두른 침대도 그대로였다. 상아가 상감된 장식장도 그대로였고, 탁자와 스페인산 가죽 의자들, 가족들 그림도 여전했다. 붉은색과 갈색의 타일 바닥은 군데군데 갈라지거나 이가 빠져 있었다.

반 레이원후크는 뒷짐을 진 채 선술집에서 술을 마시고 있는 병사들의 그림을 들여다보고 있었다. 인기척을 느끼자 몸을 돌려 내게 인사했다. 여전히 친절한 신사의 몸가짐이었다.

카타리나는 탁자에 앉아 있었다. 생각했던 모습과는 달리 검은 상복을 입고 있지 않았다. 나를 조롱하려고 그런 것인지는 알 수 없지만, 족제비 털로 테두리를 두른 그 노란 망토를 입고 있었다. 너무 자주 입어서 그런지 망토 역시 색이 바랬다. 소맷부리는 형편없이 수선되어 있었고, 듬성듬성 털이 빠진 자리는 좀먹은 흔적이 역력했다. 하지만 카타리나는 이 저택의 우아한 안주인으로서 역할을 다하고 있었다. 머리를 곱게 빗고, 얼굴에는 분을 바르고, 목에는 진주 목걸이를 둘렀다.

귀고리는 하지 않았다.

하지만 카타리나의 얼굴은 우아함과는 거리가 멀었다. 아무리 분을 많이 발라도 경직된 분노, 내키지 않는 마음과 두려움을 감추지는 못했다. 나를 만나고 싶지 않지만, 만나야만 하는 상황이 견딜 수 없었을 것이다.

"마님, 저를 부르셨다고요." 비록 반 레이윈후크 쪽을 보며 말하긴 했지만, 일단 이런 식으로나마 인사하는 게 최선이라고 생각했다.

"그래." 카타리나는 다른 숙녀에게 하듯이 내게 의자를 권하지 않았고, 나는 그대로 서 있어야만 했다.

카타리나는 앉고 나는 서 있는 채로 어색한 침묵이 흘렀다. 확실히 카타리나는 입을 여는 데 애를 먹고 있었다. 반 레이윈후크가 살짝 발을 옮겼다.

나는 카타리나가 말을 쉽게 꺼내도록 도울 생각이 없었다. 내가 할 수 있는 일도 없어 보였다. 카타리나의 손이 탁자 위의 서류들을 뒤적이다가 팔꿈치 쪽에 놓인 보석 상자의 모서리를 더듬어가더니 파우더 붓을 집어 들었다가 다시 제자리에 놓았다. 그리고 흰 천에다 손을 닦았다.

"남편이 두 달 전에 죽었다는 건 알고 있겠지?" 마침내 카타리나가 입을 뗐다.

"예, 들었습니다. 정말 유감스런 일입니다. 하나님의 가호가 그분과 함께하시기를."

카타리나는 나의 무기력한 얘기를 듣고 있는 것 같지는 않았다. 카타리나의 마음은 다른 곳에 가 있었다. 파우더 붓을 다시 집어 들더니 손가락으로 털을 쓸기 시작했다.

"너도 알겠지만, 우리가 이 지경까지 내몰린 건 프랑스와의 전쟁 때문이야. 그때는 반 라위번조차 그림을 사려고 하지 않았으니까. 그리고 어머니도 세를 거둬들이는 데 어려움을 겪었고. 남편 역시 시어머니의 여관을 인수하느라 저당을 잡혀야만 했지. 일이 이렇게 어려워진 것도 전혀 이상하지 않아."

카타리나에게서 최종적으로 듣고 싶었던 건 왜 저택의 식구들이 빚에 쪼들려 살게 되었는가에 대한 설명이었다. 피터에게 빚진 15 길더는 그리 중요하지 않다고 말해주고 싶었다. 피터도 받으려 하지 않는다. 그 돈에 대해서는 더 이상 신경 쓰지 마라. 이렇게 말해주고 싶었지만 감히 카타리나의 말을 막을 수가 없었다.

"게다가 아이들이 있지. 열한 명이나 되는 아이들이 얼마나 많은 빵을 먹는지 알아?" 카타리나는 고개를 들어 나를 잠깐 쳐다봤다. 그리고 다시 파우더 붓으로 시선을 내렸다.

그림 한 점 값이면 3년 이상을 간답니다. 나는 속으로 대답했다. 훌륭한 그림 하나는 동정심 많은 빵집 주인에게로 갔지요.

복도에서 타일이 삐걱거리는 소리가 들렸다. 손으로 억누른 드레스의 사각거리는 소리도 함께. 코넬리아. 여전히 몰래 스파이 노릇을 하고 있었다. 이 드라마에서도 역시 자기 역할을 찾고 있구나 싶었다.

물어보고 싶은 말을 삼키고 나는 기다렸다.

「화가의 아틀리에」, 1662~1665년경 혹은 1673년경

반 레이원후크가 특유의 굵고 낮은 목소리로 마침내 말을 꺼냈다. "그리트, 유언장이 작성될 때 가족 소유의 재산은 우선 빚을 갚는 데 쓰인다. 하지만 그 전에 카타리나가 개인적으로 처리하고 싶은 문제가 있다고 하는구나." 반 레이원후크는 카타리나를 응시했다. 카타리나는 계속해서 파우더 붓을 만지작거리고 있었다.

이 두 사람은 예나 다름없이 서로를 좋아하지 않는 듯했다. 피할 수만 있다면 이렇게 한방에 같이 있지 않으려고 했을 것이다.

반 레이원후크는 책상에서 한 장의 종이를 집어 들고 내게 이렇게 말했다. "죽기 열흘 전에 그가 내게 이 편지를 써서 보냈단다." 그러더니 카타리나를 향해 돌아섰다. "당신이 이 일을 해야겠소. 왜냐하면 그건 당신 것이지 나나 그의 것이 아니니까. 유언장 집행자로서 이 일에 입회하러 내가 여기에 있을 이유는 없겠지만, 그는 나의 친구였으니 그의 바람이 제대로 이행되는지 보고 싶을 뿐이오."

카타리나가 반 레이원후크의 손에서 편지를 낚아챘다. "너도 알 겠지만 내 남편은 아픈 사람이 아니었어." 카타리나는 내게 말했다. "죽기 하루 이틀 전까지도 멀쩡했지. 그를 그렇게 광란의 상태로 몰아간 건 바로 끊임없는 빚이었어."

그가 광란 상태에 있었다는 것을 나는 상상할 수가 없었다.

카타리나는 편지를 내려다보더니 반 레이원후크를 슬쩍 보았다. 그러고 나서 보석 상자를 열었다. "남편은 네가 이걸 가져야 한다고 부탁했다." 카타리나가 귀고리를 집어 들고, 잠시 망설인 후에 탁자 위에 올려놓았다.

눈앞이 아득해져 나는 눈을 감아버렸다. 그리고 의자의 등을 손가락으로 가볍게 어루만지며 마음을 가라앉히려고 노력했다.

"나는 다시는 이 귀고리를 하지 않았어. 그럴 수가 없었지." 카타리나의 어조는 비통했다.

눈을 떴다. "마님, 이 귀고리를 받을 수는 없어요."

"왜? 예전에도 한 번 가져갔잖아. 게다가 이건 네가 결정할 문제가 아니야. 남편이 너와 나를 위해 결정한 거다. 이제 이 귀고리는 네 것이니 가져가거라."

나는 망설이다가 손을 뻗어 귀고리를 집었다. 진주의 차갑고 매끄러운 감촉은 내 기억 속에 남아 있는 그대로였다. 회색과 흰색이 어우러진 곡선 안으로 세상이 반사되어 비치고 있었다.

귀고리를 갖게 되다니.

"이제 가거라." 몰래 눈물을 삼키느라 잠긴 듯한 목소리로 카타리나가 명령했다. "그가 부탁한 건 이제 끝났다. 더 할 일은 없다." 카타리나는 일어서더니 편지를 구겨서 화롯불 속으로 던져버렸다. 등을 내 쪽으로 한 채 카타리나는 편지가 불타는 것을 보고 있었다.

나는 진심으로 카타리나에게 미안한 감정을 느꼈다. 카타리나는 나를 보고 있지 않았지만, 나는 카타리나에게 공손하게 절을 했다. 그리고 반 레이원후크에게도. 반 레이원후크가 내게 미소를 지어 보였다. "너 자신으로 남아 있도록 조심해라." 아주 오래 전 반 레이원후크는 내게 이런 주의를 주었다. 과연 내가 그렇게 한 걸까. 세상사란 늘 알기가 쉽지 않다.

귀고리를 손에 꼭 쥐고 나가는 내 발밑에서 느슨해진 바닥의 타일 조각들이 소리를 냈다. 방에서 나와 등 뒤로 조용히 문을 닫았다.

코넬리아가 복도에 서 있었다. 입고 있는 갈색 드레스는 여러 군데 수선한 흔적이 있었고 그다지 깨끗해 보이지도 않았다. 그 옆을 지나치려 할 때, 낮지만 간절한 목소리로 코넬리아가 말했다. "그 귀고리, 못 받겠다면 나한테 줘도 돼요." 탐욕스런 코넬리아의 눈동자는 웃고 있었다.

나는 손을 들어 철썩 소리가 나게 뺨을 때렸다.

시장 광장으로 돌아와서 광장 중앙에 있는 별 자리에 멈춰 섰다. 그리고 손에 든 진주 귀고리를 내려다보았다. 귀고리를 가지고 있을 수는 없었다. 이것으로 내가 대체 무엇을 할 수 있을 것인가? 이 귀고리를 어떻게 손에 넣게 되었는지 피터에게 말할 수도 없었다. 만일 그렇게 한다면 오래전에 일어났던 일들을 모두 설명해야만 한다. 그렇다고 이 귀고리를 달고 다닐 수도 없었다. 하녀도 그렇지만 푸줏간의 아내도 이런 물건은 하지 않는다.

여러 번 별 자리 주위를 맴돌았다. 그러고 나서 들어만 보았지 한 번도 가본 적이 없는 장소로 걸음을 옮겼다. 신교회 뒷길, 안쪽 깊숙한 곳이었다. 10년 전이라면 이런 곳에 감히 찾아오지 못했을 것이다.

거래의 비밀은 보장하는 곳이었다. 가게 주인은 아무것도 묻지 않을 것이고, 또 누구에게도 내가 이곳에 찾아왔다는 얘기를 하지 않을 것이다. 귀중품들이 드나드는 것을 수없이 보아온 사람이라, 물건들의 갖가지 사연에 일일이 신경 쓰지도 않을 터였다. 주인은 귀고리를 빛에 비춰보기도 하고 깨물어보기도 했다. 다시 가게 밖으로 가지고 나가더니 눈을 가늘게 뜨고 살펴보았다.

"20길더." 주인이 말했다.

내가 고개를 끄덕이자 주인은 동전을 내밀었고, 나는 뒤도 돌아보지 않고 자리를 떴다.

이제 내게는 설명할 수 없는 5길더가 더 있는 셈이었다. 나는 동전 다섯 개를 빼내 손바닥 안에 꽉 쥐었다. 피터와 아이들이 볼 수 없는 곳에 숨겨두리라. 오직 나만이 아는, 누구도 예상하지 못하는 그런 장소에.

나는 이 다섯 개의 동전을 결코 쓰지 못할 것이다.

피터는 나머지 돈을 보면 기뻐하겠지. 빚이 깨끗이 청산되었으니 말이다. 그리고 나 역시 피터에게 더는 치를 것이 없었다. 한 하녀가 비로소 자유를 얻은 것이다.

옮긴이의 말

2001년 4월, 필라델피아의 봄은 서울과 비슷했다. 지루한 겨울 내내 봄을 기다리다가 가볍게 옷을 걸치고 나가면 단박 감기에 걸리기 십상이었다. 내가 다니던 학교는 필라델피아 시내 중심가에 있는 안넥스 빌딩에 자리 잡고 있었다. 밖은 차가운 햇살로 환했지만, 3층의 한 강의실은 불을 모두 꺼버려 어두컴컴한 가운데 '디자인의 기초' 첫 수업이 진행되고 있었다. 영화배우 에드 해리스처럼 생긴 존 손턴(John Thornton) 교수는 영사기를 설치하고 학생들에게 자신이 좋아하는 예술 작품들을 보여주기 시작했다. 예술에 관해서는 상식 수준의 정보밖에 갖고 있지 않은 나에게도 익숙한 작품들과 건축물들이 벽면을 지나갔다. 그런데 한 작품은 몹시 낯설었다. 들어보지 못한 화가와 들어보지 못한 작품 이름이었다.

베르메르.

「진주 귀고리 소녀」

특히 인상적이었던 것은 이 그림에 붙여진 별명이었다.

'북구의 모나리자.'

한국에서는 누구나 레오나르도 다빈치의 유명한 그림인「모나리자」를 알고 있다. '다빈치 ＝「모나리자」'일 정도다. 하지만 어렸을 때 난 의아해하곤 했다. 왜「모나리자」는 그토록 유명한 것일까? 미소가 신비스럽다는 둥, 무슨 스푸마토 기법을 썼다는 둥 미술 수업 시간에 들은 얘기들은 그다지 가슴에 와 닿지 않았다. 솔직히 말해서 난「모나리자」가 아름답지 않았다. 그녀의 미소도 신비스럽다기보다는 어떻게 보면 쳐다보는 사람을 비웃고 있는 것처럼 느껴졌다. 눈썹도 없는 데다 포동포동해 보이는 여인이었다.

사실 다빈치의「모나리자」가 유명한 이유는 다빈치 스스로가 자신의 최고 작품이라고 공공연히 말하고 다녔기 때문이다. 다빈치는 이 그림을 너무 사랑해서 어딜 가든 항상 가지고 다녔다고 한다. 다빈치의 마음에 들었는지는 모르겠지만, 어린 나는 세상 사람들이 떠들어 대는 것만큼「모나리자」가 신비롭지도 아름답지도 않았다.

하지만 이 북구의 모나리자는 달랐다.

'헉' 하며 숨을 멎게 만드는 그런 순간의 장면이 그녀에겐 있었다.

내가 숨을 멈추고, 영사기에 투영된 강의실 정면의 캔버스를 보고 있을 때 손턴 교수가 말했다. "알지도 모르겠지만, 이 초상화에 대한 소설이 있습니다, 여러분. 시간이 나면 한번 읽어보기 바랍니다!"

집으로 돌아오는 길에 난 책을 샀고, 기차 안에서 책 표지에 나와 있는 북구의 모나리자를 음미했다. 그녀는 아름다웠고 정말로 신비로웠다. 내가 트레이시 슈발리에의 소설 『진주 귀고리 소녀』를 만났던 날이다.

이제는 월드컵의 영웅 히딩크 감독 때문에 더 가깝게 느껴지는 네덜란드지만, 네덜란드 화가라면 렘브란트와 반 고흐에 머물러 있는 우리에게 열에 아홉은 베르메르라는 이름이 무척 낯설 것이다.

요하네스 베르메르(Johannes Vermeer)는 1632년 네덜란드의 소도시 델프트에서 태어났다(이하 전기적 사실과 그림 설명은 『Great Artists 세기를 빛낸 위대한 화가들』, 예담, 2003을 참조했다). 그의 아버지 레이니어 얀스는 방직 공장에서 직조공으로 일하면서 여관을 운영했는데, 이곳은 많은 화가와 화상들이 만나는 장소가 되었다. 레이니어 자신도 당시 네덜란드 회화의 거래상이었으며, 이를 통해 베르메르도 몇 명의 델프트 출신 화가들을 알게 되었다.

17세기 초의 델프트는 암스테르담처럼 유명한 예술의 중심지는 아니었다. 이탈리아 화가들의 작품이나 화풍이 델프트로도 흘러들었지만, 베르메르는 주로 델프트의 일상에서 영감을 얻은 것으로 보인다. 그가 살고 있던 시대의 델프트는 청백색의 델프트 타일로 유명했다. 이 소설 속에서도 델프트 타일은 당시의 주요 생활상으로 등장한다. 베르메르는 몇몇 작품을 통해 벽을 델프트 타일로 장식한 실내를 묘사하기도 했다.

작가가 서문에서도 언급했듯이, 베르메르의 작품은 대략 35점뿐이다. 스물한 살 때 베르메르는 카타리나 볼네스와 결혼해서 열한 명의 아이들을 두었다. 당시 네덜란드 가정의 평균 자녀 수는 유럽에서 가장 적어 겨우 두 명이었던 점을 감안하면, 베르메르의 경우는 매우 이례적이었다고 볼 수 있다. 여관 운영과 미술 거래상을 하면서 버는 수입은 가족을 부양하기에 충분했을 것이다. 만약 그가 그림에만 전념했다면 그 많은 가족을 부양할 수는 없었을 테다. 베르메르의 작품 수가 왜 그렇게 적은지에 대해서는 아직까지 의문으로 남아 있지만, 많은 식구들과 느린 작업 속도는 다른 소득원, 즉 여관 운영과 미술 거래상 일이 불가피했음을 의미한다.

「진주 귀고리 소녀」는 베르메르의 그림들 가운데 가장 매혹적이면서도 여러 가지 해석이 가능한 작품이다. 이 그림은 소녀의 머리와 어깨만을 표현하고 있다. 시각적으로 뚜렷하면서도 안개가 살짝 낀 듯한 흐릿한 형체다. 이러한 효과는 부분적으로 '스푸마토' 기법을 사용하고 있기 때문이다. 이 기법은 윤곽선을 흐리게 하고 모서리를 부드럽게 처리하는 것으로, 레오나르도 다빈치가 「모나리자」에서 활용한 기법이다. 이 작품이 '북구의 모나리자'로 불리는 것은 그림의 모호함과 더불어 매혹적이면서도 동시에 매혹된 듯한 소녀의 시선 때문이다. 소녀의 눈동자에 비친 희미한 빛은 어두운 배경에서 빛을 발한다.

눈동자와 함께 눈길을 끄는 진주는 종종 허영의 상징으로 간주되나 순결과 순수를 상징하기도 한다. 바로 이 점에서 그림의 모호함은 절정에 달한다. 이 단순한 그림은 다양한 해석의 가능성을 감상자의 몫으로 돌리고 있다. 소녀의 눈은 순진하면서도 유혹적이고, 입술은 무슨 말을 하려는 것처럼 살짝 벌어져 있다. 아마 놀람을 표현하려는 것 같지만 촉촉이 젖은 입술은 육감적이고 매혹적이다.

베르메르 작품의 지배적인 인물은 부유한 젊은 여성들이다. 그들은 류트나 건반악기를 연주하거나, 책을 읽고 편지를 쓰는 모습을 하고 있다. 하지만 「진주 귀고리 소녀」에서 우리는 주인공의 신분을 알 수가 없다. 그녀가 귀족인지 하녀인지, 부유한 상인의 딸인지 근처 빵집 딸인지, 그녀의 지위를 알려주는 것이라곤 아무것도 없다. 방을 나가려다 누가 불러서 돌아보는 것인지, 무슨 말인가를 건네기 위해 그저 돌아보는 것인지, 화가에게 보내는 시선이 안타까운 것인지, 아니면 슬픔에 찬 것인지 무궁무진한 상상을 불러일으킨다. 작가도 밝혔듯이 감상자에게 불러일으키는 무수한 상상들 때문에 이 소설은 태어났을 것이다.

이 책의 매력은 다양한 베르메르의 작품들을 감상하며 책을 볼 수 있다는 것이다. 글과 그림을 통해 17세기 네덜란드의 생활상을 그려보고, 화가와 모델 간의 미묘한 관계를 생각해보게 한다. 예술가로서 지녀야 할 도덕성은 무엇이며 그 선은 어디까지인가를 고민해보게도 한다.

사후 19세기에 이르기까지 서양에서도 거의 잊힌 화가였던 베르메르. 이 책을 통해 그의 아름다운 작품과 그에 관한 이야기를 독자들이 알게 되기를 바란다. 마지막으로 이 책이 번역되어 나오기까지 도움을 주신 분들께 감사의 말을 전하고 싶다. 여러 부탁을 친절하게 들어준 작가 트레이시 슈발리에와 본문에 적합한 베르메르의 작품들을 첨가해 독자들에게 좋은 감상 기회를 마련해준 강출판사, 마침 네덜란드에 머물고 있어 그곳 지명 및 인명과 관련해 많은 도움을 준 수지와 그녀의 딸 세은이에게 고마운 마음을 전한다.

양선아

작가 인터뷰

『진주 귀고리 소녀』에 등장하는 17세기 델프트의 일상이 무척이나 생생합니다. 어떻게, 어디에서 그걸 연구하셨나요?

솔직히 고백하자면, 대부분 안락의자에서 이루어졌습니다. 많은 자료들을 읽고(특히 사이먼 샤마의 『당혹스런 부: 황금 시대 네덜란드 문화의 이해』), 많은 그림들을 보았습니다. 운 좋게도 17세기 네덜란드 그림들은 주로 일상을 다루고 있었고, 그래서 집 안이 어떻게 생겼는지, 어떻게 돌아가는지 이해하기 쉬웠죠. 또 델프트에 나흘 동안 머물면서 그저 구경만 하면서 돌아다니기도 했고요. 베르메르의 집은 없어졌지만, 17세기에 지어진 건물들이 여전히 많이 남아 있고, 시장 광장이나 푸줏간 시장, 운하들이나 다리들도 남아 있었죠. 그 당시엔 어땠을지 아이디어를 얻는 게 어렵지 않았습니다.

최소한 렘브란트와 같은 다른 바로크 시대의 화가들과 비교할 때, 베르메르의 삶에 대해서는 거의 알려진 바가 없습니다. 왜 굳이 베르메르의 작품을 글의 소재로 택하셨나요?

베르메르의 작품이 정말 아름답고 신비로웠기 때문입니다. 그의 그림들에서, 우유를 따르고 저울질을 하고 레이스를 짜는 등 가사에 종사하고 있는, 단독으로 그려진 여성들은 어렴풋이 감지되는 어떤 비밀스런 세계 속에 거주하고 있지요. 그 때문에 신비로운 느낌을 줍니다. 그 여성들은 우리가 자신들을 바라보고 있다는 사실을 알지 못하는 듯 보입니다. 아울러 어떤 다른 무언가가, 우리가 잘 파악할 수 없는 불가사의한 무언가가 그 아래에서 일어나고 있는 것처럼 여겨지기도 하고요. 베르메르에 대해 알려진 것이 거의 없다는 사실은 결과적으로 내겐 행복한 우연이었습니다. 왜냐하면 그건 제가 그게 진짜일까 아닐까 걱정하지 않고 많은 것을 고안해낼 수 있다는 뜻이었거든요.

작가님은 「진주 귀고리 소녀」 한 작품에서 영감을 얻으셨나요? 아니면 베르메르의 작품 전반에서 영감을 받으셨나요?

특별히 이 작품 하나에서 영감을 얻었습니다. 물론 베르메르의 다른 작품들도 알고 있었지만요. 열아홉 살 이후로 줄곧 내 침실 벽에 이 그림의 포스터가 걸려 있어서 늘 쳐다보고, 또 놀라곤 했지요. 일종의 펼친 그림 같은 거죠. 소녀가 무슨 생각을 하고 있는지, 어떤 표정을 짓고 있는지 도무지 확신할 수가 없었어요. 때로는 슬퍼 보이고, 또 때로는 유혹하는 것처럼 보이고. 그러던 2년 전 어느 날 아침, 다음에 무슨 글을 쓸까 고민하며 침대에 누워 있던 저는 이 그림을 올려다보다가, 왜 베르메르가 저 소녀 모델에게 저런 표정을 지으라고 했을까, 혹은 왜 저런 표정으로 그린 걸까 궁금해졌습니다. 그러고 나서 바로 저는 이 소설을 썼습니다.

『진주 귀고리 소녀』는 실화인가요? 어느 정도까지 사실에 바탕을 두고 있나요?

실화는 아니에요. 이 소녀가 누군지 아무도 모릅니다. 실은 베르메르의 그림 속 인물들은 거의 신원 미상이죠. 베르메르에 관해 알려진 건 너무 적어요. 그는 아무 글도, 심지어 스케치도 안 남겼어요. 딱 그림 35점뿐이죠. 법적 문서에 기초한 사실은 약간 알려져 있어요. 그의 개종, 결혼, 아이들의 출생, 유언. 저는 알려진 사실들이 진짜인지 신중을 기했습니다. 예를 들어, 그는 카타리나 볼네스와 결혼했고 열한 명의 아이들이 살아남았습니다. 다른 사실들은 그렇게 명쾌하지가 않았죠. 그래서 저는 선택을 해야만 했습니다. 그는 장모의 집에서 살았거나 살지 않았다('살았다'로 선택). 그는 결혼과 동시에 가톨릭으로 개종했는데, 아내 카타리나가 가톨릭 신자라고 해서 반드시 그럴 필요는 없었다(그래서 '개종했다'로 선택). 그는 현미경을 발명한 과학자 안토니 반 레이원후크와 친구였을 것이다('그렇다'로 선택). 하지만 많은 부분은 제가 만들어낸 것이죠.

그림 제목을 그대로 소설 제목으로 썼습니다. 그렇게 한 더 깊은 뜻이 있나요? 그림과 소설 사이에 어떤 관계가 있나요?

그림 제목을 그대로 따온 건, 이 그림이 소설의 절정에 위치하기 때문이에요. 이 그림의 창작이 바로 이 이야기가 전개되어 도달하는 지점이죠. 이 사실은 또한 진주 귀고리에 대한 강조입니다. 진주 귀고리는 중요한 상징인데, 주인공 그리트가 이끌려 들어갔다가 궁극적으로는 거부당하는 그 세계를 표상하기 때문입니다. 이 그림 없이 이 소설은 존재할 수 없습니다. 만약 이 그림이 존재하지 않았다면,

저는 절대 이런 소설을 쓸 수 없었을 테고, 또 독자들로부터 지금과 같은 반향을 얻을 수 없었을 겁니다.

작가님도 그림을 그리시나요? 그렇지 않다면, 어떻게 그림 그리는 과정이나 도구들에 대해 배우셨나요?

그림을 그리진 않습니다. 물론 이 소설을 쓰는 동안 회화반에 다녔고, 그래서 어떻게 하는지 조금 알 수는 있었지만요. 그림 그리는 일은 정말 두렵지만, 그래도 많이 배웠죠. 베르메르의 그림 기법에 대한 글도 읽고, 1996년에 있었던 베르메르 전시회 준비를 위해 그림의 복원 작업을 했던 여성을 만나 이야기도 나누었어요. 베르메르가 어떤 식으로 그렸는지 더 정확하고 자세한 설명을 들을 수 있었죠. 물감들이나 물감 만드는 방법과 관련해서는, 물감 만드는 법에 관한 몇 가지 옛날 책들을 뒤져서 알아냈어요. 또 아마인유를 좀 사다가 뚜껑을 열어두고는 내내 그 향기를 맡으며 글을 썼습니다.

17세기 문학은 17세기 회화와 마찬가지로 당시의 종교적, 사회적 변화를 반영했습니다. 밀턴의 『실낙원』(1667년)이 이 시기에 발간되었죠. 작가님은 일종의 역사 소설을 쓰면서 이런 유의 것을 고려하셨나요?

『실낙원』을 염두에 두진 않았어요. 하지만 당시 네덜란드의 뚜렷한 종교적 변화는 아주 중요한 이슈였습니다. 네덜란드 사람들은 가톨릭 국가인 스페인의 지배에서 막 벗어났고 가톨리시즘과 결별하기를 열망했죠. 프로테스탄티즘은 그들에게 잘 맞았습니다. 네덜란드 가톨릭 신자들은 종교적 관용의 혜택을 받고 있었지만, 조금은

체제 바깥의 존재로 여겨졌어요. 이는 베르메르가 실제로 가톨릭으로 개종했고, 그래서 일종의 이단이 되는 길을 선택했다는 점을 고려할 때 대단히 흥미진진합니다. 역사 소설을 쓸 때는 당연히 종교적, 사회적 변화를 고려해야 합니다. 그런 변화들은 이야기를 밀고 당기고 하는 데 없어서는 안 될 요소입니다. 영국에서 출간된 나의 첫 소설 『버진 블루』(1997년)는 16세기 프랑스의 종교 개혁을 배경으로 삼고 있으며, 지금 집필 중인 소설(2001년 출간된 『폴링 에인절스』)은 20세기 초에서 제1차 세계대전까지 이르는 동안의 영국을 무대로 하고 있습니다.

이 작품을 읽는 내내 계속해서 그림을 살펴보고, 또 살펴보고 하지 않을 수 없었습니다. 그림을 곁에 두고 소설을 쓰셨나요?

아, 물론입니다. 실은 그의 모든 그림을 옆에 끼고 썼죠. 거의 상설로 열린 1996년의 베르메르 전시회 카탈로그를 간직하고 있었거든요. 등장인물들 대부분의 모습이 그의 다른 그림에 나오는 사람들을 바탕으로 했어요. 이 소설을 쓰기 시작하기 전에 이미 저는 전체 이야기 구도를(우수리의 세부 묘사는 제외하고) 짜놓았어요. 이건 드문 경우였죠. 보통은 쓰기 전에 몇 가지만 머릿속에 담고 있거든요. 그래서 이 소설을 쓰는 일은 마치 꿈 같았습니다.

카메라 옵스큐라는 어떻습니까? 과학 기술에 관한 온갖 종류의 아이디어를 보여주고, 다가올 일의 전조가 되는 중요한 역할을 하고 있는데요.

카메라 옵스큐라는 다르게 보는 법에 대한 일종의 유형의 설명입니다. 그리트는 다른 방식으로 보는 능력을 가지고 있습니다. 하지만 그녀에게는 베르메르의 가르침이 필요하죠. 베르메르는 부분적으로는 카메라 옵스큐라의 도움으로 이 일을 해냅니다. 또한 이것은, 명료하게 보기 위해서는 한 곳에 초점을 맞추고, 외부 세계를 안 보이게 차단하고, 그리고 방의 한쪽 구석을 바라보아야 한다는 사실을 우리에게 상기시킵니다. 이것이 바로 베르메르의 그림들이 하고 있는 방식입니다. 그의 그림들은 방 안의 세계를 드러내 보이죠. 이는 또한 이 소설이 구현하고자 하는 바이기도 해요. 소설은 의도적으로 좁혀지고 한곳에 초점이 맞춰져 있죠. 그리고 그 안에 세계 전부가 들어 있습니다.

앞에서 또 다른 역사 소설을 준비하고 있다고 말씀하셨습니다.

예. 저는 우리 시대를 다룬 소설은 쓸 수 없으리란 생각을 하고 있어요. 전 옛날이 더 편해요. 그리고 거기에선 무엇이 중요하고, 또 오래 지속되는지 알 수 있죠. 만일 제가 오늘날에 대해 소설을 쓴다면, 10년 안에 탈고 날짜를 적어 넣을 수 있을까 걱정할 겁니다.

수록 그림 목록

옮긴이 **양선아**

이화여대 신문방송학과 졸업. 고려대학교경영대학원 졸업.
필라델피아 인스티튜트 Philadelphia Art Institute 수료.
현재 전문 번역가로 활동 중.

진주 귀고리 소녀

1판 1쇄 발행	|	2003년 8월 25일
개정판 3쇄 발행	|	2024년 7월 15일

지은이	|	트레이시 슈발리에
옮긴이	|	양선아
펴낸이	|	정홍수
편집	|	김현숙 임고운
펴낸곳	|	(주)도서출판 강
출판등록	|	2000년 8월 9일(제2000-185호)

주소	|	서울시 마포구 동교로 17안길 21(우 04002)
전화	|	02-325-9566
팩시밀리	|	02-325-8486
전자우편	|	gangpub@hanmail.net

값 16,000원
ISBN 978-89-8218-265-5   03840

이 도서의 국립중앙도서관 출판예정도서목록(CIP)은 서지정보유통지원시스템 홈페이지
(http://seoji.nl.go.kr)와 국가자료종합목록 구축시스템(http://kolis-net.nl.go.kr)에서
이용하실 수 있습니다.(CIP제어번호: CIP2020040645)

* 잘못 만들어진 책은 구입처에서 교환해드립니다.